人民艺术家·王蒙
创作70年全稿

诗文编
散文随笔
（一）

· 21 ·

人民文学出版社

王蒙和夫人崔瑞芳

# 目　　录

春天的心 …………………………………………（1）
春满吐鲁番 ………………………………………（3）
民丰小记 …………………………………………（15）
国庆的礼花 ………………………………………（19）
我们三十岁 ………………………………………（22）
隔山乱弹 …………………………………………（25）
我收听了《梦幻曲》 ………………………………（28）
记这一次"中国周末" ……………………………（32）
萨拉姆，新疆！ ……………………………………（38）
火热的怀念 ………………………………………（40）
冬之丢失 …………………………………………（43）
故乡行 ……………………………………………（48）
祝《青春丛刊》创刊 ………………………………（55）
西沙之什 …………………………………………（56）
痛苦三章 …………………………………………（64）
比怀念更重要的 …………………………………（69）
清明的心弦 ………………………………………（73）
南海三章 …………………………………………（75）
雨 …………………………………………………（80）
船 …………………………………………………（83）

1

| 三峡 | (87) |
| 我们明朝就要远航 | (91) |
| 国庆小札 | (97) |
| 架桥者 | (100) |
| 奶茶 | (105) |
| 心声 | (107) |
| 清晨的跑 | (109) |
| 攀登艺术高峰无捷径 | (111) |
| 我的一日 | (114) |
| 贺"希望文学丛书"出版 | (117) |
| 《笔会》与《青春万岁》 | (119) |
| 不算寓言 | (121) |
| 皮实的诗 | (123) |
| 祝《世界文学》办得越来越好 | (125) |
| 遥祝《中国西部文学》昌盛 | (126) |
| 天涯海角 | (127) |
| 飞沫 | (129) |
| 与诗琳通公主会见 | (132) |
| 鳞与爪 | (136) |
| 给陶萍同志的信 | (140) |
| 贺《收获》三十岁 | (141) |
| 羊拐 | (142) |
| 苏州赋 | (143) |
| 吻 | (146) |
| 意见 | (147) |
| 题《青春》微型纪实文学青春奖 | (148) |
| 忘却的魅力 | (149) |
| 我可以在读书上下点功夫了 | (152) |

- 吃的五要素 (153)
- 永远的美丽 (157)
- 三访大连 (159)
- 又见伊犁 (161)
- 新疆的歌 (164)
- 作家的书简与友谊 (168)
- 四月的泥泞 (171)
- 搬家 (174)
- 海的颜色 (178)
- 无花果 (180)
- 宰牛 (182)
- 我们大队的同事们 (184)
- 我爱喝稀粥 (188)
- 榴莲 (192)
- 妹妹正在浇花呢 (194)
- 在声音的世界里 (195)
- 盛夏 (198)
- 吸烟 (201)
- 在公路上 (203)
- 一九九二年九月十日 (205)
- 天街夜吼 (207)
- 我和图书馆 (209)
- 我在平民中学 (211)
- 我想念乌鲁木齐 (213)
- 磨豆浆 (215)
- 我的喝酒 (218)
- 猫话 (224)
- 感谢读者 (227)

| | |
|---|---|
| 贺《人物》十五岁 | (229) |
| 在小绒线胡同 | (230) |
| 湖 | (232) |
| 诸神下界 | (234) |
| 中餐的命运 | (236) |
| 超级市场的食品 | (238) |
| 贝拉吉奥的"形式主义" | (241) |
| 美国人更胖了吗？ | (243) |
| 科摩湖里游泳 | (245) |
| 祝愿和希望 | (247) |
| 行板如歌 | (248) |
| 焕然一新喜亦忧 | (252) |
| 往日情歌 | (254) |
| 壮游的"阿甘" | (256) |
| 多了一位朋友和助手 | (260) |
| 冬季 | (264) |
| 第六十二个春天 | (272) |
| 梅花朵朵绕梁来 | (274) |
| 浪漫情怀 | (276) |
| 澳门不陌生 | (278) |
| 雪球树 | (281) |
| 万民同欢的夜晚 | (283) |
| 从头学起 | (285) |
| 祝福新疆 | (286) |
| 国庆正中秋 | (288) |
| 这是我的幸运 | (291) |
| 祝福花城 | (293) |
| 旧事旧诗偶记 | (295) |

- 武昌楼记 …………………………………………… (297)
- 我的讲话劣迹 ……………………………………… (300)
- 今天的延安 ………………………………………… (302)
- 又到杭州 …………………………………………… (307)
- 我希望推迟成为塑像 ……………………………… (316)
- 我老想去上海 ……………………………………… (317)
- 寻找女人与狗 ……………………………………… (319)
- 一次大会发言 ……………………………………… (324)
- 恭贺《牡丹亭》青春版演出一百场 ……………… (327)
- 我当政协委员 ……………………………………… (329)
- 风中的五星红旗 …………………………………… (344)
- 我的两个"三十年" ………………………………… (346)
- 我与《人民日报》 ………………………………… (348)
- 回忆三联书店诸友 ………………………………… (350)
- 什么困难也折腾不了大块头的中国 ……………… (353)
- 歌声涌动六十年 …………………………………… (354)
- 新疆,我的第二故乡 ……………………………… (365)
- 谢谢尼娜,谢谢老托 ……………………………… (367)
- 飙歌 ………………………………………………… (369)
- 大约是我四岁的时候 ……………………………… (372)
- 我们来到了镜子里 ………………………………… (374)
- 永忆新疆 …………………………………………… (376)
- 生活万岁 …………………………………………… (380)
- 庆贺寄语 …………………………………………… (383)
- 西哈努克为什么不一样 …………………………… (385)
- 谁知道自己的母亲有多么痛苦 …………………… (387)
- 希望的日子 ………………………………………… (390)
- 我目睹的中华民国 ………………………………… (391)

新疆的"这边风景"永远在我心中 …………………… (405)
"三沙1号" ………………………………………………… (409)
我以我写荐轩辕 ………………………………………… (412)
茶魂与茶韵 ……………………………………………… (414)
维吾尔人 ………………………………………………… (417)
深情回眸家国往事 ……………………………………… (453)
我们的日子,美好丰盈 ………………………………… (455)
永远的《读书》 ………………………………………… (457)
老来十年 ………………………………………………… (459)
二〇一六年盘点 ………………………………………… (472)
二〇一七年盘点 ………………………………………… (475)
二〇一八年盘点 ………………………………………… (477)
二〇一九年盘点 ………………………………………… (479)
二〇二〇的春天 ………………………………………… (481)
二〇二〇年盘点 ………………………………………… (487)
二〇二一年盘点 ………………………………………… (489)
二〇二二年盘点 ………………………………………… (490)

## 春 天 的 心

　　春天的心活在春天的人的身体里。
　　春天的心是活跃的,生气蓬勃的,充满了活着的力量。春天使人爱生活:看呀,桃花的骨朵,柳枝的嫩芽,牛毛似的小雨帘子般地挂着,一切多美。生活本身是可爱的呀。听呀,池水的潺潺像低唱一首甜蜜的恋歌,晨鸟的啾啾像喁喁的情话,远处的孩子们唱了:

　　　　青草生
　　　　花儿红
　　　　斜织细雨里
　　　　老牛驮着牧童……

　　这嘹亮的歌声使春天的心朦胧了,沉醉了。
　　嗅呀!翘起鼻子,刚下完雨的潮湿气息,钻进你的鼻孔,使你的心痒痒的。玩吧,跳吧,高歌吧,舞蹈吧,暂时忘掉你的痛苦。我们都是小孩子,应该有小孩子的心,而小孩子的心便是春天的心呀!
　　春天的心又是懒洋洋的一股子劲儿。朋友,你可晒过春天的太阳?倚着树、靠着墙,闭上眼睛,让金黄色的太阳从头至脚抚摸你,你感到和暖,你感到舒适,身子散了,软了,像棉花一样;身子轻了,没有丝毫重量。于是你的身躯自然地摇摆着,飘,飘,飘到天空里,坐在白云上,和云雀一同唱歌,和风筝一同跳舞。说起风筝,你可常听到风筝铜铃寂寞的嗡嗡的声音?还有远处的空竹声也是相像的。它使你每个细胞都酥软了,它使春天的心荡漾在那声波里。听到之后你或者便颓然卧在草地上,让小野花的黄蕊洒在你的鼻孔里;你或者会兴奋地跳起来,喊着说:"我们生活在春天里,我们生活在阳光里,我们生活在春天的阳光里!"本来嘛……

春天的心是美好的,善良的,纯洁的。因为美以大自然的为最美,而大自然的美表现在春天。你知道春山:远望苍翠欲滴,郊外踏青便是为了欣赏春山呀。你知道春水:"风乍起,吹皱一池春水"。你知道春花春草,流行歌曲不是这样唱吗:"春天的花,是多么的香";通俗的对子,不是这样写吗:"又是一年芳草绿,依然十里杏花红"。你知道春雨:"帘外雨潺潺,春意阑珊","细雨梦回鸡塞远,小楼吹彻玉笙寒"。你知道春宵:"今夜偏知春气暖,虫声新透绿窗纱"以及什么"月移花影上栏杆"……好了,这些歌颂春天的句子是实在写不完的;人在这美的结晶里,丑恶的会变成美善,污浊的会变成纯洁。春天本身便是诗,何待写她在纸上?而春天的心,便是诗里的诗了。

虽然如此,春天的诗和含苞待放的春花一样,和刚伸出头来的草一样,是幼稚的,是脆弱的。她是才入世的小娃娃,而不是千锤百炼的勇士;她是呢喃倩舞的小燕,而不是在狂风暴雨里挣扎的海燕;她是小花而非大树,诗歌而非枪炮(请恕我这句话似乎包括对诗歌的不敬)。但是,春天要被更成熟、更热情、更坚强的夏天代替,春天的心也变成钢铁的心了。

发表于《一九四八年北平平民中学年刊》1948年

# 春满吐鲁番

哪一个不曾欢跃地迎接过春天？哪一个不曾为春天的到来而感到熨帖心灵的欣喜？但是，让我这样说吧，我还没有见过，没有见过像今年吐鲁番的春天这样饱满、这样温煦、这样闪耀着无尽的生机的春天。

## 宜人最是春早

苏公塔渐被遮住，一排圆拱屋顶闪露了出来。运肥大车的挽马摇鬃长嘶，像对我们表示欢迎似的。田间整地的社员，此起彼落地挥舞着砍土镘。我们的车子颠簸着驶入县城北门，刚过银行大楼，就被修路的人群阻住了。司机一边倒车，一边赞叹说：

"这路修得真快！"

好红火的修路工地！白发、红颜、职工、农民、干部、学生，各族人民聚在这里。拆城墙的拆城墙，刨树根的刨树根，赶驴车的打着唿哨，挖植树沟的弓着脊背。他们掀起了漫天灰土，厚重的沙尘中显出一张张质朴的笑脸与一双双放光的眼睛。路旁渠水上浮游的鸭子，凝然地歪着雪白的脖颈，呆望着这一切，似乎在寻思为什么今年的春天是如此的不平静。

春节才过，在乌鲁木齐登车的时候还冷得不住地跺脚，下车的时候却是汗水涔涔了。尘土和着汗水，在我们的脸上印下了春的痕迹。

同行者说,这十多米宽的干路将铺上水泥,从此就不会有尘土的威胁了。

步出东门,一路上毛驴来往穿行。有一头驴驮着三个巴郎子,后面的攀着前面的肩,混在一起的笑闹声透露出童年的欢乐。一个戴着可可色大头巾,穿着玫瑰色裙子的维吾尔族妇女,停在一家民居门口,下了驴背,用清脆的嗓音向人问好。原来,那家女主人正在街旁铺着线毯,曝晒积存的粮米。阳光灿烂,玩跳房子的小姑娘有的打着赤脚。宅旁是汨汨的流水,渠岸的小草儿已经逗人喜欢地绿了。果然,春风早度吐鲁番!

当晚,周末晚会的舞台上,也是一派春色。人们自编自演,载歌载舞,欢唱丰收,欢唱修路,欢唱去年冬天掀起的全面规划建设。县一中教师们表演的活报剧,尽情幻想着几年后吐鲁番的新面貌。剧的结尾,演员回到了当前,用维汉两种语言鼓励正在为实现这个不远的远景而辛勤劳动的观众,并且表扬了带头参加劳动的领导干部。台上和台下笑声和掌声交融一片,那热劲儿,那响声,简直要把这座小小的礼堂抬起来。

礼堂是春节前夕刚刚翻修完工的,可容三四百人,这晚上却到了千人左右,窗台上、墙壁边、柱子上,都紧紧地贴满了观众,大门口还挤满渴望看节目的人群。我还从来没有参加过这样拥挤的晚会,虽然坐得不舒服,秩序难免紊乱,却是那样盛况空前,充溢着腾腾的热气。

我们是到吐鲁番寻春来的,不待"寻",春光已自四方八面扑来,令人应接不暇了。

## 道路通向新的高潮

第二天,我们到五星公社去。在公社管理委员会门口,放着许多崭新的木牌子,白漆油亮油亮,散发出一种使人联想起新建筑的兴旺的气息。木牌上画着各种符号，写着"岔路""桥梁""时速限制""鸣笛"等字样。这是社员们自动赶制的路标，他们要把心爱的新道路装备得齐全完美，像个正规的国家公路的样子。

多少年来，"农村"这个词儿总是一下子就使人想起坎坷蜿蜒的小路、高低散乱的田块和横七竖八的房屋。小农经济嘛，谈得上半点有计划的建设？如今，阶级关系、生产关系有了地覆天翻的变化，战胜灾荒之后生产连年发展，又取得了社会主义教育运动的胜利，人们迫切要求改变旧有的落后的农村面貌。去年，有些社员去石河子参观了新疆建设兵团农八师的规划建设，那种现代化的社会主义大农业的面貌，使他们深深地羡慕和激动。秋后，有些生产队便修起路来。自治区党委和吐鲁番县委领导根据群众的要求和生产发展的形势，派来了技术人员，开始了全面的规划，包括丰产条田、新居民点、防护林带、排灌渠系、田间路网……修道路，便是第一个战役。祖祖辈辈走惯了的狭窄弯曲的小道，将要被宽广平直的大路所替代，农村的面貌，从此要大变了。

我们到达的时候，修路工程接近收尾，第二个战役——植树和修条田已经开始。但是，人们仍然喜欢回忆一月份大修道路的情景。参加了县里和公社里的规划训练班，听了传达，干部和社员都兴奋地说："这回，可知道社会主义的农村是什么样子了。"于是，五千人聚集起来，战胜了严寒冻土，用短短的二十天时间修起了五十几公里路，搭起了许多坚固的木桥。过去，维吾尔族谚语说："火是冬天的花朵"，修路的社员创造了新的谚语："火种就在人的身上，劳动才能使花朵盛开"。不是吗？数九寒天，十几岁的少年人穿着单衣干活，却仍是热汗淋淋，妇女们把孩子托付给临时托儿所，踊跃地投入了这个热潮，她们的衣着虽然比较讲究，干起活来却是一样泼辣，鲜艳的头巾与多彩的绸裙，正是冬日苦战中缤纷的花朵。雅尔湖一对七十多岁的老夫妇，特意走了十几公里来看新路新桥，看着看着脱掉了外衣，抡起砍土镘和大伙儿一道干起来了。幸福大队高龄的依拉洪老汉,坚决要求分给他四十米的任务,怎么劝也劝不住。有三个留在村里积肥的小伙子,要求参加修路没被批准,哥儿仨一合计,就在收工晚饭以后去到工地,趁着月光,一晚上修了十几米。

他们给新修的路起上动听的名字:"光明路""幸福路""高潮路"……并统称之为"社会主义的路"。正是"社会主义的路",才无比地吸引着四面八方的男女老幼。当碰到地形障碍或房屋的阻挡时,技术员计划绕个弯子,社员群众却不答应,他们宁可多挖、多抬几十方冻土,多拉几车沙石,甚至搬移房屋,也要把路修平,修直,修科学,修理想。他们的道理简单而又明确:"因为这是社会主义的路嘛。"

路修好了,人们走在笔直的新路上高兴得唱起歌,跳起舞。有的老乡收工很长时间了,还久久地躺在新完成的便桥上,舍不得走。上游大队的吾斯曼,清早去淘坎儿井的时候还走的旧路,傍晚收工,大路已经畅通,他快活地沿着新路大步向前走啊,走啊,一直走过了自己的家门,一直走出去很远很远……回家以后,他兴奋地编了好几首诗。

是的,这不是普通的路,它的修建,是战胜各种困难和阻碍的硕果,是人民公社不断发展和壮大的一个象征,是新的生产建设高潮到来的先声,各族人民正昂首阔步,行进在自己建造的新道路上。

## 在阿尤布老人家里

许多次,吐鲁番的人们不无遗憾地对我们说:"你们来得有点不是时候,花没有开,瓜没有熟,葡萄还没有结果啊!"

我们呢,感谢他们的关切,但也觉得,人们待客的热情和田园生产的繁忙景象,比什么都甜,比什么都好看。

从公社到五星大队,我们在沙石均匀的弧形路面上行走,只觉得足下生风,春光正好。透过春灌后田野上的氤氲,可以看见马拉播种机在播春麦,撒播改成条播,今年将大幅度地增产。是谁咚咚地敲响了小鼓?呵,冬眠的青蛙苏醒了,在展阔改直了的渠道里,它们可嬉游得更舒畅些?赶大车的把式为什么这样高高扬鞭,威风凛凛?呵,自古以来的铁钉高轮换下了,替代它的是上海造的胶皮轱辘,新路嘛,就要有新的速度!还有更快的呢,一辆辆卡车驶过,拉的是化肥和树苗子……

靠近书声琅琅的学校,住着五星大队的贫下中农委员会主任阿尤布老人。在那儿,我们度过了难忘的一下午。

老人七十八岁了,满脸满手细密如网的皱纹里,不知刻印着往年的多少辛酸,微驼的脊背上,曾经承担过旧日的无限凄苦。在公社展览馆里我们看到过他的家史,他为地主扛了五十七年活,妻子被地主折磨死了,十个孩子,有九个在饥馑和疾病中死去。

现在呢,他住在过去属于地主的房子里,宽阔的前廊,石阶下流着清澈的渠水,母鸡勤快地啄食,白羊舒适地嚼草,满院的桑杏即将抽芽……

虽然我们是头一次见面,老人却像见到了久别的老朋友一样,用颤抖的双手紧紧握住我们的手不放,他激动地告诉我们,肉孜节那天,县委李书记和其他领导同志来看望他,碰巧他去马号照料牲畜,没能见着。于是他带上干粮,步行到县里给县委领导人回拜。李书记要派车子送他,他却执意走了回来。

他说,穿惯了的牛皮窝子晒不得,旧日的苦难忘不得。过去当地主少爷把玩够了的、沾满屎尿鼻涕的残羹剩馕抛给他当饭吃的时候,他不止一次地问"胡大",究竟哪一天,才会出现一个公道的世界啊?

就是今天,就是现在!老人的整个心怀,向着新社会。去年,他出席了自治区团代会,给全体代表忆旧社会的苦,思社会主义的甜。他也常去学校给孩子们讲话,他告诉下一代,他现在每天做三次"乃马孜"(礼拜),一愿孩子们好好学习,二愿他们长大了当解放军保卫祖国,三愿他们永远听毛主席的话,事事听毛主席的话。

老人用关内常见的铜嘴烟袋锅吸着莫合烟，熟练地交替使用着维汉两种语言。说到地富等阶级敌人怎样仇恨他，他骄傲地笑了。他说，小树容易被风拔起，那是因为根子浅，共产党和毛主席，是把根子扎在无数贫苦的劳动人民当中的，这样的大树，怕什么妖风邪雨？而他，跟着共产党和毛主席走，还有什么可怕的呢？他说起他去乌鲁木齐的印象，说他眼下最大的心愿是去北京看看毛主席老人家，当说到"毛主席"三个字的时候，泪水在他眼眶里闪烁。他还说到他怎样保持艰苦朴素储蓄了两千多块钱，又在社员有困难的时候全部借给了二十四户人家，他又说到这个冬春他们全家老小怎样为集体积肥，还说……

在他的胸膛里，装满了说不完的话。虽然他没有忘记吩咐儿媳阶前取水，煮茶待客，却一刻也没有停止他的倾诉。这是一般的应客言语么？不。经历了大半个世纪的凌辱，受尽人间凄苦的老人，在他的晚年过起幸福温暖的生活，眼前展示了无限美好的前景，他那如火如潮的万端感慨，是几天几夜也诉不完、吐不尽的啊！

最使老人眉飞色舞的话题，还是去年参观石河子的印象。"兵团的农场好得很，路宽宽的，林带直直的，房屋齐齐的……"老人从炕上站起，做着手势，流露出无限向往。接着他便问我们："新修的路看了没有？桥看了没有？植树沟看了没有？"他高兴地说："咱们公社，也要建设成那个样子！"

他三次、四次、五次地用维吾尔语汉语告诉我们："现在，我是一岁，全国劳动人民都是一岁。"这话初听有些费解，继而我们明白了他的意思，旧时代的梦魇一样的日子永远埋葬了，劳动人民的世界，不是刚刚开始么，劳动人民的春天，不是刚刚开始么？

送我们出村的时候，老人以矫捷的步伐去村口医院看望他收养的一个残废孤儿。他就是这样全身心地浸透了对公社、对阶级兄弟的爱和责任心，这个个子不高、微微驼背的老汉，正是顶天立地的新世界的主人啊！

## 赞规划队

吐鲁番的各族人民,在党的领导下创造着最美的春色,这里,也包含着汉族技术干部的劳绩。

在吐鲁番,我们三次去访问规划队。接受了教训,一次比一次去得晚,结果每一次都还有人忙碌在田间没有回来。茶水在火炉上沸滚,会计姑娘一再地温热她亲手做的鱼羹。技术员陆续回来了,满身尘土,满脸笑意。他们摸着黑,走了十几公里。这时边吃饭边谈着一天的劳动,有的叙述维吾尔族老农对自己是多么热情,款待以最好的甜瓜蜂蜜,有的形容社员的惊人干劲:"我们在前边放线,回头一看,不得了,生产队抢着砍土镘攻上来了。施工的催着放线的,放线的催着制图的,可真叫热乎!"于是,大家都笑了。对于一个技术人员来说,有什么比这更幸福?

也有的刚端起碗,维吾尔族同志来访了,于是放下筷子去迎接。有的默默不语,嘴里嚼着馍,眼睛却眨也不眨地盯着技术资料。有的念念有词学维吾尔语,吃一口,背一遍"塔马科耶"(维吾尔语:吃饭),就这样,紧张而活泼,直到深夜。

我和他们是在田头上相遇的,最初还以为他们是哪儿来的电工呢,黝黑的皮肤,粗壮的身躯,褪色的短外衣与沾满泥巴的靴子。他们手拿着水平仪、标杆,怀里夹着大卷图纸——条田的设计。按图纸整田地,多科学!规划队蓝图的实现,将是农业面貌的怎样的飞跃!我们的规划队员严肃专注地对照图纸,测高测距,耐心和悦地与公社干部、社员商谈问题。而他们之间呢,却时时迸发着激烈的争论:土地利用怎样才更经济,林带布局怎样才更合理,灌溉效益怎样才更能充分发挥。一切的一切,总是千斟万酌,不许有毫厘的差失,对国家,对公社,对民族兄弟负责,便是他们的最高的法律。

他们来自天南海北,江苏、浙江、河北以至黑龙江,谁也不把自己的小家放在心上。当问起他们的家事的时候,他们自豪地说:"哪儿农业还没有实现现代化,哪儿就是我们的家。"

就是。当一个地方建设得初具规模的时候,他们就该背起行装,转移阵地,开展又一次新的进军了。

在农业技术推广站,在水利局和水利工地,在林业站……到处都有同样的年轻的技术干部。他们的工作体现着党的关怀和汉族人民对于兄弟民族的深情厚谊,他们是农业建设的尖兵。允许我记下这蹩脚的诗,作为对他们的敬意和赞美吧:

> 塞外风云塞外沙,男儿报国走天涯。
> 匠心巧运千村美,慧手勤植万树花。
> 漫漫征尘欺袂履,扬扬神采焕眉颊。
> 留得春在山河笑,四野勤劳处处家。

## 塔尔郎沟战正酣

今年,五星公社以至吐鲁番全县,最大的农业工程要算塔尔郎沟大渠的兴建了,如果说吐鲁番弥漫着春意,塔尔郎沟便是春天里的春天。

我乘供销社送货的便车到塔尔郎沟去。从县城到塔尔郎,要穿过五十公里的戈壁。五十公里,在新疆是个渺小得使人发笑的数字。但是,坐在高高的货堆上,迎着疾风,这灰蒙蒙的戈壁缓缓起伏,似海连天,仍给我这个初进新疆的人强烈的印象。面对着这开阔而沉默的荒野,我忆起了儿时所读的童话。我多么渴望有那么一个英雄,给它以神勇的一击,于是,魔法消除,这黄沙顽石都苏醒了,复活了,原来,这里正是人间的乐土。

英雄何在?公社!神勇的一击是什么?水!

正是水。在吐鲁番,水等于一切。这里,有全疆最长的无霜期,有全国最足的日照,有取之不尽的硝肥,有开垦不完的耕地。但是因为缺水,现在有的公社只种着三分之一的已垦熟地。这里终年无雪雨,农事、畜牧、人的生活,全靠坎儿井和渠道,连合围的大树,忘了浇水都会死去。有多少水,便可以种多少地,栽多少瓜果树木,养多少牛羊,出现多少繁荣。

天山上的雪水多得很!多少代了,人们梦想着把雪水引到田里。塔尔郎渠的兴建,正是这一共同愿望的实现。渠的设计流量是每秒十二立方米,超过目前全县坎儿井流量的总和(自然它不像坎儿井那样四季长流,流量稳定),可以扩耕土地五万亩,占目前全县耕种面积六分之一弱。昔日的豪杰能把东风"借"来,今天的英雄就要把高山的雪水"借"下。

当然也有困难:修这样一条渠,要使旧河改道,要炸掉戈壁陡坎,还要穿涵洞过铁道,驾渡桥越公路。经过几年的酝酿与准备,从去年十一月,以五星公社为主,联合葡萄、红旗二社,来到这里,开始了艰巨的战斗。

国家调运了洋灰、木料、卡车支援他们。铁道部门更是发挥了工农联盟与民族团结的精神,把养路工区的住房大半让给他们,宁愿使自己的办公室也住上家属,或者两家家属并在一间屋里。工地的工程和生活用水,也全靠倒班的火车司机牺牲休息时间挂单机运送。但是,修这三十多公里长、全部卵石砌浆的大渠,主要是靠公社自己的财力劳力,靠社员的冲天干劲。在县里,我已经听到风传的塔尔郎民工的事迹,许多人起五更、睡半夜,假日也不休息,在那儿,超过定额两倍完成任务已成为平平常常的事情……

我多么希望看一看这夺水的大战。汽车转了几个弯,开始爬一个个的陡坡。咻咻的汽车哼喘声中,首先看到的是平地升起的一道道炊烟,地窝子里正在烧饭。戈壁滩上的炊烟,让人觉得多么亲切温暖。轻烟中,出现了来往运输的大车、毛驴和古老而又年轻的骆驼。轰的一声,一次爆破,硝烟中我看到迤逦的"散兵线",两千多人,排成一字长蛇阵,运土砌石……

如果说江南水乡的插秧引起牧歌般的情趣,如果说激流运木的场面万般惊险紧张,那么戈壁荒滩上的水利工程就给我一种庄严、崇高的感染……

但是,请你再走近一点,请你与民工们拉拉话,请你和他一齐干点活,你就会发现,苦干绝不意味着愁眉苦脸。在这里响彻着平凡而又喜悦的调子。那些分组接力赛似的铲土的小伙子,每一锨都铲得那样满,扔得那样远,兴致勃勃,活像天真的竞技。那个维吾尔青年就更绝:戴着喀什花帽,一个人捡着足球大的石块,掷铅球似的砸向已经裂了缝的沙石陡坎,果然,不一会儿,在石块的冲击下,大片沙石坍塌下来。还有砌渠底的活儿,绣花般细致:每一块石头都必须和其余六块交错,这样才结实,拽不出来;而渠底必须砌成圆心角七十七度二十分的弧,错一点技术员就让你返工。背石头的人弓腰弯背,承担着一二百斤的重量,却唱起了动人的劳动号子。

什么劳动号子?"嗨哟哼,嗨哟哼……"还有苏北的方言小曲。我正在惊奇,他们走过来主动打招呼了,他们是江苏省的支边青年,和维、回兄弟共同劳动在戈壁滩上。他们中间的姚仁元小队,创造了每人每天挖土八立方米的高纪录,超过定额四倍,带动了全体。

工地上的生活条件是艰苦的,大家睡在狭窄低矮的地窝子里,由于运输不便,中午只能吃点干馕喝些开水。但领导上仍是尽全力改善生活:一位塔塔尔族的女医生巡回诊病,县联社与各公社都在这里设立了门市部,小小的帐篷里出售着纸烟、肥皂、葡萄干、糖果……铁道部门派来了理发师。晚上,各大队的伙房拉面条、炸油饼……

人们的心情更是舒展。我参加了五星大队的一个晚会:热烘烘的屋子里挤满了人,两个瓶子装上煤油,点上棉捻,高挂在屋顶,莫合烟发出了辣乎乎的香味。人们席地而坐围成圆圈,在听一个叫阿卜杜拉的青年演奏"弹拨儿"。一曲终了,大家鼓着掌高声呐喊,我只听得出"汉族,汉族"。哦,大家要求听一个汉族歌调。于是阿卜杜拉放下弹拨儿,拿起小提琴,用很标准的姿势拉起了电影《上甘岭》

的主题歌《我的祖国》。

而后大家纷纷起立,唱着,跳起了健壮的男子舞蹈。虽然衣服上尘土还没抖落,汗水还没有揩干,但是他们跳得那么自如、那么有韵味、那么酣畅。

工地生活的光彩和欢乐,是一切小家室的微温的恬适所不能比拟的。有二十多对年轻的夫妻坚决要求来共同修渠,把娃娃也带来了。白天,孩子们在戈壁滩上游戏,他们去背石抬沙,晚上,他们带着孩子载歌载舞,欢庆一天的工程的进展,没有比这样的家庭更充实和美满的了。

全部工程要一九六五年才结束,现在,他们正抢在春耕大忙与洪水到来之前完成渠首与防洪堤工程。县委的计划是,今年就先引部分水到公社的田地果园里,到村庄里。这样,既有长远的目标,又是当年见成绩。人们热切地盼望着迎接天山的雪水。青年雅可夫·吾守尔写了一首诗,可惜,原稿不在了,据其大意,编写如下:

  塔尔郎沟的水渠啊,
  你是打开幸福的钥匙,
  不等把你修好,
  我绝不离开工地。
  等着乡亲的愿望实现了,
  天山的雪水引下来了,
  给我一块小木板吧,
  我的心爱的木筏子,
  我要乘坐着你,
  让渠水把我送回家里。

入夜,我披着老羊皮大衣,躺在帆布床上,长久不能入睡,只觉得周身热血沸腾。直到天将破晓,送水的火车来了,传来了急促的机车的喘气声、摩擦声,同时响起了高入云霄的汽笛声……

我们在吐鲁番只呆了短短的十几天。短短的十几天,就使人耳目豁朗,意志奋发,精神抖擞,好比经受了一次春天的洗礼。各族人民在党的领导下,用勤劳的双手所缔造的春光是无限的。我们看到的只是一小部分。不是么,与塔尔郎水渠堪称姐妹的,艾丁湖公社的大草湖渠道工程也正在胜利进行。葡萄沟水电站第二期工程即将开始。在火焰山公社,有七百多名社员吃在地里,住在地里,分秒必争地适时种麦。他们公社的春风大队新扩建的五百亩葡萄园,也已经动工……

人们爱把燕子当做春天的象征。吐鲁番有没有燕子,我可不知道。但是,我从来没有见过像吐鲁番这儿这样多的小鸟。在县人民委员会的院子里,有六株杨树。临别那天我去县人委,只见每一株杨树的每根枝梢上,都站着一只鸟,还有些找不到栖止地方的鸟儿来回飞着。几百只鸟迎着和风,沐着阳光歌唱春天,那就不仅轻巧明丽,而且很有些奔腾喧闹的气势了。我久久地欣赏着这群鸟鸣春的情景,思索着十多天来吐鲁番的印象。如果说,一只燕子就可以预告春天的到来,那么,今天的吐鲁番,报春的便是百只、千只、无数只鸟儿。春天在哪里?在五星照耀的"社会主义大道"上,在塔尔郎战役的硝烟里,在规划队的蓝图里,在阿尤布老人的新的"乃马孜"里,在戈壁滩上的江南劳动号子里,在每一个抡着砍土镘、骑着毛驴,在田头上、在地窝子里的维、回、汉族社员的眼睛里、微笑里和心窝里。这是什么样的春天啊!人人关切着、期待着和创造着的新的生产建设的高潮,到来了!

发表于《新疆文学》1964年第5期

# 民 丰 小 记

  如果你打开地图，也许得费点劲才找到标着"民丰"的这个小圈圈。从乌鲁木齐到民丰，要穿天山、绕沙漠、沿昆仑走上五千里路，坐班车净走十一天。而从乌鲁木齐到北京，还有八千里路的"云"和"月"。也许你还会注意到，民丰这个小圈，正位于塔克拉玛干大沙漠的紧边缘，甚至有些地图干脆把这个小圈圈画在标示沙漠的密麻麻的黑点子里。

  就是这么个小而无名的地方。民丰全县只有一万三千多人，三个公社，而三个公社又被茫茫的沙丘分割，距离以百公里计。

  我有幸在民丰稍事停留。现在，离开她已经近一个月了。然而，总是想念她。有关她的诸种印象，萦回在我的脑里、心里、梦里。一想起这个遥远的小县，便感到说不出的温暖，而且有那么一种力量，向人冲激、使人振奋、促人深思。

  ……汽车以每小时六十公里的高速行进，狂风挟着沙尘昏黄蔽日，呜呜怪叫，车轮卷起石块，敲得车底的钢板砰砰地响。嘎的一声，车停了，原来是山洪冲断了公路。人们脱鞋挽裤，下水找路。车子终于怒吼着震荡着越水而过，水花顺着窗玻璃流淌。刚走不远，却又碰到倨傲地蹲在那里的、被一阵风送来的流沙堆。就在这貌似险恶的途中，时而看见一个个维吾尔族的养路工人，他们戴着鲜丽的小花帽，牵着高高昂首的骆驼，拉着刮板驱沙平路。他们脸上的自然而憨厚的笑容，使人们刚刚在无意中皱起的眉头顿时舒展了。

车到县城（其实，此县既无镇更无城，这里只是尼雅公社的一个巴扎，县级机关设在这里），一下车，头一个感觉是："怎么？这里是民丰吗？"宽宽的又直又平的街道，两行新植的白杨。为了防止牲畜伤害，树干上一色包扎着芦苇，树叶在和风中愉快地喧哗。树后面是崭新齐整的房屋，"民丰县新华书店""民丰县百货门市部""民丰县电影院""民丰县汉族食堂""民丰县民族食堂"，每一块白漆招牌上都用维汉两种文字分明地写着"民丰县"。民丰人更是热情而多礼，银须及胸的老汉捋着胡须向我们俯身致意，少先队员停住脚步高高地举起右手来。骑着自行车的小伙子见到客人，立时下了车，推着走过去，以示礼貌。连穿着彩色连衣裙灯笼裤，披着大白纱巾，骑着毛驴的妇女，也持缰鼓掌表示欢迎，还有骑着马的、唱着歌的、卖酸奶子的、在脚手架上运土坯的……人人都那么健康、开朗，把那么多亲切友爱的目光投向我们。

这儿就是民丰么？夜晚，当我闭了电灯，躺在县委的宿舍里的时候，又一次问自己：戈壁的荒凉哪里去了？风沙的暴虐哪里去了？落后、偏僻、闭塞都哪里去了？

第二天，我们去参观幸福渠。车子穿过尼雅公社和鲁卡雅公社。遍地是绿得发黑的小麦，安详丰满的桑树（民丰田里的桑树，是我在南疆看到的最多的）和清澈可人的毛渠。县委同志说，民丰虽小，生产却多样化，去年收获了八百来万斤粮食，今年又把牲畜发展到十七万多头。人们还造林、养蚕、捕鱼。民丰拥有两万亩地的梧桐林，今春又植树两万株，育苗五十亩。民丰的鱼湖，也是驰名的，产鱼大而无鳞，我们已在昨晚领略了它的美味。

说着说着，车子已经离开了美丽的绿洲，开进了缓缓起伏，一望无际的戈壁滩。幸福渠就修在杳无人迹的戈壁滩里。

幸福渠离县十五公里。底宽达六米，长达十余公里的干砌卵石渠道，活像一条苍劲的巨龙，稳稳地卧在戈壁滩上。它将把调皮的尼雅河的流水驯服，让它乖乖地为社会主义服务。民丰和南疆各地一样,终年基本上没有雪雨,她的存在,全倚仗尼雅河。尼雅河又和新疆的许多河流一样,根本没有什么河道。每年,昆仑山的雪水融化下来,便随心所欲、随势所之地四下流窜,形成许多大小河流,尼雅河便是其中之一。尼雅河是最不争气的一条河,一年只有五个月有水,水量忽小忽大,小了不够用,大了把渠道冲个稀糟巴烂。以往,区区民丰,只有些土渠,做梦也不敢想修什么卵石大渠。公社化以后,人们心气高了,力量大了,经过长久的勘查、设计、多方准备,终于从去年五月打响了修建幸福渠的战役。开始只有一百人在这里堆石挖土,秋收以后,全县三千多劳动力中来了一千多人修渠。人们睡在地窝子里,吃着骆驼刺、芨芨草烧火烤的干馕,喝着毛驴从村里两桶两桶驮来的宝贵的水,奋战了一冬春。今年春天,水渠工程虽然并未完工,却已能够初步利用。往年五月底才能见水,今年三月十八日水就到了地里。往年从河道到田头水要爬三个多钟头,今年四十五分钟就到了。往年这个时候,麦子头遍水还浇不完,今年已普遍浇了两遍。大秋作物的播种,也比往年大大加快,还多种了六千亩地。等到幸福渠完工了,那更不用说,增加三个月有水季节,成倍地增加流量,除了作物播种会更及时,田间管理会更充分,还可以开垦一万五千亩荒地。

我们怀着自豪的心情,参观了今年五一节落成的分水闸。这是"大洋"闸口,混凝土钢筋结构,洋灰墩上朱红的油漆漆着大字标语:"总路线万岁!""大跃进万岁!""人民公社万岁!"三面红旗的光辉,就这样照亮了这边远的小县,就这样唤醒了浩浩茫茫的戈壁滩。

也许,在全疆各地今年兴建的总数以万计的渠道中,这只是很小的一条。在吐鲁番,正在修建的大渠长六十公里,在策勒,正在修一条长达一百五十公里的大渠,其实,那是名符其实的人造河。但是,民丰的幸福渠给我的印象最深,真是难能可贵,这个空前的工程表现着民丰人的跃进的步伐和革命的气魄,它将彻底改变民丰的面貌。

民丰人做了许多工作,修渠、造林、扩种棉花、精管小麦、建立绵羊人工授精站以至于翻盖俱乐部、给电影队配备骆驼以加强远地的巡回放映……民丰有各色各样的风光，有绿水环绕的桑田，有风吹见羊的草场，还有昆仑山里的牧场——从那牧场到县里来，要走四天呢。凡此不表，这里，单记一记民丰的孩子们。

　　那天中午，有一群孩子在县委会的门口玩耍，男、女、维、汉都有。他们穿得很新，也很漂亮，质料多是丝绸、哔叽之类。我问："你们平常老是穿这样的衣服么？"一个孩子误会了我的意思，回答说："不，我们冬天穿棉衣，还有羊皮大衣。"我笑了，我想到，这几年新疆生产发展得很快，各族人民生活水平有很大提高。同时我也知道，维吾尔族人民没有置办家具的习惯，却普遍穿得好一些。我们继续谈话，这里的孩子有一个可喜的特点，就是差不多人人兼通维、汉两种语言。一个县委汉族领导同志的小女儿告诉我："我从小在维吾尔族托儿所，直到快上小学了才回家学汉语。"他们亲亲热热在一起玩丢手绢、跳房子，说说笑笑，交换使用着两种语言，显示了下一代的民族团结。他们的玩法与关内地区没有什么不同，只是跳房子抛砖的时候，要弯曲着右手从头后面抛下，而左手轻轻一扬，增添了几分舞蹈姿势的俏美。我询问他们的生活，他们七嘴八舌地大声说着，怕我不懂，还互相做着翻译或者自我翻译。他们的学校有汉族班也有维吾尔族班，有小学也有初中。六一节刚刚过去，全校举行了体操比赛和文艺表演，说着，有的就比画起练操的架势来。他们常看电影，最爱看《英雄小八路》和《阿娜尔汗》。于是，两个孩子对唱起《阿娜尔罕》中的插曲。有一个男孩子不多说话，却不住地一个人倒立、翻跟斗、后弯腰，似在吸引我的注意。果然我注视起他来。旁的孩子解释说，一个月以前，自治区杂技团来这里表演，这之后学校中就掀起了一个翻跟头、耍盘子的高潮。话说明白了，那男孩子也不练了，大家笑了起来。他们的笑声是那样爽朗、奔放，真令人觉得，在他们的心灵里，新生活的幸福饱满得都溢出来了。

1964 年 7 月

## 国庆的礼花

在建国初期,也许可以说那时是我们共和国的童年吧,节日的游行、阅兵和焰火晚会曾经怎样地激荡着人们的心!一进入九月份,国庆的准备工作已经使许多年轻人睡不着觉了,应该抬着怎样的图表和模型去向祖国汇报呢?应该穿哪一件毛衣、哪一条裙子来表达我们新中国的新一代的幸福和欢欣呢?要走什么样的步子,做什么样的动作,摆什么样的姿势让毛主席来检阅我们的精神面貌呢?一想起这些,我们简直兴奋得喘不过气来。

我们本来是半封建半殖民地,本来是"东亚病夫",本来是"华人与狗不得入内",本来是男人的长辫、女人的小脚、叉麻将的官员和抽鸦片的兵将……我们充满了悲愤,高唱着"团结就是力量",去"向着法西斯蒂开火",去迎接黎明。

多少先人望枯了双眼,多少烈士梦断了魂魄,终于,一九四九年在中国人民解放军的摧枯拉朽的进军中、在秧歌和腰鼓声中到来了。中国的上空,从此永远是"解放区的天""明朗的天",到处是飘扬的五星红旗,到处和时间赛跑的工农,到处是最可爱的人……而且有游行,在一盘散沙、灾难深重的旧中国的废墟上,巨人般的新中国已经神速地挺起了腰,看天安门前吧,鲜花、红旗、气球、和平鸽、笑脸。

"毛主席万岁!"一个口号表达着亿万中国人民的心,亿万中国人民衷心喊出来的正是这样一个口号。年富力强的毛主席、周总理、朱总司令……向着人民招手："人民万岁!"毛主席呼道。这样的景象可是中华民族的历史上曾经有过和可能有过的吗？

还有阅兵，喷气式飞机、火箭炮和坦克，海、陆、空三军，那时候，甚至连坦克排出的瓦斯吸到肺里似乎也是香甜的，这是几千年来，中国人民第一次有了自己的强大武装、自己的装甲部队啊！

入夜，探照灯的光柱交织在首都的上空，缤纷绚烂的礼花在我们的头顶上绽放，高音喇叭里播送着各民族的舞曲。也许，这些舞曲里最令人难忘的是新疆的迎春舞曲吧？多多多多拉多拉，咳，我们尽情地跳跃在五星红旗下面……太阳一出来，赶走那寒冷和黑暗！所有的交通工具都用来运送参加晚会的人。快一点去，快一点站在圈子里，和你周围的男男女女拉起手来吧，我们是亲人，是同志，有共同的欢乐和信念。

记得有几次逢上了大雨，人们不带任何雨具，照样参加游行，照样参加晚会，照样从傍晚跳到深夜，从深夜跳到天明。

是的，自然界的风和雨扑不灭我们的欢乐和信念，社会的风风雨雨同样也扑不灭我们的欢乐与信念。虽然在往后的年代里，在我们可爱的国家里也发生了一些令人惊愕、令人大惑不解以至令人痛心疾首的事情，虽然至今我们也许仍然有不少的牢骚和"气"，但是，当我们回忆起人们对新中国的热爱、希望和忠诚，当我们回忆起中国人民走过的光荣而艰巨的路程，当我们回忆起在我们年轻的时候、在我们的共和国年轻的时候，那盛大的游行和舞会、那阅兵和焰火，我们难道不为我们生逢其时而觉得骄傲和幸福吗？我们难道不坚信乌云终将散去吗？

许多的日子过去了，我们赢得了艰苦的斗争，也赢得了光辉的胜利，我们的国家和我们每一个人都成熟多了。我们失去的是孩子气，我们保持着、锤炼着、发展着的是始终不渝的热情、信念和忠诚。经过浩劫，我们的祖国又屹立在东方，并且开始迈出更加坚实和巨大的步伐。

　　为适应新的情况,在国庆节我们采取了更广泛、更多样、更有效也更经济的庆祝方式,大规模的游行、晚会,也许今后不会再搞了。但是,当年的节日的礼花,仍然在我们的心头闪耀着,永远闪耀着。

发表于《文汇报》1979年10月1日

## 我们三十岁

一九六四年,在新疆南部的叶尔羌河边,我们遇到一位善跳"刀郎舞"的皓发银须的维吾尔老人。当我们敬问他"高寿"的时候,他回答:"十五岁!"

他望着我们大惑不解的脸色,狡黠的两只眼睛里放射出喜悦的光辉,他解释道:"旧社会的那些昏天黑地贫穷愚昧的日子全都不算。我的生命是从一九四九年十月一日开始的!"

我们笑成了一团,笑声中还有人鼓了掌。这是几亿中国人民的共同的感情:几千年的封建社会,百余年的半殖民地半封建的屈辱遭遇,所有这些,都已结束了,中华民族的崭新的历史,将从一九四九年十月一日开始。

"五星红旗迎风飘扬""我们要和时间赛跑""我们唱一首心爱的歌……歌唱我们亲爱的祖国",这就是建国初期我们最爱唱的发自内心的歌。是的,那是我们的共和国的童年,我们像儿童一样的单纯、忠诚和快乐,"太阳一出来,赶走那寒冷和黑暗",我们以为从此前进的道路上撒满了鲜花,我们以为我们这一代人——在新中国成长起来的第一代青年的生活中只有温暖、光明和幸福。

后来事情的发展常常使我们感到出乎意料。我们的国家迈出了巨人的脚步,取得社会主义改造和社会主义建设的伟大胜利,我们进行了许多新鲜和大胆的实验。我们本来想建设一个举世无双的最进步、最合理、最繁荣、最强大的国家,但是,我们还没有完全掌握建设一个崭新的世界的规律。我们有时候提出了过高、过左的口号,有时候浪费了、滥用了人民群众的热情和忠诚,尤其是,有些事情上我们扩大了打击面,把本来是自己的同志当成了敌人……到了林彪、"四人帮"的时候,更用极左的伪装,把我们这个本来是那么光明、那么有朝气、那么蓬勃向上的国家投入到血泊和苦难里。

但就是在这血泊和苦难里,我们从来没有动摇过对党、对人民、对我们自己的祖国的信心。我们绝不相信,一个如此伟大、如此光明、曾经是这样万众一心、前途无量的国家会听任几个政治僵尸、政治骗子的宰割。我们绝不相信,一个如此英勇、如此严肃郑重的党会听命于几个政治狂人、政治小丑的驱使。

我们三十岁了,三十而立。战胜了林彪、"四人帮"这批魔鬼以后,我们的祖国脚跟站得更稳了。当然,"后遗症"不是一时半会儿能消除的。不少家庭,不少人都有自己的创伤,但我们更要关切的是我们的母亲——祖国身上的伤痕。许多的困难和麻烦摆在我们的面前,林彪、"四人帮"的流毒还在影响着一些干部和群众的社会主义积极性,阻碍着社会主义现代化前进的步伐……

但是我们怕吗?我们怀疑吗?我们能龟缩在余悸里无所事事或者看破红尘而袖手旁观吗?摆在我们面前的,或者是实现社会主义的现代化,或者是亡党亡国亡头,难道还有别的路吗?难道离开了母亲——祖国,还有我们自己吗?即使在林彪、"四人帮"最猖獗的时候,我们党的正气、我们民族的正气也没有被斩尽、被杀绝,何况今天呢?当回顾那惊心动魄的十年的时候,除了这场意外的浩劫使我们激动之外,更使我们激动万分的难道不正是我们的母亲——祖国战胜那些恶魔,在浩劫之后重新又顶天立地地站立起来的伟大的力量吗?

我们三十岁了,不再是孩子的天真,不再是年轻人的热烈而又难免荒唐,我们是那么清醒又那么坚定、从容。正因为我们已经不再轻信,正因为我们懂得了提防骗子,对实现四个现代化的总目标我们才信心百倍了。我们的前途的保障就在我们自己手里。我们要快一点包扎好自己的伤口,共同去医治母亲的创伤,我们要耐心地、切切实实地做一切有利于"四化"的事情。三十年的历史,三十年的经验,全党和全体人民的痛苦和沉思,终于选定了解放思想、开动机器、实事求是、团结一致向前看的道路,我们能在这条道路上从胜利走向胜利吗?我们能!因为有你、我、他,有九亿中国人民的共同的心愿和努力。

发表于《北京日报》1979 年 10 月 7 日

# 隔 山 乱 弹

——记在柏林欣赏的一次音乐会

俗话说,"隔行如隔山"。所以,老是抱着"外行可以领导内行"的玉律瞎指挥的人,是愈来愈吃不开了。但是,我倒要以"反潮流"的姿态问一句,如果不是"领导"和"指挥",而只随便议论一下,外行有没有发言权呢?我以为,有。

原因是,绝大多数内行都是以外行为服务对象的,外行就不免要对内行评头论足。饭馆不是专为炊事员开的,服装店不是专卖给裁缝师傅的,谁也没见过哪家医院门口挂过这样的牌子——"未获得医学博士学位者禁止在此就诊"。

基于这种信念,笔者竟然异想天开地要在这篇文章里谈谈现代派的建筑和音乐,虽然我对建筑和音乐的知识绝对不比北京猿人对电子计算机的了解多。可能真正的内行看完我的文章会笑掉大牙,那也好,省去了在口腔医院排长队的麻烦。

一九八〇年六月九日,我们中国作家访问团一行——冯牧、马加、柯岩和我应邀出席在西柏林交响乐厅举行的一次音乐会。晚会以前,陪同我们进行访问的德方翻译苏珊娜小姐告诉我们,这个交响乐厅的建筑是现代派的,建筑师已经去世了,但对于这个建筑的成败得失,至今争论不休——可见,所谓"有争议"乃是察之四海而皆有的正常现象,倒是"无争议"未免给人以寂寞感。我们还被告知,音乐会的前半部分,是现代派的音乐。

音乐厅建筑气度不凡,远远一看,只觉得它"奇"。头一条奇在说不上是什么形状来,方不方,圆不圆,尖不尖,平不平。如果从顶端向下俯瞰,是三个大小不同的正五边形依序内接。这种形状,与其说是建筑物,不如说是立体几何的图形。看来,数学和艺术也不是不可能通婚的。第二奇在它的线条上,别的不说,一进前大厅,但见楼梯扶手左拐右弯,前伸后延,斜插猛转,好像是在空中自由转折伸展的射线,奇诡、恣肆、强劲、错综、不规则,像游龙,更像天马行空(我认为左列四字不宜长期被永远健康的副统帅独占)。这种错综的线条处处可见,不论舞台照明的灯,舞台自身,通路,池座,莫不如此。甚至观众的椅子靠背也不在一条水平线上。

对于这个建筑的观感大大地帮助了我去感受那所谓现代派的音乐(我不说"理解",因为我不相信人们能够像理解一篇文章一样地理解一段乐曲,不相信音乐语言可以全部翻译成普通语言)。依外行隔山之见,除了见到"现代派"的交响乐所需的乐队人更多,乐器更繁复,音调、音量、乐器的变化特别频繁以外,它的主要特点同样是破碎(抓不住主旋)、错杂,和由此而生的立体感。它忽而尖厉,忽而低沉,忽而颤抖,忽而长叹,忽而刺耳,忽而悦耳,忽强忽弱,忽刚忽柔,忽东忽西,忽断忽续。它在蔑视一切谐和中寻找自己的和谐,它在否定一切旋律中形成自己的旋律,它在飘忽不定、错综的、斜风阵雨般的击打之中,去冲击听众的心灵。

打一个粗俗的譬喻吧,听传统的乐曲好像在流水里洗澡,这个流水可以是山泉,可以是小溪,可以是大河,也可以是奔流直下的瀑布。不管流水怎样弯弯,总有它明显的趋向,上游和下游,既标志着时间先后,也标志着空间的远近,时间和空间是一致的。而这种现代派的乐曲呢,恰如洗一个立体淋浴,喷头(不如说是"水枪")来自四面八方。忽浇头而下灌,忽迎面而扑鼻,忽连推又带搡,忽钻耳又刺肋。当然,这种东西如果搞得过分,特别是对于缺乏淋浴经验的人,也许无异于受刑,但是在许多情况下,却也可能与小溪温泉异"水"同工,同样能开毛孔,去污垢,荡心胸而增精神。

由此,笔者联想到自己看过的当代西方的一些电影和小说。这些作品的结构,同样具备上述多线条和快节奏的特点:乍一看破碎而且混乱,甚至令人莫名其妙,"丈二和尚摸不着头脑",细琢磨一下,却叫人感到这种多线条、快节奏的艺术形式,确实有它自己独特的表现力,有它存在的理由。

一笔抹杀现代派的艺术对于我们是轻而易举的,任何文艺流派都有三六九等,都有混珠的鱼目。举几个最极端的例子——如猩猩作画,小狗合唱,无声音乐……由此宣布现代派艺术的死刑,是不费吹灰之力的。但其结果,被抹杀,被处死的不一定是现代派艺术,倒是我们本身的耳目聪明,头脑活跃。不论怎么说:"采菊东篱下,悠然见南山""独坐幽篁里,弹琴复长啸"的时代已经一去不复返了,山呼万岁,叩头流血的日子也难以再来,生活本身,与古代比较,正在日益复杂化着和迅速变化着,艺术形式也必然会发生一些相应的变化,这其实是不依任何个人的主观意志为转移的事。

发表于《新观察》1980年第2期

# 我收听了《梦幻曲》

情一样深呀,梦一样美,
如情似梦,漓江的水……

这是一首诗里的句子,是的,梦,是美的。人们的梦,人们的幻想,来自生活,却又突破了生活的硬壳;它描绘着现实,却又能比现实更自由地飞翔;依恋着人生,却又补偿着人生难免的"此事古难全"的缺憾;它虚无缥缈,却又分外鲜明地、长久地留在心上。

年轻的时候,我们做过多少梦!在敌人的牢房里,我们没有梦见过遍插赤旗的神州吗?在吃野菜、啃树皮的时候,我们没有梦见过丰衣足食、社会财富像大河一样地涌流的新生活吗?我们梦见过情人,梦见过白发苍苍的父亲,梦见过已经壮烈牺牲的战友。我们梦见过航海,远洋轮船在如山的雪浪中间穿行;我们梦见过探险,驼队在沙漠中间辨别着方向;我们梦见过飞天,我们在太空遨游。我们还梦见过自己,梦见过人们获得了奖给英雄模范的大红花,梦见过我们会骑自行车了、会开汽车了、会开飞机了、会驾驶宇宙飞船了。或者,也曾经梦见自己成了杂技演员,每只手里耍着二十五只盘子。

经常做着美丽的梦的人有福了。即使在"牛棚"里,他们的脸上也会浮现出更多的笑容 。那些能够把梦想和现实结合起来的人就更值得向往了。从某种意义上说,一切的革命家、思想家、科学家、艺术家、技术改革能手……就是在梦想和现实之间架设桥梁的人。生活的意义,人类的前进,历史的运动,正是发生在这个桥梁上。

在我们的共和国刚刚建立的时候,生活的飞速行进甚至超过了最大胆的梦。那是一个行动的年代,而不是做梦的年代,因为道路已经打通而且明确无误,在那个时候做梦,似乎只是弱者和利己者对行动的逃遁。一切与"挽起袖子干干干"无关的思想与言论,都是多余的和有害的,更何况梦呢。有一个众所周知的优秀话剧《霓虹灯下的哨兵》,其中有一个小资产阶级知识分子林媛媛,在祖国正在发生着翻天覆地慨而慷的变化时候,却要童阿男坐下来听《梦幻曲》,当林媛媛说"它会把你带到银色的世界里去的"的时候,观众们哄然大笑了。是的,那是一个理所应当的轻视梦和嘲弄梦,鄙薄和厌弃《梦幻曲》的时代。

对梦幻的嘲笑是由来已久的。解放初期有一部长篇小说《动荡十年》,小说的主人公改造了十年还留着小资产阶级尾巴,因为他在参加革命十年之后居然还爱听一个"洋歌",歌中唱道:

从前在我少年时,
朝思暮想去航海……

显然,小说告诉读者,革命与航海,甚至与航海的梦是不相容的,因为我们的革命根据地是在山沟,而不是在太平洋或者大西洋的浩淼烟波之上。

还有一些短篇小说,描写了知识分子的男主人公和工农出身的女主人公之间的矛盾:大概都有这样的情节:男主人公赏月,想到嫦娥和桂树,而女主人公则声称,圆圆的月亮还不如一张圆圆的大饼更有用。

到了十年浩劫的时候,这种正当的,至少是可以理解的注重实际的传统被绝对化到了荒谬乖张的顶峰。不仅《梦幻曲》和在另一个著名话剧中被嘲笑过的《饮酒歌》被打入了十八层地狱,而且除"样板戏"和"语录歌"之外的一切音乐和歌曲以及它们的作曲家和歌手也都被打入了地狱。科学幻想、神话、童话都没有了。铅印的出版物上赫赫地写着对童话《小兔种菜》的批判,批判曰:"蔬菜明明是我们(?)贫下中农种的,作者却说是小兔种的,这不是睁着眼说瞎话吗?这不是骂我们是兔子吗?"

这样的批判发生在二十世纪七十年代,发生在具有五千年的文明史、产生过《搜神记》《西游记》《封神演义》《镜花缘》等作品的中国。

除去梦,一切心灵的活动、一切感情、一切美和文明都被消灭着。文学期刊,封掉;文学名著,烧掉;花盆,摔掉;唱片,砸掉;金鱼,扔掉;文艺团体,解散掉……剩下了什么呢?皮带,棍棒和"滚他妈的蛋"……

这种"革命"的结果是一片沙漠,精神上的荒凉甚至比物质上的贫困更可怕。人们的心灵像大旱后龟裂的土地,爱情诗和花间月下的散步没有了,男女之间剩下的只有赤裸裸的经济利害、等价交换和赤裸裸的性关系。温柔和礼貌都成了"反革命"、"资产阶级"的同义语,剩下的只有粗野、强暴、野兽般的自私。于是,上电车的时候谁踩了谁的脚,买东西的时候谁的嗓门大了点或者小了点,都成了吵架斗殴的根源,公共场合到处出现因鸡毛蒜皮而针锋相对甚至不惜流血牺牲的事件。电影、小说、音乐……没有了,剩下的是烟、酒、盗窃集团、流氓行为。理想被消灭了,剩下的是关系学、互相利用、"脚踩西瓜皮,两手抹稀泥""吃饱了混天黑"。

这多么荒唐又多么可怕!多么愚蠢又多么残酷!当我们回想这些事情的时候,我们甚至怀疑后人能否相信这些事情是真正发生过的。

好在这一切都过去了,我们重新获得了生活的权利、爱的权利、创造和劳动的权利,也包括做梦的权利。粉碎"四人帮"后不久,当收音机里传出诗歌演唱朗诵会上王昆、郭兰英、王玉珍的歌声的时候,多少人的眼泪湿透了衣衫。后来,我们又听到了列宁喜爱的歌,听到贝多芬的《命运》交响乐,听到了《刘三姐》和《花儿为什么这样红》。最近,我又从收音机里听到了舒曼的《梦幻曲》。当我平心静气地听完一遍以后,不能不说,这是一支优美、舒展、深情的名曲。"梦幻"既不可笑又不可怕,也完全不意味着脱离现实。相反,不分青红皂白地鄙视和摒弃一切"梦幻"、理想和想象力才是真正可怕的事。我们需要各式各样的精神食粮,除了干预生活的匕首和投枪、号角的战鼓之外,我们同样也需要慰藉心灵、沟通心灵、愉悦心灵、温暖和润泽心灵的《梦幻曲》《小夜曲》,龟裂的纹路需要弥合,干枯的心田需要春雨,这甚至是关系着我们的精神状态是否符合实现安定团结的共同愿望的大事,也关系着一代人的文明和风尚。

不知道电台什么时候还会播送《梦幻曲》,我还想再好好地听一遍,微笑着。

发表于《文汇》1980 年第 4 期

# 记这一次"中国周末"

## 艾青,你真的来了吗?

艾青同志和我是到得早的,八月二十七日,我们就到达了美国旧金山,三十日夜晚,来到了衣阿华。聂华苓、安格尔一家——他们的两个女儿和外孙女,一起来到了机场。当我们坐到车里驶向"五月花"公寓的时候,保罗·安格尔兴奋地离开了自己的座位,蹲到了艾青夫妇跟前,他拉着手问:"艾青,你真的来了吗?"

是的,艾青来了,诗人经过了半个世纪的风云变幻,饱尝了战斗的庄严、试炼的严峻和胜利的欣悦,从地球的那一面,从我们伟大祖国的首都北京,来到了美国的衣阿华,来参加国际写作计划和中国周末的活动来了。

## 我们终于相会了

我们住下来以后,我盼着台湾省的作家的到来,已经三十多年了,海峡两岸的作家隔绝着。我们经常向主人询问台湾作家的情形。终于,在"中国周末"开始前三天,年仅三十出头的台湾的农村诗人吴晟先生到达了(另一位被邀请的作家却未能前来)。在他到来之前,我们已经读了这位诗人的诗,他的诗充满了泥土气息,表露着对祖国、对乡土的爱。

聂华苓女士在诗歌朗诵会开始的时候介绍说:"这次的'中国周末',有老一代作家——艾青,有中年一代的作家——王蒙,又有年轻一代的作家——吴晟,他们又分别来自台湾海峡的两岸……当我看到这两岸的作家相会的时候,我的心情是非常激动的。"是的,哪一个中国作家的心情能够不激动呢?历史的潮流是不可阻挡的,我们终于可以共聚一堂,互致同胞之情,交流创作经验,切磋艺术技巧了,这是多么令人高兴的事情啊!

## "我看到了完整的中国!"

到了九月十二日晚上,居住在美国的华人作家、诗人、学者纷纷到来了。这里有须发银灰的古典文学家、国际"红学"讨论的倡议者周策纵,多次回国访问过的女小说家於梨华,即将回国访问的年轻活跃的女作家李黎,即将回国的《秋水》文艺月刊负责人木全,热情洋溢的、打着鲜艳的红领带的诗人秦松,在台湾和海外十分著名的现代诗人郑愁予,专攻电脑,而又能像"电脑"一样文思敏捷的小说家张系国,来自西海岸的教授许介昱和小说家陈若曦,夏天访问过祖国、最近又去过台湾的教授李欧梵……一时间,在保罗和华苓的室内室外,阳台通道,布满了中国人,"幸会幸会""久仰久仰""我是您的作品的崇拜者""我昨天晚上还在读您的作品",到处是欢笑、握手和欣慰的目光,到处是"有朋自远方来"的喜悦,到处是交错的杯觥,衷心的祝福。

多少动荡的年代过去了,来自北京,台北,香港和美国各地的作家团聚在一起。一位作家激动地说:"我看到了完整的中国!"是的,我们希望这种共聚一堂的动人情景,还将在北京、在上海、在广州、在台北出现。

## 中国,中国,中国!

在九月十三日的诗歌朗诵会上,艾青自然成为所有的热情仰慕的目光的焦点。当郑愁予朗诵着他的写于一九三七年的诗《雪落到中国的土地上》里的最后几句:

> 中国,
> 我们在没有灯光的晚上
> 所写的无力的诗句,
> 能给你些许的温暖么?

这时,听众们歔欷了,包括来自欧美亚非的各国作家朋友,在听到英译稿以后,他们也感动和活跃了。

台湾诗人吴晟读道:

> ……教室后面墙壁上,
> 那一张海棠叶地图,
> 也亲切地和我道着早安,
> 在默默无言的对视中
> 小小地图上
> 每一支江河,逐渐澎湃
> 每一座山岳,缓缓升高……

不用再引用了。在衣阿华大学英语-哲学楼三楼的这一间大教室里,所有的诗句都化作一个声音,变成一个召唤,成为一个追寻:中国,中国,中国!

## 激烈而友好的讨论

也许,和诗歌的朗诵和讨论相比,参加小说讨论的人平均年龄要小得多,因而讨论也就活泼、尖锐,甚至可以说是激烈得多了吧?十四日上午,小说分组讨论在聂华苓的二女儿,舞蹈家蓝蓝家里举行。香港《七十年代》主编李怡一开始就表示希望大家不说客气话,直抒己见。我便响应号召直言不讳地批评了他编选"新写实主义"作品选的标准偏颇与窄狭,以及他对今年以来国内文艺状况的估计的差失。不少的人是同意或部分同意我的见解的,纷纷发表了他们的看法,希望对文学的研究和评价能更全面、更有深度、更有普遍性,不能简单地把文学作品当做一种政治宣传。另外一些与会者则表达了他们对李先生的论点的支持,表达了他们对国内文艺政策的忧虑或者批评。自然而然地,他们向我多次发问,而会议主席也提供给我多次发言和不受时间限制的特有的便利。对于各位关心祖国文艺发展的朋友提出的问题,我尽可能提供了个人的看法,例如当我听到一些与会者对"安定团结"的责难的时候,我问道:"我简直不懂得您们为什么竟有人不喜欢安定团结?而我们盼望安定团结已经盼了多少年,多少代!安定团结,对于我,就意味着我再也不会无辜被打成右派,再不会搞那种一刀切的政治运动,再不会发生打、砸、抢、抄、抓,而且,只有安定团结才能有所改革,有所前进,难道我们不需要安定团结却需要动乱吗?"

讨论是坦率的,热烈的,友好而又恳切的,以致吃过午饭又"加班"讨论了一个多小时,人们还依依不愿散去。许多人都反映,今年的讨论比去年前进了一步。许多人都赞扬我发言的清晰与诚恳。当然,这不是对我个人的褒奖,而是对祖国的作家的亲切与尊敬。李怡先生也表示,经过坦率的争论,将会增加祖国与海外的作家的相互了解和友谊。至于看法不同,是当然的,各自的个性将得到保持与尊重。

与小说的讨论相比,应说诗歌的讨论要平和一些。艾青发表了他对诗的看法,而吴晟则在会上又朗诵了他的一首诗《阿爸偶尔写的诗》,诗中写道:

阿爸偶尔写的诗……
　　只是一些些
　　安分而无甜味的汗水

　　与会人普遍认为,吴晟的诗的意思与艾青的发言的意思是十分相近的。

　　在十五日下午举行的"海峡两岸小说"的讨论大会上,於梨华、聂华苓、李欧梵、李黎、敖敖、许达然、陈若曦、李怡和我都发了言,在讨论中被提到的作品有刘宾雁的《人妖之间》(国内认为这是报告文学,不是小说,但海外似有人认为这也是小说,关于这个体裁分类问题我请教了一些人,没得要领)、茹志鹃的《剪辑错了的故事》、张洁的《爱,是不能忘记的》、我的《悠悠寸草心》与《蝴蝶》和台湾的作家陈映真的《夜行货车》与宋泽莱的《打中楠村》,有赞扬、有分析,也有各种批评,既显示了明显的观点上的分歧,也显示了交流的愿望和对祖国文学事业的发展的关心。

## 载歌载舞是深情

　　三天的时间飞快地过去了,有访问,有交谈,有争论,有互赠书籍画册,有互留地址和依依话别。但是,也许同样会留下深刻印象的是那些融洽而轻松的欢聚,那一阵又一阵的开怀的笑声,和那一杯又一杯象征着友谊和善意的酒浆吧?美国约翰·迪尔公司的宴请,密西西比河上的夜游,衣阿华州长和夫人远道赶来参加保罗和华苓的招待,当地画家刘国松和学者吕嘉行做东的晚餐会,特别是那一个又一个的歌儿,什么——

　　我有一头小毛驴
　　压根儿我也不骑……

……芳草碧连天

　　……今宵别梦寒……

　　一首接着一首，人们尽情地唱着、笑着，连年高望重的艾老也应邀用浙江话唱了《大刀进行曲》，我唱了两句京韵大鼓，而聂华苓，虽然一听要她唱歌吓得倒在了地上，还是唱了：

　　大板子的石头硬又尖啊，

　　西瓜大又甜啊！

　　保罗·安格尔朗读了他的一首又一首的诗，於梨华、郑愁予、许介昱都纷纷唱歌、作画。遇到大家都熟悉的歌曲，便自然而然从独唱变成了齐唱。不论什么歌，都表达着同一的民族的感情，爱国的感情，热望祖国早日统一和日益繁荣进步的感情。三天的时间，虽然只不过是短暂的一瞬，但是这种美好的情感和有益的交流所播下的种子，将长久地保留在每个人的心头，将会开花，结果。它是周末吗？不，它是开始，大有希望的开端，好日子，好事情，好运气还在后头呢。

9月18日写于美国衣阿华<br>发表于《新观察》1980年第8期

## 萨拉姆，新疆！

从一九六三年到一九七九年，我在新疆生活了十六年，从二十九岁到四十五岁，在这亲爱的第二故乡度过了我生命的最好时光。国内外都有一些热心的朋友，谈到我一九五七年后的经历时，强调我的命运坎坷、不幸。然而，仅仅说什么坎坷和不幸是不公正的，在新疆的十六年，就充满了欢乐、光明、幸福而又新鲜有趣的体验。

一九六五年，在"左"了又"左"的令人窒息的山雨欲来的沉重空气下，我来到维吾尔族农民聚居的伊犁巴彦岱公社。语言不通，形影相吊，开始的时候，陪伴我的只有自己那个小小的行李卷和一对在梁上做巢的新婚的燕子。然而，维吾尔族的乡邻父老像迎接自己的子弟一样迎接了我。每天，我喝着阿帕（维吾尔语：妈妈）亲手烧的奶茶，手持砍土镘下地劳动，并且向他们的每一个男女老幼学习维吾尔语。一个字又一个词，一句话又一段话，我终于可以和他们互通心曲了。学会了维吾尔语，生活在维吾尔农民中间，如鱼得水。到离开这个公社的时候，我已经可以任意推开某一家的门，而觉得如同自己的家一样了。

这真是不幸中的大幸，这甚至像是一个奇迹。在十年浩劫期间，尽管在一些报刊特别是某些传单里，我的名字和作品被谴责、被谩骂、被压在五行山下。但是，由于维吾尔劳动人民的保护，由于新疆的各族人民和知识分子的保护，我的人身并没有受到任何伤害，我过着有意义的、充满友谊的、温暖的劳动和学习生活，积累了许多知识和生活经验。

"改正"以后,有人说我身体好、精神好,有人说我写作"旺盛",这在很大程度上要归功于新疆人,特别是维吾尔农民、维吾尔知识分子对我的关怀和爱护!

我觉得,绝大多数情况下,题材、思想、想象、灵感、激情和对于世界的艺术发现来自比较——对比。了解了维吾尔族以后才更加了解汉族,学会了维吾尔文以后才既发现了维吾尔文的也发现了汉文的特点和妙处,了解了新疆的雪山、绿洲、戈壁以后才更加了解东西长安街。物理学里有一个"参照物"的概念,没有参照物就无法判断一个物体的运动。在文学里,创作的辩证法里,也有类似的现象。新疆与北京互为参照,这是我的许多作品得以诞生的源泉。边疆的生活、少数民族的生活,大大地锻炼了、丰富了我的本来是非常弱小的灵魂。

我爱新疆,我想念新疆。它不但提供了创作的取之不尽的矿藏,它更给了我以坚定的信念。我曾经用一句有点粗俗的话表达了我的革命乐观主义,我坚信,不论走到哪里,都有那么多那么多好人,好人比坏人多得多!所以,我们的人民是有希望的,我们的国家是有希望的。

我并没有和新疆"断线"。离开半年,今年一月,我又造访了乌鲁木齐、吐鲁番、鄯善和昌吉。我和新疆的作家一起参加少数民族文学创作座谈会的时候,大会秘书处安排住房时仍然把我当做新疆的作家。现在,又传来新疆文代会召开的消息,我的心飞到了乌鲁木齐南门的人民剧场。萨拉姆,新疆的同行,新疆的朋友,新疆的人民!我相信,在新长征的壮丽的进军中,新疆的文艺园地上必定会绽放出最美最香的奇花,我们将共享这劳动和创造的欢欣。

发表于《新疆文学》1980 年第 11 期

# 火热的怀念

在建党六十周年的时候,我不由得想起了一九四九年解放初期,北京市两次全市性的党员集会。

第一次是一月底,解放军刚入城,在当时的国会街北京大学四院礼堂,召开了全市的党员大会,参加会议的有地下党员一千多人。那时党还没有公开,党员之间彼此没有横的联系。来到这里才彼此发现,"原来你是党员!""原来你也是自己的同志!"这样一个胜利的集会,令人激动万分。解放前统治北京的国民党反动政府和"华北剿匪总司令部",整天搞大逮捕,由军、警、宪三方组成"执法队",拿着机枪、大刀,大白天就在街上横冲直撞,说是抓到了"匪谍"(对革命者的诬称),有权"就地正法"。但白色恐怖挽救不了反动派覆亡的命运,也阻挡不住人民投身革命。人们来到了北大四院,惊喜地发现,解放以前,就在刺刀、盒子枪底下,我们在北京的党员已经有一千多人,多么令人鼓舞!例如仅在当时我所在的河北高中(现址为地安门中学)一个中学,就有两个平行支部(这是为阻止敌人破坏的秘密工作的需要),党员十七人。人心向党,人心思革命,国民党能不完蛋吗?

这次会议的一些场面,我曾作为素材写到小说《布礼》当中。记得会议从中午一点半一直开到深夜,解放军的将领和未来的北京市(当时还叫北平呢)的党政领导同志分别与大家见面,讲话,做报告。也是在这次会上,地下党员第一次大规模地学唱《国际歌》。会开到晚上,大家还没有吃饭,就由部队派出许多吉普车,到处购买烧饼、油条、大饼、窝头、酱肉……那种烧饼油条满场飞的热气腾腾的情景,会场上的那种热度,其实我在《布礼》中还远远没有描写充分。而且我相信,除非亲临其境,除非经历过白色恐怖、斗争、牺牲、围城、炮战……体验过那种盼星星盼月亮似的盼解放的心情的人,是难以体会到的。

第二次大集会在一九四九年七月一日,这也是我们多数同志第一次参加"七一"集会。前一个月就到处学唱《"七一"歌》,这个歌可能创作得并不理想,没有唱开,但当时我们唱起来还是很带劲的。歌中唱道:

　　七月一,七月一,
　　庆祝共产党过生日,
　　一人唱,众人和,
　　胸中的热血像黄河,
　　因为唱的是——
　　"七一"歌!

这次纪念大会是在先农坛体育场举行的,参加的是党团员。当时我已经是新民主主义青年团北平市工作委员会的干部了。那时对组织大会还没有经验,记得下午五点钟左右就排队到了体育场,一直等到晚上八九点钟才开会。中间恰好下了一场大雨,全体与会者就在雨中淋着,没有人叫苦,更没有人溜掉。相反,我们觉得有这么多以共产主义事业为己任,为革命不惜赴汤蹈火、抛头颅洒热血的党团员聚在一起,这本身就是无比珍贵的,有着无限意义的。我们共同度过的每一分钟,不论是等开会还是淋雨,都是充实的,它充满了革命的豪情,胜利的信心,会师的喜悦。国民党反动派已经被打跑了,如今,天是人民的天,地是人民的地,体育场是人民的体育场,下雨怕什么?下雨更激起了我们的革命豪情,斗争的欢乐!

雨停以后，又过了一会儿，毛主席和中央领导同志来到了会场。全场沸腾，鼓掌和欢呼就有半个多小时。当时这方面缺乏点"组织性纪律性"，大家拼命鼓掌，一定请毛主席讲话。会议主持人一再解释，主席不准备讲话了，但群众仍然是拼命鼓掌。最后，毛主席还是讲了几句话，算是满足了大家亲耳聆听主席讲话的迫切愿望。

会上，郭沫若同志朗诵了一首歌颂党、歌颂毛主席的诗，这首诗我至今还记得，其他还有什么人讲话，倒是忘却了。我只记得散会回到家的时候，已是次日凌晨三点多钟。我们走在路上，高高兴兴，晕晕乎乎，腾云驾雾一般。

从那时到现在，已经三十二年了。岁月如流，星回斗转。我们走过了光荣、艰难、曲折的路程。回想一下我们共产党人参加革命的初衷，回想一下战争年代、胜利年代人民的革命热情和党的崇高威望，对于我们在新时期保持和发扬革命传统，完成新的更加艰巨和光荣的任务，仍然是很有意义的。不把工作做得更好一些，能不惭愧吗？

发表于《北京日报》1981 年 7 月 2 日

## 冬 之 丢 失

　　一个道地的北方佬是不会不喜欢北方的严冬的。例如在我的第二故乡新疆,那飘飘扬扬的大雪似乎充满了热情,它们跳的舞蹈是现代的,铺天盖地,东歪西扭,熙熙攘攘,哄哄闹闹,而凛冽的寒风进一步意欲旋转整个宇宙。雪后天霁,谁能不被阳光下亮晶晶的一串串"树挂"所醉倒?每个行人嘴里都吐着白雾,每个戴口罩者眉毛上都结满了冰花,或者那也是雪花吧?天下过了雪,人嘴里又吐出了雪花。从马的粗大的鼻里喷出的白雾落到马脖子上,也凝结成了白花花的冰霜。

　　这是一个银白的、冻结了的世界吗?不,乐观的维吾尔人有一句家喻户晓的谚语:"火是冬天的花。"那鲜红的、奔放的火,不正像花,不是比花更富有活力么?有人的地方就有火,有家家户户取暖的火。火苗呜呜地叫着、闹着跳到火墙里,火墙烘得暖洋洋,人也睡昏昏了。还有炼钢炉的火,炒菜锅底下的火,火车头上的火和每个人心里头爱生活、爱祖国的火,原来,新疆的冬天里也有的是温暖啊!

　　但毕竟冬天是和零下许多度,和光秃秃的枝丫,和冰雪,和西北风,和街头滑倒的行人,和被风雪堵住的门窗,和厚重的棉衣与老羊皮袄联系在一起的。在北方人的大脑皮质的第二信号系统里,"冬"字不可能唤起别样的记忆和联想。

　　如果在我们的辽阔的祖国,却分明有着别样的冬天呢?你可曾见过这样的情景:十冬腊月,艳阳高照,杂树繁花,青波绿草,鸟语虫鸣,果鲜菜嫩,门开窗启,衣少身轻……

这是一个失去了冬意的冬天。这两种性格和姿态全然不同的冬季的距离,对于三叉戟和波音707来说不过是两个多小时。两个多小时以前,我们还在北京,两个多小时以后,我们就在广西了。冬天依旧而面目全非,伴随着惊喜的,不是还有点迷惑、有点慌乱么?

离开南宁已经有二十天了,南国的一月给我们的冲击却依旧在我的心田里引起许多余震。兴奋、迷惑和慌乱依旧保持在我的情绪里。那究竟是一种什么声音呢?嗡嗡的,像是觅着花蜜的成群的小蜜蜂,像是奔跑着、追逐着、喧闹着的孩子们,像是远方传来的飞机、汽车和拖拉机的马达在齐声欢唱。在广西南宁度过的三个星期里,日日夜夜似乎都有这样一种声响在吸引着我、逗弄着我。而且,这弥漫着的,暂时还是含蓄和羞怯的,却又蕴含着无限活力的声音是与南宁的绿树与阳光同在的。它们好像是一回事。挺拔中透露着潇洒与妩媚的桃榔,热烈中显现出朴质与尊严的芭蕉,自由的蒲葵,高贵的木菠萝,娴雅的荔枝、龙眼,个子虽大却给人以轻灵俊逸之感的小叶桉,还有执着的扁桃,洁身自好的枇杷,不愿惹人注目的丹桂,像诗一样多情、又像诗一样谦逊的木棉和红豆——相思树,当这么多脾气与外貌各不相同的树木参差和睦地生活在一起的时候,有感于同一个冬日也不减辉煌的太阳,它们能不交流吗?它们能不调笑吗?它们能不发出那神秘的、富有召唤力的嗡嗡声吗?

而它正盛开着红花。羊蹄脚,多么富有泥土气息的名字!因为你的树叶是两瓣的,像羊蹄。一听到名字我就想起新疆来了,哈萨克牧人的小毡房,山坡上的草场,山顶的云杉和山涧里的清水,都是些羊蹄踩过来又踏过去的地方。以你命名的树木把血红的花朵撒落在南宁人民公园的湖波上,双双对对的游人蹬着水上自行车在红花和绿水里穿来穿去。这一天是一九八二年新年,天气太好了,我脱掉了从北京穿来的太多的衣裳,迟疑了一阵子,又终于脱掉了我认为即使到了广西也不应该脱掉的线背心——只为了更好地靠近一下温暖的太阳。

　　我都有点不好意思了,南宁使我不时忘记了现在正是冬天。也许就在这同一时刻,天山脚下正飞旋着特大的风雪?北京的青年正簇拥着走进滑冰场的大门?而这里,满街是绿树,是柑橘和香蕉,是水灵灵的硕大的蔬菜,是零售的为去掉涩味而用含盐水浸泡着的菠萝块。满街上的行人又有谁在意这是不是冬天呢?

　　不是冬天!那树叶和白云对我说。永是春天!那池水和游人对我说。农贸市场的"山珍"和"海味"——木耳、冬菇、冬笋、锦鸡、穿山甲、鱼、虾、蟹,以及人们身上的和百货店货架上的每一件新花色、新样式的衣服,不论是尼龙绸还是南宁特产的麻涤制品,都在应和着这绿色的欢呼。我开始听得懂南宁冬天的嗡嗡声的含义了,这是永恒的春天对生活、对人的召唤。谁听到这召唤,就会血流加速,就会心潮起伏,就会浮想联翩,就会跃跃欲试,渴望着高歌、呐喊、用辛勤劳作唤醒每一块石头和每一寸土地。爱,献身,战斗,再也不能迟疑、等待……

　　在南宁绢纺厂,我访问了年轻的挡车女工钟勇健和汤凤琼,她们由于连续多年万米无疵布被评为劳动模范,去年秋天参加了市总工会组织的进京旅行,连民航都破例减收她们的机票费用。她们沉浸在幸福的回忆里,又一刻不停地踏上了新的无疵布的征途。她们的笑声汇合在织布车间的铿锵震耳的喧声里,也汇合到春天的召唤里了。

　　在工读学校,我们参加了广西壮族自治区领导同志给一度失足的可爱的男孩子和女孩子们赠书、赠电视机的仪式。看看他们通红的脸蛋和清洁美丽的衣装,听听他们的热烈的掌声和笑声吧,他们心里的冰雪,早已解冻了……

　　而在南宁东南郊的"农工商联合企业"(那是以生产行销世界各地的象山牌罐头而著称的),我参观了柑橘园和菠萝田。特别是那里的衣着朴素的农业科学家们,他们正在试管里用一小片一小片的菠萝叶子进行繁殖优质菠萝的新方法的试验。菠萝，一般是每结一次果，老株就渐渐枯干了，而新根就会生出新芽、新茎来，这种方法不但周期长，而且多半只能更新，很难繁殖。现在，科学家们正在把良种菠萝的绿叶切割成小片，再分别放在试管里培养，硬是从一小片菠萝叶上培养出新的根茎、新的植株来，这巧夺天工的匠心和技术！科学正在默默地夺取春天，把春天牢牢地抓在手心里，固定在试管里，然后是苗圃，然后是大田，把春天成百倍、成千倍、成万倍地扩展……

春天的景象是各式各样的。比如，我们曾经去拜访一位记者同志，这位五十年代的复旦大学毕业生，不但被"错划"过，而且被"错判"过，他有过十五年的被监禁的沉重经历。只是在三中全会以后，他的沉冤才能够得到平反，他才得以恢复工作、成家立业。他把他的新近降临人间的大胖小子抱给我们，又忙不迭地把电唱机摆在地上，给我们放世界名曲。是不是他还有点不那么习惯、不那么善于过一种安定而又幸福的生活呢？你看他家里的东西堆放得多么乱啊，难道先进的带两个音箱的电唱机却要摆在地上使用么？然而，我仍然在这里感受到春天的喜悦、春天的乱糟糟，婴儿的啼哭和帕格尼尼的小提琴都属于这同一个春天的奏鸣曲。

还有工人文化宫里的集体婚礼，鞭炮齐鸣，锣鼓铿锵。体育馆的迎接新年联欢，有几个出身广西的世界技巧比赛冠军参加了表演。还有环经街和阳上街两个街道居委会开展"五讲四美"活动的经验。还有温暖的邕江，毛主席当年冬泳的地方和气派少有的邕江剧院。剧院侧面的喷水池和凤尾竹有多么美丽！还有始终不辍的来自地球的各个角落的游客。有一个美国的自行车旅游团，他们从桂林骑着自行车来到了南宁。其中有一个名叫丽莎的科罗拉多州的年轻的女教员，在从南宁到广州的回程飞机上，我们的座位相毗邻，她向我提出了许多问题，对中国表现了巨大的兴趣。她问："你们真的是很快乐的么？"我说："当然，虽然我们也很困难。"她问："听说，能乘坐飞机的中国人都是经过严格挑选的特殊人物？"我说："问题的关键在于买飞机票,不管是中国人还是外国人,买了飞机票就能乘飞机。"她笑起来了,愿她也能感染一点中国的春意吧。

这篇短小的散文的题目原本是《冬》。我是从冬天,从风中狂舞的雪开始写的,我想写一写我们祖国的美好而又多样的冬天。写着写着,我迷路了,我走失了,我不知不觉之间把冬天给弄丢了,笔底下走出来的不是冬天,而是春天。我不愿承认这是由于我构思的低能或者"意识流"云云的混乱。请广西和南宁,羊蹄脚和棕榈科植物,请织布机的太响的闹嚷和金红灿灿的橘、橙代我作个检讨吧,是你们把我的冬天拐走了,你们把我搞乱了,使我困惑了。我时时用朔方原野上的风,用难以逾越的冰山,用呼呼叫的炉火和铜铃叮咚响的马拉雪橇提醒我自己,但我终于忘记了冬天,分不清冬天和春天的差别了。

反正这都是属于你和属于我的祖国,反正这都是属于你也属于我的时光。北方和南方,雪白的冬天和碧绿的春天一样的冬天以及所有的季节,所有的地方,所有的生活,反正我要为你而歌唱。

发表于《昆仑》1982年第2期

## 故 乡 行
### ——重访巴彦岱

  我又来到了这块土地上。这块我生活过、用汗水浇灌过六七年的土地上。这块在我孤独的时候给我以温暖,迷茫的时候给我以依靠,苦恼的时候给我以希望,急躁的时候给我以慰安,并且给我以新的经验、新的乐趣、新的知识、新的更加朴素与更加健康的态度与观念的土地上。

  高高的青杨树啊,你就是我们在一九六八年的时候栽下的小树苗吗?那时候你幼小、歪斜,长着孤零零的几片叶子,牛羊驴马、大车高轮,时时在威胁着你的生存。你今天已经是参天的大树了,你们一个紧靠着一个,从高处俯瞰着道路和田地,俯瞰着保护过你们,哺育过你们,至今仍在辛勤地管理着你们的矮小的人们。你知道谁是当年那年老的护林员?你知道谁将是你们的精明强悍的新主人?你可知道今天夜晚,有一个戴眼镜的巴彦岱——北京人万里迢迢回到你的身边,向你问好,与你谈心?

  赫里其汗老妈妈,今夜您可飘然来到这里,在这高高的青杨树边逡巡?您是一九七九年十月六日去世的,那时候我正住在北京的一个嘈杂的小招待所里奋笔疾书,倾吐我重新拿起笔来的欢欣,我不知道您病故的凶信。原谅我,阿帕,我没有能送您,没有能参加您的葬礼,您的乃孜尔①。那六年里,我差不多每天都喝着您亲手做的奶

---

  ① 乃孜尔,这里指人死之后举行的祭奠仪式。

茶。茶水在搪瓷壶里沸腾,您坐在灶前与我笑语。茶水对在搪瓷锅里,您抓起一把盐放在一个整葫芦做成的瓢里,把瓢伸到锅里一转悠,然后把一碗加工过的浓缩的牛奶和奶皮子倒到锅里,然后用葫芦瓢舀出一点茶水把牛奶碗一涮,最后再在锅里一搅。您的奶茶做好了,第一碗总是端在我的面前,有时候,您还会用生硬的汉语说:"老王,泡!"我便兴致勃勃地把大馕或者小馕,或者带着金黄的南瓜丝的包谷馕掰成小小的碎块,泡在奶茶里。最初,我不太习惯这种我以为是幼儿园小孩所采用的掰碎食物泡着吃的方法,是您慢慢把我教会。看到我吃得很地道,而且从来不浪费一粒馕渣儿的时候,您是多么满意地笑起来了啊!如今,这一切还都历历在目呢。可您在哪里,您在哪里呢?青杨树叶的喧哗声啊,让我细细地听一听,那里边就没有阿帕呼唤她的"老王"的声音吗?

笔直的道路和水渠,整齐的、成块的新居民点,有条有理,方便漂亮。六十年代中期自治区党委提出的好条田、好林带、好道路、好渠道、好居民点的"五好"的要求,关于建设社会主义新农村的号召,如今在巴彦岱不是已经实现了吗?根据规划建设的要求,我和阿卜都热合曼老爹、赫里其汗老妈妈住过的小小的土房子已经拆掉了,现在是居民区的一条通道。当年,我曾住在他们的一间不到六平方米的放东西的小库房里,墙上挂着一个面箩、九把扫帚和一张没有鞣过的小牛皮。最初我来到这个语言不通的地方,陪伴我的只有梁上的两只燕子。我亲眼看见燕子做窝、孵卵,看见它们怎样勤劳地哺喂那些叽叽喳喳的小燕子。在小燕子学会飞翔的时候,我也已经向维吾尔农民的男女老少(包括四五岁的孩子)学了不少的维吾尔语了。我们愈来愈熟悉、亲热了,按照你们的古老而优美的说法,你们从燕子在我住的小屋里筑巢这一点上,判定我是一个心地善良的人。于是,你们建议我搬到正屋里,和你们住在一起。我欣然接受了。从此,我们一起相聚许多年,我们的情感胜过了亲生父子。亲爱的燕子们哪,你们的后代可都平安?你们的子孙可仍在伊犁河谷的心地善良的农民家里筑巢繁养？当曙色怡人的时候，你们可到这青杨树上款款飞翔？

阿卜都热合曼老爹啊，我们又重逢了。在那些年，我把我的遭遇告诉了你们。您那天沉默了许久，您思索着，思索着，然后，您断然说："老王，不会老是这样子的。请想一想，一个国家，怎么能够没有诗人呢？没有诗人，一个国家还能算是一个国家吗？元首、官员、诗人，这是任何一个国家都不能缺少的。老王，放心吧，政策不会老是这个样子的。"您没有文化，您不会写自己的名字，您不懂汉语，没有看过任何书，然而，您是坚定的。您用您自己的语言，表达了您的信心，对于常识，对于真理，对于客观规律总比任何人的个人意志强大的信心。如今，您的信心应验了：诗人和作家在我们的国家受到了应有的关心和爱护。排斥诗人、废黜诗人的年代终于一去不复返了，而您，也已经老迈了……

还有二大队的支部书记阿西穆·玉素甫。一九七一年，我离开巴彦岱前去乌鲁木齐"听候安排"的前夕，阿西穆同志对我说："不要有什么顾虑，放心大胆地去吧！如果他们（指当时乌鲁木齐的有关部门）不需要你，我们需要你。如果他们不了解你，我们了解你。你随时可以带着全家回来，你需要户口准迁证，我这里时刻为你准备着。你需要房屋，我们可以立刻划出九分地，打好墙基。一切困难，我们解决。"这真是披肝沥胆，推心置腹！巴彦岱的父老兄弟呀，在我最困难的时候，你们给过我怎样巨大的支持和鼓励！古人说，"人生得一知己足矣"，而在巴彦岱，成百上千的贫下中农都是我的知己！在最困难的时候，最混乱的时候，我的心仍然是踏实的，我仍然比较乐观，我没有丧失生活的热情和勇气。至今有人称道我四十七八岁了还基本上没有白发，说我身体好。其实，我的青少年时期身体状况是很糟糕的，为什么经过了那么多动乱和考验以后，我反倒更结实也更精神了呢？那是因为你，你们——阿卜都热合曼、依斯哈克、阿西穆·玉素甫、阿卜都克里木、金国柱、艾姆杜拉、满素艾山……你们支持我,帮助我,知己知心,亲如父子兄弟,你们给了我多少温暖和勇气!不是吗?当我来到四队庄子上,看望依斯哈克老爹的时候,他激动得哭个不停。心连心,心换心啊!此意此情,夫复何求?

慢慢地在青杨掩映的乡村大路上前行吧,每一株树,每一个院落,每一扇木门,每一缕从馕坑里冒出来的柴烟,每一声狗叫和鸡鸣都会唤起我无限的怀念。清清的小渠啊,多少次我到你这里挑水?阿帕是贫寒的,她的水桶一个大一个小,她的扁担歪歪扭扭,严格说来那根本不能叫扁担,因为它一点也不扁,而是一根拧了麻花的细棍子。那东西压在肩膀上,才叫闹鬼呢,它好像随时要翻滚,要摆脱你的手心⋯⋯就是这样,我用它挑了多少水啊。而当枯水季节,或者当小渠被不讲道德的个别人污染了的时候,我就要沿着田埂向北走上三百多米,从另一处渠头挑水了。给房东大娘把水挑满,这也是党的传统,党的教育,党的胜利的源泉啊,我能够忘记吗?即使我住在冷热水龙头就在手边的地方,我能忘记这用麻花扁担挑着大小水桶走在巴彦岱的田野上的日子吗?

继续往前走,就是原来的大队部了。我不由得想起一九六五年到一九六六年,我们每天早晨天不亮就聚集在这里"天天读"的情景。我把"天天读"变成了学习维吾尔语的好机会,我认真地背诵着"老三篇"的维吾尔译文,并且背下了上百条"语录"译文。一方面做学生,一方面又担任教维吾尔新文字的"先生",有许多个早上我在这里给大队干部教授拉丁化的维吾尔新文字。那齐声朗诵 A、B、C、D 的声音,还在这里回响着吗?

当然,原来的大队部也使我想起那阴暗的日子,一阵"炮轰"以后的半瘫痪状态,"一打三反"时候的恐怖气氛⋯⋯这些,已经成为往日的陈迹了。我会见了艾姆杜拉和司迪克,艾姆杜拉已经被落实了政策,担任巴彦岱中学的教员,一家十一口,也转为吃商品粮的了。"你现在和队上没有什么关系了么?"我问。"呵,如果我给队上缴一车肥料,队上就给我一车麦草。"他笑着说。而曾被捆绑和殴打过的司迪克呢,他骄傲地把他新盖的高台阶、宽前廊的房屋指给我看,端来了自己栽植收获的葡萄、梨……劳动者的心地是最宽阔也最厚道的,我们共同引用着维吾尔族的谚语:男子汉大丈夫总要经受各式各样的磨难的。沉重的回忆就这样被欢畅的笑声冲刷过去了。

巴彦岱的农民弟兄们,你们终于安定了,轻松了,明显地富裕起来了。孤儿出身的曾是穷苦的光棍儿的阿卜都克里木啊,你现在也有三间正房,上千元的存款、自行车、手表、驴车并且饲养着牛、鹿、驴了。你包了十一亩菜地,和你的精明的妻子一起种植管理。当年我曾经多少次睡在你的独间土房里,睡在你那个只有架子没有床板,用向日葵秆托着我的身躯的歪歪扭扭的床上,共同诉说着生活的艰辛和期望啊!今天,我又睡到你这间房子里来了,你用伊犁大曲、爆牛肉、炒鸡蛋和煮饺子来招待我。曾经教会我扬场、自称是我的师傅的金国柱也来了,他拿着酒杯向我祝酒说:"如果不替我们说话,我们就把你拉下来!"善于经营理财的穆成昌也来了,问我:"农村的政策不会变吧?"为什么要变呢?符合人民心愿的,有利于生产发展的政策,要靠我们自己来贯彻啊!巴彦岱的各个大队,正在进一步落实责任制,把责任包到每户、每个劳动力身上。大家都说,真能这样搞下去,就会搞好了。难道可以不搞好吗?我们已经付出了那么多代价,那么多时间!

中秋刚过,明月出天山,天山上的月亮才是最亮、最无尘埃的啊!但愿我们的生活,我们每个人的心像天山上的明月一样光亮饱满。月光下的新居民点,房屋和庭园,属于社员个人的房前屋后的树木,堆积着的饲草饲料,还有不时发出哞哞声的牛吼马嘶,显示出多少希望!过去大队干部为购买一辆货运卡车绞尽了脑汁,现在,大队已经拥有两辆这样的汽车了。过去收割的时候靠马拉机具和人工,现在主要靠康拜因了。过去轧场的时候靠马拉石磙子,现在主要靠手扶拖拉机了。过去粮食加工靠水磨,现在在拥有更大的水磨的同时,电磨已经占据重要的位置了。过去送信时骑马,现在邮递员都备有崭新的挎斗摩托车了。过去谁家里有个半导体收音机就会引起轰动,现在,一些社员的家里已经有了收录两用机,有了沙发、大衣柜、五斗橱和捷克式写字台,还有的社员已经提前买下了电视机了(伊犁的电视台正在建设中)。不管有多少挫折和失望,我们生活的洪流正像伊犁河水一样地滚滚向前。

我又来了。我又来到了这块美好的、边远的、亲切的和热气腾腾的土地上。愿已经与世长辞的赫里其汗妈妈、斯拉穆老爹、阿吉老爹、穆萨子大哥安息!愿年老的阿卜都热合曼老爹、马穆提和泰外阔老爹在公社的照料下安度晚年。愿还在工作岗位上的阿西德、金国柱同志实现自己的抱负,做出成绩!愿当年的小孩子,现在的青年人能过上远胜于上一代的更加富裕更加文明的生活!巴彦岱的一切,永远装在我的心里。

是的,我没有忘记巴彦岱,而巴彦岱的乡亲们也没有忘记我。当依斯麻尔见到我的时候,他不是立刻提醒我,当年,是我给他写的结婚请帖,我帮他上的房泥;而我也立刻回忆起,那时他的夏日茶棚不是在南面而是在北面,他曾经有过一头硕大的黄毛奶牛。当那时的小姑娘、现在的三个孩子的母亲塔西姑丽见到我的时候,不是立刻问候我的妻子和我的孩子们吗?当吐尔迪、穆成昌……见到我的时候,不是还询问我的那辆因破烂而在巴彦岱有名的自行车和黄棉衣的下落吗?他们不是绘声绘形地回忆起我在哪块地上锄草,在哪块地上收割,怎样撒粪,怎样装车吗?无怪乎曾经担任大队会计、现在担任公社财会辅导员的小阿卜都热合曼库尔班对我说:"我不知道王蒙哥是不是一位作家,我只知道你是巴彦岱的一个农民。"没有比这更好的褒奖了!好好地回忆一下那青春的年华,沉重的考验,农民的情谊,父老的教诲,辛勤的汗水和养育着我的天山脚下伊犁河谷的土地吧!有生有日,一息尚存,我不能辜负你们,我不能背叛你们,不管前面还有什么样的胜利或者失败的考验,我的心是踏实的。我将带着长逝者的坟墓上的青草的气息,杨树林的挺拔的身影与多情的絮语,汽车喇叭、马脖子上的铜铃、拖拉机发动机的混合音响，带着对维吾尔老者的银须、姑娘的耳环、葡萄架下的红毡与剖开的西瓜的鲜丽的美好的记忆，带着相逢时候的欣喜与慨叹交织的泪花、分手时的真诚的祝愿与"下次再来"的保证，带着巴彦岱的盛情、慰勉和告诫，带着这知我爱我的巴彦岱的一切影形声气、这巴彦岱的心离去，不论走到天涯海角……

发表于《人民日报》1982 年 1 月 11 日

# 祝《青春丛刊》创刊

青春需要文学的光彩、文学的抚慰与鼓舞、文学的启迪与丰富。

文学需要青春的活力与热情、青春的率真与勇气。

让青春因为有了文学这个良友而更加美好,让文学因为永葆青春精神而更加生气勃勃。

我祝愿《青春》与《青春丛刊》愈办愈好。

发表于《青春丛刊》1983年创刊号

# 西沙之什

## 告别

天上，晚霞燃烧着暮色。码头上，锣鼓就和着人声。整齐地列队两行的是驻岛的守备战士，不那么整齐地站满了码头的是祖国南海的渔民、地方政府的工作人员和在西沙各岛之间曾经运送过这些亲人的炮艇上的水兵。上船的时刻到了，运输船的发动机已经轻轻地响了起来，船尾两旁已经吐出了小小的浪花。再握一次手吧，再道一声珍重，再说一声谢谢，再祝一次一路顺风。守备部队神情坚毅的政委抬头看看天，又扬头看看海，安慰还没有坐惯船的即将离去的亲人们说："赶上了好天气，这在冬天是罕见的。我说过，是你们带来了好天气。"谢谢政委，最需要关心的人们总是最关心人们，最可爱的人总是爱别人胜于爱自己。那些在海上和岛上生活着、战斗着和前进着的人，这些为有机会在海上和岛上生活过、工作过一小段时间而满心觉得光荣和幸福的人，都懂得"一路顺风"这四个字对于一条正在启航的船是多么具体，多么有价值！

登上舷梯了，脸仍然向着小岛，心仍然向着西沙。再看一眼吧，我国政府驻西沙、南沙、中沙机构的所在地、西沙的"首府"永兴岛，看看你的水产公司办公楼，看看你的气象站、海水淡化站、椰子林、抗风桐和野枇杷，看看你的灯塔、信号台、黑白两色油漆的港标和像手臂一样向外伸延着的防波堤，再看一看椰林后面政府办事处楼顶正在与太阳一起徐徐降落的五星红旗。这面血红的旗帜将在明天早晨与太阳一起庄严地升起。

挥手之后,又一次挥手。聚集到船舷,又聚集到船尾。锣鼓敲得更响了,码头上送行的人个个举起了自己的手臂。"再见吧,西沙!""再见了,永兴岛!""再见了,××××号炮艇!""一路平安!""一路顺风!""下次再来!"送行的与告别的喊声混在一起,听不清,但是看得出口型。信号灯劈劈啪啪地响,与岛上的信号台进行启航前的最后一次联络。从扩音喇叭中传出了舰长的威严的命令:"各就各位!""左舵!""左满舵!""紧尾缆!""松缆绳!"而压倒这一切嘈杂的,是船上汽笛的一声长鸣,呜——

发动机的声音愈来愈大,震动着船,震动着人们也震动着海,船的两侧喷涌出大片水花。锣鼓声、指挥声、告别的嘈杂声也愈来愈大了,然而船似乎简直没有移动。好不容易船的左舷离开了码头,然而,跑到船尾去吧,到那里仍然能与西沙靠得近近的,与西沙的亲人靠得紧紧的。终于,船舰调整好了自己的位置与方向,船头与船尾掀起了大浪花,浪花哗哗作响,小岛在迅速地离去,挥手的人群和天上的彩霞都隐没在、消失在浓重的暮色里——霎时间已经是夜色了。夜航开始了,船身开始摇晃,不论怎样风平浪静,大海的胸怀总是充满了激荡的热情的呵,它永远感到不安,永远不会停止骚动。人们仍然伫立在甲板上、船头和船尾,还有人登上了高高的指挥台,远望永兴岛上显示出的树影、屋影和灯火,远望西方仅有的一点红光返照。它给墨色的天空开了一小扇窗,使我们能够眺望在夜色中变得更加自信和威严的万顷波涛。有的人在悄悄擦着眼角的热泪。在启航的时刻,在离港的时刻,百种牵挂、千种祝福与万种向往,凝聚得太浓、太重了。短短的一段经历,人们的心情和命运似乎已经这样紧密地与岛、与海、与祖国的疆域和威严,与人民解放军的英雄主义和崇高爱情结合起来了,平凡的人们似乎不胜这庄严崇高的情感的负荷。

# 巡 弋

在巡航的时候，年轻的水兵才更意识到自己的强大威力和庄严职责，意识到祖国的疆域的神圣不可侵犯，意识到生活的严峻和辽阔、战士的光荣和热情、大海的豪迈与凶猛。

舰长和航海长警惕地注视着前方。信号兵高高地立在信号台上。操舵兵劈开两腿，端正地站立在舵盘前，注视着磁罗经，又不时回头看一看电罗经，以便及时纠正磁罗经或有的偏差。军旗在飘扬，测量风速器在旋转，雷达也睁大了它的"电眼睛"，他们都高高地踞于蓝紫色的南海波涛之上。可能是由于这里的海比东海、渤海和黄海都更深，所以颜色也是那样深重。只是在有礁盘的地方，呈现出鲜亮透明的嫩绿色，嫩绿里又透露着娇媚的淡蓝，而当阳光灿烂的时候，蓝紫色的海面上闪烁着金色和银色的日光，犹如反光的深色金丝绒。浪花是雪一样的白，白得令人心醉，点缀沉重的波涛以飘逸温柔的情思。

几部发动机同时轰响起来了，舰艇全速前进。船摇摆起来了，船颠簸起来了，如荡秋千，如坐压板，如升高山，如降深谷，抛上，跌下，推左，拉右。水兵也感到不适了，水兵也晕船、也呕吐了，然而，晕归晕，吐归吐，他们各自坚持着自己的战斗岗位，各自恪尽着自己的职守。而在晕眩与呕吐之间，水兵们发出了爽朗的笑声，哈哈哈……

这也是征服，这也是军威——对海的征服，对风的军威。世界上没有任何力量能妨碍我们的巡弋，因为我们是在自己的领海上，和我们一起巡航的有我们手下的威力强大的导弹、火箭、大炮、机枪、鱼雷、深水炸弹……船在跳荡，炮在跳荡，炸弹也在跳荡，战士的心更跳荡在自己的胸腔。我们热爱和平的海洋，不管有多大的风浪，我们也渴望着为祖国建立功勋，随时谛听着战斗警报的鸣响……

到船台上来，到正在巡航的舰艇上来，到水兵当中来，到大海的长风与万里浪中来吧！这里是这样一个地方，使懦者勇，使弱者立，使嘤嘤呻吟的庸夫悚然奋起，使卑微萎靡者开阔坚强。

## 大 风 歌

　　这里还有一艘在十二级台风里岿然不动的永不沉没的船。这是一艘洁白的船,烈日下的珊瑚沙白得刺眼。这是一艘光荣的船,因为中央军委给它的守备部队特别命名为"天涯哨兵"。这就是著名的中建岛,它把守着南海的门户,目前,是我军设防的离大陆最远的一个海岛。

　　说它是不沉的船不仅是一种并无太多新意的比喻,它的长长的岛身像船,它的房子也是按照舰艇的式样建造的。它的信号台兼瞭望台恰如舰艇的指挥台,它的高高矗立的旗杆恰如船上的桅杆。

　　这里本来是一个寸草不生的地方。珊瑚沙反射的日光可以摧毁人的视力,正像雪山上的哨兵如果不注意保护眼睛就会患雪盲症一样,在这里,不小心也会得"沙盲"。岛旁不远的地方是一艘十七年前在这里搁浅的美国三万吨级的商船,风吹浪打,海侵盐蚀,巨大的商船已经锈烂不堪,只剩了空架子,标示着一个巨大的旧世界的衰亡。

　　我们的守岛战士就在这样的珊瑚沙上安家,在这里升起了庄严的五星红旗。从大陆和海南岛运来了粮食、蔬菜、罐头、淡水、建筑材料,也运来了肥沃的泥土。于是有了房,有了齐整方正的小院、苗圃、花圃,花圃边沿用贝壳和酒瓶底镶嵌得齐齐整整。有了用万年青栽成的树墙,有了用珊瑚礁做的假山石、盆景,有了一盆一盆的兰草和花。食堂旁边种活了既挺拔又婆娑妩媚的椰子树,食堂后是避风的菜畦。大自然是严酷的,一九八二年的21号台风摧毁了这里的树木花草菜苗,漫到岛上的海水使战士们辛辛苦苦挖出来的淡水井不再淡了,但是坚强的战士正在夺回这失去的一切,正在创造这荒凉岛屿

59

上的彩色的园林。当然,这不是苏州园林,这里没有苏州园林的婉秀和雕琢,但它同样表现着我们的民族、我们的人民的美的匠心。

无怪乎中央军委要把题有"爱国爱岛　天涯哨兵"字样的锦旗赠给他们了。在祖国的诸多海岛中,以西沙群岛的生活与交通条件最艰苦;在西沙诸岛中,以中建岛的生活与交通条件最艰苦,但中建岛也建设得最美丽动人。除去中央军委的锦旗,在中建岛守备部队的荣誉室里还悬挂着来自祖国各地的表达着慰问和敬意的锦旗、镜框和字画。有一幅书法引起了我的注意,它上面写的是刘邦的《大风歌》:

　　大风起兮云飞扬,
　　威加海内兮归故乡,
　　安得猛士兮守四方!

刘邦在天之灵有知,将为在中建岛上唱大风而骄傲! 是的,祖国的南海是雄健的,南海上的大风就更雄健、更豪爽、更开阔也更自由。船上,岛上,海上,风永远不停,风永远鼓胀着战士心头的帆,风永远传达着祖国的关怀与战士的眷恋,风永远吹动着我们的五星红旗与八一军旗,风永远扬弃着自私怯懦的尘垢,风永远掀起着火热战斗的波浪,风永远升腾着中华儿女的壮志雄心!

刘邦的诗不错,他毕竟是斩蛇起事的英雄,纵贯纪元前后的汉王朝的奠基人。我们的中华民族早在纪元前便有这样的心胸,这样的情怀。但我还是要给刘邦改几个字:

　　大风起兮云飞扬,
　　威加海内兮离故乡,
　　自有猛士兮守四方!

## 乡　情

当守岛的战士从哨位上、从繁忙的军政训练和后勤保障中、从队列里撤下来,完成了半天或者一天的课目,稍事休息的时候,他们总是把目光投向海面、投向港湾、投向天水相接、天水分界或者天水混成一片的地方。

可是哪里有什么可疑的情况?不,值班的哨兵、值班的仪器、值班的威力强大的神经传来的是一切正常的信息。

可是在看小小的飘摇着的渔船儿?你三角形的黑色的与白色的帆,加上简陋的罗盘、健壮的大臂与小腿上的肌肉、黧黑的面孔和风浪中成熟起来的经验与勇气,便驶向无边无际的大洋,进行你们的永无完结的收获。正是有了守岛的战士,你们才有了主心骨。战士们看着那小小的帆船,也会有各式各样的遐思吧?还是——实际一点——想和你们做一点小小的交易,一筒麦乳精换三个虎斑贝、一瓶橘子罐头换两条绿色的鱼?

可是在看天气?几级风?几级浪?云还是雨?涨潮还是落潮?正是在这里,天空与战士赤诚相见了,没有什么遮掩,一点也不含蓄。然而,天空又是任性的,它有时候温暖,有时候乖戾,有时候通情达理,有时候发疯,疯起来不知疲倦,带来巨大的灾祸之后又立刻显出了笑脸,似乎全无恶意。战士们怎么能不怀着爱与警惕,长久向它行注目礼?

也许战士们只是在寻找一个将要产卵的母海龟吧?这迟缓而又丑陋的庞然大物,走走停停,看看试试,终于爬上了沙滩。别忙,再让它走近一点,呵,这令人垂涎的美味!

战士们注视着这一切,又不是这一切。他们朝思夜盼地等待着、穷极目力地眺望着的是我们的运输船只。那飘扬着五星红旗和八一军旗的大船,将运来粮食、淡水、蔬菜、午餐肉与香菇鸡、啤酒与香烟、最新到的报章杂志与电影片,还有来岛上慰问演出的小分队文艺战士。从祖国的大陆上,从小岛的大后方运来了多少关怀,多少情谊!

何必隐讳呢,比香菇鸡和前门烟等等等等更让战士牵肠挂肚的是来自故乡的平安家信!在远离家乡的地方,家乡却像是贴得更近。

61

在南海的小岛上，战士们关怀的是家乡的父老，家乡的姑娘，家乡的田地与家乡的炊烟。由于交通不便，也许来一次船会给战士带来两封信、三封信或者四封信。于是一次来信便是一次信的丰收。细细地读一遍，再读一遍，再读一遍，再小心地放在口袋里，有空时还要再细细地品味这乡情的甜与苦。

浓重的乡愁也许会使刚入伍的新兵哭鼻子，然而，对于真正的战士，它衬托起的是国之干城的巨大责任，是日常的、点点滴滴而又持久的不亚于战场上的抛头颅洒热血的自我牺牲精神。当船只到来，干部战士无比激动地阅读家信的情景是动人的。他们各自想着什么呢？是家里盖起五间北房和分到三千块钱的喜讯？是包产到户后劳动力的短缺？是父亲的哮喘与母亲的眼疾？是年幼的弟妹考了一百分？是未婚妻的忠贞情思还是——也有那样的人——竟然对海防战士负了心？我实在难以想象竟有这样卑劣的恶德，竟能对昼夜维护着祖国和家乡的安危的战士背信弃义！让我们诅咒和鄙视这样的人！

家乡总是和那最美好的东西连在一起，亲人、童年、旧友，小河畔的青草、暮归的羊群、夕照下的菜园、枝头累累的果实，还有乡音，还有戏曲小调，还有霜和雪，还有一望无际的平原和山岭……

而这里只有一望无际的沉沉的海。只有雪白的珊瑚沙，只有夏季，只有零点几或者一点几平方公里的土地。连这里的炊烟的味道也与家乡不同，这里烧的是柴油。

乡情变成了建设岛屿的实际行动。在金银岛，四年前，一个即将退伍的老战士从家乡河北唐山带来了两对鸽子，四年以后，战士已经不在岛上，两对鸽子却已繁殖成了三十多只。（本来曾经有六十多只的，给别的岛支援了一些，又因风害鼠害损失了一些。）每天，在战士的营房上空，在大炮、雷达和各种威力强大的杀伤性武器上空，在固若金汤的各种工事上空，是象征着和平的白鸽的飞翔。唐山的鸽子飞翔在西沙的上空，西沙前沿充满了家乡的亲切与宁静。不正是为了保卫千千万万个家乡的上空和平地飞翔着的鸽子，战士们才来到这茫茫大海的小岛之上么？

于是从家乡带来了各种菜籽、花籽、鱼苗、禽蛋，更有人带来的是家乡的泥土。于是西沙原有的椰子、木麻黄、马尾松、羊角树与猫耳树之中出现了夹竹桃、仙人掌、一品红、各式兰草、白菜、辣椒、豆角、大葱、大蒜、空心菜、甘蓝、西红柿、黄瓜和品类不同的鸡、鸭、牛、羊、猪……不似家乡，胜似家乡。家乡没有的，这里有。家乡有的，这里也开始有了一些。本来，整个中国，神州大陆加不可分割的沿海岛屿，便是我们十亿人口的共同家乡。十指连心，岛屿连着内地，西沙连着北京，西沙成了战士们的第二故乡。守在岛上的战士盼望着家乡的来信，退伍回家乡的老兵却又都一步一回头，舍不得这胜似家乡的小岛。我终于懂了，世界上有比家乡更亲切、能使远离家乡的地方变成第二个家乡的东西，那便是中国人民解放军的战士的勤劳的双手和美好的内心。

发表于《昆仑》1983年第2期

# 痛 苦 三 章

## 听同义反复万无一失的演说

你的多少生命,是在聆听这样的演讲中度过的呢?

"同志们,对于我们的工作,我们一定要肯定那些应该肯定的东西,同时一定要否定那些应该否定的东西。我们不能只知道肯定应该肯定的,却不去否定应该否定的。也不能只去否定应该否定的,却忘记了去肯定应该肯定的。更不能去肯定应该否定的,而否定了应该肯定的。

"对于应该肯定的,该肯定百分之五十就是肯定百分之五十,该肯定百分之七十的就是百分之七十,该肯定百分之七十的不要说成百分之七十一,也不要说成百分之六十九。同样,该否定百分之……(以下洋洋洒洒,类推)

"同志们,我们一定要努力工作,就是说第一要努力,第二要工作,第三要努力工作。只努力而不工作不行,只工作而不努力也不行,既不努力又不工作更不行。

"只努力而不工作是抽象的努力,空洞的努力,无益或有害的努力。它可以努力吃饭,努力拉屎,努力发牢骚,努力走后门……都不是我们所需要的努力。

"只工作而不努力是苍白的工作,无效的工作,名存实亡的工作。它可以出工不出力,它可以拖拖拉拉,它可以……

"这种努力工作应该是全心全意的,就是说,不是半心半意的,也不是三心二意的。这种努力工作应该贯穿我们的终生,就是说,仅仅努力工作一分钟是不够的,两分钟也是不够的,三分钟就够了吗?不,亲爱的同志们,三分钟也不行。那么,一小时……两小时……一天……两天……不,我们要一生努力工作,也就是说终身努力工作。

"……同时,也还要吃饭。对于吃饭,第一一定要吃,第二不能从早到晚没完没了地吃,第三不能不吃。吃得太多了会消化不良,吃得太少了会营养不够,不吃会饿死,而从早到晚没完没了地吃会影响工作和休息……"

赞曰:谆谆教导,切切叮嘱,滔滔雄辩,恢恢气度,如大智慧,如深有意,如拗口令,如顺口溜,颠扑不破,如无一物!

## 缴押金和退押金

自"古"以来在北海公园租游艇是要先缴押金的。其实没有哪个游客能把游艇装在口袋里带走,它防的是你划完船随便找个地方上岸而把游艇抛在湖里。至于进饭馆酒店用酒具餐具要缴押金,则似乎古今中外都较稀罕。五十年代喝啤酒用那样讲究的国际标准的玻璃升子、杯子都不用先缴押金。如今不但为了一个洗也洗不净的其貌不扬的塑料升子缴押金,甚至要为每一个瘪三相的塑料杯子缴押金,不免令人初而惊愕,继而长叹。

然后缴押金的办法在首都大大地推广。喝汽水,即使就地饮用也要为汽水瓶当面缴押金、当面还押金,更不要说喝酸奶了,盛酸奶的瓷罐自然又比汽水瓶贵重了许多。然后饭馆里的小酒盅也要缴押金了。然后在西餐馆里更要为钢刀钢叉缴纳巨额押金了。

在这一点上——注意,仅仅是这一点,不禁使首都居民产生九斤老太式的"人心不古"之叹。还好,用筷子倒还不缴押金。其实筷子那东西顺手牵羊更为方便,为了严密制度,防顾客如防盗贼,恐怕还是建议饮食服务部门制定收筷子押金的办法才好。

这样收押金还有一个好处，丰富生活，增加就业。如果你去喝汽水，排队买汽水，喝完了再去排队退瓶，自然延长了汽水的余味，弥补了非特制汽水的冷、香、甜、辣及二氧化碳之不足。"把瓶放下。"售货员给你指定了放瓶的地方，有助于纠正你自由散漫、放物无准地方的不良习惯。收钱退钱找零钱，也恰恰符合多年被忽略的黑格尔的否定之否定规律，并且增加了对于善找零钱的娴熟的出纳员的需求。

在这种缴退押金的过程中，还可以锻炼人的情感，即使年轻美丽的售货员引起了你某种美好的（不是轻薄的）情绪，即使你与她近在咫尺，即使你的样子文质彬彬、谦恭礼让，绝无突然携瓶（或其他）逃遁之虞，她还是要把拿着瓶子（或其他）的你毫不含混地"押"起来。也许一千个人或者一万个或者十万个人中确实会有一个顺手牵羊的坏家伙，但是这种不辞劳苦的普遍防范确实有助于对另外九百九十九名或九千九百九十九名或九万九千九百九十九名公民的心灵的冷冻。这样饮用冷食的效果，不但冷其腹，而且冷其心。

无怪乎笔者数月之前去上海、广州的时候，发现那里绝无这种首善之区最烈的缴退押金措施，而且，广州的饭馆竟然保持着先吃饭后算账的落了伍的陋习，笔者竟感到了一阵温暖——几乎掉下了不值钱的眼泪。

## 任意或故意的践踏

有些出过国的同志回国后津津乐道国外城市的草坪有多么多、多么大、多么美，显然，对于我们的许多同志，这草坪比洋人的摩天大楼、超级市场、成群结队的小汽车更亲切，更印象深刻，更美好，也更少争议。本来嘛，需要草坪的不仅是松鼠和兔子，也包括文明的、关心自己的生活环境的人。

终于，除了公园绿地以外，在街道上，在住宅楼下面，在我们自己的城市也出现了一小块一小块的草坪了。小,弥足珍贵。中华儿女是生活在严峻的条件下面的,我们人多地少,我们只能按米来丈量我们的草坪。

先是解放军战士的义务劳动,那些远离家乡的戴着红五星帽徽帽子的小伙子,挥动钢锹铁镐,挖土筛石,清理土地。然后是城市建设部门、园林部门的工人移来了专用草皮,浇水,围栏杆,挂上了牌子:"爱护草坪,请勿践踏",八个字写得文静幽雅,写字的人一定出自书香门第。

草蔫了,草复活了,枯叶萎了,新叶发了,小草扎根,从"草色遥看近却无"变成绿草如茵喜煞人了。它为城市增加了春意,它为空气增加了潮润的氧,它为生活增加了生机,它给辛劳的行人的脸上带来了笑意。

有没有人不喜欢这个草地呢?恕笔者冒昧吧,可以断言,没有。

然而,当建设者、种植者和管理者辛勤劳动,好不容易改善了一点我们的城市的面貌的时候,各种天真无邪、善良无罪、并无恶意的破坏者也开始了自己的行动。

先是菜店的职工把烂菜堆在草坪的一角,于是,这个角的绿色昙花一现地消失了。

然后体育热的辉煌时代到来了,被中—科(威特)足球赛激动起来的少年儿童们将小小的草坪变成了足球场。倒也顺理成章,足球场上也是铺着草的。踢来滚去,草茎折断,草根暴露,尘土飞扬,其状堪称惨不忍睹,令人泪下。

然后,一些德高望重的人也参加了这种高尚的举动,清晨早起,走到草坪上练太极拳、甩手或者新近热起来的"鹤翔庄",他们多么热爱生活,眷恋草地,一心长寿!

一个抱着孩子的女人,一面走路一面吻着她的第一个也是最后一个孩子,她心里充满了对人生、对下一代的最良好的祝愿。为了少绕三步路,她把承担着两代人的体重的脚,踏在了那本来更可以说是属于她的孩子的草坪上……

草地并不是绝对踩踏不得的,我们在电影上都看过在草地上谈情说爱,在草地上野餐,在草地上追逐打滚亲吻的浪漫画面。问题是我们的城市人口是这样多,我们的草地又是这样小和这样少,如果热爱草地的男女老少一齐向草坪,向刚刚扎根、根基还不牢固的小草踏去,那不是真正的"铁蹄"之灾吗?

不但有说服教育工作,而且有对于破坏绿地者的罚款规定,但是,总不能为每小块草坪设置卫兵。于是那些小心翼翼地爱护自家的一盆文竹、一盆仙人掌的可敬的公民们,漫不经心地继续向草坪踏去,愈来愈多的草坪变成了黄一块、绿一块的癞痢头。

如果说服教育和罚款都不管用,而又毕竟不能因此而处决几个人的话,我真盼望我能掌握一种诅咒的本领。

咒曰:践踏公共绿地、损坏公共利益的两脚上面的身躯永远贫困、永不发达、永无解脱! 不改正,便灭亡!

1983 年 8 月

# 比怀念更重要的

## ——看《青春万岁》搬上银幕

那时候她们很穷,来到新建成的百货公司,大家掏衣袋凑钱才够每人买一块水果糖。但她们觉得整个共和国的财富都是她们的。商店是"我的",街道是"我的",城市和乡村,工厂和矿山,都是"我的"。

那时候也有"伤痕",旧社会的伤痕,一个出生于资本家家庭的女同学有着自己难言的隐痛,另一个在帝国主义分子办的孤儿院里长大的女同学对新生活充满着恐惧。然而,我们的年轻的共产党员与青年团员,我们的强大的班级集体是温暖的与不沉的湖。我们每个人都把帮助别人,把吸引人们与祖国、学校和班级一道前进视为自己的职责。还不仅是职责,而是一种纯洁无私的友爱情感和共同的需要。于是,伤痕迅速愈合,青年人欢欣鼓舞地走在人生的道路上。

那时候她们还很年轻,但她们觉得她们对一切都是有责任的,她们是生活的全权的主人。她们不能漠然对待任何人的掉队,她们决不容忍任何腐朽势力的肆虐。哪怕看见一个骑自行车不遵守交通规则的人,她们也会一起挺身冲上去制止。同样,她们也不容忍自己身上的缺点和污垢,她们喜欢批评和自我批评、喜欢征求和听取旁人的意见就像喜欢沐浴、喜欢春风、喜欢朝阳。

那时候还没有电视,还没有半导体收音机,还没有那么多剧院、电影院、放映队与演出队,还没有那么多书刊、展览、旅游活动。那时候也还没有那么多政治工作机构、那么多样板、那么多一套一套的经验总结。然而，她们的生活是丰富多彩的，学生的政治思想工作是生动活泼、行之有效、与学习生活紧密联系的。那时的党组织与团组织，党员与团员的威信是高的，她们并没有什么了不起的权力，然而她们赢得了广大青年的衷心的热爱。

那时候还没有电子琴，没有录音磁带，没有立体声音响系统。然而，那时候唱的每一首歌唱革命、歌唱五星红旗、歌唱第一个五年计划、歌唱伟大的党和领袖毛主席的歌曲都是那样深情，那样出自内心，那样令人终生难忘。

难道不正是我们这一代人在人生起步的时候所经历、所体验、所珍重的这一切，奠定了我们的信念、我们的世界观与人生观的基石，并在此后的风风雨雨中得到锻炼和发展，久而弥坚，而在乌云四散、阳光普照的时候，变得更加娇艳夺目了么？

这就是在从我执笔试写《青春万岁》第一章第一个字算起历时三十年后，看到银幕上的《青春万岁》时所想到的。当我在一九五三年十一月开始写这部习作的时候，我没有想到它会经历那么多坎坷，它直到一九七九年才能正式出版。我同样也没有想到它会被搬上银幕，在一九八三年与今天的和昨天的青年们见面。一部书的命运也与我们大家的命运一样，曲折而又丰富，历尽艰难而又终归是道路坦荡、前途光明，令人感慨也令人鼓舞！

怀念五十年代的生活种种对于我们这个年纪的人确实是一件美好的事情。摧枯拉朽的人民革命运动，初升的太阳一样的共产主义思想体系，怎样地改变着我们这个古老的中国，改变着旧社会的腐朽的社会制度，治愈着旧社会的那些诸如"一盘散沙""东亚病夫""因循苟且"之类的不治之症，焕发出我们的民族、我们的人民的无限青春！在这个意义上，"青春万岁"，不仅是指一代人的青年时期，而且是指我们的中华人民共和国，我们的凯歌行进的革命事业，我们的干部和人民将永葆的精神的青春！

只要我们认真地回想一下建国初期的那种新气象、新的精神面貌,那种万众一心、热情洋溢、真诚友爱、讲究理想道德和情操的美好情景,我们就会信心百倍地为恢复和在新的条件下发展和发扬这一切好的东西而加倍努力地工作。

是的,当我们回顾昨天的时候,绝对不仅是挫折和失误、教训和代价。我们更不能忘记的是我们的亘古未有的成功和建树,阳光和红旗。正是我们的党和我们的革命,为我们的古国带来了新生、带来了世上最宝贵的信念与现实。

有的年轻人在前几年给我写信,说他们羡慕五十年代的青年人的生活,他们埋怨现在功课负担重、生活枯燥,人与人之间的关系也不够真诚。我想,这只是问题的一面。我们现在毕竟拥有了比五十年代丰富得多的物质条件与经验,与其临渊羡鱼不如退而结网,每个人从自己做起,加上教育行政部门、学校党团组织和社会各界的关怀帮助,八十年代的青年人理应比五十年代生活得更富裕、更文明、更高尚、更丰富多彩。同样处于承先启后、继往开来的历史转变时期,八十年代的青年的精神面貌是能够好起来而且愈来愈好的。

也有极少数人认为五十年代的青年人是"左"了和盲从了。如果说"左",这也是不带引号的左。如果没有对共产主义、对革命事业的向往与追求(这才是"左倾"的本意,这些年,一些人竟然只知带引号的"左"而不知不带引号的左了,甚至认为凡左都是带引号的、坏的,这真是惊人的、令人痛心的颠倒!),如果没有集体主义、自我牺牲的献身精神,如果没有党的工作与党的威信,那还有什么革命,还有什么社会主义新中国!看看《青春万岁》再看看《茶馆》吧,如果把《青春万岁》视为"左",难道要回到《茶馆》里康顺子的命运上去才算不"左"了吗?

至于盲从,什么时候都有盲从的落后者。在人民革命运动当中,不是有许多人盲目信从国民党反动派的"正统"并接受了他们的反共宣传吗?像郑波那样从小选择了革命的道路的人,虽然是少数,然而她们的选择不正是勇敢地、独立地思考的结果吗？时至今日，不是也有一些青年"盲从"西方的一切时髦名词和物件，或者"盲从"社会上的某一股庸俗灰暗的潮流吗？

然而，八十年代的青年人毕竟是有了正反两个方面的经验的更加有希望的一代，他们将通过自己的实践和思考、自己的奋斗、碰壁与猛进而继承和发扬一切美好的传统，并创造出新的水平、新的局面。但愿电影《青春万岁》不仅能唤起一点中年人的怀念，还能哪怕是在最微小的程度上帮助今天的青年人生活得更丰富和明朗些。但愿它不仅触发一点思索和议论，而且能引起一点改善与提高人们的精神生活的行动。

最后要说明，《青春万岁》搬上银幕，要感谢编辑刘果生、编剧张弦、导演黄蜀芹和摄制组与上影厂的全体同志。对此，我没有尽什么力。令人高兴的是，经过了漫长的岁月，经过了上述同志的艰苦努力，五十年代中学生生活的一角，真实、自然而又鲜明绚丽地出现在银幕上了。对于那样一部缺乏扣人心弦的戏剧情节的小说，我以为这改编和拍摄是相当成功的。它不说教、不媚俗、不人为地吊胃口也不故弄玄虚，在单纯明快中现出丰富多彩，在质朴节制中现出洋溢的激情，实在难为了他们。

作为这部电影的原作和观众，我写下了我的比怀旧更多些的感想，并且期待着读者和观众对原作长篇小说的意见和批评。

发表于《光明日报》1983年9月8日

# 清 明 的 心 弦

我喜欢北方的初冬,我喜欢初冬到郊外、到公园去游玩。

地上的落叶还没有扫尽,枝上的树叶还没有落完,然而,大树已经摆脱了自己的沉重的与快乐的负担。春天它急着发芽和生长,夏天它急着去获取太阳的能量,而秋天,累累的果实把枝头压弯。果实是大树的骄傲,大树的慰安,却又何尝没有把大树压得直不起腰来呢?

现在它宁静了,剩下的几片叶子什么时候落下,什么时候飞去,什么时候化泥,随它们去。也许,它们能在枝头度过整个的冬天,待到来年春季,归来的呢喃的燕子会衔了这经年的枯叶去做巢。而刚出蛋壳的小雏燕呢,它们不会理会枯叶的琐碎,它们只知道春天。

湖水或者池水或者河水,凌晨时分也许会结一层薄冰,薄冰上有腾腾的雾气,雾气倒显得暖烘烘的。然后,太阳出来了。有哪一个太阳比初冬的太阳更亲切、更妩媚、更体贴呢?雾气消散了,薄冰消融了,初冬的水面比秋水还要明澈淡远,不再有游艇扰乱这平静的水面了,也不再有那么多内行的与二把刀的贪婪的垂钓者。连鱼也变得温和秀气了,它们沉静地栖息在水的深处。

地阔天高。所有的庄稼地都腾出来了,大地吐出一口气,迎接自己的休整,迎接寒潮的删节。当然,还有瑟缩的冬麦,农民正在浇过冬的冻水,水与铁锹戏弄着太阳。场上的粮食油料早已拉运完毕,稀稀拉拉的几个人在整理谷草。在初冬,农民也变得从容。什么适时播种呀,龙口夺粮呀,颗粒归仓呀,那属于昨天,也属于明天。今天呢,只见个个笑脸,户户柴烟,炕头已经烧热,穿开裆裤的小孩子却宁愿呆在家门外边。

这时候到郊外、到公园、到田野去吧,游人与过客已经不那么拥挤。大地、花木、池塘和亭台也显得悠闲,它们已经没有义务为游人竭尽全力地展示她们的千姿百态。当它们完全放松了以后,也许会更朴素动人,而这时候的造访者才是真正的知音。连冷食店里的啤酒与雪糕也不再被人排队争购,结束了她们的大红大紫的俗气,庄重安然。

到郊外、到公园、到田野去吧,野鸽子在天空飞旋,野兔在草棵里奔跑。和它们一起告别盛夏和金秋,告别那喧闹的温暖;和它们一起迎接漫天晶莹的白雪,迎接盏盏冰灯,迎接房间里的跳动的炉火和火边的沉思絮语,迎接新年,迎接新的宏图大略,迎接古老的农历的年。二踢脚冲上青天,还有一种花炮叫做滴溜,点起来它就在地上滴溜滴溜地转。

初冬,拨响了那甜蜜而又清明的弦,我真喜欢。

发表于《光明日报》1983 年 11 月 26 日

## 南 海 三 章

人家说我写的小说像散文,便以为我会写散文。

其实,我没写好过一篇散文。于是我迁怒,意欲反唇相讥,就说:"你们写的散文太像小说。"

就是说,有些散文还没有那么放得开。

放得开的应该是最容易的,没有那么多形式上与文体上的限制约束。

最容易的东西都是最难的,因为在最容易的事物里技术是不占重要地位的,便没有作假作态的余地。你的人格、经验、思考要接受的是最直接切近的考验。

### 酸 辣 菜

梦过海的人是有福的。一个没有渴望过海的人,难道懂得幻想生活、爱情和光荣?

新中国的儿童是幸福的,在我们的托儿所和幼儿园,三岁至五岁的男子汉都喜欢穿方翻领的水兵服。

大海给许多名词注入神奇的生命——舰船、甲板、涨潮、落潮、风暴、浪花、桅杆、海鸥、鱼雷、罗盘……

我建议请一个新的成员加入海的名词家族,它就是——酸辣菜。

就是大城市的自选商场也出售的罐头酸辣菜。芹菜、洋白菜、西红柿、胡萝卜、辣椒、洋葱和大蒜等制成,红青白绿,煞是喜人,酸辣可口,开胃生津。

"真好吃!"来到西沙群岛,第一次吃酸辣菜的时候,我赞不绝口。

守岛的战士对我的酸辣菜赞报以宽容的微笑。

吃到第三顿,我觉得它味道太重了。吃到第四次,我觉得连续的同一类型的味道的刺激使舌头发麻。

吃到第八顿,我还没吃嘴里已经全是酸水,不着一菜,尽得酸辣苦。吃到第十顿,我发现发了酵的蔬菜有一种西药味,像不像硫磺软膏加可的松?

守岛的战士轻轻地、轻轻地告诉我:"我们天天吃,天天吃,一年,两年……"

不必怀疑我们的海军后勤供应工作。他们不但提供酸辣菜,也提供红烧猪肉、火腿炒蛋、咖喱鸡块、四鲜烤麸、糖水菠萝……但在南海上空烈日照耀之下,你摆脱不开酸辣菜就像摆脱不开自己的影子。

多来一点榨菜、酱菜、泡菜之类不行么?

不行。那些菜都经受不住这南海海区的炎热。甚至腌得像盐一样咸的东西在高温高湿条件下也会变质。有一种导致腐败的细菌是嗜盐的。

只有我们的酸辣菜任劳任怨,不论你对它喜怒有常还是无常,不论你对它是表扬、是厌恶还是"恶毒攻击",它都忠诚地,不变本色地向你提供维生素、纤维素……

海军指战员同志们,向酸辣菜行个军礼吧!在你向往大海的少年时代它已经向你招手,在你报到的第一天它已注定了要为你服务到底,在你走上军舰或者海岛的时候它已经是你的不可离弃的忠实伴侣。

祖国应该奖励那些长年累月高高兴兴地吃酸辣菜的自己的保卫者。我甚至想向人大常委会或者军委建议,退役的南海战士,应该向他们终身免费发放酸辣菜。酸辣菜在勾起胃里与口腔里的酸水的同时,不是也振荡起战士胸怀中的南中国海的波涛么?

## 串起来的影片与家信

守岛战士与执行巡航任务的舰艇战士,昼夜盼望着收到家信。

远离家乡,就更知道家乡的珍贵。思念家乡,就更知道家乡不能不用生命和青春来保卫。

一张薄薄的纸就有那么大的力量。当邮船或者装载着邮件的直升机到来以后,收到家信的人兴奋若狂。

如果是新兵,如果家乡有事,如果惦念太多,特别是,如果风暴阻隔了邮班,一个战士也许一次收到两三封、三四封乃至五六封、七八封家信。

看这么多信也就够用一个历史时期了。至少在下次有信到来之前,战士反复读,反复看,反复与家乡的亲人交谈,每一个字都使战士听到乡音,看到亲人的笑脸。

南海的生活就是这样大起大落而又异常密集。爱和思念,家乡与电影。

本来每个星期都可以给战士们放一个新影片的。而在遇到恶劣气候的阻隔之后——一个小岛上的守备部队战士告诉我——他们有一次一口气看了七部故事片。从天黑到天亮,他们看电影看了十多个小时,然后睡觉。然后醒来,一起讨论和互相补充每个电影的人物故事情节。

"常常是把几部片子串到了一起……"战士们说。

要串,就串到一起吧,那么,在战士心目中会出现一部新的影片。

正像五封家信表达的是同一的关怀和思念,七部电影,定能唤起同样的热烈和温柔。

## 虎 斑 贝

　　各种螺壳贝壳是南海给战士的慰安，是永恒的自然的微妙的信息。

　　只有在常年温热的南海海水里才有这么绚丽多彩的海珍！羡慕我们吧，兄弟的东海、黄海、渤海！

　　还有红的与白的珊瑚，它们似乎来自另一个世界。

　　南海哺育了战士的审美的眼光与技巧。他们辛辛苦苦地却又是趣味盎然地搜寻珊瑚与贝壳。在每次涨潮落潮之后，在耀眼的乳白色珊瑚沙上、坎坷曲折的岸边、高低不平的珊瑚礁上，有时候还蹚着没足的或没膝的海水，他们深一脚浅一脚，东张西望地寻找着海洋的奇异珍宝。

　　探亲的时候他们把这无价的奇珍带回自己的家乡。

　　没有受过大海的冲刷与熏陶的乡亲常常不懂得这礼物的珍奇，他们问："这有什么用？"

　　探亲结束，返回驻地的守岛战士会带来一些特殊的忧愁：我亲爱的故乡啊，什么时候你能成为我们的紫缎似的南海的知音呢？

　　知音是有的。有许多造访南海的客人对各种贝壳珊瑚爱不释手，甚至把战士淘汰抛弃的不入选的贝壳也小心翼翼地收藏起来。

　　战士是慷慨的。他们把最好的晶莹的虎斑贝与神秘的鹿斑贝和玲珑的鼠斑贝送给你。

　　特别是那些前来慰问演出的文工团的姑娘们，她们好聪明，好甜蜜又好贪婪！她们去营房给战士唱两支歌，缝补几件衣服，搭讪几句，从口音上认个老乡，或者只是咯咯地一笑，便能叫守岛战士倾家荡产。

　　质朴而又无比谦逊的战士积攒多日的各种珊瑚、贝壳就这样一股脑儿被文工团的女战士轻易地搜刮去了。

然而,平心而论,说搜刮是不公平的,那多半是他们自愿的奉献。只要是真正的南海的知音,只要看到她们亲切的花一样的笑颜,只要她们口头应许给老乡写信。

只要一个战士能够幻想他会在未来收到那文工团女战士的来信,那姑娘曾收下他五只最好的虎斑贝和巨树般的珊瑚。

这就是足够的报偿了,哪怕她们满载而去之后便杳无形迹。

发表于《解放军文艺》1984年第4期

# 雨

我喜欢雨,从小。

我不知道我为什么喜欢雨。因为它迷蒙而含蓄,因为它充满生机,因为它总是快快活活,因为只有它才连接着无边的天和无边的地!

"细雨鱼儿出,微风燕子斜""随风潜入夜,润物细无声",春天的小雨便是大自然的温柔与谦逊,大自然的慷慨与恩宠,却也是大自然的顽皮。它存在着,它抚摸着,它滋润着,却不留下痕迹。用眼睛是很难找到它的,要用手心,用脸颊,用你的等待着春的滋润的心。

也有"凄风苦雨""秋风秋雨愁煞人""梧桐更兼细雨,到黄昏,点点滴滴"。其实那倒不一定是"一场秋雨一场寒"的秋天。即使这样的天气也给繁忙的人们带来休息,带来希望,带来遐思。

正因为有雨中的忧伤的甜蜜,人们才伸出双臂歌唱雨后初阳的万道金光。于是有了那波里的名歌《我的太阳》。

而暴雨和雷雨又是多么欢势,它们驱走暑热,它们解除干渴,它们弥合龟裂,它们叮叮咚咚地敲响沉闷的大地,它们咋咋唬唬地嬉闹着对人们说:"别怕,我们折腾一会儿就走。"

小时候,我最喜欢北京城夏日的大雨。雨中,积水上冒出一个又一个的半圆形的小泡儿。

"似水晶、非琉璃,又非玻璃,霎时间了无形迹。"我的姨妈教过我这样的谜语。

为什么这几年在北京很少见到大雨冒泡儿了呢？是气候变了么？是我事太多、心太杂，对似水晶又非玻璃的泡儿视而不见，这泡儿已经唤不起我童年的那种好奇和沉醉了么？哦！

　　一九五八年的特别炎热的夏天，我下乡以前暂在景山公园少年宫劳动，盖房当小工，每天担四十多斤一块的大城砖，很累。一天早上刚开工便赶上了天昏地暗的大雨，"头儿"只好宣布放假。我落汤鸡似的回到家，换了一身衣服，打起雨伞，和同样处于逆境的爱人到新街口电影院看电影《骑车人之死》去了。电影看完了，大雨威势未减。这是一九五八年，也许是五十年代的最后几年我们度过的最快乐的一天，而这一天，是雨赐给我们的。

　　冒雨出游，这才有特色，这才有豪兴，这才有对于生活、对于世界的热情。这热情是什么也挡不住也抹不掉的。

　　所以，当一九八二年六月初我和几个中国同志一起访问美国的东北海岸而赶上了整整一个星期的阴雨的时候，当不论是主人还是其他客人都抱怨这不凑趣的天气的时候，我却说，我喜欢雨，雨使世界更丰富了。在维尼亚尔（意即野葡萄园）岛上驱车行路的时候，我甚至把汽车窗打开——让溅起的雨珠雨花吹到我的脸上、头发上、脖子上和衣服上吧，这该是大西洋上的天空——与我们古老的神州大地上的是同一个天空——飘洒下来的美丽、友好、清凉却也有些阴沉的信息。雨中的大西洋，似乎泛着更多的灰白相间的浪花。天、海洋、小岛、大陆、漂亮的花花绿绿的别墅房屋、泊港的船只、行驶着的和停下来的汽车，都笼罩在那温柔迷蒙的雨中的烟雾里。

　　这样的雨就像夜，就像月光，使世界变得温柔，使差异缩小，使你去寻求一种新的适应，新的安慰。

　　就是让雨淋个透也未尝不是人间快事。在新疆的草原上，我曾经骑着马遭遇过一次短暂的却是声势浩大的雹雨，前不着村，后不着店，上天无路，入地无门，连一株可以略略遮雨的小树也没有。没法子，除了百分之百不打折扣地接受大自然的洗礼之外，没有别的路。

81

当理解了这种处境以后,我便获得了自由,我欣然地、狂喜地在大雹雨中策马疾驰。

这种经验我写在小说《杂色》里边了,但我觉得没有写好。如果有机会,不,不管有没有机会,将来我一定要再写一次草原上的夹着雹子的暴雨。

这豪兴也要有一个条件,就是在前方不远,有哈萨克牧民的温暖的帐篷。兄弟般的哈萨克人会亲切地接待你,会给你一碗滚热的奶茶,会生起他们的四季不熄的火炉,烤干你的被雨打湿了的衣裳。

我们常常说"风吹雨打",毛主席说要"经风雨、见世面",我们还说什么经历了"风风雨雨"。这不但让人骄傲,也让人欢喜,不但让人刚强,也让人快活,像我那次在新疆的草原上那样。

而我现在正航行在从武汉到重庆的长江航道上,又赶上了雨。雨对我有情,我对雨有意。

在避风的那一面的甲板上,你看不到也摸不着雨。在船头,雨丝向你迎面喷来,在迎风的那一面,雨丝拉曳成了长线。

江上的雨和人似乎更加亲近。坐船的人都爱水、靠水、感谢水。而正是雨供给着江水,江水升腾着雨。当轮船疾驶的时候,浪花飞溅到甲板上,那不就是雨么?

天色虽然阴霾,两岸的垂柳和庄稼却被雨洗得更加碧绿。没有打伞,也没有穿雨衣,最多戴一个草帽的岸上的女人们的服装在雨中显得分外鲜丽。连岸上的黄土和石头也在雨水中映着洁净的、本色的光。

"晴川历历汉阳树",当然。但是你知道吗,阴川和雨川,也使我们的河岸、我们的人和树历历如画。

雨是我对生活和土地的无尽的情丝,情思。

发表于《散文》1984年第6期

# 船

我崇拜一切交通工具,崇拜一切自己能动而且能负载着人运动的东西。

直到一九五八年,在我"出了事情"以后,在我已经发表过几个短篇并完成了一个长篇以后,在我已经早就是共青团的干部并有十年以上的革命"经验"以后,我曾经梦想从此改行到火车上做列车员。

我觉得列车员的工作是神奇的工作。他总是不停,他半夜也在奔跑。每一个车站都和前一个车站不一样,而更新的车站,更新颖的城市和乡村在前面等着他。当睡眼惺忪的旅客摇来晃去的时候,当我国的绝大多数城乡居民酣睡沉沉的时候,当检车工用大小锤头敲了一遍车轮和车轴以后,他——列车员,是清醒的列车的守卫者,他在暗夜中观察着山峦、河谷、道路、桥梁,观察着头顶上的星。一颗星离他越来越远了,另一颗星却正向他眨眼,迎接他的靠拢。

最主要的是他拥有比你我大几倍、几十倍、几百几千倍的空间和距离,也就有那么多倍的生活。不是至今仍然有人一辈子不出自己的村,一辈子不肯、不敢、死乞白赖地不离开自己呆着的那个城市市区吗?对于别人是远在天边的、不可思议的、令人发怵或是吃惊的那些地名,对于列车员来说,不就像是他家的房前屋后吗?

至于船,截止到八十年代,真正的船还只出现在我的梦里、爱唱的歌曲里,儿时的稚气的画里。

> 从前当我少年时，
> 鬓发未白气力壮，
> 朝思暮想去航海，
> 越过重洋飘大海，
> 但海风使我忧，
> 波浪使我愁。
> 啊……
> 我多恼故乡其水流溅溅。

我不知道这是一首谁作曲、谁作词、谁翻译的歌。这歌词显然翻译得古老而且生硬，但这首歌曾经使我多么感动啊。

解放初期我看过一部描写知识分子思想改造的长篇小说《动荡的十年》，小说结尾是改造了十年的主人公在听到这首歌的时候又蓦然心动了……这证明，他需要改造的东西还多着呢。

多有趣，这证明，这首歌确是有力量的呢。

上小学的时候，有一次劳作课的作业是叠一只纸船，我叠了又叠，越想叠好就越叠不好。那船就像江南的小木船，两边各有一个篷子，为了遮雨。不知是不是鲁迅先生描写过的乌篷船。我终于没有完成我的纸船，我急出了眼泪，眼巴巴看着同学们一个个以自制的船只乘风破浪地出航，而我却造不出一只船来。

仿佛后来有一位长辈送给过我一艘高级的玩具船。船身是金属做的，漆着彩漆，用火柴把船的"发动机"点着，船就能够航行啦。

我端来一大瓦盆水，我的兴奋的心情如哥伦布将要驶往新大陆或麦哲伦将要开航绕地球一周。"发动机"终于点着了，突突突的响声持续了五秒钟，船"航行"了五厘米，噗地一响，机器坏了，从此，它便成了一艘失去了动力、不能动、连打转也不能的死船。哥伦布与麦哲伦的伟大的梦破灭了。

后来船就不见了，锈了？坏了？扔了？丢了？我记不清。

终于，我也记不清究竟这儿时的伟大航行的悲哀的故事是实有其事,还是出自自己的虚构了。写小说的人也是报应,老是虚构一个一个的故事去赚取(就不说是"骗取"了吧)读者的眼泪与笑容,最后,说不定糊里糊涂地自己虚构起自己的事来了。

到建国以后,到我"出事情"以前,我的船是北海与什刹海的小游艇。我和我所"领导"的共青团员们常常在那里过团日,划船。我觉得我划船的技术很不错,可以转硬弯,可以两手同时划,两手交错划,可以两只桨划一个方向,也可以划相反方向。

去过南方的同志讥笑北海的游船是"瓜皮小艇",我听了很不服气。瓜皮小艇又怎么样呢,我们想着全中国,想着世界革命。

> 我的歌声飞过海洋,
> 爱人啊你别悲伤,
> 国家派我们到大海上,
> 要掀起惊天风浪。

这是一首苏联歌,共青团员们爱唱的。我们不再唱"海风使我忧,波浪使我愁"了,我们是将要掀起惊天巨浪的一代。

后来瓜皮小艇翻了船,果然只不过是瓜皮小艇。后来我来到了瀚海。沙漠之船的称号也是有的,那是指骆驼。新中国的瀚海里不仅有骆驼,也有牛车、马车、火车、汽车。不仅火车是可以连夜移动的,在新疆,汽车也有时连夜开,开到午夜两点半钟,司机累极了,便跳下汽车,躺在沙石戈壁上,摊开四肢,睡到天发亮,再开。当然,那是夏天。我乘过这样的车,如船在瀚海上漂游。

直到八十年代,我才和海上的、河上的,也包括陆上的(车)和天上的(飞机)船们结下了不解之缘。那时候,我们中华人民共和国这条大船,已经行驶在新的广阔得多也平稳坦荡得多的航道上了。

最难忘的是南海之旅,救生艇、运输艇、炮艇、猎潜艇和鱼雷快艇,我们和海军同志一起站立在指挥台上,高唱着刘邦的《大风歌》,劈开紫缎一样闪闪发光的南海海面,在海鸥和飞鱼的包围之中,在迎风招展的八一军旗的感召之下,环绕着南海与西沙诸岛,进行了一次又一次的航行。晕船要什么紧?呕吐要什么紧?大风大浪四十五度摇荡要什么紧?那才是爱国男儿的滚烫的生命之船,热血之船,乘风破浪的必胜之船。人站在这样的船上,全中国装在这样的船上的人的心里。

晚一点了么?在我将近五十岁的时候,我开始懂得了不像梦幻中的船那样脆弱、不像公园里的船那样旖旎和小巧、不像沙漠里的船那样拙笨和缓慢的另外一种船,巨大、坚强、英勇、踏长风、奔大海,勇敢而又沉着地前进。

而今天,是在长江的航船上。雨后初晴,春意如酒,桃红柳绿,阡陌纵横,鸥鸟飞翔,清风振荡。船上平稳、舒适、安详,这是一首成熟了的江轮进行曲。老船工告诉我,他在江轮上做工已经四十五年。

但发动机是不敢懈怠的,发动机一刻不停地、激动地、细听起来有时甚至是愤怒地工作着,掌船的人又是那么谨慎而老练,他们带动着全船向前。

发表于《散文》1984年第6期

# 三　　峡

未到三峡来,已知三峡美。

因为我们是中国人,因为有古往今来那么多诗、文、绘画,有现代图片和更加逼真的电视、电影片。

包括那首不无争议的李谷一唱的歌《乡恋》,那是电视片《三峡的传说》中的插曲。

而对三峡是没有争议的。她是地理,她是长江,她是美的风光。她是历史,她是传说,她是一个又一个真实的与梦幻的故事,一个又一个庄严的迷人的纪念。

当"东方红32号"船上的广播宣告前面到了神女峰的时候,一下子撩起了人们那么多回忆和向往,一种源远流长的历史的激动与山水无间地相亲相通相化的柔情被唤起来了。于是我觉得无山不是神女峰,无云不是巫山云,无人不是"楚王""宋玉"的隔代之交。一道挺拔隽秀的山突出在岸边,山顶隐没在白色的云雾里,山脚伸入长江之中,经受着江涛的残卷。我说:"这就是神女峰!"

同行的人都说不是,但我坚持就是。这就是我心目中的巫山神女,把面孔隐藏在雪白的纱巾里,你看不到她的真面目,她却含笑顾盼着你。江水在她身上激起的朵朵水花,说不定正是她激扬起来,向你表达她的情意。

一位穿着鲜红的毛线衣的船家女挂起白帆、轻摇单桨,在水花溅溅之中大胆地驾小木船逆流而上,向云雾中去。也许她就是神女的化身,神女在八十年代的劳动化?

过了一个小时才看到公认的神女峰。神女伫立在高峰上,亭亭玉立,衣袂飞扬,很有神趣。

然而她太小太小了,而且这时云雾已经散尽。

听人们讲每块石头、每个山峰的名称和传说当然是有趣的,然而更有趣的是自己去揣测捉摸。那瞿塘峡中巨石身上的纹络,不是让人联想到饱尝风雨、久经沧桑、思想深邃、阅历丰富的老人吗?把这些深浅纵横、相交相错、刻骨铭心的纹络描摹下来吧,这幅画应该命题为《岁月》。

也许不叫《岁月》而叫《哲人》,或者《世事》,或者《沉思》?就把那块石头命名为沉思石吧。

还有那方圆参差、大小不齐、如被草率地堆在一起的石头群,我坚信那是一座古老的大厦的坍塌的痕迹。

大厦的坍塌并不足惜。沿着三峡,不断地有古老的和新兴的乡村与小镇,有如刺绣雕镂一样地绘出来的农田菜地,有些地块的坡度是如此之大,快成为挂在江岸的壁毯了。有道路,有行驶着的汽车和手扶拖拉机。而在几乎全是悬崖峭壁、万古洪荒的地方,你会不时看到一个男孩子赶着几只山羊走过,或者看到一个少女在山水边洗衣服,她还向正在驶过的客轮上的乘客招一招手呢。

这也是矛盾冲突。你要独立地观赏、思考、发挥你的想象、吸收和凝固你的印象,又要听广播介绍,孔明碑、香溪(王昭君的故乡)、白帝城、孟良梯,那是前人的欣赏与想象的结晶,又是真实的历史的遗迹。历史总是要听别人讲的。也许你在地球上的别的地方,也许未来人在别的星球上能找到类似的,或者毫不逊色的,或者更好更华丽或者更奇特的风物山水,但是,你永远找不到这样的历史,这样的民族文化心理,这样的亲近。

所以,当广播喇叭里播送出今年春节以来"红"遍中国的香港歌手张明敏的歌曲的时候,当唱起"长江长城,黄山黄河,在我心中重千斤"的时候,我甚至流下了热泪,不管音乐专家教授们怎样评价这种 pop song(通俗歌曲)。

为了了解三峡、了解长江,你需要细心听广播介绍,你需要阅读《长江旅行知识》(为什么书名这样枯燥?)之类的书籍。但你更要自己去看。船头,重峦叠嶂,真正是山重水复疑无路。左舷,广滩石壁,航标船默默地经受着江水的冲击,还有一艘艘由勇敢的男儿女儿驾驶着的勇敢的木船和孤独坚强地高耸在峭壁上的信号台、信号旗、信号灯。右舷,是村庄、是城市、是古堡、是古塔,田野上一片翠绿,杏花正在盛开,急流峭壁上的人家似乎分外悠闲,有一位老人正在打太极拳。有些旅客会觉得奇怪,他们怎么能在这样险峻的地势上造屋、种田、生活、过日子。船下,是像雷、像风、像暴雨爆发一样轰鸣着的白色的浪。

哦,真正是目不暇给,脑不暇记!这众多的印象如何吸收,又如何贮存,纵然山川如锦!

如果还想写下点什么来呢?这可真是搞写作的人的宿命的悲哀和永无解脱的痛苦!世界是太美丽了,祖国是太美丽了,于是你欣然命笔。然而,你刚拿起笔,你还没有写下一个字,又有多少个美的信息、美的形象与美的诗情在你握笔的一瞬之间从你的生命里一滑而过哟!归根结底,哪怕高质高产伟大如巴尔扎克,究竟是他写下来的多,还是由于他埋头写作而辜负了、忽略了、错过了的多呢?究竟是他把握了与表现了世界,还是世界在更大的程度上掠过了他呢?

想到这里,我真想像"绝笔于获麟"一样绝笔于长江,绝笔于三峡了。

但是,最后,我还是要写一写比三峡还要"三峡"的一"峡",它就是葛洲坝。

我们的江轮"东方红32号"是在五日深夜,更正确一点说,是六日凌晨三时许经过葛洲坝水利工程枢纽的。当时我正在舱里熟睡,忽听人声鼎沸,不知出了什么事情。连忙晕晕乎乎披衣起来,只见我们的船四面全是高高的钢铁壁墙，船头向左右方照射的聚光灯把钢壁照得通亮，四面都很窄小，似乎将将能容下一艘客轮，似乎客轮落入了一个方形铁桶之中。船当然不能行进了，但船体显然是在迅速就地高升，令人骇然。过了十几分钟，只见船前一道钢门，嗡然有声，从中间裂开，向两面大开，如《阿里巴巴与四十大盗》里"芝麻开门"的场面然，轮船徐徐驶出钢壁合围，向宽阔的江面，以愈来愈快的速度驶去了。

实在抱歉，在前两年，我曾两次被邀来葛洲坝，都没有来成，许多描写葛洲坝工程的文字，也看得不仔细。这次完全是一次新的、直觉的冲击，真是钢的工程、钢的技术、钢的气魄、钢的旋律，给人以壮哉伟哉、惊心动魄之感。葛洲坝这两道钢铁巨闸是为了维持水面的落差——发电的能源。遇到逆流而上的船驶来，先打开下面一个闸门，将船放入钢铁壁垒之中，再慢慢打开上面的闸门，缓缓提高船下水位。上面的闸门开急了当然不行，那会使船儿遭到江潮贯顶之灾，沉入江底。待到船下水位与江面持平时，便是念动咒语，芝麻开门的时刻，那铺设了铁轨、可以走小火车的巨大的钢壁，便应声而开了。

我想，这真是一道钢峡，一道绝不比瞿塘峡、巫峡、西陵峡逊色的钢峡。

1984年4月5日—6日

写于自武汉驶向重庆的江轮"东方红32号"上

发表于《散文》1984年第7期

## 我们明朝就要远航

我不是歌唱家,但连我自己回想起来都觉得惊异,五十年代我怎么会唱那么多苏联歌曲!

如果说我会唱的苏联歌曲多如天上的星星,未免像是吹牛。但如果说我会唱的歌曲比王府井大街上的灯火还多,却仍然不失为一种东方式的谦逊。

让我们来试一试。请点歌吧:要哪个作曲家的作品?杜那耶夫斯基还是索洛维约夫·谢多依?勃兰切尔还是米留金?或者是查哈罗夫的民歌风?要哪部电影的插曲?《光明之路》?《童年》?《小海军》?《萨特阔》?《库班的哥萨克(幸福的生活)》?《夏天》?《忠实的朋友》?《蜻蜓姑娘》?要哪个民族的哪个歌唱家演唱过的?聂恰耶夫的《列宁山》?尼基丁的《春天的花园花儿好》?庇雅特尼茨基合唱团的《有谁知道他呢》?哈丽玛、纳赛洛娃的《哈萨克圆舞曲》?那歌声中穿插着的金铃般的笑声令人心旷神怡!乌兹别克的塔玛拉·哈侬的演唱里跳荡着羊皮鼓的节奏。还有在中国大受欢迎的阿塞拜疆的拉希德·培布托夫呢,他用抒情男高音唱着《货郎与小姐》的插曲:

卖布,卖布嘞,

卖布,卖布嘞……

我再问你,你要我歌唱十月革命与内战期间的哪个英雄呢?肖

91

尔斯？（副歌的高音部是怎样地撕裂人的心肺！）夏伯阳？伏罗希洛夫？布琼尼？更不要说斯大林了！我会唱的歌颂斯大林的歌曲足够开半场音乐会！

在这些我们喜爱的苏联歌曲里面就有索洛维约夫·谢多依的《海港之夜》：

> 再见吧，亲爱的城市，
> 我们明朝就要远航，
> 当黎明时光，在船的甲板上，
> 看蓝色的头巾飘荡……

也许是少不更事，也许是那纯洁的年代、纯洁的心的生发，五十年代，从来没有见过海，没有上过舰艇，更没有当过水兵的我一唱起这个歌就觉得感同身受，身临其境，为之销魂。在海港上，在夜雾里，前面是辽阔无垠的大海、即将开始的远航，背后是亲爱的城市、亲爱的姑娘、飘荡着的送行的蓝头巾。这是怎样的美和惆怅，怎样的豪迈而又温柔、缠绵而又自由！这旋律，这节奏，传达着的正是海潮与心潮的起伏，大海与水兵的呼吸，夜雾与头巾的飘荡。我分不清歌声、水声与心声了。

后来就不唱这些歌了。

让人没有心情去唱它。

偶然唱起，恍如隔世，只觉得不协调，好像气管里吸入了一片碎玻璃——危险的体内异物。

一九七九年，我们举家从新疆迁回北京，后来，我的搁置了二十多年的书稿《青春万岁》也终于见了天日。《青春万岁》后记里提到的"谨以此书献给"当年"马特洛索夫夏令营"的朋友们到我们的临时栖身之地（当时还没有房子）来看我的妻子和我。我们这些五十年代的青年们冒着小雨去劳动人民文化宫，在一座大殿的廊檐下，我们唱起了当年爱唱的歌，有《列宁山》，也有这首《海港之夜》。

我们唱这些歌,只是为了纪念(悼念?)我们自己已经逝去的青春。

一九八四年,我欣然接受了去苏联塔什干参加亚非拉电影节的建议。这在前几年是无法想象的。我欣然成行,除了别的许多大的原因外,还有两条"个人动机"。一个是我想运用一下我在我国新疆十六年所学到的有关苏联中亚地区各民族的语言、文化、历史的知识,去接触这方面的第一手材料。第二,我要到原诞生地去寻找我所钟爱、我所失去的那些歌曲。

这最后一条对于代表团来说可能无关紧要,对于我个人,却是牵肠挂肚。

春节刚过,在我家里,许多个晚上都响起了五十年代的苏联歌曲声。"太阳落在山的后边"之后便是"一条小路弯弯曲曲细又长","遥远啊遥远"之后便是"听吧,战斗的号角发出警报……"

快要五十岁的时候忽然大唱起不到二十岁的时候爱唱的异国的歌,这也是一种难得的体验。我失眠了。

中国的作家可真福气!他们的独有的体验,独有的各种连续的和各种中断的往复,提供着多么丰富的灵感!

我告诉我的家人、我的朋友,访苏期间,我要用为数不多的零用外汇,全部购买苏联歌曲原声带。一位最近从苏联归来的朋友劝我不要这样做,因为苏联的盒式录音带质量不理想,价钱又不便宜。

是这样吗?我将信将疑。似乎有那么一丝遗憾,如果真是这样的话。

初夏时分,我来到了苏联。在莫斯科的俄罗斯饭店,在塔什干的乌兹别克斯坦宾馆,在第比利斯的埃维丽亚旅舍,我只要一有机会进房间,便立即拧开广播旋钮,我要寻找我的老朋友——我的歌。甚至在我需要睡觉的时候我也不关收音机,而只是把音量拧小一点,在这似曾相识、陌生中包含着某些我熟悉的特色的歌声中我会更好地入睡。即使已经睡熟,即使我已经失去了一切知觉,我的耳朵——我的心仍然在谛听,仍然在寻觅,仍然在期待着。

总算听到了一次《喀秋莎》。听到了一次在苏联唱之已久的《五月的莫斯科》:

> 柔和晨光,在照耀着,
> 克里姆林宫古城墙,
> 无边无际苏维埃大地,
> 正在黎明中苏醒……

我知道,在苏联,每逢五一节都要反复播放这个歌的。这首歌大概诞生得很早,四十年代或者三十年代也说不定,但我接触到它,还是在五十年代。

大概除了苏联国歌之外,这是在苏联唱得历史最久的一首歌了。

歌声依旧,人事全非,呜呼!

此外,广播里、电视里、晚会上听到的诸多歌曲都是我所不知晓的。但这些歌曲的豪情与柔情的结合、热烈澎湃与忧郁委婉的交织,特别是那种特有的阔大、坚决、自得而又自信的如醉如痴的行进感,都使我联想起五十年代我所熟悉的那些苏联歌曲,这是我能够一下子就辨认出来的呵。

另外还有那种女中音领唱的俄罗斯民歌。一听到这熟悉的歌声,便像是看到了戴着月牙形头饰的健壮异常的俄罗斯妇女,她们平伸着右臂,左手叉着腰,底气充足地引吭高歌。周围是单调而又宏伟的金色的麦穗,麦浪滚滚,一望无边,忧郁中、寂寞中散发着那么强大的热烘烘的力与爱,啊!

当然,这次在苏联听到的歌曲中,也有五十年代从未与闻的新品种,包括本地民歌旋律与迪斯科节奏相结合的沙声叫喊与软软的"气声"吟唱。看来这些歌也是西方影响的产物,在苏联,我见到的"进口"的通俗歌舞远远比进口的消费品多。

电影节前夕,我拜托电影节委派给我们的翻译兼联络员嘎丽娜给我录点歌曲——不是说他们的录音带不怎么样吗,我自己带了两盒带子。

"您要什么歌?"嘎丽娜问。

"比如说《列宁山》,比如说《快乐的人们》《海港之夜》……"

看到她迷惑的表情,我给她哼起了这些歌的曲调。

"呵,原来是这些歌,要不是您,我们早忘了。"她感动地说,"但是,这些歌可太难找了……我有一些学生,他们喜欢搞收音录音之类的,但那多半是现代的,许多是……"她做了个摇摆舞动作。

"那我能不能从唱片商店买到这些歌曲呢?"

"恐怕也很难。当然,您可以试试。"

"那就麻烦您随便给我录一点什么吧,只要是苏联的。"

感谢嘎丽娜和她的学生们,他们给我录了两盘。一盘是现代抒情歌曲,一盘一半是乌兹别克民歌,一半是乌兹别克迪斯科。

后来我又买了一盒男高音独唱,一盒俄罗斯民歌合唱原声带(没有立体声)。

后一盒磁带是在俄罗斯饭店楼下的专收外币的小白桦商店买的。我先问《列宁山》与《海港之夜》,售货员斩钉截铁地摇头。

这盒磁带标价二点零五卢布,便宜。我付了三美元,出纳员沉吟了一下,找给我一百日元。

我不知道这一百日元对我有什么用场。我便力求文雅地用英语对她讲:"请问,你能不能给我一些戈比(苏联硬币)?"

"不行,这儿是外币商店,没有卢布和戈比。"

"那么,我是否可以麻烦您,请您找给我美分呢?"

面孔呆板的女出纳勃然大怒,恶狠狠地说:"跑到这里要美分?要美分到美利坚合众国去!"

我愕然。她竟忘记了她收的是美利坚合众国的"元"。

然而这并不重要。对于商业从业人员的恶声恶气,我早已被培养出了足够的"预应力",不能做到忍辱负重就不要进商店。重要的

95

是我毕竟拥有了一盘俄罗斯民歌录音带。一听到那些歌我就想起了一九五〇年我购买的第一批唱片,那唱片上有一首俄罗斯民歌,题目叫做《康拜因机能割又能打》。

回国后过了一些日子,那位劝我不要在苏联买原声带的朋友来了,他给我带来了一盘转录的磁带。

在 A 面,我听到了"夜莺啊,夜莺,不要吵""正当梨花开遍了天涯""有位年轻的姑娘,送战士去打仗"……在 B 面,一开始便是:

> 再见,朋友们,
> 明朝要远航,
> 冲破晓雾,穿过海洋……

哦,我们明朝就要远航!一样的清丽,一样的深情,一样的扬起来又落下去、高又低、轻又重的波浪!海港之夜啊,你还是那样!

我听了一遍,又听了一遍,好像还了一个宿愿,好像回到了、续上了五十年代。

听完了,分明感到已经不是五十年代了。可以一遍又一遍地重听那时的歌了,心境却一次又一次地淡了。

我感到"还愿"的满足,也感到了清明和平息。我感到了"终于见到了你"的欣慰,也感到了"毕竟失却了你"的惋惜。

好像是去看一个失散多年的老友,在你终于找到了他、为他的健康而干了一杯之后,你更痛感到那失去的时光。又好像是去看一部影片,多年前你看过它,未及终场你便遽尔离去,这次你去看完了它。走出影院,青年们问你演的什么电影,你不好意思地说出片名,青年们翻翻眼睛。你解释说:"是一部老片子。"

也许,一切宿愿还是不还的好?就让它萦绕在"海的梦"里吧?

好在只要活着,就不仅有怀旧,有宿愿与旧梦,更有无限的关于明朝的远航的憧憬和希望。

发表于《上海文学》1984 年第 10 期

# 国 庆 小 札

## 开路先锋

十几辆大清扫车排成"＞"形自东向西驶过天安门,把已经清扫过许多遍的路面再来一次清扫。清扫,这是历史上的开路先锋。

## 天 空

一万只鸽子在天安门上空展翅飞翔,一万只气球在天安门上空扶摇升腾,一个编队又一个编队的飞机从天安门上空飞过,哦,我们有多么明朗和欢乐的天空。

你不可能不回忆起五十年代建国时期的国庆活动。你不可能不回忆起庄严隆重的开国大典与悲哀肃穆的丙辰清明,还有十一次接见红卫兵与林彪的有气无力的万岁声。历史的活剧演出了一幕又一幕。人民和祖国是那样贴近,人民驱散了祖国头上的乌云,现实复活了千种回忆,复活了沉睡在历史的积淀中的民族的潜力、智慧、创造性。又是一个新的开始,共和国开始了她的再一度更加辉煌的青春。

97

## 组 字

国徽。祖国万岁。振兴中华。保卫和平。中国共产党万岁。这无声的呐喊,这历史的大手笔。组织的力量,万众一心的力量定能创造奇迹。

## 联产承包好

农民队伍以"联产承包好"五个大字引路,有一种特别的现实感和幽默感。我们对农民当然提过高超得多的口号,如"通向天堂的金桥""为世界革命而种田"等等,高则高矣,惜哉悬空,弄得一代人没吃过花生。现在可什么都有了,无怪乎老百姓反映:"跟变戏法一样!"实事求是的力量是人世间最神奇的力量。(假大空的力量也是一种魔术般的破坏性力量。)

## 快乐和光明

不必惊异于这集中表现的快乐和光明。本来就应该快乐和光明。这快乐和光明是我们自己缔造的,我们要把这快乐和光明普照到每一个角落和每一个时辰。只要我们少一点愚蠢,多一点聪明。

## 阅 兵

不要侵犯我们。不要干涉我们。不要妨碍我们建设自己的好生活与统一自己的祖国。枪和它的同伴们说。

## 少先队的鼓号

少年先锋队的鼓号声比什么声音都响亮。属于未来的力量才是真正无敌的。远眺一下未来吧,感受一下少年鼓手号手带来的兴奋、战栗和鼓舞吧。至少不要做少年鼓手的未来大道上的绊脚石。

## 礼 花

人沐浴在光明和美丽的礼花里,天和地是一片光明和绚丽。让每一个有限的生命都成为历史长河里与祖国大地上的一朵礼花吧,竭尽所能地高扬,发挥出所有的能量,表现出最美丽的姿态,照耀历史与大地以最大的辉煌、雄伟、欢乐。

发表于《北京日报》1984年10月9日

# 架 桥 者
——记一些外国汉学家

近年来,有机会与国外的一些对中国当代文学有兴趣的汉学家接触,得到一些有益有趣的知识和经验,结识了一些新朋友。

这批汉学家主要是中青年。一些老汉学家,如美国的费正清,西德的傅吾康,苏联的费德林,他们的研究课题主要在中国的古代历史、文化方面。这几年我分别有机会与他们会晤,发现他们对中国的当代文学知之甚少。

年轻一代的汉学家则不同。据说他们当中颇有一部分人是因"文化大革命"而引起了治"中国学"(或译汉学)的兴趣的,他们的兴趣在于当代中国。

一九八〇年我首先在西柏林自由大学会见了精力旺盛的青年汉学家顾彬和瓦格纳。顾彬主持了中国现代小说德文版的编译工作。该小说集下册收的是一九四九年以后我国的一些作品,包括刘心武的《班主任》、王亚平的《神圣的使命》、李陀的《带五线谱的花环》,还包括艾芜、西戎、方纪、秦兆阳、周立波、师陀、李凖、赵树理等人的作品。其中也包括了《组织部来了个年轻人》,并在该书的封四印上了"年轻人"里的一段关于炊事员和食欲的话。

顾彬温文尔雅,有一双动人的大眼睛。瓦格纳热情洋溢,说起话来结结巴巴,急急迫迫,如机枪连射。他们对中国的文学状况了解得不少,对几个被批评的剧本(《假如我是真的》等)很是关注。我们一起谈得爽快热烈。

他们提问,《组织部来了个年轻人》中提到的屠格涅夫的《贵族之家》的人物——德国人伦蒙是怎么回事,我解释了许久,他们也听不明白。不知道是我的叙述表达有问题还是他们对俄罗斯文学的了解太少的缘故。

一九八二年,我们又在纽约相会,颇有"他乡遇故知"之感。瓦格纳把他写的一份关于《悠悠寸草心》的论文稿送给了我。此后,我又与顾彬多次在北京见面。顾彬说他希望能组织一次国际性的"王蒙作品讨论会",后因经费问题未成。他目前正致力于当代我国女作家创作的研究。

提起美国的中青年汉学家,我首先想到大卫·阿尔阔什。他是费正清的学生,后任教于衣阿华与印第安纳大学。他一九六四年在哈佛大学读书时写过一篇关于《组织部来了个年轻人》的论文,一九八〇年,他将这篇论文的复印本送给了我,并题道:

"……在我写这篇论文的时候,做梦也想不到能在衣阿华见到你……"我也颇感慨。

大卫个子高高的,常带微笑,别人说话时他不停地"嗯哼,嗯哼"着。他的妻子苏珊极贤淑,用她炒的中国菜来款待我。当我抱怨在京家务劳动的麻烦时,大卫说,他很喜欢执炊。他们有一个小女儿,与我一见如故,而且画了一张蜡笔画送给我。

大卫当时正在写一篇关于费孝通的博士论文。不知他完成得怎样了。

我要特别提到的美国汉学家是林培瑞。我们早在北京便见过面,一九八〇年访问洛杉矶时我便住在他家。他的中国话很流利,曾与中国人一起合说相声。他前额凸出,待人接物谦恭质朴,极有分寸。他编的中国当代小说集《玫瑰与刺》已在加州大学出版社出版,内收汪浙成、温小钰、刘庆邦、金河、林斤澜、曹冠龙、戴晴、孔捷生、黄庆云、张洁、谌容等人的小说和拙作《夜的眼》。

林是德裔。他的妻子黄苏珍是广东籍华裔。他们家里挂着不少中文字画。他们的后园长着金色的柠檬，但其中一株柠檬树染上了一点病。他们养着一只懒洋洋的肥硕的猫，那猫是靠吃罐头度日的。他们家的电视机是黑白九英寸的。林培瑞博士说，他根本没时间看电视，他们的电视机的用途是防贼。

在旧金山，犹太血统的葛浩文博士也是对中国文学极熟悉的，他是萧红专家，自称深深地爱上了萧红。他翻译过台湾作家黄春明的小说。他多次到中国大陆来过，还在《北方文学》上用中文发表过散文。一九八〇年我访问旧金山时他招待得极周到，他解释说，他在北京吃了不少"人民的烤鸭"，现在是回报的时候了。

林培瑞和葛浩文，是我们认识的非中国血统欧美汉学家中中国话说得最好的。和他们交谈令人舒畅。

一九八二年访问墨西哥时我结识了女汉学家白佩兰（弗罗拉·巴东），她是墨西哥学院亚非所的中国方面的负责人。她既是一丝不苟的学者，又是精力充沛的社会活动家。她读了我的作品，表示极有兴趣，并正在进行向西班牙语读者译介的工作。她还负责培养中国的西语专业留学生的工作，十分热心。

我常常回忆起我们的一次小小的"争论"。有一次我说："中国这么大，历史这么长，中国的事情只能慢慢来，不能着急。"她立即指出："你这话当年李鸿章就说过，完全一样。"她又说，"以我在北京工作三年的印象，我认为中国人特别是中国青年极善于接受新事物，并且是很能适应发展变化的。"

但愿她比我更正确。

一九八三年秋我们在北京我家见面，招待她吃饭时妻子问她要不要用刀叉，她笑说："这可是对我的侮辱！"她确是一个热爱中国、性格开朗的人。

一九八一年，《蝴蝶》日文版的译者，大阪语言学院中文系主任相浦杲夫妇来我的住处看我，这是我第一次在家里接待日本汉学家。

他的妻子叙述了对《蝴蝶》描写的冬冬"赏雨"与冬冬吃"北冰洋冰砖"的深刻印象,并说他们一到北京便到处寻找"北冰洋冰砖"吃。

相浦杲夫妇彬彬有礼。据说他们为了《蝴蝶》日译本的出版费了不少的力。在文学艺术相当商业化的国家,出版中国作品的译本是并不容易的。

第一个与我取得联系的东欧国家的汉学家是匈牙利的鲍罗尼。鲍罗尼五十年代曾在北京留学。一九八一年,他把匈牙利出版的一本载有他译的《说客盈门》的杂志寄给了我。一九八三年,他陪同匈牙利电视台记者到我家采访了我,使我们有机会见面。他戴着眼镜,胖胖的,拉着我的手,一再重复:"除了美国、西德之外,也到我们国家去看看吧!"

今年收到了他译的我的一个匈牙利文版短篇小说集。

苏联汉学家中首先要提到的是托罗普采夫。与他的交往我写在《大馅饼与喀秋莎》里了,这里就不再重复。他写了不少评论我的作品的文字,除已在《钟山》上译载的那一篇外,还有两篇,将译载于《当代文艺思潮》。

索罗金则是近年来我第一次见到的苏联汉学家。一九八三年十月,他随苏中友协的旅行团来,穿着一件麂皮夹克,留着黄色的连鬓胡须,很有风度。他对中国的文学情况很熟悉。那次与中国作家的会面中,当介绍到唐达成同志笔名为唐挚的时候,他立刻提起一九五七年《文艺报》对唐挚的"点名批判"来。真令人吃惊。

一九八四年六月,我访苏时应邀到他家做客,他计算了一下我们两次见面相隔的时间,说:"我们关系发展得还是不错的。"当然,他又叹息着说:"如果国家关系搞不好,光靠民间往来,也难。"

苏联汉学家这几年也大大加强了对中国当代文学的译介工作,已经出了三个中国当代小说的合集,并正在进行这方面的工作。如果再考虑到他们出的这三个集子印数较大,而且一出便销售一空,可以说,他们在译介中国文学作品方面,仍然是走在前列的。

另一位苏联老汉学家艾德林十分关切中国的老作家，他向我一一问起了老作家们的情况。他并且特别表示了对拙作《夜的眼》的喜爱。

今年秋天，我还收到了苏联汉学家费德林与艾德林祝贺我满五十岁的电报。

目前，关心并介绍着中国当代文学创作的汉学家、翻译家遍布世界。他们是在中国文学与世界读者之间架设桥梁的人，他们有的风尘仆仆，来往于中国与本国之间，有的坐"冷板凳"，辛苦终日而又障碍重重，寸步难行。他们已经做了大量的"架桥"的工作，他们还希望做得更多。我谨写下个人有限地接触了的几位，在圣诞节与新年即将到来的时候，我谨向他们致以衷心的问候与温暖的祝愿。

发表于《世界文学》1985年第2期

## 奶　茶

在北京，每天早晨起来我都做奶茶喝。

那是去年的秋天，为了招待来自新疆的尊贵的客人，我请艾克拜尔·米吉提找了一位在北京工作的哈萨克女同志帮忙做饭，还特意买了茯茶熬奶茶。客人走了，客人的情谊与奶茶的芳香留了下来，远离新疆之后，阔别多时之后，我好像更体味到了奶茶的醇厚与酣畅。从此，我们全家便又天天喝起奶茶来了。实践已经证明，奶茶比豆浆、稀饭、炒肝……更能历久常新地受到欢迎。

你还记得我们在巴彦岱农村的苹果树下喝奶茶的情景吗？你还记得维吾尔歌曲《绵羊的眼睛》与哈萨克歌曲《艾妮姑娘》吗？我们的孩子曾经骑着马拉石磙子在打麦场打谷。不知道阿卜都热合曼的身体可还硬朗？听说新疆的天气越变越暖了。你还记得那一年畅游红雁池水库的情景吗？河滩公路、和平渠工地，那些地方我们都洒过汗水……该给乌鲁木齐、伊犁的老友写封信了。

在北京，我们议论、回忆、感喟在新疆的十六年的种种经历、种种见闻，惦记新疆的许多友人。这些谈论变成了我们生活的一种需要，一种精神的需要。怀念新疆，它带给我们的是一种充实，一种安慰，一种骄傲，也还饱含着种种人生的启示！不忘记新疆，就是什么时候也不要忘记人民，不要脱离群众，不要忘记在那艰苦却仍然充满温暖的希望的日子所学习到的一切。不忘记新疆的风雪、严寒、砍土镘、戈壁、土屋，不忘记新疆的花帽、歌声、哈密瓜、博格达峰、赛里木湖，不忘记动听的维吾尔语。

这次来参加自治区成立三十年大庆活动，我个人最得意的事情之一便是我没忘记维吾尔语，我照样能和少数民族同志流畅地交谈交心，就像从来没有离开过新疆一样。

这是什么原因呢？晚报的读者，让我告诉你们。原因就在于，虽然在北京，我每天早晨仍然要喝两大碗奶茶。在永远的思念里，没有也不会有遗忘。

发表于《乌鲁木齐晚报》1985 年 10 月 16 日

## 心　声

　　是一种好奇,是一种兴致,是一种对于生活,对于世界的摧毁不了的热情。

　　是向往,是痴迷。

　　对于别一样山水,别一样歌弦,别一样礼节和风姿,别一样服饰,别一样民族,他们什么都和你不一样,而又一样地和谐亲密地生活在同一片广阔雄健的土地上。

　　尤其是别一种语言。那一泻千里的水流,那从胸腔里迸发出来的笑声,那彬彬有礼的节奏,那母亲对孩子的温存,孩子对母亲的娇唤,那俯拾即是的幽默笑料,那慷慨激昂的朗诵,那波浪起伏似的对答,那铿锵有力的豪言壮语,那愤怒的斥骂,啜泣的哭诉,舒缓的劝慰,倒吸一口气的惊愕,满不在乎的否定,绘声绘形的惊呼与悠长的从丹田深处发出的叹息……

　　这就是维吾尔语言。生动、机智、纯朴而又多彩,富有生活本身的活力的维吾尔语。它属于阿尔泰语系,突厥语族——一个重要的语言系统,它源远流长而又与中华文化、伊斯兰文化、佛教文化有各种密切的关联。而最主要的,它是几百万兄弟的维吾尔人的思想和情绪、观念和感觉的表达手段。它是活蹦乱跳的、有魅力的语言。它就是维吾尔人的艰苦而又欢愉的、历经坎坷又蓬勃向前的生活。

　　它就是维吾尔人的泪和笑,诗和歌,小摇床和花毡,烤羊肉串和拉面,欢乐的婚礼和肃穆的送葬。它就是维吾尔人的心。

我真羡慕你们，你们维吾尔的长者、姑娘、幼儿，你们熟练而又悦耳地运用着自己的民族语言，表达着最细腻的感触，享受着情感交流与智慧碰撞的无穷的快乐。

　　我要学会维吾尔语，我要与你们将心比心，以心换心。因为我爱新疆，爱维吾尔人的生活。我怕寂寞，怕隔膜，怕不应有的误解。我承认我对这个世界还懂得太少。我自己的世界还太狭窄，我的头脑还太贫乏。要开拓世界和心胸，先开拓语言。要交流，先掌握语言。要深入生活，又怎能离开语言。

　　这是一扇窗，打开了这扇窗便看到了又一个世界，特别是兄弟的维吾尔人的内心世界。这是一条路，顺着这条路，你走进了边疆的古城、土屋、花坛、果园，进而走向中亚和西亚，走向世界。这是一座桥，连接着两个不同的民族，连接着你的心和我的心。这是一双眼睛，使你发现了少数民族的文化和历史。反转过来帮助了你发现自身的汉文化和历史。这是耳朵，使你周围的许多陌生的声音变得亲切、丰富、有意义。这是舌头，你能更加尽情地、淋漓尽致地表达陈述。这是灵魂，你感到了又一种民族性格的萌动与忧思、新的动机与新的启示。这是信念、是胸怀、是一种开放得多的时代精神，使你更少偏见、更多理解地走向边疆而且走向世界。

　　在新疆维吾尔自治区成立三十周年大庆的日子里，我又来到了博格达峰脚下，我又来到面貌一新、令人赞叹的乌鲁木齐了。我又听到了那流水一样的维吾尔语，我又能用经受了离别的新疆的维吾尔语与我的新老维吾尔友人谈笑风生了。那不是一般的语言，而是一个民族的心声，是我喜爱的奇妙的音乐。

1985 年

## 清 晨 的 跑

那一年我住在美国衣阿华城郊外的五月花公寓。公寓面对着清冽的衣阿华河,河道有点弯曲,水流仍然从容。每天早晨我都醒得很早。在国外总是睡不实,不是由于不放心,而是由于没完没了的好奇和兴奋以及更加没完没了的思念。天色微明我就醒了,便起床漱洗,然后换上质地柔软的球鞋。美国的球鞋外观比我们的国产货显得瘦长,但极跟脚。然后穿起四角运动裤衩,裤腿很短,略呈弧形。然后穿好印有衣阿华大学字样的运动衫。穿上这样的运动衫裤以后,似乎上臂和小腿的肌肉自动就鼓凸和收紧了,力气增大,年纪变轻了。踏遍青山人未老,犹谓偷闲学少年!

乘电梯下楼去,楼里四处静无声息,这儿的人的习惯是睡得晚也起得晚。走过阒无一人的宽阔的公寓前厅,推开沉重的大玻璃门,先对着公路那面的枫树林做深呼吸,然后开始慢跑。虽是清晨,仍然要小心翼翼地越过公路,终于,来到了靠着树林、透过树林还可以看到闪光的衣阿华河的自行车道上。

本来这里骑自行车的人就不多。清晨的这一段时间自行车更是难以见到。于是我"如入无人之境"地开始跑步了。我没有受过多少体育训练,长跑、短跑也没有姿势可言,但我仍然充满了一种生命的愉悦,一种向前行进的信心,一种轻快而又脚踏实地的努力跑的热情。我的步子开始加快了,我的呼吸开始深化,但我相当有意识地调整着与掌握着呼吸,决不让它出现气喘吁吁的窘态。

Morning！一个瘦高腿长、戴眼镜的小伙子从背后超过了我，虽然素不相识，跑步者仍然有自己的友谊和礼节。我们互相问了早安。快到桥头了，对面又跑来一位金发披肩的胖姑娘。在美国，从早到晚，长跑者当中不乏这样的胖姑娘，她们"刻苦锻炼"的目的也许主要在于追求苗条的体型。这位姑娘已经跑得汗流浃背了，她很辛苦，但也很快活，毕竟健康有力，足以跑完她的路程。我们也互相问了早安。

从桥头转向，进入了郊外公园。这里的公园很简单，块块枫林和更大的块块草坪，几把油漆过后又掉了色的木凳子，这便是公园了。公园里的人行道是沙径，道路十分柔软，跑在上面发出沙沙沙的响声。这时，我的跑步已经变得"自动化"了，似乎是完全放松的，步子在自动起迈，身体在自行前进。也许身体并没有前进，却只见晨风迎面吹来，枫林从身边走过，草坪变幻着图形，蓝天也在舒展身躯，清新的空气沐浴着肺腑，荡摇的地面热烈而又多情。不时有活泼的小松鼠从脚边蹦跳而过，却也不走远，它在注视着我那拙劣的却是欢快的跑步的身影呢。

现在跑到了衣阿华剧场门口了。剧场是现代化的建筑，门口有抽象派的雕塑。它们好像给了我一点冲动，我的步子迈得更大了，两臂摆动的幅度也更大了。我绕着剧场跑，剧场旋转着它那巨大的身躯，用它的不同的侧面鼓励着我加油。跑啊，跑啊，穿过树，穿过草，踏碎落叶，惊跑松鼠，大喊一声："你早！"

什么是清晨的跑步呢？像是唱了一首激越而又自由的歌，像是一声响亮的宣告：来吧，白天，来吧，世界！

发表于《腾飞》1986年第5期

# 攀登艺术高峰无捷径

## ——《解放军文艺》创刊三十五周年

从《解放军文艺》三十五周年的历史上,可以看出我们的军事文学乃至整个文学事业已经走过了多么漫长和艰难的道路。可以看到近年来我们的军事文学与整个文学事业出现了多么好的发展势头。

好的发展势头的一个重要标志是:那么多人在竞相攀登,决意使自己的创作登上新的高峰。

于是出现了对文学观念的各种讨论和探索。于是出现了一批年轻的敏感的心灵的自由驰骋与追求。出现了横向的与纵向的探索借鉴,出现了对一切新鲜的或自以为是新鲜的东西的热情,乃至出现了各种口号和小小的却并非不显眼的旗帜。

很好。这是一种活跃的、大有希望的躁动,虽然面前会有各种岔路和陷阱。

然而,活跃的探讨与恍然大悟后的既惊且喜的宣告,往往并不意味着高峰已在脚下,甚至也不意味着高峰已入视野,它多半倒更像是山脚下的大呼小叫,摩拳擦掌。

口号旗帜的热烈、正确与新鲜,等于为攀登指出了道路(当然,这样的道路不止一条),并不等于攀登的完成,甚至也不等于攀登本身。从文学史上看,大多数杰作并不是在这样一种热闹的气氛中完成的。

哪怕十分正确的政策的制定与领导的改善,十分良好的环境、气氛的形成与勇气的高扬,也不等于杰作的立竿见影般地出现。

创作,不论在什么样的观念什么样的指引什么样的好的或不那么好的条件下边,都是一个这样艰难的、漫长的劳动过程:没有对人生的荣辱浮沉、酸甜苦辣的真经验、真体验,没有对人类的特别是本国本民族的一切优秀文化遗产的学习继承,没有对历史的走向与人民的愿望和力量的真实深切的体味,没有对生活的永远的与独特的感受与思索,没有对真理的苦苦的、九死而不悔的追求探索,没有一丝不苟的却又是挥洒自如的创作实践与不断地突破已有水平已有成绩的永无止境的努力,没有对技巧的熟练掌握与无视任何技巧的真情真知,没有用全部生命、全部灵魂去搏击艺术的献身乃至自我牺牲精神,没有经受失败、误解、冷淡、经受现实的与历史的、特别是严峻的时间的考验的钢铁意志,没有甘于寂寞、坐冷板凳的劳动以及其他并不全是愉快的一切,不论用什么观念、方法、口号、旗帜来号令,也不论怎样地去赛大胆(这种精神状态就更加属于"浅思维"了),攀登高峰都会只是美丽的愿望而已。

事情还不仅仅是这样,作家们当然希望自己得到更好的社会环境、工作条件与生活条件,党和国家当然有责任为作家、艺术家提供越来越好的条件,但综观文学史我们却得不出条件一好就出好作品的绝对的、必然的结论。屈原是在被放逐后的颠沛流离中写下《离骚》的,曹雪芹是在破庙里"举家食粥酒常赊"的情况下写《红楼梦》的。我们实在很难设想如果他们二位住着北京饭店或者金陵饭店的房间,每年忙于到各个风景点去参加笔会的话,写出来的东西会带有一种怎样的新的更好或是更差的气象。

当然,这种假设的可能性并不存在。提到这样的史实当然也不提倡用制造苦难的方法去培养造就当代的屈原和曹雪芹。而且,情况如果恶劣到像"文化大革命"那十年那样,曹雪芹和屈原再世大概也将难以写下去。我们欢呼近年来新的局面的出现,我们有理由期待进一步的条件的改善。只是我们不可忘记条件的二重性,不可忘记好的条件所带来的新的危险——例如脱离人民群众与脱离生活的危险,我们也不能把自己尚未登上高峰全部归咎于条件。说下大天来,在当前应该说是有史以来最好的条件下,我们的精力应该更集中地投放在"攀登艺术高峰"本身上来。

攀登无捷径,攀登无诀窍,攀登无待理想条件的到来。现在的活跃热闹议论纷纷大概还只是攀登的前奏、攀登的开始,《解放军文艺》社庆祝自己的三十五周年,还只是"万里长征走完了第一步",真正的光辉的前景与路程的艰辛,还在前面呢!

发表于《解放军文艺》1986年第6期

# 我 的 一 日

早点起床去看丁香,我和妻商量好了的。十天以前起了一个大早去天坛公园看了桃花,桃花已过盛时,丁香含苞欲放。此后便不得闲,公务之后还是公务。

早五点四十分起床后双双换上了旅游鞋。妻一再指出她新买的福建产的旅游鞋质量远优于我三年前买的那种,材料更加轻柔,式样更加美观。我表示完全信服。于是我们跑跑走走,六点前便到了陶然亭公园。

好生杀风景也!陶然亭正是打扫时刻,到处在横扫一切,尘土飞扬,呛得人喘不过气来。别说已误了丁香花期,就是天再好、花再美、兴致再高也经不住这百八十个扫帚的直推横扬。记得报纸上登过读者来信,恳求各公园把清扫时间改在开园以前或净园以后,大概实行起来有困难吧?

吸饱满肺尘土后回到家里洗头洗脸,洗干净了,心平气和地上班去。

下午去北京大学参加授予日本著名作家井上靖先生名誉博士学位的仪式。我与井上先生去年夏天在西柏林艺术节上曾经巧遇,去年秋天又在参加中日二十一世纪委员会例会的开幕式上谋面。此次见面,井上老益发容光焕发,谈锋劲健。人逢喜事精神爽,概莫能外。仪式举行得干脆利落,数百名青年学生虽未有讲话机会,但坐在大厅里,从他们的笑容和掌声里仍然让人感到青年一代的热情。

回家吃饭时,接到电话,说是人民文学出版社社长、老作家韦君宜同志突然发病,住进了协和医院,我连忙赶去。君宜同志处于半昏睡状态。君宜老太太虽然不久前已从工作岗位上退下来,但她一直处于极紧张兴奋的工作状态。她一面长、中、短篇小说不停地写作,一面参加各种社会活动、业务活动。几天前在北京饭店,在"人民文学奖"发奖大会上她还即席讲话,音调铿锵,声音洪亮。今天下午,她主持研究作家协会期刊工作委员会即将召开的一个会议的事,正发着言,忽感不适,右手功能失灵,语言产生障碍,急急忙忙送到了医院。

说是她多日既兴奋又郁闷。兴奋于自己要写的东西,要做的工作。郁闷于从第一线退下来了,还没有完全适应非第一线的"无官一身轻"的生活。她又顶认真,忧国忧民,忧文忧艺,发表了一些见解,有时不能得到及时的理解和共鸣,颇觉不安不快,心里得不到平衡。这些,都是病因。当然,最根本的病因还是一个残酷无情的"老"字。不服老是雄心,但"老"却不管你服抑或不服啊!

几十年来,君宜对我关心爱护备至。五十年代她主编的《文艺学习》开展过对我的小说《组织部新来的青年人》的讨论,我曾受到她和她的丈夫杨述(当时任北京市委宣传部长)的开导关注鼓励。六十年代,空气略略松动一些,她就为《青春万岁》的出版而奔走,终于因为历史条件的限制未能成功。一九七八年,国运再造,君宜立即关心我的一切……前不久还收到她送来的新著《母与子》。这位老太太的善良笃诚认真坦直,于今也是不可多得的了。

但愿她能战胜病魔,重操笔墨,完成她的诸多心愿。

莫非是"哈雷彗星"靠近地球造成的祸患么?丁玲、朱光潜、聂绀弩相继辞世,之后艾青患病,现在又是君宜。就连正值壮年的李准也因脑血管病辍笔两年了……哈雷哈雷,何迫众文星之急也!

从医院出来,又赶到了民族宫,看青年艺术剧院演出的《魔方》话剧。迟了一个多小时,看了戏的后半部。其中一个哑巴说话的片段,倒也有味。哑巴多年无法说话,一旦治愈能说,不免喋喋不休,语无伦次。哑巴患了多语症,或者用中医的说法叫做"话痨",却原来比不吭声更讨厌,更令人受不了……荒诞乎?幽默乎?象征乎?扯淡乎?

　　晚上入睡前喝了一听"汉尼肯"啤酒,一位远亲送的,荷兰产,如今是行销全球的最佳啤酒之一种。睡下的时候,我又回味了一下最近写的几首诗。这大概也算"腹稿"或者"推敲"吧。老了老了,我还能得到诗神的恩宠吗?

　　我知道我写得再好也不是诗。

　　如果你没有收到没有读到的话。

发表于《人间》1986年第6期

## 贺"希望文学丛书"出版

新人辈出,是近年来一个重要的、十分可喜的文学现象。它反映了思想的大解放、大活跃,反映了创作的繁荣,反映了人们特别是比较年轻的一代人精神的需要与精神的潜力。

在北京这个得天独厚的首都,新人的成批涌现更加引人注目。固然"北京作家群"的说法容易引起名单学危机与关系学的困难,甚至会带来涉嫌某种小团体的色彩,但北京有一群创作活跃的作家是客观存在。现在,原来活跃的一群似仍在活跃,而新的差不多更加活跃的一群已经走向了前台。

北京出版社在前几年出了一套《北京文学创作丛书》,这套丛书引起了包括海外在内的读者和专家的注意。可惜这套丛书虽然善始却未能善终,最后入选的体例上似乎失去了章法,但总还是做了一件有影响的好事,开了个好头。

现在,北京十月文艺出版社又编选了"希望文学丛书",把一批更年轻的作家的首批作品结集出版,这对于作者、读者、研究者都是功德无量的好事,其中例如张承志的一批作品,早已脍炙人口,备受赞扬;韩蔼丽的作品深挚动人,敏锐细腻;梁晓声的作品凝重热烈,慷慨悲歌;戴晴的作品开阔敏捷,富有活力;锦云、王毅的小说扎实生动,辛辣有味;高行健的作品刻意求新,讲究形式;陆天明、陈可雄、陆星儿、肖复兴、陈昌本、王梓夫、晓剑等人的作品也都内容丰富,各有千秋,各自拥有自己的读者。即将出版的史铁生、甘铁生、王兆军、李功达、阿城、陶正、田增翔、张辛欣、谭甫成、李龙云、刘树华、刘树生、刘索拉、霍达、何志云、许谋清等人的结集，更显出了阵容的强大与一浪催一浪、一浪更比一浪高的气势。在商业化浊流冲荡着我国的出版界的现时，能出版这样一套丛书，对于发展严肃的社会主义文学事业是一个贡献，我赞美他们的气魄、远见、耐心和细致的工作。读者应该感谢他们。年轻的与并不年轻的作家应当感谢他们。随着这一批年轻的"希望"化为现实，他们编辑工作的意义，将会日益明显和强化地显露出来。

发表于《文艺报》1986 年 1 月 4 日

## 《笔会》与《青春万岁》

是三十年的旧事了。一九五六年九月,我的小说《组织部新来的青年人》发表了,反响强烈。费了九牛二虎之力,写时累得几乎要了我的小命的《青春万岁》也通过了,打出了校样。《文汇报》的梅朵、姚芳藻同志找了我,建议我把校样给他们一份,说是《笔会》一复刊就全文连载《青春万岁》。

我接受了这个令人神往的建议。我去《文汇报》驻京办事处见了浦熙修同志。我们谈得很愉快。她给我的印象是一个能干的人,脸上充满笑意。梅朵告诉我这就是鼎鼎大名的《文汇报》记者浦二姐。

那时候《文汇报》驻京办事处设在灯市口,隔壁似乎是一个友好国家的外交代表机构,有陈列图片的宣传橱窗。

谈妥了,我天天等着《笔会》复刊那一天。等到了,却不见《青春万岁》的连载,发表出来的连载文章是郁风的配画散文《我的故乡》。

少年的我大光其火,特别是当梅朵告诉我上海编辑部方面认为《青春万岁》太长,不宜全文连载,只准备发若干片段以后。

我措词尖锐地表示了我的不满。决定撤回稿子并且立即退回了报社预付给我的五百元稿费,还在一个座谈会上不点名地批评了这种事先许愿,拿到稿子后便不执行的编辑作风。

浦熙修和梅朵夫妇倒是很有涵养。他们见到我,笑了,做无奈状,并向我一再抱歉。浦二姐和梅朵还专门到我家去了一次,我住的小绒线胡同太窄了，他们的汽车是停留在胡同口外的报子胡同里的。

如此这般，《青春万岁》终于部分地在《笔会》上登出来了，还配有插图。插图的作者好像是姓丁。我至今记得里面画的苏君的毛线衣，那种灰底，前胸有深蓝菱形色块的毛线衣，恰恰和我自己的一件一样。当时，这大概算是挺高级的一种毛衣，起码价钱高，买一件要三十块挂零的。

但是《青春万岁》的书却是一九七九年才出来的。一九五八年春天，我已经"不行"了，在北京西四新华书店，看到一个小小的女中学生，羞怯而又企盼地问书店店员："有《青春万岁》吗？"

都是旧事了。浦二姐早已作古，愿她的在天之灵安息。

发表于《文汇报》1986年5月6日

# 不算寓言

## 一

人们埋怨说,鸡蛋虽然美味又富有营养,但蛋壳太脆,不易运输储藏;钢铁虽然结实,但谁的头顶要是与之相碰,不伤残也疼得不行;做官虽然威风,但太辛苦,又挨骂,弄不好还会被撤换,被推倒。

上帝听取了人类的意见,使母鸡生出具备铁甲的鸡蛋;使钢铁变得海绵一样柔软;使做官的人不用费脑筋,只听得见赞美,而且每做好一件事升一级,每做坏一件事升一级半。

结果怨言更多了。上帝火了:"你们有满意的时候没有?"

## 二

一人买了一件好衣服。他是倾其所有买了一件超豪华的、领导世界新潮的大礼服。衣服太好了,所以他无法穿它。

有了这件衣服他才知道世界有多么污秽,空气有多么腥臊,生活有多么肮脏。油烟、灰尘、纤维、污垢、汗尿、粪便,各种各样的物理、化学、生物有害物质,不论去上班去吃饭去挤汽车去干活都会把他的好衣服——他的积蓄已久的光荣豪迈玷污。而弄脏他的衣服,比打他杀他还让人难受。

他把衣服小心翼翼地叠了又叠,收藏在箱底。他想到自己毕竟有这样一件绝顶高级、绝顶清洁、绝顶崭新的礼服的时候，他觉得自己的一生都增添了光彩。

而礼服躺在箱子底下酝酿着被埋没、被积压、不见天日、终老于无用的莫大的痛苦。

"把我拿出来，穿穿我吧！"

主人东张西望，不知道这声音是从哪里来的。

"穿穿我吧，把我拿出来！"又是一声惨叫。

人害怕了。打开箱子，判明是礼服在呼叫以后怒斥道："你这不知好歹、不知自爱的家伙！你这不知感恩，但知调皮捣蛋的东西！难道我不了解你的价值，尊重你，爱惜你，保护你？伯乐对千里马也不曾像我这样尽心！我为你花尽了我三十年的积蓄！我保持着你的崭新、高级、平展、清洁、一尘不染，不让你受任何污垢的侵袭！你要什么？你要和破衣烂袜一样地为人使用为人出力受人折磨变脏变旧变破吗？咳，你呀，你！"

砰的一声，箱子关上了，两年没有打开。

第三年春天打开箱子的时候，天！礼服被蠹虫咬了三个洞。

主人抢天呼地，痛不欲生。人间的公理正义何其少也！亏杀我也！

几天之后，他想通了。既然衣服已破，便不必再爱惜了，拿出来，穿吧。由于洞眼很小，不靠近细瞧是瞧不见的。他穿上，很实用，很漂亮，也很放心，不用怕在这里挤出褶子，在那里蹭上土。他穿得很满意，衣服终于发挥了作用，也很满意。

想不到蠹虫还真做了点好事呢！礼服和它的主人不约而同地想。

发表于《人民日报（海外版）》1986年8月9日

## 皮 实 的 诗

一九七九年冬,我首次遇到吴祖光兄,是在法国驻华使馆的一次宴请上。但见他头发虽已花白,仍然神采奕奕,风度翩翩,一脸的喜气。与其说是像劫后余生,不如说是像漫游归来。

自我介绍以后,我赞道:"您可真精神!"

祖光答曰:"咱们这样的人,皮实!"

地道的北京话,"皮实"的"实",读轻声。

皮实,善哉斯言也。我的解释便是援引北京旧日卖布头自卖自夸的顺口溜,叫道:

经铺又经盖,经洗又经晒,经拉又经拽,经蹬又经踹。
您说皮实不?

后来祖光应我请求给我题写了"皮实"二字,我裱起来,悬挂在寒舍的"厅堂"里了。

最近又读到祖光在"五七干校"就读深造期间写的一首打油诗,为之拍案叫绝。诗云:

眼高于顶命如纸,生正逢时以至此。
行船偏遇打头风,不到黄河心不死。

今试析之:"眼高于顶"者,有眼光、有志向、有"格"也。实是那段时期"命如纸"的根源。

"生正逢时以至此",诗眼是"正"字。叫做不偏不倚,您真赶上点儿了。祖光告诉我原来写的是"生不逢时",后改"不"为"正"。改得好,着此一字,尽得风流;着此一字,尽得皮实之要领;着此一字,便有几分铜豌豆的英风豪气了。

"行船偏遇打头风",第三句接得平平。

"不到黄河心不死"!突然翻上来了,石破天惊了,诙谐中显示出慷慨悲歌的火热来了。

"行船"句与"不到"句,孤立看来,都是滥俗之句,但两句这么一联,便化腐朽为神奇了。命如纸也罢,以至此也罢,打头风也罢,既然生逢其时,便要皮实到底,直到黄河之清,直到中华振兴腾飞之日。壮矣哉!还要继续皮实下去呢!

正是:

  莫道打油成一笑,皮实深处气凛然!

发表于《武汉晚报》1986年9月6日

## 祝《世界文学》办得越来越好

从五十年代,我便是《世界文学》(包括它的前身《译文》)的一个不算不热心的读者。五十年代,巴甫连科的小说,爱伦堡的文论,肖洛霍夫的小说……都是从这个刊物上读到的,它们对我开始习作活动,有着一定的影响。海明威的《老人与海》,土耳其作家的一批讽刺小说,也是在《世界文学》上读到的,至今难忘。

粉碎"四人帮"后,《世界文学》复刊,先是内部发行,我很兴奋地找了来读。

积数十年之经验,可以说,凡是我们的政治、经济形势好,各项工作比较得当,文学艺术创作繁荣的时候,外国文学的翻译介绍工作也做得较好。相反,当我们的事业遭到令人痛心的挫折的时候,例如在十年动乱期间,外国文学的介绍工作也就停顿了。

越来越多的作家、文学工作者和广大读者眼睛注视着全世界,这首先是好事,因为我们是共产主义者,是"以天下为己任"的人。这当中也会出现幼稚、摇摆或者偏差,但这些都是可以通过工作解决的。绝对不能把研究借鉴外国文学作品(包括评论)的得失与继承发扬我们的民族文化传统对立起来。不站在继承发扬民族文化传统的基点上,研究借鉴就失去了脚下的土地,就会食"洋"不化、出"洋"相。而拒绝研究借鉴外国文学作品的得失乃至以不懂外文或干脆不读外国文学作品为荣,则是对民族文化传统的无知与帮倒忙。

祝《世界文学》办得越来越好。

# 遥祝《中国西部文学》昌盛

《新疆文学》更名为《中国西部文学》，谨致以热烈的祝贺！

我不了解整个中国的西部地区，但由于长期在新疆工作过，也许还可以说知道一点大西北。西北几个省，相对来说地广人稀、资源丰富、有待开发。它号召着开拓者，号召着开拓——进攻型的文学。它塑造着心胸开阔、眼界宽广、思想活泼、感情奔放的壮美，它补充着和匡正着那种恬适的雅致与纤细的温柔。它又因为是一些兄弟民族聚居的地方，生活与文化传统丰富多彩、斑斓绚丽，因此必然会造就出丰富多彩、斑斓绚丽的文学。

无边的瀚海，锦绣的绿洲，矗立的雪山，奔腾的季节河，杳无人迹的沙漠，拓荒者的帐篷，平地而起的矿井，还没有纳入地图的城市，穿山越岭的公路、铁路、桥梁，还有狐狸和野鹿出没的原始森林，炊烟袅袅的牧人毡房，突然肆虐的暴风雪……所有这一切和别的一切，都将给我们的生活，给我们文学带来新的刺激，成为一种新的雄强刚健的因素。

我希望各地的作者、读者与新疆的作者、读者携起手来，把《中国西部文学》办得更好！

1986 年

## 天 涯 海 角

天本无所谓涯,地本无所谓角。
思本无所谓涯,情本无所谓角。
是故涯本无形,角本无影。
而生也有涯,虑也有角。命也有涯,运也多角。人,来到了海南岛的最南端,赋予天涯以形,赋予海角以影,发现了、固定了天涯海角的形影、人的需要。
蓝天,翠亮透明如洗如雨如玉而终不可见。除了轻曼的白云。除了羽翼般的椰子树叶子。仰头上眺,椰子树的羽毛般大叶似乎在天空飞翔。
碧海。碧海的白浪花便是海神的翅膀吗?它温柔地沙沙拂摸着巨石怪石。
紧闭嘴巴的怪石显得严肃和不合时宜。是怀才不遇吗?是生性狷介吗?是空有大块头而并无真货色,到头来落了一个靠边蹲的必然寂寞吗?
谪居逐客,也许与巨石产生了硬邦邦的共鸣?于是认定了是涯是角,眼前一片茫茫,正是好去处。
便都来这里摄影留念。便一定要在照片上现出"天涯"与"海角"的字样,字大概是郭沫若老写的。
便在而今之世成了旅游点。到这海滩上走一走要收数角钱的门票。若到天涯海角去,别忘了带零钱! 前朝逐客有知,能不粲然

127

幽默乎？

　　还在巨石边修了海滨浴场。浴沙如金，雷迪尖头门，密斯密斯脱，比基尼健而美，更衬托出黑大圆石头之落伍。往者已矣，来者好追。

　　更有牵北国瀚海之行舟骆驼至海南岛者，牵老去茶凉秃马供勇敢之骑士跨鞍留影者，有三下五除二打开椰子脑壳插上含角度之吸管供旅客啜饮者，有卖贝壳之商品与草帽之编织者，有收泊车费之戴红箍者……高跟软底，齿白口红，快门咔嚓，闪光倏灭，杭兀（香港）马栲（澳门），贵客盈岸，当地回女，倒卖私表，瓜子食仁而落皮，椰壳漂海而沉浮如人头，于戏，天涯成闹市，海角挤游人，浪花应有价，巨石亦商品……

　　只是向远看仍是水天一色的碧蓝，仍是汪汪洋洋清清茫茫，岸上愈乱乎，你就愈确信，这里就是天涯，这里就是海角，这就是空间终于达到自己的终端，有达到了无的地方。

　　等回到北京，就更加相信，已经经历了一次轮回，去了天涯，来自海角，永远是夏天。

　　有个歌流行，叫《请到天涯海角来》。听那个旋律和节奏，不像劝人到天涯海角来，倒像是到酒吧间来、到咖啡馆来，到这个那个舞会来。

　　还好，天涯海角不知道"请到天涯海角来"。

发表于《收获》1987年第3期

# 飞　沫

## 一

  我曾不止一次地发生一个冲动,写一篇小说,描写一个人自己给自己打电话。比如说他家里没有一个人,他的孩子上大学住学校了,妻子出国访问了。他上街,锁上了家门。在街上,发现了一个很文雅标致的电话间,比他自身更加标致和文雅。于是他忍不住通话的诱惑往并无一人在的家拨了一个电话。假定,他的名字是 A。

  令人吃惊的是,接了电话。

  "我是老 A。"

  "我是老 A。"

  "你……"表情应该是吃了一惊还是心中甚喜或是"原来是这样"呢?

  "你上街了,我在家。你买东西,我读书。你打电话,我接电话。你惦记我,我惦记你。"

  "这回,我们都放心了。"

  随着一声放心,老 A 已坐在家中电话旁,虽然家门是锁上的,他开不开。他饶有兴趣地接收另一个老 A 的电话。

  自己给自己打电话,一定是一件非常有趣的事情。

## 二

比如说描写一只狼,一只狼的性格是怎样完成的呢?

是不是它也懂得慈爱,懂得友谊,懂得风的呼啸与雨的凄迷,懂得饥饿的痛苦与被追逐的屈辱?

也许它本来是仁慈和软弱的,它的牙只是为了吃草。也许只是偶然的一次,它无心地碰坏了一只羊羔。从此便都说它是狼、狼、狼,嘲笑它、欺侮它、迫害它。

它便忘记了母狼的白乳,忘记了同伴的嬉戏,忘记了青草和野花的芬芳,忘记了驰骋奔跑的欢乐,只记住磨砺自己的牙齿、咬啮和捕捉……

狼的眼睛是阴沉的,充满孤独的痛苦。

没有请君美餐的决心,真不该去看狼的眼睛。

## 三

我早就想写一部长篇小说。第一页,描写大海,描写狂风,黑浪颠簸着白帆,神妖在海上大笑,暴雨发表论述,一只小蝴蝶栖息在浪花上,排炮轰鸣,九个太阳此起彼落,马蹄踏破酒席,碰杯时的微笑顷刻成为浮雕,乐队指挥摘下白手套投向一只大象,和尚的光头上长出了嫩芽……

酝酿着序,始终没有动笔。

## 四

没有比童话更吸引我的了,我却始终写不成童话。

就写溢出的这一滴墨水吧。无心的释放,不受欢迎的客人,在来得及擦拭以前,留下了自己的任意。任意只能是无意,无意却又只能是无任意。墨水羡慕笔尖,而笔尖又羡慕因为字写得不好而总是抱怨笔的孩子。

也许更应该写一盒歌曲磁带?小小的歌唱的精灵坚忍地贮藏在长方盒子里,随时准备着有声有色有整整五个乐队的伴奏的演唱,而这一切都被忙碌的主人耽误了……磁带渐渐受潮,污染,还没有得到一次发声的机会便被埋葬了……小小的精灵愤怒了,它……后来,主人的耳朵就聋了。

也不行。

## 五

不知道医生是怎样论述老的征兆的。我的体会是,主要看心脏。

什么叫年轻?年轻就是心跳,就是心跳节奏的明显变动,就是对于自我的心跳状况的切肤觉察,就是心在胸膛里的焦躁、冲击、拉扯、扭曲、撞打、不安分地运动。

因为春日的一丝和风。因为电影片头的一段吹奏乐。因为广播员的慷慨激昂的宣告。因为一个笑容。因为送到耳根的几句不敢见天光的流言。因为连阴天后的阳光。因为对某件事和对整个自己的无所作为的羞耻。因为游泳季节的开始。因为电话里听到了熟悉的声音。心这个跳呀,跳呀,跳呀。练气功也不行,默念老子庄子的佳言妙句也不行,想另一个银河系也不行。

这还是缺少磨练的缘故啊!少年的我判断说。要千锤百炼,要饱经风霜,要稳重如泰山,要安然如流水……我真羡慕啊!

近一两年来,我已经很少有这样的剧烈心跳的经验了。是由于涵养还是由于脂肪?是更成熟更健壮(应该叫做苗壮吧)还是真的进入老年期了?吃点西洋参或者维生素 E 管事吗?

也好。

发表于《收获》1987 年第 3 期

## 与诗琳通公主会见

一九八七年二月十九日,我们在泰国北部的大城市清迈郊区的泰王行宫,与诗琳通公主会见。

诗琳通公主今年三十多岁,未婚,是现曼谷王九世普密蓬陛下的女儿。她是一位作家,她写诗,她的儿童文学作品《淘气透顶的小盖珥》与《顽皮的小盖珥》已经译成了中文,受到中国小读者的欢迎。一九八〇年访问中国以后,她写了《踏访龙的国土》一书,表达了泰国王室和人民对中国的深切友好感情。我期待着这次会见,不仅因为这是泰王室重要成员与中国政府文化代表团的会见,还因为,这恐怕也是作家同行间的一次会见。

清迈行宫位于海拔一千多米的山坡上。十九日早晨八点三十分,我们的车队沿山路盘旋而上。四周都是花草树木,一片风和日丽、葱郁繁茂而又清洁整齐、平静吉祥的景象。沿路有几个停车场和供旅游客人休息用餐的茶座饭馆,也有不少用泰英两种文字书写的"可口可乐""百事可乐"的广告牌,但人、车都不多,更多的是疗养地气氛而不是商业气氛。高雅,但并不算辉煌。

汽车把冷气放到了最大限度。甚至使西服革履的我们觉得有点凉飕飕的。泰国的季节永远是夏,似乎一年到头都以穿短袖衬衫为宜。像我们这样穿戴,已经是全副武装了。

将近九点,我们到达了泰王在清迈的行宫。穿戴整齐、文雅英俊的礼宾官把我们引到了一间不大的休息室,这里清幽畅快,空气清新凉爽,把永远的夏意遗留在山下了。

十五分钟后,我们进入会见室。以王室的身份,房间的布置就算非常朴素了,很像我国一间普通的可供三十人上下开会的会议室。除了地上铺着红地毯,墙上悬挂着艺术品及墙角摆了些瓷器之外,室内无豪华炫目的摆设。包括座椅,舒适整洁,但不豪华,也不阔大。公主从通往内院的另一个门走进来,我们站在室内可以看到内院盖满阳光的花圃与草坪的一角。公主来了,她身材中等偏高,略略有些发福。她听取了泰国文化委员会玛纳上将的毕恭毕敬的报告与介绍以后,与我们一一握手表示欢迎。入座以后,她向我提出的第一个问题是:"请问部长阁下,您担任部长以后,还怎么写作呢?"

我做了回答。这个问题似乎一下子消除了初次相见的陌生感。然后我发表了阅读诗琳通公主的儿童文学作品《淘气透顶的小盖珥》的感想,并请公主在此书的中译本上为我签名留念。公主把她在访华后写的《踏访龙的国土》的泰文本赠送给我。她解释说,泰国已出了中文版,但卖完了,找不到了,只能送我泰文版了。其实,此前,玛纳上将已将公主此书的中文版赠送给我了,书的印刷极为精良,是在当地华商人士的赞助下翻译出版的。我也向公主赠了书。

后来,我谈了在泰国访问的一些见闻,特别对泰王国既执行开放政策发展经济又注意保护和发扬民族传统文化表示赞扬。我说我很欣赏普密蓬国王的一句名言:爱护文化就是爱国家。

公主问我是否见到了泰国的普通人,她说她的父亲常常带她去接触普通人。但公主很快又把话题转到写作上,她说,她出访一次就写一本书,写的都是外国。结果有人批评她写本国太少了,甚至说她不爱国。说到这里,我们都笑了。

公主继续说,她在国内各地的旅行,都与政务有关,写起来很困难。我表示理解。公主又告诉我,不少人劝她写学生时代的回忆录,她也觉得不容易。因为她在学生时代,正常的学习生活就常常被出巡活动所打断。

公主问我经常写哪些东西。我回答说,我写的内容很广泛,写反映中国社会与中国革命的历史进程的,也写青年、知识分子、新疆少数民族题材的。我说,我的绝大多数作品都是反映现实反映社会发展变革的,但也写少量的反映人们心灵深处的奥秘的东西,后者有时显得晦涩,有人看不懂,提出过批评。我说,我当了部长以后,公开的批评少一点,不知是不是看"部长"的面子,但肯定还是有异议的。公主听了笑将起来,在场的中泰双方人员,也都笑了。

公主问,你有没有计划结束访问以后写一本关于泰国的书?我回答说,我一定用我的笔,向中国人民介绍泰国的美丽的风光,奇妙的文化,对中国人民的热烈友好的感情。我说,我希望有更多的中国人了解泰国,喜欢泰国,珍视中泰友好。至于能不能成一本书,现在还不敢说。毕竟一回去就要开许多会,而且我已经不是那么年轻力壮了。

公主点点头。公主又告诉我,她的儿童文学作品在中国翻译出版后,她收到上百封中国小读者的来信,她为如何回复这些可爱的小读者而伤脑筋。后来,她在中文教师的帮助下,起草了回信,复制多份,回答热爱她的作品的小读者。公主谈兴很浓,不知不觉就过了一个小时。本来,礼宾官告诉我们,公主的习惯是与外宾见面交谈十几二十分钟,到时候礼宾官会给翻译人员暗示的。他见公主兴致好,便迟迟不发"信号",最后是我怕占时太多,向公主告辞了。临行时,诗琳通公主又谆谆嘱咐玛纳将军,要把她巡视过的一个盲童学校办得更好。

诗琳通公主给我们留下了亲切质朴文雅的美好印象。在听取玛纳将军的礼仪隆重的晋见词的时候,她还用手指摸了摸自己的脸。在我们的代表团的藏族成员向她献哈达后,她探询地问我们,是否应将哈达披在肩上。每逢说话之前,她都深思熟虑,并现出和蔼的笑容。她还告诉我,她很快要到印度访问了,她希望能写一本关于印度的书。她对中国人民和中国政府的友好感情溢于言表。她穿一件海蓝色的连衣裙,花纹是横着的菱形,估计是模拟孔雀羽毛的纹路。只消把菱形竖过来,就极像我国新疆和田地区的土花绸。与诗琳通公主的会见,将会变成一次值得温习的极为愉快的回忆。

发表于《新观察》1987 年第 7 期

# 鳞 与 爪

## 一

一九七九年夏天,我刚刚举家从新疆迁移回北京,临时住的地点离故宫护城河很近,晚饭后我常常沿着护城河散步。垂柳、角楼、劳动人民文化宫与公园后门,种种亲切和美丽使我陶醉感叹。

我几次看到四个(也许是三个?已经到了再不敢吹"记忆力"的年龄了)青年弹着吉他靠在河堤上唱歌。我觉得惊讶、羡慕、疑惑,甚至有点紧张。怎么能这样大模大样地在街头弹那个资产阶级——至少不是无产阶级——的乐器呢?自己玩就玩吧,何必跑到大街上呢?三四个人一起弹吉他,不是有点闲荡、有点不务正业吗?三四个人算不算聚众呢?惹得许多行人、骑自行车者停下来看,多出风头,多不好意思!许多人还吃不饱饭呢,他们却吃饱了撑得弹上吉他了。北京,北京,毕竟是北京啊!他们是不是有点可疑呢?需要不需要给他们一点劝告乃至监视呢?

我是带着一种陌生感,一种不安,一种窃窃的喜悦来看这四个人的。觉得看多了不太方便也不太礼貌,每次看上几眼便迈步走过去。却也想,"四人帮"毕竟是倒台了呵。

一晃,时已八年。弹吉他的年轻人,你们过得可好?

## 二

一九四八年的北平,已经是风雨飘摇、土崩瓦解,一片将死未死的萧条景象。这时,在我居住的一条小胡同里,出现了一个挎着篮子卖杂货的老头(依我当时的年龄和眼光认为的老头,也许他不过才四十岁)。老头用洪亮而又甜美,应该说是软软的、嗲嗲的声音吆喝:"油炸花生米!老腌鸡子!"

除了炸花生米与煮好的咸鸡蛋,几乎没有别的商品。他见了谁都笑容可掬,见了小孩子马上用讲故事的声调说:"跟妈妈要点钱,买花生米吃!甭提多香了!"

果然有小孩子回家去又出来了,买了花生米。他给花生米应该说是相当"抠门儿"的,但态度实在和气。如果小孩子抱怨花生米给得少,他就会慈祥地说:"小少爷!您看我这花生米多干净!多油分!多个儿大!"确实,不论花生米还是鸡蛋,都干净极了。

一个月以后,老头从挎篮子变成了挑挑子,花生米从油炸发展到既有油炸又有水煮,鸡蛋从老腌发展到既有咸蛋又有茶蛋,还增加了瓜子、绿豆糕和炸油饼。

两个多月以后,他改成了推车,一辆崭新的售货车,以熟食为主,兼营白干酒。他仍然那样款款地、无腔无调却又多情地吆喝着:"花生米!老腌鸡子儿!白干酒!"

不像那些具有悠久的从业历史的小贩,那些人吆喝得出花儿来,称得上是婉转入云。他的吆喝只是大声说话罢了。他有很好的音量与音色,只是没有旋律,"无调性"。

然而他的"白干酒"三个字足以使每个酒徒泪下,传达出了生活的艰难、酒的苦辣温馨、小贩的效劳之情。

他越是笑得甜你就越觉得他走得辛苦、卖得辛苦。如果你在这样美丽的笑容与动情的吆喝声中扬长而过,无动于衷,那简直是铁石心肠、罪过!

待到解放前夕,他已经开起了一座两间门脸的小铺,俨然食品杂货店的掌柜了。

以后我就顾不上再想他再看他。五十年代后期,我去这个小铺子买过一次东西。已经公私合营了,他穿着干部服,胖得出奇,没有吆喝,只有习惯性的微笑。

不久便听说他已病逝。

我始终觉得他的小小的发家史是一个难以思议的奇迹。

## 三

五十年代,我有几次机会去山西太原。在规整美丽的海子边公园附近,我吃过几次刀削面。很大的一个饭馆,从来都坐得满满的。山西的刀削面是驰名的,但现在已经很难找到一个专卖面的馆子了,不知道是由于人们的口味与"消费档次"已经提高还是由于利润指标的提高。反正那个时候,海子边公园近旁的海子边饭馆里,坐着的都是吃三棱形劲道利落的刀削面的。

给人的印象比面条还深的是一位服务员。矮矮的个子,留着平头,椭圆形的头脸,一脸孩子气的笑容,只是眼角皱纹透露出他已经并不年轻。他一只手端三碗、两只手端着六大碗面,你没准觉得面的体积和重量已经超过了他本人。他是奔跑着来为顾客上面的,又奔跑着去算账。那时候都是先吃饭后交钱,不像现在的饭馆,不但要先开票付款,而且要为每一个瘪三样的塑料杯子交押金。人心何其不古了啊!

同店还有几个女服务员,但大家都喜欢招呼这位小个子。可能是因为他的笑容,因为他跑得快、账也算得快,一口清,声音洪亮。你一眼望去就可以认定他十分喜爱自己的工作。他是一个快乐的甚至有几分得意的服务员,于是大家都叫他。他从这桌跑到那桌,从店堂跑到后厨,再从后厨跑到店堂。他满场飞,他满场飞跑着端面,拾掇餐具、擦桌子、摆碗筷、算钱、收钱、找钱,像一阵风,像是在跳舞,像在舞台上表演。所有的顾客都把目光投向他,欣赏着他的精力、热情与效率,满意地发出会心的微笑。

工作,本来是可以这样的啊!

几十年过去了,再没有碰到过第二个这样工作的服务员。海子边饭馆和全国各地的各个饭馆一样,面貌一新。而我,对碰到这样的服务员却似乎愈来愈没有信心了。

## 四

目光,世界上没有比目光更有力量而又更费解的了。

在欢呼雀跃的场面里我看到呆木茫然的目光。在庄重深沉的嗓音后面我看到过傲慢而又闪烁的目光。当然也有谦卑后面的坚毅的目光,玩笑后面的大有深意的目光。

目光比人还难作假。

今年四月份访问日本时候,参加了一次在京都举行的招待会。招待会由著名作家、日中文化交流协会的常务理事司马辽太郎主持。会上有一位身材苗条的老太太来见我,她长着一头黑发——也许是染过的。她和我握手,笑着,注视着我说:"战争时候,我在华北。"她的汉语说得很慢。"华北"两个字说得非常沉重。我马上想起了我的在日本侵略军占领下的童年经历,想起"华北"在日本侵华史上的特有的含义。老太太继续笑着,说不清是苦笑还是喜笑。而她的眼睛那样深深地、深深地注视着我。惭愧,痛苦,留恋,感慨,友好,认错……我说不清,而她的"华北"两个字一下子复活了我的多少尘封已久的记忆!谁知道那一刻我的目光又有多少变化和流露呢?

我永远忘不了这位纤瘦的老人的目光。我甚至觉得,大老远的来一趟日本,我就是为了看看这百感交集、感从中来的目光。

发表于《北京文学》1987 年第 8 期

## 给陶萍同志的信

陶萍同志并参加萧殷雕像落成仪式的朋友们：

此次几经安排，未能出席萧殷师雕像的落成典礼，心中非常难过。

萧殷师一生勤勤恳恳，"俯首甘为孺子牛"，许多年轻人受到他的教益。回想五十年代，我二十岁的时候，他对我的极不成样子的处女作初稿《青春万岁》的鼓励和指点，回想在赵堂子胡同的小院受教于萧殷师的情景，永世难忘。

萧殷同志是我的恩师。在严峻的日子里，他鼓舞我安慰我；在春回大地的时刻，他热烈地召唤我的"第二次文学青春"。当然，这不仅是对我个人的好处，而是通过这一斑可以看到萧殷师的遗泽与师心。

年内我一定找机会专门去拜谒萧殷师的塑像。

萧殷师永远生活在我们心里！

王　蒙<br>1987 年 6 月 30 日<br>发表于《作品》1987 年第 9 期

## 贺《收获》三十岁

我祝贺《收获》创刊三十周年。我感谢和赞美巴金老师和历届编辑人员的建设性劳动。《收获》创刊的时候,正"斗"得不可开交,但是还是出现了这样一个大厚本,只登小说散文,不登"大批判"。提倡创作、专心创作、潜心创作,是《收获》的传统,是《收获》的风格。作家的天职是创作,都去专心搞创作,自然就会少一些牛皮、少一些"爆破",更少一些紧跟气候的蝇营狗苟,也就少一些无聊的摩擦"勾斗"了。

在《收获》创办的时候全国只此一家大型文学刊物,如今,已是遍地开花。文学事业蓬勃发展,我们民族的精神力量日益强大,或有千曲百回,江河流日月,浪潮滚滚向前。《收获》的历程使人感慨,更使人振奋乐观。

丰收只属于从事建设性、创造性劳动的勤者!

有怎样的播种和耕耘就有怎样的收获!

发表于《解放日报》1987 年 12 月 31 日

## 羊　　拐

三岁的女儿在北京,我们在新疆。我们回北京来看她。

她正和小朋友们忙着玩羊拐,她是借别人的拐来玩的。玩完了回家,她兴犹未尽地叹息:"我怎么没有拐呀!"

而羊拐,正是新疆的特产。由于不知道,没给她带来。听到她叹息自己没有拐,我们便向她保证,一定从新疆带拐来,而且是又多又好,北京孩子想都想不到的新疆羊拐。

"我怎么没有拐呀!"这声音一直在我们耳边回响,使我们热泪盈眶。找拐,这就是我和妻子与儿子的首要任务。甚至去维吾尔朋友家做客,吃完饭还要探询刚才吃过的羊肉是否留下了拐。果然,一年过去了,我们积累了一口袋羊拐,洁白的、染上颜色的、光滑的,多彩多姿,琳琅满目。

"我们给你带来羊拐了!"为了送拐,我们提前了探亲的行期,满怀高兴地把一口袋拐倒了一桌子,就在她面前。

没有兴奋,没有感谢。她看了看羊拐,说:"我们早就不玩拐了,我们现在玩的是跳猴皮筋。"

发表于《青春》1988年第8期

# 苏 州 赋

左边是园,右边是园。

是塔是桥,是寺是河,是诗是画,是石径是帆船是假山。

左边的园修复了,右边的园开放了。有客自海上来,有客自异乡来。塔更挺拔,桥更洗练,寺更幽凝,河更闹热,石径好吟诗,帆船应入画。而重重叠叠的假山,传至今天还要继续传下去的是你的匠心真情,是你的参差坎坷的魅力。

这是苏州。人间天上无双不二的苏州。中国的苏州。

苏州已经建城两千五百年。它已经老态龙钟。无怪乎七年前初次造访的时候它是那样疲劳,那样忧伤,那样强颜欢笑。失修的名胜与失修的城市,以及市民的失修的心灵似乎都在怀疑苏州自身的存在。苏州,还是苏州吗?

苏州终于起步,苏州终于腾飞。为外乡小儿也熟知的江苏"四大名旦"——香雪海冰箱,春花吸尘器,孔雀电视机,长城电风扇——全都来自苏州。人们曾经担心工业的浪潮会把苏州的历史文化与生活情趣淹没。看来,这个问题已经受到了苏州人的关注。还不知道有哪个城市近几年修复了复原了这么多古建筑古园林。在庆祝苏州建城两千五百年的生日的时候,一九八六年,苏州迎来了再生的青春。一千五百年前的盘门修复了,是全国唯一的精美完整的水陆城门。环秀山庄后面盖起的"革文化之命"的楼房拆除了,秀美的山庄复原,应令她的建造者的在天之灵欣慰,更令今天的游客流连忘

143

返,赞叹不已。戏曲博物馆、民俗博物馆、刺绣博物馆……纷纷建成。寒山寺的钟声悠扬,虎丘塔的雄姿牢固,唐伯虎的新坟落成,苏州又回来了!苏州更加苏州!

当我看到观前街、太监巷前熙熙攘攘的人群,辉煌的彩灯装饰的得月楼、松鹤楼的姿影,看到那些办喜事的新人和他们的亲友,听到他们的欢声笑语,闻到闻名海内外的苏州佳肴的清香的时候,不禁为她的太平盛景而万分感动。当然还有许许多多的麻烦、冲撞、紧迫、危机与危机的意识,然而今天的苏州,得来容易吗?会有人甘心再失去吗?不,我不能再在苏州停留。她的小巷使我神往,这样的小巷不应该出现在我的脚下而只能出现在陆文夫的小说里、梦里、弹词开篇的歌声里。弹词、苏昆、苏剧、吴语吴歌的珠圆玉润使我迷失,我真怕听这些听久了便不能再听懂别的方言与别的旋律,也许会因此不再喜欢不再会讲已经法定了推广了许多年的普通话——国语。那迷人的庭园,每一棵树与它身后的墙都使我倾倒,使我怀疑苏州人究竟是生活在亚洲、中国、硬邦邦的地球上还是生活在自己营造编织的神话里。这神话的世界比真的世界要小也要美得多。她太小巧,太娇嫩,太优雅,她会使见过严酷的世界、手掌和心上都长着老茧的人不忍去摸她碰她亲近她。

一双饱经忧患的眼睛见到苏州的园林还能保持自己的威严与老练吗?他会不会觉得应该给自己的眼睛换上纯洁的水晶?他会不会因秀美与巨大这两个审美范畴的撕扯而折裂自己的灵魂?他会不会觉得自己和这个世界已经或者正在或者将要可能成为苏州的留园、愚园、拙政园的对立面呢?他会不会产生消灭自己或者消灭苏州这样一种疯狂的奇想呢?

更不要说苏绣乃至苏州的佳肴美点了。看到那一个个刺绣女工的惊人的技艺和耐心、优雅和美丽,我还能写作和滔滔不绝地发言吗?我能不感到不好意思吗?还有勇气或者有涵养去倾听那些一知半解的牛皮清谈、草率无涯的胡说八道吗?在苏州呆久了,还能承受那些乏味、枯燥与粗野的事情吗？

苏州的刺绣，沉静的创造。苏州的菜肴，明亮的喜悦。苏州的歌曲，不设防的温柔。苏州的园林，恬美的诗情。苏州的街道，宁静的幻梦。而苏州的企业和企业家，温雅的外表下包含着洋溢的聪明生气。这一切都是怎么发生怎么留存的？她怎么样经历了那大起大落大轰大嗡多灾多难的时代！

苏州是一种诱惑，是一种挑战，是一种补充。在我们的生活里，苏州式的古老、沉静、温柔已经变得越来越陌生。而大言欺世、大闹盗名、大轰趋时的"反苏州"却又太多了。苏州更是一种文化历史现实未来的混合体。苏州是一种珍惜，是一种保护，对于一切美善，对于一切建设创造和生活本身的珍惜与保护。也是一种反抗，是对一切恶的破坏的无声的反抗。虽然，恶也是一处时髦，而破坏又常常披上革命的或忽而又披上现代意识的虎皮。我真高兴，七年以后，我有缘再访苏州。我们终于能够平静下来，保护苏州，复原苏州，欣赏苏州，爱恋苏州了。我们终于能珍重苏州的美，开始懂得不应该去做那些亵渎美毁灭美的事情。在历史的惊涛骇浪和汹涌大潮当中，在一个又一个神圣的豪情与偏狂的争闹之中，在不断的时髦转眼被更替的巨轮与浪头之中，苏州保留下来了，苏州复原了，苏州在发展。苏州是永远的，比许多雷霆万钧的炮声更永远。

发表于《人民日报》1988年11月7日

# 吻

　　她师范学校毕业，二十岁刚过就当了老师。这天，有个学生上课时不好好听讲，做小动作，被她叫到办公室谈话。她相信谈话的力量，她用了许多美好和有力的言词，激动得脸蛋都红了。

　　学生被她的热情和言语打动了，盯看着她的面孔、她的小辫、她的嘴唇，好像沉醉了。忽然，学生跑过来，亲了她一下。然后，她和学生都惊呆了。

　　她还从来没有爱过，没有被吻过呢。这天晚上，她大哭了一场。

1988年

## 意　见

　　我和妻与一位朋友乘飞机从拉萨飞往成都。飞机升上云端以后，我们打开拉萨友人为我们摄下的影集，回忆着大昭寺、罗布林卡、布达拉宫、八角街的美景，回忆着西藏各族朋友的情谊。

　　一位穿戴整齐、梳洗整洁的女孩子凑过来说："我想看看这些照片。"

　　她的请求使我略略一怔。我说："请等一等。"因为这只是私人的照相簿，不是新华社发的通稿。而且，临上飞机时才得到影集，我们三人还未看呢。

　　我们轮流看完了影集，已经到了飞机降落的时刻。我们收起影集，系上安全带，正襟危坐起来。

　　下飞机的时候，女孩子凑过来说："您是××吧，我看着您就面熟，认识您很荣幸。"她顿了一下，强调说："但是我没有看上照片，还是很有意见的。"

1988 年

## 题《青春》微型纪实文学青春奖

世相便是好文章,
纪实便是好方法,
短小就是好技巧。

1988 年

## 忘却的魅力

散文就是渴望自由。
自由的表达，自由的形式，自由的来来去去。

记忆是美丽的。我相信我有出色的记忆力。我记得三岁时候夜宿乡村客店听到的马匹嚼草的声音。我记得我的小学老师的面容，她后来到台湾去了，四十六年以后，我们又在北京重逢。我特别喜欢记诗，寂寞时便默诵少年时候便已背下来的李白、李商隐、白居易、元稹、孟浩然、苏东坡、辛弃疾、温庭筠……还有刘大白的新诗：

归巢的鸟儿，
尽管是倦了，
还驮着斜阳回去。

双翅一翻，
把斜阳掉在江上；
头白的芦苇，
也妆成一瞬的红颜了。

记忆就是人。记忆就是自己。爱情就是一连串共同的、只有两个人能共享分享的刻骨铭心的记忆。只有死亡，才是一系列记忆的消失。记忆是活着的同义语。活着而忘却等于没活。忘却了的朋友等于没有这个朋友。忘却了的敌意等于没有这个敌意。忘却了的财产等于失去了这个财产。忘却了自己也就等于没有自己。

我已不再年轻,我仍然得意于自己的记忆力。我仍然敢与你打赌,拿一首旧体诗来,读上两遍我就可以背诵。我仍然不拒绝学习与背诵新的外文单词。

然而我同样也惊异于自己的忘却。我的"忘性"正在与"记性"平分秋色。

一九七八年春,在新疆工作的我出差去伊宁市,中间还去了一趟以天然牧场而闻名中外的巩乃斯河畔的新源县。一九八二年,当我再去新疆伊犁的时候,我断然回答朋友的询问说:"不,我没有去过新源。"

"你去过。"朋友说。

"我没去过。"我摇头。

"你是一九七八年去的。"朋友坚持。

"不,我的记忆力很好……"我斩钉截铁。

"请不要过分相信自己的记忆,那一年你刚到伊犁,住在农四师的招待所即第三招待所,从新源回来,你住在第二招待所——就是早先的苏联领事馆。"朋友提醒说。

我一下子蒙了。果真有这么一回事?当然。先住在第三招待所,后住在第二招待所,绝对没错儿!连带想起的还有凌晨赶乘长途公共汽车,微明的天色与众多的旅客众多的行李。那种熙熙攘攘的情状是不可能忘记的。但那是到哪里去呢?到哪里去了又回来了呢?似乎看到了几间简陋的铺面式的房子。那又是什么房子呢?那是新源?我去了新源?我去做什么去了呢?为什么竟一点儿也不记得?

一片空白,全忘却了。

不可思议。然而,这是真的。新源就是这样一个我去过又忘了等于没有去过的地方。这比没有去过,或者去了牢牢记住然而没有机会再去的地方还要神秘。

  我忘却的东西越来越多了。一篇稿子写完,寄到编辑部,还没有发表出来,已经连题目都忘了。(年轻时候我甚至能背诵得下自己刚刚完成的长篇小说。)当别人叙述一年前或者半年前在某个场合与我打交道的经过的时候,我会眨一眨眼睛,拉长声音说:"噢……"而当我看到一张有我的形象的照片的时候,我感到的常常只是茫然。

  感谢忘却:人们来了,又走了。记住了,又忘却了,有的压根儿就没有记。谁,什么事能够永远被记住呢?世界和内心已经都够拥挤的了,而我们,已经记得够多的啦。幸亏有忘却,还带来一点好奇,一点天真,一点莫名的释然和宽慰。待到那一天,我们把一切都忘却,一切也都把我们忘却的时候,那就是天国啦。

发表于《人民文学》1989 年第 5 期

# 我可以在读书上下点功夫了

我是搞文艺创作的。前几年,因工作需要,搞了些行政工作,现在归队,可以有更多的时间从事我喜爱的创作活动。最近一段时间,我受身体的影响,没写什么大东西。尽管如此,半年来我还是写了一批研究《红楼梦》的文章。比如《红楼启示录》等,今年将由三联书店出版。另外,《红楼梦学刊》《文学遗产》最近也都有我的红学专论。除此之外,我还写了一些短篇小说、散文,在上海的《收获》《小说界》和广东的《家庭》等杂志上发表。最近的身体情况使我马上还写不了大部头的作品,我希望在下半年开始写一部长篇小说。

至于读书,我最近的阅读重点放在古典文学上,看了很多红学和李商隐诗歌研究的资料。这些都是我自己极有兴趣的。这也是补课,因为我只上到高中就工作了,缺少读书的系统性。现在有时间,这是一个机会,我可以在读书上下点功夫。另外,我还结合语言的学习,读英语原版书。比如新西兰的短篇小说集,英国女作家多丽丝·莱辛的小说集,美国作家约翰·契佛的小说集。遇有难懂的原文,我就借助字典的帮助,这样既学习语言,又能了解国外最新的文学动态。

我希望人们重视语文学习。学好汉语文是学习他种语文的基础。反过来说,完全不懂第二第三种语言,也会影响对汉语文的理解和掌握。有比较才有心得嘛。

发表于《语文学习》1990年第7期

## 吃 的 五 要 素

有些餐馆的环境给我留下的印象比那里的食物留下的印象还深。不知道这算是异化、移情,还是升华?

一九五七年春节刚过,新婚的我俩去北海仿膳吃饭。那时的仿膳在北海后门附近,一个安静的小院子,顾客不多,十分雅致。你叫过了菜,他一点一点地从头做,上一个菜要等老半天。我当时年轻,土包子,嫌他们上菜慢,啧有烦言。后来明白了,找一个清雅的、上菜慢的地方吃饭,可以痛痛快快地边吃边谈它两个钟头,容易吗?

五十年代北京苏联展览馆建成,莫斯科餐厅开始营业,在北京"食民"中间引起了小小的激动。份饭最高标准十元,已经令人咋舌。基辅黄油鸡卷、乌克兰红菜汤、银制餐具、餐厅柱子上的松鼠尾花纹与屋顶上的雪花图案,连同上菜的一丝不苟的程序……都引起了真诚的赞叹。曾几何时,莫斯科餐厅的名称依旧,您点完菜,一股脑儿把乌里乌涂的凉菜、热菜、汤、面包、咖啡五分钟内全给你端来,还喊一声"齐了",倒是不会招引我上菜太慢的抱怨了。

四川饭店和同和居后院的环境我也喜欢。像居家,像府第,庭院深深,院里有树木花草,室内有中式字画,都给人一种安谧和幽古的感觉。五年前在四川饭店用饭,同桌的有某国驻华大使,还有一位外国老作家。可惜,饭还没吃完,服务员之间发生了摩擦。这个也不管了,那个也不来了,一桌食客被"晒"了一段时间,使我知道了这家餐馆的厉害。

国外的餐馆是十分注重环境特色、情调氛围的。在美国费城，我去过一家墨西哥餐馆，它力求提供一种墨西哥农家的气氛，一间一间的餐室，有的墙壁是裸露的红砖，有的墙壁是抹了一半而且凹凸不平的泥巴。在衣阿华市，一家餐馆名"衣阿华电力"，就是在发电厂的旧址上修的。依我们的一般想法，发电厂改餐馆，那就非得彻底改变面貌不可。这家餐馆呢，各种电缆管道、防护设备、调试装置，基本上不予拆除，而且涂上油漆使之醒目，明明白白，名符其实，让你跑到了"电力"里去吃饭。在这里吃饭使你痛感一种工业文明的几何图形的美，还可以使你联想到巴黎的蓬皮杜中心。蓬皮杜中心的电梯也是安装在曲曲弯弯的"玻璃管道"中的，上上下下的人活像循环变化的化学药液在管道中运行一样。再说洛杉矶有一家餐馆，充分利用了一节古老的有轨电车，电车放在餐厅中，成为装饰也成为特间，车厢里布置着几张餐桌。到车厢特桌去吃饭，要多付钱的。餐厅大柱子上还贴着一张三十年代的演出广告。此广告，此有轨电车车厢，大可以满足一些老年人的思古之幽情的。

墙壁上或顶棚上贴报纸，在我国贫穷的农村是比比可见的。毋庸置疑，它哪里比得上例如上了油漆的天花板，刷白了的灰顶子，贴着塑料壁纸的墙壁？偏偏纽约有一家咖啡馆，墙上、天花板上横七竖八地贴满了第二次世界大战期间的旧报纸，外刷一层透明漆。你在那里喝着饮料，吃着小吃，一抬头，兴许看见丘吉尔，要不就是希特勒的新闻图片。这样的想象力确是值得称道的。

比较起来，海外的中国餐馆多半红艳艳的，灯笼是红的，墙饰是红的，女服务员身穿的也是一身大红，反显贫乏单调。为什么不能把例如四合院式的餐馆与中国书画、硬木家具式的国货出口到海外餐馆去呢？重庆有一家餐馆，房、墙、桌、凳、用具，全部是竹子的，何等的喜人！

除了硬件，当然还有软件。国外一些餐馆一到晚上就有人弹钢琴，有的还演奏竖琴。当然也有上乐队的，至少有音乐磁带的放送。

一些餐馆有意地把灯光调得比较暗,大概是追求一种朦胧美吧,可能与在"公开性"中照顾"隐私权"的考虑也有关。好的餐馆还有一个共同的特点,不催客人,除非你特别提出要求,否则他总是不慌不忙地请你点菜,上菜。本来么,吃并不是唯一目的,如果只着眼于胃,大可不必上餐馆来。换个环境、休息休息、找个说话的机会和说话的地方,这才使餐馆业大大兴盛起来。

国外有些餐馆很注意宣传本店当年曾招来过什么名人雅士。如某个餐馆是海明威、马克·吐温常去的地方;某个餐馆夏目漱石是那里的常客。我还去过一家伦敦的古老餐馆,说是狄更斯在那吃过饭呢。可惜我没有把这餐馆的名字记住。我们为什么不可以这样做呢?

看来不仅新闻需要"5W"①,餐馆也要讲"5W"的,除了问(吃)什么,而且问何时、何地、何人、为何与如何(吃)的。说到如何,我不免想起中餐里的"桃花泛",就是锅巴。把热锅巴上到餐桌上,把桃花色的调料当众一浇,"嗞啦"一响,也算个游戏。据说这个菜抗日时期在重庆叫做"轰炸东京",吃菜抗日,这样的命名真不知道是太痴情还是太矫情。

这种上菜的戏剧性表演不免使我想起西餐的一种做法。上一个热菜特别是鱼与配菜时,每个大盘上扣着一个大铜帽子,全部菜上好,上来一组服务员,每人抓住两个铜帽子的顶端,一、二同时掀开,露出热气腾腾的鱼块。这种表演贵在有新鲜感,如果熟知其路数,就没意思了。

吃饭的讲究往往不仅表现在吃什么上,更表现在如何吃上。如中餐的吃螃蟹,吃完后用菊花水洗手,另换一桌进正餐。如西餐的喝酒,吃开胃菜时喝啤酒或香槟,吃海鲜时喝白葡萄酒,吃肉菜时喝红

---

① 5W,即新闻五要素何时(when)、何地(where)、何人(who)、何事(what)、何故(why)的英文字头。

葡萄酒，饭后喝白兰地之类的助消化酒，喝不同的酒用的酒杯各有特色、各有一套说法。白兰地杯肚大口小以收拢香味，啤酒杯口大以顶着泡沫。中国人出国往往只用啤酒贯彻始终，这和几十个人饭后甜食全都要冰激凌一样，比较不了解西餐。

当然，讲"5W"，还不仅限于餐馆。老乡炕头，盘腿而坐，红薯粥，贴饼子，其乐何如？行军途中，蹲在树阴下，扒几口炒米，喝口凉水，就个蒜瓣解毒，也是甘之若饴。天山南部，维吾尔族老乡赶"巴扎"，中午饿了，把腰里揣的馕掏出来，扔向大渠水流上方，待水将馕冲下，捡起，再向上扔，再冲下，再捡再扔再冲再捡，最后，馕也软了，水也吸足了，眼不见泥沙为净，在蓝天与黄沙之间食之，还不是十分淳美？至于地方小吃，庙会排档、牛肉线粉、卤煮火烧、开封炸糕、宁夏羊杂、宁波汤圆、四川抄手，大众食品，物美价廉，优越性也多着呢！

总之，谈吃不恋吃，广用博闻，能上能下；箪食瓢饮，不改其乐；稀奇古怪，不惧其异；讲究排场，不失其志；以吃会友，意不在吃，不吃亦友；庶几可以言吃。吃之为吃之，不吃为不吃，是吃也。

发表于《祝你幸福》1990年第8期

## 永 远 的 美 丽

一九六四年和一九七五年,我曾两次造访喀什噶尔。一九六四年那一次,我还曾在麦盖提县央塔克地区(当时是红旗公社)深入生活数月,莎车、叶城等地也曾有所逗留。喀什,这个我在学生时代从歌曲中晓得的地方,在北京人的眼中,真是又遥远又神秘。乃至我来到了它的怀抱,便开始领略了它的强烈的对比,炎热与清凉,古老与崭新,干旱与滋润,绚丽与单纯,庄严与活泼。这无与伦比的喀什噶尔!

时隔十五年,我又来了!我们都走过了那么长的路,喀什别来无恙,思念你的人别来无恙!叫做"踏遍青山人未老"。这次,我还有幸造访了在"边远"的喀什地区"边远"的县城塔什库尔干,有幸去红其拉甫口岸参观,有幸去塔吉克牧民家做客,有幸欣赏鹰笛的演奏,有幸在飘着小雪的清晨在塔什库尔干县城漫步……

我这次还看到了正在修整的宏伟的阿帕霍加陵墓及麻赫穆德·喀什噶里墓,喀什的悠久的历史与文化传统更加令我神往。喀什市容的变化与人民生活的提高尤其令人振奋。喀什人民的热爱生活与热情好客一如既往。

时光匆匆,来了又要离去,就像是在匆忙中去会见一个多年未遇的老朋友,来不及细细地端详与叙谈,就又要分手了。再见紧接着你好,未能尽情的遗憾与终于平安聚首的庆幸互相交替。终于抵达的欣慰,再次离别的依依,化成我最良好的祝愿:喀什永远美丽!喀什更加美丽!

  当我想到离北京挺远的地方有一个美丽的喀什噶尔的时候,我觉得一切都变得更加可爱和值得了。

发表于《喀什日报》1990年10月20日

## 三 访 大 连

　　一九八〇年初夏应辽宁省作协的邀请,我与从维熙、谌容、刘心武一道第一次到大连来。在欣赏这个海滨城市的地理环境的美丽的同时又感到它似乎是有些破旧。比较像样的建筑,包括我们下榻的大连宾馆,还都是"小鼻子""大鼻子"时期修的。解放后盖的房子不少,大多是最一般的"火柴盒"。许多原本是一家一户的小洋楼,现在变成"小杂院",堆积拥挤,显示着一个人口众多的发展中国家度日与住房的艰辛。空气里充满——对不起——臭鱼烂虾的气味。只有棒槌岛与众不同,有一种鹤立鸡群式的高档次风貌。

　　大连是个非常可爱的地方。大连很穷。我们衷心祝愿大连能够建设得更快更好。这是我初访大连的印象和心情。

　　一九八五年夏我第二次来大连,并在这里完成了长篇小说《活动变人形》的定稿工作。这次我在大连住了好些地方,包括老干部休养所、煤矿工人疗养院和棒槌岛。但给我印象最深的还是部队的"八七疗养院"。那是日本的和式房屋,大房子套小房子,门窗因为年久都已对不上槽。起风的时候,一扇门吱扭一声开了,一扇窗吱扭一声又关上了,树影晃动,忽然停了电忽然又来了电,到处都有美丽的花圃,到处都有垃圾,它给我一种奇异的、久远的、神秘的感觉。不知道当年是日本的什么人在这里住过。沧桑变迁,遗留下一些难以捉摸的征兆。

　　那一年也说到沿海城市的开放,说到大连正在做吸引外资的工作,似乎话题离现实还远。

　　大连的往日是复杂的,风风雨雨,变变迁迁。大连的未来呢,在酝酿中,在企盼中。这就是二访大连的感受了。

　　到了一九九〇年冬,三访大连,就完全不一样了。我们被主人安排住在开发区的银帆宾馆。

　　银帆已经扯起,银帆已经启航。我们看到的是一个完全崭新的、按人们意愿设计出来的城区。工厂厂房是新的,开发区管理委员会办公大厦是新的,旅馆商店是新的,商业区——五彩城也是新的。不但是新的,而且是高标准的。人们是在有了一个高标准——美的标准、繁荣文明的标准、国际先进的标准——之后有意识有计划地进行这样的城市建设的,从无到有。这就使它与许多城镇乡村的沿革不同。老子说:"万物生于有,有生于无。"开发区这里原来是"无"的,从无怎样变成有的呢?当然是改革开放的政策了。

　　新的城区提供着新的机会、新的人才。当我们接触到开发区管委会和一些企业的管理人员的时候,我们为这些年轻人的活力、主动进取精神而十分感动。真不知道那种随波逐流的大锅饭心态是怎么丢掉的。

　　大连还是大连。海港还是海港。她仍然背负着以往的历史。拟议中的愿望已经或正在变成现实。

　　五彩城的鲜艳的颜色使人们的眼睛一亮。

　　未来正在向大连走来。

原载《海上的风》,1990 年

## 又见伊犁

离开新疆后,一九八一年我曾返回伊犁,并且去了尼勒克牧区。这次经过九年再来,相隔的时间不算短也不算长。当飞机飞越天山的时候,也许可以说有点激动。我只是说"有点",因为这一切似乎驾轻就熟。同样的天空,同样的航线,同样的噪音很大的安-24飞机,别来无恙的山山水水……这里没有任何不寻常的地方。

一下飞机就立刻感到了伊犁的宁静与清新。与乌鲁木齐相比,伊犁有一个更长的秋天,空气中弥漫着一种爽利的秋意,树叶正在变黄,天气稍稍凉一点,我的呼吸变得格外轻松和舒适……朋友们热情地向我介绍伊犁的变化,新的高楼大厦,新的柏油路面,新的商店市场。但我更愿意说伊犁没有变,不变的是她的悠然与安适,不变的是她的透明的秋天。就连新增加的许许多多的"六根棍"马车,我觉得与其说是新添,不如说是回复,我从它们那里获得的是一种怀念的旧情。

看看老邻居、老住所,也是一番无言的感慨。绿洲俱乐部对面的解放路二巷巷口已经认不出来了,找不到活渠,老杨树也被砍伐了许多。原来我们住过的第二中学的教工家属宿舍纷纷自己围起了院墙,那时候就无人照料的几株小苹果树已经无存,而人仍无恙。一个又一个的老师都见到了,眼泪涌了出来。有两个老师曾经与我一起在一个寂寞的春节开怀痛饮,现在一个已经大大地发福而豪迈的风度依旧,另一个却使我未能辨认出来。一个老师因为不知什么罪名而在那时不能任教,他赶着马车为大家运煤炭,皮里青、察布查尔、干沟、铁厂沟的煤矿成为他常常出没的地方。如今,平了反退了休,也算是安度晚年吗?他流泪了,我们也流泪了。

还有那个躲武斗时居住过的新华西路"大杂院",房东老太太和她的长子已经去世,她的孙媳妇住的正是我们当年的房子。另一家的小孩子早已长大成人,我们看到的是他的媳妇和酷似当年的他自己的孩子。时光果然已经流过那么多那么多吗?逝者长已矣,生者独恻恻,"别来无恙"。"别来无恙"并不容易,"别来无恙"又是怎样珍贵的欣慰!

不要说巴彦岱了。那是承受不了的回忆、友情、温暖与挂记。老书记已经退休,他的院子里堆满了金黄的玉米。他站在院门口寻找我,我说:"在这呢!"走进院子,我说:"你这几间房子,还是原来的吗?""当然了。"他答。"你这房梁,还是我帮着上的呢。"我回忆起了给他上房梁的事。

我的老房东仍然健在。他的家里也挂上了颜色鲜艳的挂毯和腈纶毛毯。而在庄子,另一家老房东与房东大娘已经谢世。他们的儿媳妇与我抱头大哭。是哭逝去的时光与逝去的长辈吗?是哭这终于又见面了的欢欣?在他家的墙壁,还挂着我一九八一年来时与他们全家包括逝者的合影呢。

也许这并不算记忆的恢复,因为记忆从来未曾消失。也许这不算时间的衔接,因为一九七三年我们就从伊犁搬走了。再来,再多来,我们毕竟已经不能朝夕相处,我们各自有各自的天地、各自的忧乐。也许这也算不上叙旧,因为热情的招待,"堵住嘴"的食品和众多的乡亲使我们很难认真地说点什么。然而,为什么我又觉得我们是这样地互相了解、默契、知心!没有说出的话也许比说出的话更透亮,没有交流的回忆也许比已经交流的回忆更深刻地深藏在我们的心中!我们之间已经不需要说更多的话了,伊犁的乡亲啊,知我爱我,这不是几句话可以表达的。

与其说是激动,不如说是平静。伊犁这块土地是实在的,人们的日子越过越好,伊犁的丰姿越来越美,伊犁的友人永远那样友好和热情。我从来没有离开过伊犁,想离也离不开。就让伊犁成为我永远的思念、永远的慰安、永远的镜鉴吧,我还要歌唱你的,你是我永远的歌。我常常遗憾而且急躁,我在伊犁那么多年,怎么没学会一首道地的伊犁民歌呢?比如那首《黑黑的眼睛》,我听人唱过不知多少次,我为之沉醉,为之落泪,为什么至今没有学会唱它呢?我觉悟到,这是一个启示,一个象征。关于伊犁的歌,还要慢慢地学,慢慢地唱呢。我要学唱伊犁的歌,又舒缓又热烈,又迂回又开阔。我要永远问自己,怎么样才能惟妙惟肖地歌唱伊犁?

发表于《伊犁河》1991年第1期

# 新疆的歌

## 黑黑的眼睛

在遥远的伊犁，几乎每一个本地人都会唱《黑黑的眼睛》这首歌，几乎每一次喝酒的时候都要唱这一首歌。

喝酒和唱歌这二者，从声带医学的观点来看是互相排斥的，从情绪抒发的角度来看却是一致的。

第一次听到这首歌是一九六五年冬天，在大湟渠渠首——叫做龙口工程"会战"的"战场"。我与农民们一起住在地窝子里。那里临时开设了几个食堂。寒冬腊月，食堂的厚重无比的棉帘子外面挂满了冰雪，也许不是雪而是霜，食堂里的水汽从帘子边缘逸出来，便凝结成霜。掀开这沉重得惊人的门帘，简陋的食堂里热气弥漫、灯光昏暗、烟气弥漫、肉香弥漫。更重要的是歌声弥漫，歌声激荡得令人吃惊，歌声令人心热如焚，冬天的迹象被歌声扫荡光了。

在关内的时候，我们也听过一些新疆歌曲。但是伊犁民歌自有不同之处，它似乎更散漫，更缠绕，更辽阔，没有开头也没有结尾，抒不完的感情连结如环，让你一听就陷落在那里，痴醉在那里。

从此我爱上了伊犁民歌。在伊宁市家中，常常能有机会深夜听到《黑黑的眼睛》的歌声。是醉汉吗？是夜归的旅人？是星夜赶路的马车夫？他们都唱得那么深情。在寂寥而寒冷的深夜，他们用歌声传达着对那个永远的长着"黑黑的眼睛"的美丽的姑娘的爱情，传达着他们的浪漫的梦。生活是沉重的,有时候是荒芜的,然而他们的歌是热烈的,是愈加动情的。

后来我有几次与农民弟兄们一起喝酒唱歌的经验。我们当中有一位歌手,他是大队民兵连长,叫哈里·艾迈德。他一唱,我们就跟,随着每一句的尾音,吐出了无限块垒。我傻傻地跟着唱,跟着唱,却总觉得跟不上那火热的深沉与辽阔的寂寞。

也有时候我不跟着唱,只是听着,看着哈里和别的人们的那种披心沥胆地唱歌的样子,就觉得更加感动。

一九七三年我离开了伊犁,一九七九年我离开了新疆。

一九八一年中秋节前后我重访伊犁,诗人铁依甫江与我同行。为了将《蝴蝶》改编成电影的事,长春电影制片厂的一位导演不远万里跑到伊犁去找我。一天晚上,我们一同出席伊宁市红星公社在西公园附近的一次露天聚会。饮酒之际,请来了民间的盲艺人司马义尔,他弹着都塔尔,唱起了歌,当然,首先唱的仍然是《黑黑的眼睛》。

他的声音非常温柔。他的歌声不是那么强烈,却更富有一种渗透的、穿透的力量。那是一首万分依恋的歌,那是一种永远思念却又永远得不到回答的爱情,那是一种遥远的、阻隔万千的呼唤,既凄然又温暖。能够这样刻骨铭心地爱,刻骨铭心地思恋的人有福了,能唱这样的歌,也就不白活一世了!看不见光明的歌手啊,你的歌声里充满了对光亮的向往和想象!在伊犁辽阔的草原上踽踽独行的骑手啊,也许你唱这首歌的时候期待着人群的温暖?歌声是开放的,如大风,如雄鹰,如马嘶,如季节河里奔腾而下的洪水。歌声又是压抑的,千曲百回,千难万险,似乎有无数痛苦的经验为歌声的泛滥立下了屏障,立下了闸门,立下了堤坝。

一声"黑眼睛",双泪落君前!他一唱我的眼泪就流出来了!

伟大的维吾尔诗人纳瓦依说过:"忧郁是歌曲的灵魂。"这又牵扯到一个民族的性格问题来了。你为什么那么忧郁?由于干旱的戈壁沙漠吗?你的绿洲滋润着心田。由于道路遥远音信难传吗?你的好马和你的耐性使你们的交往并不困难。由于得不到心上人的呼应、得不到知音吗？你的歌、你的舞、你的饮酒又是那样的酣畅淋漓。而你的幽默更是超凡入圣。

　　快乐的阿凡提的乡亲们，却又有唱不完的"黑眼睛"的苦恋。

　　我没有解开这个谜。虽然我标榜自己对新疆、对维吾尔人的生活、语言、文字颇有了解。我至今学不会这个歌。虽然我喜欢唱歌、粗通乐谱、会唱许多歌、自信学歌的能力不差。那么熟悉，那么想学，却仍然不会唱。也怪了。

　　就让我唱不好，唱不出这首《黑黑的眼睛》吧。唱不好，但是我知道她，我爱她，我向往她。小小的一声我就能从万千音响中辨识出她。她就是我的伊犁，她就是我的谜一样的忧郁。至少是因为告别了伊犁，至少是因为它是唯一的我又喜爱又熟悉又至今唱不成调的歌儿。

## 阿娜尔姑丽

　　以喀什噶尔为中心的南部新疆的歌儿与以伊犁为中心的北疆的歌儿有很大的不同。如果说北疆民歌的代表是《黑黑的眼睛》的话，那么，南疆民歌的典型则是《阿娜尔姑丽》。"阿娜尔姑丽"的意思是石榴花，而又是一个在南部新疆常见的姑娘的名字。这个名字很美。电影《阿娜尔汗》的主题歌就是根据民歌《阿娜尔姑丽》整理、配词而成。歌一开始便唱道：

　　　　我的热瓦甫琴声多么响亮，
　　　　莫非装上了金子做成的琴弦？

而民歌的起始两句，据我所知的一个版本是这样的：

　　　　夜晚到来我睡不着觉呀，
　　　　快赶开巢里的乌鸦，啊，我的人！

最后一个词是 bala，是孩子的意思，这里叫一声孩子，类似英语中的 baby，是一种昵称，故译做"我的人"。

以《阿娜尔姑丽》为代表的南疆民歌似乎更具有节奏感，人们唱这些歌的时候似乎正迈着沉重有力的步子，似乎正在漫漫沙石戈壁驿道上长途跋涉。四周杳无人迹，远山上雪光晶莹，干枯的柴草在风中颤抖，行路者的歌声坚毅而又温情，我好像看到了歌者的被南疆的太阳烧烤成了酱紫色的脸庞。

也许他们是骑着骆驼唱这些歌的吧？在"沙漠之舟"上，他们体验着大地的辽阔、荒芜、寂静与神秘；他们也体验着自己内心的火焰的跳动、炽热、熬煎和辉耀。他们已经漫游了许多日日夜夜。他们已经寻求了许多岁岁年年。他们已经创造了许多城市乡村。他们热烈地盼望着更多的人间的情爱。

我永远不会忘记我第一次受到这样的歌声的冲击的情景。那是在叶尔羌河东岸、塔克拉玛干沙漠西缘的麦盖提县，一九六四年，我住在县委招待所，准备去洋达克乡。招待所正在盖房子，每天早晨八时以后，来自农村的临时建筑工开始上班。有两个年轻的女人，她们不紧不慢地用抬把子抬砖，一边装卸，一边走路，一边大声唱歌。她们唱的是《阿娜尔姑丽》，她们的唱歌就像呐喊一样的自然、朴素、开阔、痛快，她们的唱歌就像呼唤一样响亮、多情、急切、期待着回应，她们的唱歌又像是一种挑战、放肆的发泄，自唱自调，如入无人之境。她们戴着紫红色的小帽，穿着红色的裙子，红色的裙子下面还有绿色的灯笼裤。这歌声响彻一个上午，中午稍稍歇息，又一直唱下去，唱到太阳快要落山。她们的精力，她们的热情，她们的喉咙里，似乎都有着无尽的蕴藏。

即使是生活在城市中、生活在忙乱中、生活在纷扰与风霜雨雪中也罢，想起这样的歌，能不为那股热流而心潮激荡么？

发表于《散文》1991 年第 3 期

## 作家的书简与友谊

  本来书信是两个人间的事情,但是作家书简常常被发表、被辑录、被研究、被出版。这一方面是由于这些书信的内容常常与文学文坛有关,而文学文坛不能不引起公众的兴趣,另一方面这也是作家的"报应"——谁让你挖掘出那么多隐蔽的、微妙的、有时是模糊而且深奥的生活现象与心灵现象,写出来给大家,给这一代和下一代,给中国人和外国人看呢?谁让你引起了读者的好奇心来了呢?你的片言只字,包括书信日记都会被拿去"示众",有的还会成为珍贵的资料,幸耶,非耶?实在也是没有办法的事。

  余生也晚,乏善可陈,又没有保留作家师长和友人来信的习惯,丢弃了许多珍贵的资料,这是很令人遗憾的。但许多旧信仍然令人难忘。例如一九六二年,我的处境刚刚松动了那么一点点,就收到了韦君宜的鼓励我写作并说准备出版我的被搁浅了的处女作《青春万岁》的信。一封信唤醒了我多少情怀和力量!在六十年代我去新疆后的沉默的岁月,远在新疆伊犁,还时而收到寄自广州的黄秋耘的信。秋耘的信中常有旧诗,如赠我的"文章与我同甘苦,肝胆唯君最热肠",自述的"不窃王侯不窃钩,闭门扪虱度春秋"等,都使我过目不忘。"四人帮"倒台后,我给恩师之一的萧殷试投过一信,立即收到了萧老的热情洋溢几近手舞足蹈的回信,信上说:"这几天我见人就说,王蒙来信了,王蒙来信了!……"

  多么温暖的、濡之以沫的关怀!我永远感谢他们在严峻的日子里对我的惦记与鼓励。后来呢,日子好过了,鱼儿"相忘于江湖",我们的书信来往反而不多了。萧殷已经去世,一九八八年我去龙川瞻仰了他的故居与遗像。君宜生病,只是近几个月才去看望过她。秋耘则很久没通信了,但愿他一切都好。

"四人帮"倒台不久,我给周扬去过一信,并很快收到他的签名复信。此后,文坛复苏,文学活动增加,我与众位作家的信函来往也就多了。夏衍曾经写信鼓励我的《小说家言》,冰心看了我写的关于李义山描写雨的文章,直言不讳地写信告诉我,她不喜欢雨,她爱阳光,也爱雪。二老高龄,都是亲笔写的信。黄佐临曾经写信来表示赞成我所讲的"艺术并非生财之道"的观点,黄老的信中还讲了他自己从事艺术活动过清贫生活经验。荒煤、冯牧也都给我赐过信或者便条。特别是荒煤,他是近视眼,字写得又小又密又花(他常常拉长某些笔画),内容又特别严肃,全是讨论诸如文艺思潮呀、商品冲击呀、电影部门归属呀什么的。他是很认真的。

同辈文友的信就更多了。李子云(晓立)、何士光与我讨论作品的信曾经在刊物上发表。刘绍棠在我发表《相见时难》以后以及党的十二大以后,都写来激动人心的祝贺与鼓舞的信。张洁旅美期间来信叙述她的一些见闻及及时回国的计划。果然,她去年七月就回来了。平凹写信说我"不但得了'道',而且得了'通'",说得我自己也不免神神道道起来,戏言而已,岂有他哉?玛拉沁夫于一九八九年四月八日来信称赞我的"难能可贵",向我表露他隐秘的心迹,表示"将在你的指导下谦恭谨慎而又努力拼搏地再干几年",字字火热,句句忠诚,转眼白云苍狗,令人汗颜!而在一九八九年秋邓刚来信:"你现在可以全力创作,使我欣慰……"朋友欣我之欣,慰我之慰,肚皮不隔人心!

冯骥才身高近两米,写起信来有时像孩子般亲切纯朴。弘征的信全用毛笔书写文言,古雅有趣。还有承志,人去了日本还来信叮嘱老猫下了小猫留下最好的一只给他闺女。还有铁凝、安忆、张长、张宇、胡辛、许辉……文人相亲,文德相聚,读其信而思其作品其人,不禁暖从中来,五内俱热。知我爱我,敢不勤勉小心!

　　至于自己,我做得太差太差了。有些信回得很潦草,有的信根本没回。有些托我的事我去办了,没有办成,或虽然办成却未回信。还有些信一直想回,想等办事有个结果或者读完要我看的某个作品再回复,三拖两忙,等到能复时不但延误了时日,甚至连人家的地址也找不着了。丢三落四,疏懒在我,来而不往,失礼于人,信债如山,何日可偿?但不管怎样,如切如磋,如琢如磨,相提相携,相警相策,我为这些充溢着友情的温暖的书信而常感喜悦。谢谢了,来信的文友师长们!

　　　　附注:为行文简便,有时在人名后未加"老、老师、同志、先生、女士"等称谓及官称,直呼其名,实亲敬之,尚请见谅。

发表于《随笔》1991 年第 4 期

## 四 月 的 泥 泞

　　初到新疆生活的人,面对化雪季节的新疆的泥泞,实感惊心动魄。

　　在乌鲁木齐和一些北疆城市,冬天的冰雪就够惊人的了。一层又一层的积雪,使公路变成了夹层冰道。汽车与自行车的车轮在冰道上刻印下了千道万道冰的辙沟,辙沟重叠、并排平行或者纵横交错。它似乎有一种象征的意味,人生的道路就是这样错综繁复而又难离旧道。歧路不仅亡羊,歧路亦常翻车。骑自行车最要紧的是不要使前轮陷入车辙沟,那种"重蹈旧辙"的结果一定是车把的"僵化"与自行车的翻倒。也有时候天可怜见,硬邦邦,歪歪斜斜的车打着滑冲出了小沟,像表演"醉车"——即醉汉骑车的特技一般,我们又可以骑车冰上行了。比起辙沟来,冰面的光滑反倒成了第二位的威胁了。滑就滑,倒就倒吧,车照骑不误,虽然时而有某某人摔成了粉碎性骨折的消息。等到真粉碎了,也就不怕冰路了。

　　终于三月到了。三月下旬便开始化冻。天!大街小巷都变成了泥塘。穿上套鞋似还不够,在伊犁,必须穿上高勒胶靴。到了四月,泥泞更加透彻,虽然穿上了高勒胶靴,裤子上仍然会沾上泥巴。特别是一旦汽车驶过,泥点会溅到脸上、头发上、身上。你咒骂司机,司机又咒骂谁去呢?走在泥泞里,胶靴发出的不是噗噗的泥声,而是从泥里抽出靴子时造成瞬间的真空、空气与泥形成的气泡破裂,然后稀泥又填补了真空所发出的呱呱呱的声音,像是江南夏日的蛤蟆叫。

泥泞中，土路上被马车和汽车轧出的辙印则更深重巨大，它不再是冰雪上的小沟小路，而是、简直是一条又一条的河道、河床！谁能想象，在这样的路上还能开汽车、赶马车、走行人乃至骑自行车呢！有时在将干未干的这样的河道里骑自行车，脚镫子蹬到了已干的"河岸"上，蹚起了尘土，磨坏了鞋底子……

在乌鲁木齐的一些巷子里，也有这样的泥泞河道奇观。所以当七十年代初期，乌鲁木齐提出"出大力流大汗，定叫马路见青天"的口号，清除淤泥，露出巷子里的柏油路面。那时，我简直不相信自己的眼睛。我从来没有想到这厚实的泥泞下面，竟沉睡着沥青路面！我从没想过，这些巷子竟修过柏油路。"这是怎么回事？"我迷惑了。"有拆修房屋的，把老房土老墙土倾倒在路上，这样，就把路面盖上了。""老新疆"如是回答。是吗？我仍然觉得难以置信。有了好路却又莫名其妙地把它掩盖起来，那怎么可能呢？

见到那些北京上海的大城市的养尊处优的青年的时候，我禁不住想：让他们去新疆见识见识吧，哪怕只见识一下四月泥泞，他们就会懂得建设的不易，走路的不易，管理的不易，春天的不易，一切不易的不易了。艰难，这不正是我们每个人的必修课吗？泥泞，这不正是通向日暖风和的盛春与初夏的必由之路吗？这些大城市的孩子们未免活得太轻松太舒服了，他们上哪里了解"国情"去？上哪里结合实际去？如此这般，不知道这样想是否也有点"红眼病"的前兆。

据说现在已经没有这么多泥泞了。乌鲁木齐各单位承包门前的道路，不令雪积，不令冰就，到了化雪天气无雪可化，也就无泥可泞了。至于伊犁，像阿合买提江路之类的大土路，早已铺上了沥青路面，即使翻浆也成不了条条大河的河道了。乡下的土路呢？该是依旧吧？高轮牛车（二轱辘）可能正是为了适应泥泞的与多渠道的路面而制造出来的，如果车轱辘小一点，陷入没入泥中渠中，不就更麻烦了吗？农村，世界上正因为有农村，怀旧的温馨才有所寄寓，岁月的无情的冲刷之中才保留了几个安全的小平台。真没了泥泞，还能算新疆的春天吗？

　　而不论大的泥泞也罢，愈益减少的泥泞也罢，经过了化雪季节，新疆的盛春初夏是极为美妙的。待到百花盛开树叶纷披的时候，待到过五一国际劳动节的时候，不论有过多么吓人的泥泞，一点影子也不会留下了。一切都会变得清清爽爽，利利落落。到那时候你向一个外地人介绍乌鲁木齐或者伊犁的四月泥泞，说不定他以为你是在危言耸听或者"踩乎"边疆呢。

　　　　　发表于《中国西部文学》1991年第6期

## 搬　　家

我有许多次搬家的经历。

记得幼年时期曾经住在北京后海附近的大翔凤胡同，那是一个两进的院落，我们是租住的。我至今记得夏日去什刹海的搭在水面上的店铺里吃肉末烧饼，喝荷叶粥，傍晚看着店工费劲地点燃煤汽灯的情景。

后来家境每况愈下。住不起两进的院落了，搬到北京西四北南魏儿胡同14号去，住里院，外院是另一家。里院有一架藤萝，初夏开起红紫白相间的花朵。花朵很好看、很香，如脂如玉，藤萝架也很美。藤萝花还可以吃，把花洗净了，用白糖腌起来，然后做蒸饼的甜馅，好吃。

藤萝角长得很大。小时候我爱想的一个问题是：藤萝角有什么用？没有人能告诉我藤萝角的用途。我幼年时曾经有志于研究藤萝角的用途，我认定，像柄柄匕首一样垂在藤萝架下的藤萝角，一定是有用的，关键是还没有人把它们的用场研究出来，而我，应该完成这个使命。

后来把这个使命感就丢了，忘了。如果写检讨，说不定这是我在人生道路上的一次选择失误。好好地研究一下藤萝角的用途，正像电影《决裂》上的那位农学教授研究"马尾巴的功能"一样，应该还是有用的。我也会因而多做出点实事来。

后来在西城报子胡同住过一个地方，当年似乎是甲3号。那是人家房东的大院子后院的几间厢房。房无奇处,但后院似有几分"后花园"的意思:有假山、有几簇竹子,假山与竹子都破败了,年久失修,无人照管。可能是因为社会不安定,政局不安定,谁还有心管什么竹子、山石?但我似乎看到过小猫在山石上爬上爬下。我和几位小学同学也利用这地形玩过亘古长青的打仗的游戏。晚上,我欣赏过窗户纸上映出的竹叶的阴影。我那个时候又有志于画国画了,还买过芥子园画谱。后来又忘了学画了,这又是一件该叹息的错处了。

还住过受壁胡同 18 号,小绒线胡同 27 号等等的。

一九六三年底来了一次大搬家,搬到新疆去。一到乌鲁木齐就被接到了文联家属院的家。天寒地冻,冰封雪掩,房子从外面看一片土黄,黄土墙黄泥顶子,更像乡下的房子。进屋以后还不错,刷得白净,烧(火墙)得暖和,只有窗玻璃上结满了比玻璃本身不知厚几倍的冰凌,使窗户呈现出一种不规则的水晶体的半透明。隔着这样的窗户望出去,一切都看得见,一切又是变形与错位的,好一个富有现代感的窗子!为什么房里生着温暖的火灶火墙窗冰凌都不融化呢,主要是因为窗外太冷了,零下二十多度。我这才明白爱斯基摩人用冰造房子,而房内温暖如春的道理。这是我第一遭住机关单位的"家属院"。

不久我搬到妻子所在的乌鲁木齐一所中学里去,为了她上班更方便,也因为那边是三间房。一家占三间房,这简直阔绰得难以思议,搬进去才发觉了缺点,原来那房是土地,没有地板,没有洋灰地,也没有砖。土地起土,卧室里的地还发出一股强烈的尿臊味,此前住这房子的人家一定有小孩子就地小便。我始终觉得值得一忆一笑一叹的是我们决定搬家的时候竟还不懂得需要看一看新居的地面是什么样的、竟不懂得地面状况是挑选房子的标准之一。我们曾经多么天真过呀!人是总能够自慰的,想到幼稚天真就想到了纯洁可爱,为自己曾经傻瓜过而眷眷依依。那时候我们已是"而立"之年了呢。

一九六五年去了伊犁。先住在一间办公室里，顶棚和地都镶着木板，只是木板已经破旧，漆面已经剥离脱落，走这种破地板地比土地还容易崴脚。三个月后搬入新落成的教工宿舍。由于房子入冬才建好，潮气大，一点火，屋里氤氲弥漫，谷草味很浓。又由于麦子打得不干净，麦草里混着麦粒，和成泥抹在墙上，一升温，便纷纷发芽，墙上居然长出了一根根的绿麦苗。当然，它们长不成小麦，虽然我玩笑地向农民朋友称之为"我的实验田"。这点经验写在一篇小说里了，也算是文学效应吧。

在伊犁—伊宁市搬过多次家。每次搬家都是用俄式的四轮马车，大体上两车搬完，一车拉家具行李，一车拉煤柴和破烂。那时的家当确实很少，符合"轻装前进"的原则。

再以后从伊犁再搬到乌鲁木齐。为修房子又临时搬到充满药品气味的化学实验室。"化学屋"的好处是夏天不进蚊蝇。

一九七九年搬回北京，先住一个小招待所，再住"前三门"、虎坊桥，直到现今又住起了平房。平房的特点与优点是更接近自然，听得清雨声风声，室温随着气温变得快，下过雪后可以堆雪人，便于养花养草养猫养狗。我养花多失败，不会侍候花过冬。植树倒小有成绩，除原有的枣和香椿以外，我们自己移栽了石榴、柿子和杏。石榴移栽当年就结了八个，杏树开花一朵（仅仅孤单的一朵，一花独放，绝了），柿子只长树叶。平房更利于夏季乘凉，完全可以在院内"派对"。这个小院接待过日本作家井上靖，作曲家团伊玖磨，旅美诗人郑愁予、台湾作家琼瑶等等。夏夜放置躺椅数个，饮茶与可口可乐及绿豆汤，闲话天南海北，怨而不怒，乐而不淫，亦福事也。

缺点当然也有，蚊子多，虫子多，有潮气，有会飞的与不会飞的土鳖，有攻枣的臭大姐（学名犁椿象），有好杏的蚜虫。虽几经征战，虫子还是落而复起。这也是大自然的一部分吧，有虫子，是天意。

回忆半个世纪，重要的搬家已十余次，不知是反映了变动、不稳定还是反映了改革和发展。我的生活还是丰富多彩的。搬家是个体力活，即使有了全套服务的搬家公司，也还得花力气。尤其是书，常用的书没几本，不常用的书也死沉死沉的，打点起来活活要人的命。还有就是旧物，扔又舍不得，不扔又白白地占地方，白白地自我霉烂、自我死亡。其实理论上我完全懂得，家庭面貌在很大程度上决定于是否充斥着多余的什物。家里东西摆设的道理与写文章是一样的，精少为佳。应该在增购新物品的同时搞精简，这件事上也需要点魄（破）力的。

常搬家太累，太不稳定。见到一些数十年如一日住在一处的老友又替他们憋闷得慌。我们有一家亲戚，最近搬了一次家，条件似还不如原来。但他们说，他们已老了，这次不搬，恐怕底下就"没戏"了。我完全理解和同情这种心情。为搬家而搬家，就像为吃苦而吃苦，为上大学而上大学，为艺术而艺术，为锻炼而锻炼一样，未必堪为训，实亦不足奇。

刚搬到一处总有几天的新鲜劲，临搬前告别旧居又有点依依不舍。行李打成包，乱纸扔一地，东西一堆堆的搬家前的情景甚至使人想起电影上敌军司令部溃散前的场面。呜呼，哀哉！上车！而且往往在搬家的时候，人会想起："又是好几年，就这样无影无踪地过去了。过去的年代、过去的家，都一去不复返了。"如《兰亭序》所言，俯仰之间，已成陈迹。

其实不搬家，时光也在不停地迁移着。

发表于《上海文学》1991年第7期

## 海 的 颜 色

海是什么颜色的？

提出这个问题，估计多数人回答：蓝的。

什么蓝？怎样的蓝？一定是蓝色么？

例如在渤海湾，我就没有获得过蓝海的感受。不论在大连、秦皇岛（北戴河）还是烟台，我看到的海基本上是草绿色的。阴雨天，海是灰蒙蒙的，这时天与海的色彩最为接近，相互"认同"，难分难解。浅海处常见黄褐色，可能是因为那里的沙滩是金黄色的缘故，浅海处因为涨潮退潮，因为风浪，因为游泳的人的折腾，把沙翻上来，便黄了，而遇到大风浪，便成了红褐色。风浪特别大的时候，表面是白色的浪花——泡沫，往下是红褐色的海，好像是——用我的语言——麦乳精刚被沸水冲过。

渤海的颜色令人觉得温暖、亲切、随和，叫做"好说好说"。

一九八二年底到一九八三年初我去南海，去西沙群岛，那里的海完全不同，那是深深的湛蓝色，阳光下映出一片金紫的光辉。阳光一接触到这样的海面便化作飞舞的金星，辉煌耀眼。飞鱼在海面上飞行。军舰在海面上行驶。浪花庄严无声。海的颜色神秘、深邃、伟大而又寂静。人们说这种颜色是由于海非常深。确实令人觉得非常深，不可见底。这深深的蓝色令人肃然起敬。

我觉得这才是真正的原貌的海。

一九八七年我去意大利西西里岛的首府巴勒莫，在那里的蒙德罗区,我有机会几次下海游水。海滩的沙子全是白色的(是珊瑚沙么?我国南海诸岛的沙子是白色珊瑚沙)。海水则是纯净的天蓝,晶莹的、明亮的、无瑕的、欲滴的;我要说是少年人的天蓝如玉,令人爱不释手,令人不忍前去劈水前游,令人欢海而醉、流连难舍。在这样的水里游泳的时候,可以隔着海水看到海底白沙的一切形状和纹路,似乎比不隔水(即通过空气)还看得清楚。只是游到深处的时候,往下一看,一片漆黑,漆黑中似有几根乱草在水中浮动,不由得汗毛倒竖起了几根。

一九八九年春季去法国,参加那一年戛纳电影节的开幕式,顺便看了看摩纳哥这个小国的风光。那儿的海也是天蓝的,但似乎比西西里岛附近的策勒尼安海颜色深一些。

不管海是什么颜色,用手掬起,却都无色透明玲珑剔透,似乎这个海那个海以至与湖泊与江河并无区别。都是水,都是 $H_2O$ 嘛。溶化了的盐也是没有颜色的。浪花又都那么白,白得叫人心碎。

发表于《文汇报》1991 年 3 月 1 日

# 无 花 果

小时候院子里有一株无花果,只记得叶片挺大,别的没有印象。倒是它的名称——无花而有果,叫人一下记住了。

新疆阿图什一带,以盛产无花果而著名。那里的无花果,成熟到金黄色,由一位姑娘来摘下,吃以前放在手心里啪地一拍,然后再敬给你。这种吃法好诱人。新疆还出产无花果酱,甜得很。

新疆已经阔别,无花果也只保存在回忆里。

大前年在门口买了一盆无花果,已经结了许多果,煞是玲珑可爱。大叶历历,显得高贵。果不甜,孩子们也不爱吃,给他们讲新疆的吃法他们也不感兴趣,他们又没去过南疆。北京的无花果不甜,可能是由于北京没新疆那么强烈的日照与温差。

无花果在花盆里养着,但结的果愈来愈少,叶子也颜色惨淡起来。"花盆太小了,该换盆了。""该施肥了,不然它拿哪儿的养料坐果呢?"想的说的都清楚,就是没有行动。延宕着。

今年春天,无花果又发芽了,一切充满希望。几天过去,突然发现已发出的芽又枯死了。

是不是忘了浇水?于是连忙浇水,还用些土法施肥,把打过的鸡蛋壳里的残余的鸡蛋清、淘米的水加在无花果盆里。

枯萎了的芽愈发枯萎下去,便决心给它换花盆。这才发现了它枯萎的原因:它的一株主根,竟然不堪小小花盆的桎梏,从盆底的洞中钻了出来,沿着盆底与水泥地生长。五月的阳光已经很强烈,水泥地被照得灼热炽人,把它的根给烫死了。

精心地给它换了大花盆。终于没有挽救过来。

看着它挣脱出来却又成为它的死因的那一截根,我有一种失落感。

后来朋友告诉我说:"你何必换花盆?你就把它栽到院里的土地上就可以了。其实无花果很老实,很好活,很容易过冬。"我后悔不及。

发表于《文汇报》1991 年 3 月 8 日

# 宰　　牛

"它知道的,它要挨刀了!"房东说。

纳赛尔江拿出刀来,喊一声"安拉,艾斯敏拉"(维吾尔语:以真主的名义),照准牛脖子飞快的一下,样子一点也不凶恶。

牛"哞"的一声闷叫,血喷如注,它的眼睛在这一瞬间突然睁大,应该说是突然放出了痛苦的强光,旋即暗淡、固定,变成两枚乌溜溜的玻璃珠了。

穆斯林是严禁食用动物的血的,他把牛血放净、埋好,用了不多的时间就宰好了牛,倒挂在房檐上,开始按一块钱一公斤的价格出售了。

空气里充满了牛血牛肉的腥气。虽然用土掩埋了牛血,仍然立即引来了许多只乌鸦,真是不祥的鸟。

这天晚上海丽琪罕熬了大锅牛杂碎汤,我只觉得腥,勉强吃了半碗就不肯再吃,使房东二老颇觉疑惑。第二天一早,我腹痛如绞,腹泻如注。从这一件事上,我已经看准了自己的无用。

后来队里的一次宰牛,我也看到了,印象要淡得多。那是为了迎接夏收开镰吧,队里组织了农忙地头食堂,宰牛开张。宰牛本身已无所谓,令人难忘的是日落西山放牧的牛群回村里时,经过村口宰过牛的地方,牛群彳亍不前,吼声大作,悲怆鸣叫,牛蹄踏踏不已。老乡们说,牛是闻得出味道来的,一旦"得知"一位同类归西,呼天唤地之状,令人震惊。

后来一位朋友安慰我,说你怕宰牛也不算不够男子汉,只不过因为你对牛没有什么阶级仇恨罢了。他说得倒也别致,纲上得高,又叫人心宽。怎样说话,看来也值得学一学。

发表于《文汇报》1991 年 3 月 19 日

# 我们大队的同事们

一九七八年初春,我给《人民文学》写"文革"结束后第一篇小说《队长、书记、野猫和半截筷子的故事》。小说的前言是这样的:

> 应该怎样为人民公社的基层干部画像呢?描写他们风吹日晒下的黝黑而皴裂的皮肤吗?刻画他们的沾满了尘土、芒刺、树叶、粪肥的长靴吗?渲染他们的黑条绒上衣的后背上透过来的白花花的汗渍吗?同情他们熬红了的眼睛和嘶哑的喉咙吗?羡慕他们在本地的无上威权,走到哪里都被注视、被谛听、被请示、被申诉和被包围起来的举足轻重的地位吗?还是为了他们往往处在矛盾的焦点,受到各方面的夹击而不平呢?

我写这一段话是有感而发的。因为一九六五年到一九六六年"文化革命",我在我"劳动锻炼"的新疆维吾尔自治区伊犁哈萨克自治州伊宁县红旗人民公社二大队(巴彦岱乡)担任了一年副大队长。"文化大革命"开始,我不再担任大队的领导工作,但是至今(去年——一九九〇年十月我曾旧地重游)当地一些农民仍然称我是"王大队长"。如果真写简历,我希望各方不要忽略我的这段经验。

这个大队的干部,除了我都是维吾尔人,大队书记阿西穆·玉素甫,正派、任劳任怨、廉洁奉公,有条有理有板有眼地做事,是一个难得的农村干部,只是文化差点。几次参加扫盲学习,我还手把手地给他教过维吾尔语新文字,但他始终未摆脱半文盲的状况。这样,到老他也没挣上工资,没吃上"皇粮"。一九六八年他家里盖房子,我帮他上过大梁,所以,去秋到他家里做客,我指着房梁居功自傲地说:"还是我(当然不是一个人啦)帮助着抬到顶子上去的呢!"

大队长马木提·乌肖尔,本是一生产队队长,一九六五年被评为"学大寨先进人物"去大寨参观取经回来,当了大队长。他大字不识,但仪表堂堂,气宇轩昂,特别是翘然扬起的黑胡子极有风度。他经常考虑大队的工作,有时下地归来,一路上自言自语都是讲生产的事。但他的生活很狼狈,他的妻子乌肖尔汗是个病身子,三天两头看病吃药。老大嫂又喜欢诉苦,又喜欢花钱——其实也没花什么钱,因为实在无钱可花。她要喝很浓的砖茶,所以用茶比较"浪费",不过如此之类。马木提大队长穿着棉袄过六月,因为没钱买夏季衣衫。他一直欠队里钱,大概临终也没还清。他们二位,早已去世多年了。

还有一名副大队长塔列甫江,管水利,本人和妻子都瘦得出奇。特别是他的大儿子,患软骨病,八九岁了仍坐不起来立不起来。我去探望过,并给他讲维生素 D 与钙的大道理,他说钙片和鱼肝油都用过,无效。终于,孩子死了,大家吊唁得仍很隆重,并不因其为小孩而轻视。到一九六九年搞"一打三反"时,略有一点关于塔副大队长的风言风语,那以后,他不再担任大队工作。

塔列甫江上过学,能做记录、传达文件。

大队部有一秘书,名吐尔迪·哈吉。瘦高,能饮酒,健谈。他掌握着大队图章,地位显要。遇到他不愿意管的事他会说找不到开公文柜的钥匙了,因而无法代开介绍信之类。有一位女社员几次跑大队部被拒,最后一次听到这话,大怒,大哭大闹大骂起来,连鼻涕也甩到大队办公室的洋灰地上(这是穆斯林们最不能容忍的肮脏现象)。一闹,吐尔迪便没有了主意,不知怎么就把钥匙找出来了。

一九六六年,"文化大革命"开始时大队召开批判"三家村"大会,吐尔迪代表大队干部发言。虽然都是抄的报纸,但他毕竟批得上纲上线、头头是道、音调铿锵、文句流畅,煞是了得。

大队会计年轻秀美，名阿卜都拉合满。他的字、画都很漂亮。"一打三反"时大队搞一个关于"反革命集团"的展览，就是王蒙文，阿卜都拉合满画。其中被揭露的一个"集团头子"恰是这位会计的亲戚。他一面积极作画，一面仍很亲切地称他的亲戚为"阿哥"，我纠正他数次，无效。还没等展览完中央来了政策，定一个"反革命集团"要经过中央审批，于是一个又一个雨后春笋般被揪出来的集团，又肥皂泡一般破灭了，其实我们大队并无一个这样的集团。一九九〇年再次见他，他已由"奶油小生"变成"将军肚"的中年人了。

大队出纳伊利塔依社教后被搞下去了，因为他和一个地主的女儿搞恋爱。后来他不当大队出纳了，当生产队会计。有一次我在大路上走着被伊利塔依叫住，他正在路边大渠旁饮酒。没有酒杯，他把自行车铃盖拧下来做酒杯。他敬了我一铃盖，我一饮而尽。我到他家喝过几次茶。他和妻子确实是充满爱情，他们是真正自由恋爱结的婚，我深为他们家的幸福而感动。我妻子回北京的时候给他妻子带过头巾。

我们大队还有一个不拿补贴工分的干部，"贫下中农协会"主席毛拉·库图鲁克。他常常参加会议并讲话。他参加扫盲学习态度认真，成效显著。他学会了用阿拉伯语字母拼写，不过字写得大了一些。他给我最深的印象是他参加批判"三家村"大会时带领喊口号，他一再把"万岁"（亚莎孙）与"打倒"（邀哈孙）弄倒，弄得主持会议的大队书记面红耳赤，紧张地为他纠正。还好，没人抓辫子把他打成反革命。无怪乎维吾尔人喜欢说自己是一些温和手软的人。

生产队长们我就更熟悉了。我最佩服的是他们贯彻上级精神的本领。先到县上开一星期"三级干部会"，又到公社开五六天"两级干部会"，会议内容百分之九十五是关于政治挂帅、活学活用、阶级斗争、反修防修、路线为纲、大批判开路等等的，只有百分之五是关于生产、收购、水利的。这些队长弟兄，回来就利用午休时间在地头召开大会，口若悬河地传达上级精神。调门很高，绝不含糊，百分之百的革命彻底,"老三篇""走资派"如数家珍。话语很短,十来分钟传达完那百分之九十五,再用一小时讲百分之五,当然是结合实际讲。调门高的那些话讲尽管讲,却从来讲完就完,不抓落实——反正也落实不了。

对生产队长们,我最不理解的是他们几乎天天在地头向出工的社员讲话,批评那些不出工的懒汉懒婆娘。我弄不懂我们这些出工的人何必要一而再,再而三地替懒人们接受"训话"呢?我们不是都来了吗?我们来了却要不断受训斥,明天不来不是耳根清净吗?

"文化大革命"后我不当副大队长了,但还常参加大队的具体工作、在生产队劳动,一直延续到一九七一年。这些大队、生产队干部经济上干净不干净呢?根据我的观察,起码我们这个大队的绝大多数干部都是比较奉公守法的,确实没发现太大的问题。到瓜地里吃个瓜,到果园里吃个苹果,干部还是受优待的,我也受过优待。供销社里来了白酒,有时干部们会先得到消息,至于钱,一文不能短少。干部欠队上的款,以我们大队长为最,但他们的生活确实是非常困难非常困难啊!吃请受礼,问题也不严重。这是因为,第一,那时普遍贫困,谁摆得起酒席、谁送得起礼呢?第二,穆斯林的"请客"是比较多的,生老病死,都有"礼行",请的人面很宽,吃的"水平"也很一般。

个别坏人当然有,但他确实不能代表农村干部。

骂村干部之风源远流长。至少国民党时候就骂,流风余音至今不止。但谈起村干部来我总替他们有点抱屈之感,他们不容易。记得那时有一句俗话,说这些农村干部是春天的红人(择优选中)、夏天的忙人(当然)、秋天的穷人(拿什么分给社员们呢)、冬天的罪人(冬天搞运动,他们自然是"运动员")。我特别同情他们,可能是因为我毕竟与他们朝夕相处,"同流"共事过吧。

发表于《农民日报》1991年6月27日

## 我爱喝稀粥

在我的祖籍河北省南皮县,和河北的其他许多地区一样,人们差不多顿顿饭都要喝稀粥。甚至在米饭炒菜之后,按道理是应该喝点汤的,我们河北人也常常是喝粥。

家乡人最常喝的是"黏粥",即玉米面或玉米楂子熬的糊糊。乡亲们称做这种粥为"馇",他们说"馇锅黏粥",而不说什么"熬一锅粥"。新下来的玉米,有时候加上红薯,饭后喝上两碗,一可以补足尚未完全充实饱满的胃;二可以提供进餐时需要摄入的水分(那时候我们进餐的时候可没有什么饮料啊——没有啤酒可乐,也没有冰水矿泉水);三可以替代水果甜食冰激凌,为一顿饭收收尾,做做总结,把嘴里的咸、腥、油腻、酸、辣(如果有的话)味去一去,为一顿饭打上个句号。

喝稀粥的时候一般总要就一点老腌萝卜之类的咸菜。咸菜与稀粥是互相提味、互相促进、相得益彰的,这一点无须多说。吃惯了这种搭配,即使吃白米粥、糯米粥、牛奶麦片粥、燕窝粥、海鲜粥,如我后来有幸吃过的那样,也常常不能忘情于老腌萝卜、云南大头菜或者四川榨菜;还有天源酱园、六必居、保定"春不老"的名牌特制酱菜,咸菜也是不断发展丰富提高的,常吃稀粥咸菜也罢,食者是完全用不着气馁的。

也有属于甜点性质的粥:赤豆汤、八宝莲子粥,板栗、杏仁、花生做的羹食等等。就不就咸菜,则无一定之规了。

粥喝得多、喝得久了，自然也就有了感情。粥好消化，一有病就想喝粥，特别是大米粥。新鲜的大米的香味似乎意味着一种疗养，一种悠闲，一种软弱中的平静，一种心平气和的对于恢复健康的期待和信心。新鲜的米粥的香味似乎意味着对于病弱的肠胃的抚慰和温存。干脆说，大米粥本身就传递着一种伤感的温馨，一种童年的回忆，一种对于人类幼小和软弱的理解和同情，一种和平及与世无争的善良退让。大米粥还是一种药，能去瘟毒、补元气、舒肝养脾、安神止惊、防风败火、寡欲清心。大鱼大肉大虾大蛋糕大曲老窖都有令人起腻、令人吃不消的时候，然而大米粥经得住考验而永存。

另一种最常喝的粥就是"黏粥"了。捧起大粗碗，"吸溜吸溜"吸吮着玉米面馇的稠稠糊糊、热热烫烫的黏粥，真有一种与大地同在、与庄稼汉同呼吸、与颗颗粮食相交融的踏实清明。玉米粥使人变得纯朴，变得实在，玉米粥甚至给人一种艰苦奋斗、先天下之忧而忧、后天下之乐而乐的乡土意识、忧患意识、安贫乐道随遇而安人不堪其忧我也不改其乐的意识。玉米粥会叫人想到贫穷困难，此话不假，笔者在三年困难时期就有过一天只喝两顿粥的经验，玉米粥拼命喝，喝得肚子里咣里咣当，喝得两眼发直。正因为如此，笔者才由衷欢呼十一届三中全会以来改革开放、繁荣经济、人民生活提高的有目共睹的伟大成绩。同时，玉米食品又是和营养学、现代化、生活选择的多样化联系在一起的。例如在那个一些小子认为月亮都要比中国的圆的美国，炸玉米片、崩玉米花都是深受欢迎的大众食品，少量的玉米糊糊也可以作为配菜与主菜一道上台盘，为西式大菜增色添香。近年来，国内的玉米方便改良食品也方兴未艾起来。呜呼，吾乡之玉米粥也，且莫以其廉价简陋而弃之，山重水复疑无路，柳暗花明又一村，它的生命力还远大着呢！

至于每年农历腊月初八北方农村普遍熬制的"腊八粥"，窃以为那是粥中之王，是粥之集大成者。谚曰："谁家的烟囱先冒烟，谁家的粮食堆成尖。"是故，到了腊八这一天，家家起五更熬腊八粥。腊八粥兼收并蓄，来者不拒，凡大米小米糯米黑米紫米黍米（又称黄米，似小米而粒略大、性黏者也）鸡头米薏仁米高粱米赤豆芸豆绿豆豇豆花生豆板栗核桃仁小枣大枣葡萄干瓜果脯杏仁莲子以及其他等等，均融汇于一锅之中，熬制时已是满室的温暖芬芳，入口时则生天下粮食干果尽入吾粥，万物皆备于我之乐，喝下去舒舒服服、顺顺当当、饱饱满满，真能启发一点重农爱农思农之心。说下大天来，我们十多亿人口中的八九亿是在农村呀，忘了这一点可就是忘了本、忘了自己是老几喽。

闽粤膳食中有一批很高级的粥，内置肉糜、海鲜、变蛋乃至燕窝鱼翅，食之生富贵感营养感多味感南国感，食之如接触一位戴满首饰的贵妇，心向往之赞之叹之而终不觉亲近。这大概反映了我土包子的那一面吧。

当然，不是说稀粥至上，随着生活水平的提高，眼界的开阔，我们的餐桌上理应增添许多新鲜的、富有营养的饮食，饮食习惯上的保守是不足取的。其实讲到吃东西我是很能接受新鲜事物包括各种东洋西洋土著乃至特异食品的。诸如日本之生鱼片、美国之生牛肉、法国之各色（包括发绿发黑发臭者）计司（乳酪）、俄罗斯之生鱼子、伊斯兰国家之各种羊肉羊脂、我国白族喜吃之生猪肝生猪皮以及生蚝生贝、桂皮味之冰激凌苹果派、各种冷饮热饮天然人工含酒精含咖啡因或不含这些玩意儿之液体食品，均在在下小小胃口的受用之列。这一点使我深觉自豪，这一点使我时而自吹自擂：鄙人口味，就是富有开放性兼容性嘛。我喜欢尝试新经验，包括吃喝，这样，活得不是更有滋味吗？对身体健康不是更有利吗？

但是，我对稀粥咸菜似乎仍然有特殊的感情。当连续的宴请使肠胃不胜负担的时候，当过多的海鲜使我这个北方人嘴上长泡、身上起荨麻疹的时候，当一种特异的饮食失去了最初的刺激和吸引力、终于使我觉得吃不消的时候，当国外的访问生活使我的肠胃不得安宁的时候，我会向往稀粥咸菜，我会提出"喝碗粥吧"的申请，我会因看到榨菜丝、雪里蕻、酱苤蓝,闻到米粥香味而欢呼雀跃,因吃到了稀粥咸菜而熨帖平安。不论是什么山珍海味,不论是什么美酒佳肴,不论走到哪个地方,在不断尝试新经验,补充新营养的同时,我都不会忘记稀粥咸菜,我都不会忘记我的先人、我的过去、我的生活方式,以及那哺育我的山川大地和纯朴的人民。我相信我们都会吃得更美好、更丰富、更营养、更文明、更快乐。

发表于《农民日报》1991 年 11 月 4 日

# 榴　　莲

早在一九八七年访问泰国的时候，就听人说起过榴莲。"你吃过榴莲吗？"熟悉南国的友人问。流连？多么好听的名字，没有任何别的水果有这样美妙的发音。梨，叫人想到离别；枣儿，特土；瓜，傻乎乎的；桃儿，又太小儿科。"不是那个留连，而是石榴的榴，莲花的莲。"友人说。那就更妙了。我想：石榴和莲花，都是最美观、最赏心悦目的，不但看起来悦目，听起来也十分悦耳，既有榴莲的直观的鲜丽，又有留连的深情，还未相逢，我已经爱上了它。

"榴莲很臭，许多人不吃它。""榴莲很香，没吃过它的是很遗憾的。""榴莲嘛，反正吃那么一次也就行了。"不同的说法，使它变得与众不同，使它变成了大自然的一件有争议的创造。而不论是去泰国还是去海南岛，我都没有赶上吃榴莲的季节，真不巧，没有那个缘分，好奇心也就渐渐地淡漠了。

而一九九一年的新加坡之旅使我对于榴莲的兴趣又热了起来。特别是同行的女作家黄蓓佳更是念念不忘念念有词地说是要吃榴莲，似乎不吃榴莲就白去了新加坡，白参加了新加坡新闻艺术部主办的世界作家周。我一面对她的追求新鲜经验的热情唱赞歌，一面绅士风度地默不作声。谁知道是不是吃榴莲的时令呢？

一九九一年九月七日下午，我们正睡着出国访问期间难得一睡的午觉，电话铃响，新加坡作家、新加坡国立大学教授王润华博士开车拉着榴莲来了。按照当地规定，榴莲是不可以拿进嘉宾楼吃的。

我们从凉爽的室内来到炎热的嘉宾楼门口,未吃榴莲大家先笑成一片。别人怎么想的我不知道,反正我是调动了应有的肾上腺激素,准备用意志的力量克服榴莲的据说有的恶臭。及至放到口中,实在是没有那么稀奇。其实,所有南国热带的水果,都是有这种似臭实香的芬芳的,香蕉如此,凤梨如此,珍贵的芒果也是如此。榴莲的气味不过更浓缩一些罢了。为什么要把它搞得这样"臭名远扬"呢?

榴莲的躯壳坚硬多刺,榴莲的果肉分室而居,榴莲的品质润白细腻,食之如脂如玉。马来西亚著名诗人,亦是此次得以结识的新朋友、美髯公吴岸有诗赋榴莲曰:

在洁白的子宫里
孕育着稀世的醇膏
披着盔甲
戴上自由女神的桂冠
伴着八月骤雨的前奏
悠然降临人间

他写得很传神。榴莲确实与众不同,大香若臭、甚细若粗、美极而丑、贵极而贱,享盛名而排斥于堂室之外,牵梦魂而难登大雅之乡,未睹而惧,即见而惊,食之而喜,谈之而笑,别后念念,未知就里。是真的喜欢它了吗?还是为它的命运所吸引?是同情、是羡慕、是嗟叹还是不平呢?慕其名,究竟算不算它的知音呢?世界上已经有了那么多万紫千红的水果,又何必再来一个叫人议论、叫人为难的榴莲呢?难道还嫌我们的口味我们的诸种说法太简单吗?

反正我已经去过了靠近赤道的新加坡,反正我已经吃过了榴莲,反正这已经是一篇小文章的题材啦。写了文章也罢,榴莲对于我们仍然是陌生的。

发表于《南方周末》1991 年 11 月 5 日

## 妹妹正在浇花呢

我那个时候，小学一年级是没有作文课的，只知道念课文：天亮了。弟弟妹妹快起来。姊姊说："太阳升起来了。"

二年级开始有造句课。记得第一次造句是用"因为"。不满七周岁的我不知为什么突发奇想，想造一个比较长的句子。还记得我的句子是这样的：

"下学回家，看到妹妹正在浇花呢。我很高兴，因为从小她就qín（勤）láo（劳），她不lǎn（懒）duò（惰）。"

我是洋洋得意的，我第一次造句就写下了有意义的内容。句以载道，有深度有道理，似乎也有来自生活的创造性，当然比"我肚子疼，因为多吃了冰棍"之类的句子高明，果然，我受到了级任（犹今之班主任）老师的赞赏。

"正在浇花呢"，我是这样记得的。我从小爱用语气助词，呢、吗、呀、了、啦，特别是呢。

至于第一次作文，没有印象。第一次好作文，不知道。反正上初中后，由于种种原因，作文也不敢写真实的思想情感，何好之有？那篇由于登在校刊上而留下来的《春天的心》，其实做的时候就有意识地东拉西扯玩些词藻，回避真情实感。

我记得第一次造句、好句子，却不记得第一次好作文。

发表于《涉世之初》1991年11月12日

## 在声音的世界里

　　我至今忘记不了孩提时代听到过的算命瞎子吹奏的笛声。寒冷的冬夜,萧瑟的北风,一声无依无靠的笛子,呜咽抖颤,如泣如诉,表达着人生的艰难困苦、孤独凄清,轻回低转,听之泪下。不知道这算不算我这一生的第一节音乐课。

　　我慢慢知道,声音是世界上最奇妙的东西,无影无踪,无解无存,无体积无重量无定形,却又入耳牵心,移神动性,说不言之言,达意外之意,无为而无不为。

　　我喜欢听雨,小雨声使我感觉温柔静穆和平而又缠绵弥漫无尽。中雨声使我感到活泼跳荡滋润,似乎这声音能带来某种新的转机,新的希望。大雨声使我壮怀激烈,威严和恐怖呼唤着豪情。而突然的风声能使我的心一下子抽紧在一起,风声雨声混在一起能使我沉浸于忧思中而又跃跃欲试。

　　我学着唱歌,所有的动人的歌子似乎都带有一点感伤,即使是进行曲谐谑曲也罢。当这个歌曲被你学会,装进你的头脑,当一切都时过境迁的时候,记忆中的进行曲不是也会随着时间的流逝而变得越来越温柔么?即使是最激越最欢快的歌曲也罢,一个人唱起来,不也有点寂寞吗?一个真正的强者,一个真正激越着和欢快着的人,未必会唱很多的歌的。一个财源茂盛的大亨未必会去写企业家的报告文学。一个成功的政治家大约不会去做特型演员演革命领袖。一个与自己的心上人过着团圆美满的夫妻生活,天长地久不分离,人丁兴旺,子孙满堂的人,大概也不会去谱写吟唱小夜曲。

莫非,艺术是属于弱者、失败者的?

我喜欢听单弦牌子曲《风雨归舟》,它似乎用闲适并带几分粗犷的声音吐出了心中的块垒。我喜欢听梅花大鼓《宝玉探晴雯》,绕来绕去的腔调十分含蓄,十分委婉,我总觉得用这样的曲子做背景音乐是最合适的。河南坠子的调门与唱法则富有一种幽默感,听坠子就好像听一位热心的、大嗓门的、率真本色中流露着娇憨的小大姐有来有到去(趣)地白话。戏曲中我最动情的是河北梆子,苍凉高亢,嘶喊哭号,大吵大闹,如醉如痴。哦,我的燕赵故乡,你太压抑又太奔放,你太古老,又太孩子气了。强刺激的河北梆子,这不就是我们自己土生土长的"滚石乐"吗?

青年时代,我开始接触西洋音乐,《桑塔露琪亚》《我的太阳》《伏尔加船夫曲》《夏天最后的一朵玫瑰》《老人河》。所有的西洋歌曲都澎湃着情潮,都拥有一种健康的欲望,哪怕这种欲望派生出许多悲伤和烦恼,哪怕是痛苦也痛苦得那样强劲。

很快,我投身到苏联歌曲的海洋里去了。《喀秋莎》和《我们祖国多么辽阔广大》打头,一首接一首明朗、充实、理想、执着的苏联歌曲掀起了我心头的波浪,点燃了我青春的火焰,插上了我奋飞的双翅。苏联歌曲成了我生命的一部分,我生活的一部分,我命运的一部分。不管苏联的历史将会怎么书写,我永远爱这些歌曲,包括歌颂斯大林的歌,他们意味着的与其说是苏联的政治和历史,不如说是我自己的青春和生命。音乐毕竟不是公文,当公文失效了的时候(尽管与一个时期的公文有关),音乐却会留存下来,脱离开一个时期的政治社会历史规定,脱离开那时的作曲家与听众给声音附加上去的种种具体目的和具体限制,成为永远的纪念和见证,成为永远可以温习的感情贮藏。这样说,艺术又是属于强者的了,艺术的名字是"坚强",是恒久,正像一首苏联歌曲所唱的那样,它是"在火里不会燃烧,在水里也不会下沉"的。

说老实话，我的音乐知识、音乐水准并不怎么样。我不会演奏任何一样乐器，不会拿起五线谱视唱，不知道许多大音乐家的姓名与代表作。但我确实喜爱音乐，能够沉浸在我所能够欣赏的声音世界中并从中有所发现，有所获得，有所超越、排解、升华、了悟。进入了声音的世界，我的身心如鱼得水。莫扎特使我觉得左右逢源，俯拾即是，行云流水，才华横溢。柴可夫斯基给我以深沉、忧郁而又翩翩潇洒的美。贝多芬则以他的严谨、雍容、博大、丰赡使我五体投地地喘不过气来。肖邦的钢琴协奏曲如春潮、如月华、如鲜花灿烂、如水银泻地，听了他的作品我会觉得自己更年轻，更聪明，更自信。所有他们的作品都给我一种神圣，一种清明，一种灵魂沐浴的通畅爽洁，一种对于人生价值包括人生的一切困扰和痛苦的代价的理解和肯定。听他们的作品，是我能够健康地活着、继续健康地活下去、战胜一切邪恶和干扰工作下去、写作下去的一个保证、一个力量的源泉。

流行歌曲、通俗歌曲，也自有它的魅力。周璇、邓丽君、韦唯，以及美国的约翰·丹佛、芭芭拉、德国的尼娜、苏联的布加乔娃、西班牙的胡里奥，都有打动我的地方。我甚至设想过，如果我当年不去搞写作，如果我去学唱通俗歌曲或者去学器乐或者去学作曲呢？我相信，我会有一定的成就的。并非由于我什么事都逞能，并非由于我声带条件特别好，只是由于我太热爱音乐，太愿意生活在声音的世界里了。而经验告诉我，热爱，这已经是做好一件事的首要的保证了。

人生因有音乐而变得更美好、更难于被玷污、更值得了，不是么？

发表于《艺术世界》1992年第2期

## 盛　夏

是不是夏天被钉子钉住了？

每天都是二十四至三十二摄氏度。不算太热，热得并不极端，但是没有喘息，没有变化，没有哪怕是短暂的缓解。不论翻多少次报纸，拨多少次121气象预报台，看多少次屏幕上的卫星云图，都是一个公式：24℃—32℃。

而且潮湿得不得了，闷得叫人喘不上气。被褥衣服都发出霉味，木质门窗关不上了。湿疹、脚癣都乘机肆虐，猫也长开了猫癣。坐在那里，一层油汗敷满了全身。不是早就立秋了么？不是三伏都快完了么？不是学校都快开学了么？

在湿热天气中，脑子开始发木。一个熟朋友家的电话号码，硬是想不起来了。刚读完的一本杂志，两分钟后就找不到了。约好了去看访一个病人，居然错过了探视时间。

而居然有了转机：天气预报，今晚有阵雨，转中到大雨。太好了，太好了，下场痛痛快快的大雨吧！虽然气温依旧，大雨下过后就将一切不同了吧？

便早早地收拾了晾在阳台上的难得一干的衣服。便把户外的东西一件件往室内搬。便抬头看西北方，有云吗？快来了吧？

等了一个夜晚，又一个白天。等到第二天晚上听完李瑞英同志与张宏民同志报告完的新闻，又从天气预报图板上看到了同样的预告：今晚夜间，阵雨转中到大雨……

十点钟的时候果然来了一阵雨,轻描淡写,点点滴滴,来得麻利,去得轻巧。来得无声无响,不刮风,不打雷,不闪电,去得无痕无迹,几滴水早被干渴的地面吸收尽净。这样的阵雨好洒脱哟,它似乎代表着一种飘逸、自由、灵巧的风格,它简直是一个梦。这样的阵雨好不负责任哟,它干脆只是走一走过场,它像一个骗局。

此夜星光灿烂,莫非预报了又预报,等待了又等待的中雨大雨又"黄"了?

便无奈地躺在床上,体味汗的流渗,体味汗与被褥特别是与枕头结合起来的陈年芳馨,体味把所有的电话号码都忘记了的大脑的废置。能梦见小溪里蹦跳的鳟鱼吗?

嗒。

嗒嗒。

嗒——嗒——嗒。

什么?有一本书落到地上了么?

是雨!是雨点声清晰可辨的雨,睁开眼睛看到了模糊的电光,有雷自远方滚滚而来。

猫儿发出了怪声,急促地召回它的孩子们,避雨。

嗒嗒嗒嗒嗒……听声音就是大雨点。雨点愈来愈密,雨点愈来愈混成一片一团,而且声音变得响亮和尖厉起来,莫非雨声中有人吹响了哨子?莫非雨中青蛙叫了起来?

突然一道青绿色的强光,一声炸雷震响在屋顶上,大雨像敲击重物一样砸在地上,没有节奏,没有间歇,没有轻重缓急,只有夹带着哗啦哗啦的乒乓叮咚。又是强光,又是雷暴,又是砸着重物的大雨,豪雨。好像开始了阵前的冲锋。

睡意全无了,只觉得高兴,觉得有趣,觉着老天爷还是有两下子。便光着脊梁去淋雨,去检查地沟眼是否畅通,去检查各房间是否漏雨。眼前雨水暴涨,大声喊叫着以压过雨的喧嚣。便忽然想起洪水的可怕,天灾的试炼,灾民的痛苦,赈灾的必要。如果这样下去,大水不也要进房间了么？但仍庆幸这场雨终于下来了。

大雨终于停了，夜终于过去了。问一下121气象台，仍然是二十四至三十二摄氏度。

发表于《时代文学》1992年第3期

## 吸　烟

在某些社交场合,当朋友拿出一支"万宝路"或者"红塔山"向我让烟,我说我不会吸的时候,他们往往会表示惊愕:搞写作还不吸烟?

其实我也吸过烟,不搞写作的时候,不能搞写作的时候,"文化大革命"的时候。

我吸过的最差的烟是"航行"牌的,吸时不断灭火,不断爆响,吸完一支整个房间连整个楼道又辣又臭又呛,没吸烟的人闻到这个味比吸入这样的烟还要觉得可怕。丙级烟里"绿叶"就很不错了。乙级烟吸过的就多了:"青鸟""海河""烟斗"("文革"中改为"战斗")"解放""古车""飞马"……介于甲乙级之间的有"前门"和"光荣",特别是"光荣",物美价廉,是抢手货。好烟嘛,"牡丹""凤凰""红山茶""彩蝶"直到"中华""熊猫",咱们也都享用过。我的一位朋友主张换着各种牌子吸,这样才能突出那些质地最好的香烟,才能在吸好烟时产生有所不同的感觉。如果天天吸你最喜爱的一种好烟,好与不好的界限也就没了。我的实践完全证实了他的经验哲学。

我在一部苏联小说里读到过这样的描写:约瑟夫·维萨里昂诺维奇·斯大林点烟时从不用打火机,他认为打火机的汽油味会破坏最香的第一口烟的享受。我本人的实践也证明了这位伟人的经验是正确的——如果小说的描写属实的话。所以,即使在我吸烟的全盛时期,我预备过烟斗、烟嘴、烟缸、莫合(俄语译为"马合")烟荷包、莫合烟的金属与塑料烟盒……却从未预备过打火机。

我还常考验自己的控制力,例如吸着吸着突然停吸一天,或一天只准吸一支,或两天吸一支。我给自己提的口号是:不做烟瘾的奴隶,也不做戒烟教条的奴隶!

确实一直没怎么让烟成瘾。为什么还要吸呢?给自己找点事干,给自己创造一个既不打搅别人也不需要别人的机会,给自己制造一个漫思遐想的气氛,给自己的感官与精神寻找一个对象——注意烟的色、香、味,分散一下种种的压抑、烦恼的虚空。

至于"促进文思",从来没有的事。我吸烟的效益是促进消除文思而不是促进文思。一吸烟就恍惚,一吸烟就犯困,一吸烟就用夹烟替换了执笔,用吞云吐雾替换了推敲词句,用一口一口吸烟的动作代替了一笔一画的写字,用自生自灭的思忖代替了文学构思。于是不再冲动,不再技痒,不再对文学恋恋依依,乃至不再对社会生活、对友情恋恋依依,也不再有什么疑难,有什么不平了。吸烟可真好啊!

所以,到一九七八年六月,当"文革"以后又收到中国青年出版社约我去北戴河改稿子的信函以后,我说戒就把烟戒了。刚戒时也略有失落感,吃完饭手指头老想揉搓点什么,嘴唇也想叼住点什么。那时就找出一篇论述吸烟害处的科普文章看看,一看那些危言耸听的告诫,也就不想吸烟了。

我戒得很彻底,十余年了,再没吸过一支。有一次别人硬是递给我一支"555",吸了一口,觉得不是味,扔了。不但自己不吸,而且很讨厌别人吸,呛人。(请吸烟的师友原谅!)

那次我说,我可能要恢复吸烟了,但毕竟没有恢复,也再不想恢复了。吸烟的历史,结束了。

发表于《时代文学》1992年第3期

## 在 公 路 上

新疆生活十六年,有过多次上路的经验。新疆大,一出差就要坐长途公共汽车,三天五天直至十天八天。公路上的生活,成为新疆生活的一个重要组成部分。

我还记得一九六四年从麦盖提县搭运粮车去喀什噶尔的情景。九月的白昼,沿塔克拉玛干大沙漠行进还是觉得很炎热,太阳一落就又觉出冷来了。司机决定开夜车,把三天的路程并成一天一夜。从上午开到午夜两三点,司机实在累得受不了了,便把车一停,人钻到车下面倒头便睡。不知道这个铺位的选择是不是为了挡风,看起来可有点惊心动魄——车一滑动,可怎么办?

立即传出了师傅的鼾声。我可没有那么大本事,迷迷糊糊,哆哆嗦嗦(冷得,不是怕得),心想来新疆可真不白来。北京那些朋友们,做梦也想不到我这伟大粗犷的经验吧。生活,可不只是大城市那点事呢。

在我脑海里,贮存着多次旅行于乌鲁木齐—伊犁之间的记忆。对乌伊公路,我几乎可以说是如数家珍。车过昌吉,"巍峨的"水塔似乎是乌鲁木齐派出来迎送宾客的标兵。呼图壁的发射台,庄严林立。玛纳斯的地名与柯尔克孜的史诗中的主人公相同。石河子的林带永远高唱屯垦戍边的颂歌。一边通向油城独山子,一边通向兵团农七师师部所在地的奎屯的指路牌开阔着你的胸怀,展现着新疆的辽阔。精河治沙的名声和精河西瓜的名声同样流传遐迩……然后就是五台了,这是真正的交通重镇,是古代驿站的扩大和改善。四面环山,中间都是旅店,好一个险要的去处。

天色不明我们就从五台动身,一个多小时以后才到达柯克塔拉——蓝色(绿色?)的田野。下车,吃早餐,然后汽车上爬,如牛负重。赛里木湖——三台海子——到了。经过了漫漫沙石戈壁,这清澈的碧蓝的高山湖泊给人以"此湖只应天上有,人间哪得见几回"的感受。果子沟,芦草沟,清水河子,水定(后并入霍城),五〇农场,巴彦岱,伊犁到了。

我尤其忘不了自喀什通塔什库尔干的国防公路。道路缠绕在山边,巨石悬挂在头上,公路是硬从山腰里挖出来的,掏空了下部却炸不净山顶,危石悬空,陡崖欲堕,迂回盘旋,险路倍增豪情。生活是严峻的,道路是惊险的,驾驶是艰难的。还是收起来那小儿科的一帆风顺的幻想吧。

即使修好了一级路面,也仍然常常抵挡不住山洪和泥石流的冲刷、塌方的蒙头盖顶以及春季解冻时期的泥泞翻浆。路被搞坏了怎么办?再修就是了。修好了车照样开,修不好转便道也要行车。经过一个海拔近四千米的龙头(水源),维吾尔语叫做苏巴什,再一个苏巴什,我亲爱的宁静峭拔的塔什库尔干到了,帕米尔旅馆到了,边境口岸红其拉甫到了。

在新疆,比在任何地方都更能感觉到交通厅的重要和无处不在。在新疆比在任何地方都更能体会到司机师傅的权威与艰苦。离开了新疆,不免常常想起在那里的公路上行进的滋味,也包括汽车在路上出了故障——新疆人一般称做"抛锚"——的滋味。即使有了更好更快的空中交通条件也罢,公路,地面上的交通仍然是无可替代的,公路旅行更能获得见闻。公路上,人们更加同舟共济,一心向前,公路上,总好像有一个目标在催促你:赶紧,别误了车,遵守时间!而不论路程多么漫长,目的地总不会太远。

发表于《西北军事文学》1992年第4—5期

# 一九九二年九月十日

今天是中秋前一日,起了个大早。约好了与宗璞夫妇同游香山。这个约会经历了两年才实现。两年前的夏天就说一起去玩一次,到时候我因参加党员登记连续开会听取意见没有去成,之后不久宗璞就病倒了。然后不是你有事就是我有事,一拖就是两年。总算好,她的身体越来越好了,至少是无大难了。我也过得越来越好,今年尤佳,但仍是悠着来。我们只去了静翠湖与双清,游人很少很静雅。路上经过了一个新建的亭子。到处都干干净净,修整得精致。我说香山似有一种欧罗巴风格,他们同意。

中午在颐和园旁的小西餐馆吃饭。都抢着做东,争执不下,便掷硬币决定。我们胜,但我突然发现因换衣没有带阿堵物,这使瑞芳大为尴尬,痛不欲生……瑞芳是早有预谋的,故一早就吩咐我带好钱。我破例承当出纳员任务,不免紧张,一紧张就忙中出错,心虚无信心,刚一摸兜便低头认罪傻了眼。身上本有一坎肩,远远一摸,认为只有名片,没有那物(说明我们的新币纸质甚坚),便面红耳赤起来。如此这般,最后还是在我的去年从云南大理买回来的扎染坎肩中找到了那阿堵物。于是还了心愿,破涕为笑。宗璞以此为由头讲起了一些人的粗心大意的故事,都很精彩,令人喷饭。讲完了我们便走,后面有小姐追来,原来宗璞把帽子丢到了餐馆里,堪称说到做到。她立刻引用端木蕻良写她的诗,诗曰:"丢三落四寻常事,落四丢三未足奇……"

闲谈到我—猫丢失—猫辞世的失落感与需要填补的真空，又来灵感，她带我去清华园找云南作家刘绮，要得一猫，因为她的亲戚举家出国，需安排猫的出路。便锦上添花地完成了一次快乐的出游。

　　下午用电脑飞快地打出给《解放日报》的系列评论的第四篇《建设与文艺》，寄出。并接待为《炎黄春秋》写稿的一位同志。

　　接我驻澳大利亚使馆同志电话，为即将进行的访澳事。

　　晚上与一些作家聚会，吃自助西餐等。读张洁新作《潇洒稀粥》稿，令人击节叫绝。

　　回家后为我们家的新成员"白雪公主"（猫名）而操心。初到新环境，它还不习惯，但愿一切的一切都会慢慢好起来。

　　在小院小坐片刻，欣赏十四的月亮。

发表于《小说界》1992年第6期

# 天 街 夜 吼

从平地上看泰山,实在看不出什么不同来。

仰望泰山,普普通通,比起任何你随处可见的俗山,并不更雄伟或更壮丽或更神奇或更险峻或更潇洒飘逸浑若上帝一不小心给玩出来的似的。你可能觉得,给你点时间,加上子孙后代,发扬后智叟精神,你也可以堆一个泰山。

爬上去,上了南天门,进入她的境界,你才叹服她的恢宏与镇静。

泰山不是为了唬地上的众生的,不是为了仰视的,是为了登临的。

至南天门东行曰天街。石头铺好了平平的路,路口有卖当年武大郎兄卖过的炊饼的,虽然蜜斯潘金莲人面不知何处去,令人黯然神疲并赞扬改革开放带来的观念更新,街还是真像一条街。

至于天,自然是言其高也。入天门,行天街,头右甩,但见森森郁郁而又一目了然。泰安县如在掌中。津浦路如悬天上。宇宙辽阔,气象万端,高低起伏,阴阳明暗,远近曲直,风云寒暑,变化有定而又各得其所。游人纷乱如蚁。在大山大河大自然大宇宙面前,已身亦如蜉蝣而已,于是想起几个装模作样要吃人的纸老虎或纸老鼠或活跳蚤,不禁哑然失笑。祝他们平安。

晚饭毕,披上军大衣夜游天街。虽说是高处不胜寒,夜景仍然迷人。同行文友曰蒋子龙、范希文、毕玉堂,走过一趟,依石而坐,观星,观月牙儿,观灯,观黑影夜色。便觉渐入佳境,乃仰天长啸,引吭高歌,歌妹妹你大胆往前走,远处一位不相识的老哥便喊此歌不让唱了,略一困惑,继续唱自己的,不信唱这歌能割鸟。接着唱我们共产党人好比呀种啊啊啊子,人民好噢比土啊啊地……颇有泰山石敢当之感。然后唱沙家浜人士郭连长所唱的听对岸响数枪声震嗯嗯芦荡昂吭昂吭及噭唆啰蜜藕——意大利那不勒斯名曲《我的太阳》。觉得极为痛快。

人生能得几回吼?跟着感觉也不好走!

第二天起来,规规矩矩,客客气气。外甥打灯笼——照旧(舅)。

是日壬申五月初六,端阳后一日,西历六月六日,星期六,六六六六,或曰大顺,或曰六——啊,是"没门儿"的意思,北京土话而已。

发表于《新民晚报》1992年9月5日

## 我 和 图 书 馆

　　从小我就喜欢读书，与图书馆的感情是通过书建立起来的。
　　在我十岁前后，我家住在北京西城的小绒线胡同，旁边的太安侯胡同里有个民众教育馆，教育馆里的图书室很小，但对我却是个吸引力很大的地方。一有空，我就去那儿看书，一去就坐到闭馆时分。大概常去看书的人中我年龄最小、个头儿最矮而且又常是最后一个离馆吧，管理员对我非常熟悉。到了冬天，天黑得很早，炉火快灭时，呵口气便凝成了雾，手都冻僵了。管理员见我还在看，就总是和气地催促我说："小孩儿，该回家啦！"
　　因为那个图书馆的图书不外借，所以有许多书我是坐在馆里读完的。最初吸引我的是一批武侠小说，《小五义》《大宋八义》《七剑十三侠》等。我还借阅过《少林十二式》《八段锦》《太极拳式图解》等讲练功的书，也照书练了一阵子，但收效甚微。渐渐的，冰心、沈从文、丁玲的书引起了我的阅读兴趣，我越来越热爱文学了。
　　上初中了，我开始去北海旁的北京图书馆看书。最初，因为我个子矮，不像中学生，进门常受到阻拦。初二时戴上了眼镜，显得"老成"了，就不再受阻了。那段时间印象最深的，是等书时的焦急，查卡片倒是很快，交上去后，就坐在规定的位子上等。有时要等四十分钟甚至更久，才有人将书从库中调出送来。如果等了半天，听见的回答却是："这两本书已经外借了！"心情的沮丧是可想而知的。就靠在这宫殿式的图书馆里借书读，我读了鲁迅的一批杂文，读了巴金、许地山、朱自清、刘大白以及胡适的一些作品，读完了《士敏土》《铁流》和一批世界文学名著。在北图借阅的这段读书生活，对我一生的道路有着怎样的影响，在当时连自己也未曾想到。

惭愧的是，工作以后我不再是图书馆的常客了。当然，我还常常从作协、文化部的资料室直到北京图书馆外借书籍。一九八七年我在文化部任职的时候，主持了北京图书馆新址的施工验收与开馆事务，这使我十分高兴。

能不能在图书馆把屁股坐稳，是一个人治学做文的心态是否良好的重要标志。忙于蝇营狗苟、陷于是是非非、乐于咋咋唬唬、迷于拉拉打打的人是坐不住的，他们的屁股眼儿里老是像插着草。这是很值得同情和怜惜的。但仅仅是这样也就罢了，问题是他们看到别人在图书馆用功居然会生气，他们总是要无事生非，横生枝节，不把旁人也搅得读不成书他们就不肯罢休。对这些图书馆的克星，该怎么办才好呢？

发表于《太原日报》1992 年 11 月 1 日

# 我在平民中学

我是一九四五年考入平民中学的,因为学校离家近,更因为这个学校收"同等学力"的跳班生。

学校管理很严,校长、主任、老师对学生都严格要求,有时候用得上体罚。上着上着课,教室的后门打开了,进来了校长或者班主任,对于不守课堂秩序者或者考试作弊者拳打脚踢,耳光乒乓,使我这个坐在前排的小个儿也触目惊心!

学校对课程教学抓得很严,按考试成绩划分甲乙丙丁班,有点像如今按比赛成绩划分篮球队的路子,倒也能刺激荣誉感与上进心。

有许多好老师,我至今记得几何老师王文溥,他授课的特点是不仅使你知其然,更着重讲授其所以然,他讲授证明题与做图题的重点是启发你的思路,讲明所以要这样考虑问题的逻辑性,真是引人入胜。我是从这里得到思辨的初步训练的,我永远感谢他。也许我当初就应该选择数学做我的专业,我未尝不是辜负了王老师对我的厚望呢!

英语老师毕炜给我的印象也是深刻的,这不仅因为她高大的身材、漂亮的风度与"牛津"式的发音。她给过我一本英语的《天方夜谭》,从那时就培养了我对外语的兴趣。

教音乐的乔淑子老师又是作曲家又是歌唱家,他还演过歌剧呢。跟着他,我学会了唱贺绿汀、黄自的歌曲。至今我也会唱他作曲的校歌与《车水歌》。这位乔老师同时又可以教国文,他同时也有修中文的文凭的。现在的中学音乐教师中,已经难于找出这样的人才来了吧?

还有许多好老师,如教代数的齐老师、教体育的阎老师、苏老师。我当时的体育大概应该是不及格的,但由于我是功课好的学生之故,体育老师对我高抬了贵手。当时的平民中学每周还有一节"国术"即"武术"课,由赵老师教。到现在我懂得什么叫"弓箭步""丁字步""丁虚步",会来半套"查拳",当然要归功于赵老师的指导啦。

我似乎一直是在东楼四楼的一间教室里上课,同班同学有五十多人。当时男生一律推光头,穿黑色校服,带"平中"领章,打裹腿。每天早晨举行升旗仪式、早操、朗诵孙中山的遗嘱。

尤其难忘的是,我在平中期间,结识了比我大四班的何平同学,他是地下党员,他引导我走上了革命的道路。我曾经企图主办一个手写的传抄刊物《小周刊》,出了一期就被校长制止了。

一九四八年,榕花盛开的时候,我中学毕业了,离开了这个学校。

1992 年

# 我想念乌鲁木齐

除了北京，乌鲁木齐是我最熟悉的城市。我至今记得一九六二年底初次到达乌鲁木齐时的情景。广播喇叭里放送着完全别一样风情的维吾尔族歌曲。从火车南站下眺，一片白雪。乌鲁木齐是异域情调的歌声悠扬的城市，是洁白如银的雪城。就这一下，我永远也忘不了了。

最初，我住在南门——文化路五巷六号。巷子的东口斜对着大银行——这几乎是盛世才时期留下的唯一遗迹，那高石阶还是挺壮观的。大十字和小十字商业区的景象也很繁华。大十字清真食堂"文革"时期曾经改名为红卫食堂——现在是不是叫穆斯林餐厅了呢？至于南门的人民剧场，当时看也是相当讲究的。一九八四年我去塔什干访问，才发现了人民剧场的母本——塔什干的纳瓦依剧场。人民剧场是苏联援建的呢。

后来我曾经两度在南梁团结路住家。二道桥子的百货店是我们全家经常光顾的地方。一九八七年我因参加艺术节开幕式又去乌鲁木齐，看到二道桥子上的卖熟食的摊贩好热闹呀。团结剧场是我常看电影的地点。从二道桥子上行去三医院看病，我也走过不知多少回那上坡和下坡的路。

团结路这边是风口，每年春天都会赶上一两次大风，真够厉害的。

胜利路邮局是我常发信的地方。回北京时间长了，我自觉维吾尔语的退步很大。一九八七年回到乌鲁木齐，一到了胜利路，一看到那些维吾尔族市民，忽的一下子，只觉豁然贯通，全部维语都想起来了，一样的流利，一样的说起来眉飞色舞，一切恢复，就像我从来没有离开过乌鲁木齐一样。

乌鲁木齐的西公园也是别具特色的。我尤其喜欢在初冬时分去欣赏那满地的落叶，满天的薄烟。游人稀少，枝头犹有串串的叶子，水依然在流，但又有一些收敛，似乎一下减少了流量。它也知觉它要被冻结了么？有几分萧瑟，有几分安详。面对着漫长的严冬，它仍然告诉你刚刚有过一个多么兴旺发达千姿百态的夏日。从红山的公园正门进去，从黄河路的南门出来，经过还保留着野趣的土路、渠沟与丛林，每走一遍都令人依依难舍，那温柔的心情甚至超过了在北京逛颐和园。颐和园太大也太帝王太神气了，不像鉴湖公园——西公园这么令人珍惜、惹人怜爱。

还有红山、鲤鱼山，八楼斜对着新疆医学院。刚到新疆那阵，听人把昆仑宾馆称做"八楼"觉得特土。现在，这里又加上了人民会堂和科技馆。还有三通碑、红卫兵水库和贵宾馆、红雁池水库，我在两个水库里多次戏水……我的生命中的一些最美好的日子是在乌鲁木齐度过的哟！

我也有过小小的抱怨：乌鲁木齐吃不上鱼，乌鲁木齐喝不上啤酒，乌鲁木齐的早餐少有油条豆浆，副食店里也没有豆制品……所有这些都已经是老皇历了。在我离开乌鲁木齐以后的这十几年，所有这些"问题"都解决了。乌鲁木齐和全国其他地方一样，迎来了她的盛世。她愈来愈美好了。

想你，我的乌鲁木齐，我的乌鲁木齐的老友。祝你们好。

发表于《新苑》1993 年第 2/3 期

## 磨　豆　浆

在家里，有几件事是我"垄断"的——喂猫、调理煤气灶的风眼和磨豆浆。

现在，先谈一谈磨豆浆。

我喜欢喝豆浆，首先是基于营养学的有关理论，什么蛋白质啦矿物质啦胆固醇比牛奶低得多啦之类。其次是由于传统，我这个年龄的人，长期生活在北京，能想得出什么更好的早餐来吗？后来又加上新潮流。我在澳大利亚就知道，那里的豆浆比等量的牛奶贵多了。在新加坡，我也发现，那里到处都有袋装的豆浆卖。您瞧，东方的神秘主义与西方的实证主义、炎黄传统与现代科技以及带有东方禁欲主义色彩的素食路线与讲求营养的乐生态度不就在豆浆上汇合了吗？大哉豆浆！粥我所欲也，豆浆亦我所欲也，谁说二者不可得兼？一样一样地喝可也。

但是常常苦于找不到好豆浆，豆浆的本源黄豆可比稀粥坚硬多啦！把坚硬的黄豆变成温柔驯顺纯洁无私的豆浆并不是那么容易的事情。早点铺里卖的豆浆清可鉴人，透明度未免令人伤感；有时还有沉渣起伏，有时还有酸味辣味"哈喇"之味。自从我国经济发展生活水平提高以来，鸟枪换炮，就连最不像样子的早点铺也变成二等餐馆了，大家都向五、四、三星级酒店看齐，鸡鸭鱼肉都不在话下，一心追求乌龟王八蝎子上席，这样，最最不像样子的豆浆就很难找到了。无豆浆便想豆浆，这也是人之常情吧。从五年前我便开始用买自意大利罗马的粉碎机自制豆浆。粉碎效果很好，就是过滤麻烦。为了过滤豆浆，我特意买了箩。后来一位朋友又送了我一面更精致的金属丝编织的箩，上题："碾压成正果，漏渗有精华"，令人忍俊不禁，心想亏他想得出。题字是经过刀刻烟熏涂绿的，不像是这位朋友"别有用心"自撰的。后来我把这面箩送给张洁了。但据说她也没怎么坚持从事豆浆制造事业，她也嫌麻烦。

有了箩仍然磨不干净，滤不干净，每次出浆不多，出渣不少，物未尽其用，精华与糟粕不分，一起扔掉或者沤肥，有点对不起种豆打豆的贫下中农。我也试着把豆渣吃过几次，呛得孩子直咳嗽。

恰在此时，有一位朋友得知了我偏爱豆浆的事。她慷慨地把一台上海出产的矽钢万能食品粉碎机送给了我，其中特别包含了磨豆浆和筛豆渣的设施：粉碎的刀具外面包着一层纱罩，把粉碎与过滤变为一道工序，抓一把浸泡软化过了的黄豆可以加水三次碾磨出浆三次。这样，眼看着泡得饱满鼓胀的黄豆一次又一次地变成充溢着营养的白色乳汁，心中的几乎是类似创世的快乐便油然升起。劳动创造世界，马克思主义的那么多道理似乎是从这里来的——不像是从造反有理那里来的。

当然，洗豆泡豆加水开动停机……这样做很费时间。磨豆浆的噪音也很大。有时为供应全家喝豆浆我要早起一个小时，磨完了煮开也要费不少时间，豆浆很容易出现沸腾的假象，咋咋唬唬一大堆泡沫其实仍然是凉的；而生豆浆喝了是会中毒的，所以需要十分小心地慢慢加热，自始至终密切注视着豆浆的动态，不敢掉以轻心，绝对不能使之失控。整整六十分钟一心沉浸在豆浆制作的兴奋与不无的紧张里，把一切不如磨豆浆有趣有意义不如磨豆浆清楚明白的狗事即那些一心想不让人喝好豆浆的破事全部丢到九霄云外，我觉得很愉快。边喝豆浆边长精神，边喝豆浆边得休息，边喝豆浆边认定如果一旦自己江郎才尽写不成小说了，能磨豆浆也还算有点用，磨不了豆浆光喝也行，就是千万别干专门害写作的同行整写作的同行的事。

那样的人毕竟是极少数。我边喝豆浆边感到了同行之间的友谊的温暖。中国当代文人的特点毕竟是常常相濡以沫，不是一口咬住就不撒嘴。而那些狼视眈眈，时刻打算着把同行吞到肚里去的朋友，如果多磨几次豆浆喝几次豆浆，说不定也会增加一点人情味，表情变得松弛一些。

发表于《南方日报》1993 年 1 月 1 日

## 我 的 喝 酒

我不是什么豪饮者。"一年三百六十日,一日畅饮三百杯"的纪录不但没有创造过,连想也不敢想。只是"文化大革命"那十几年,在新疆,我不但穷极无聊地学会了吸烟,吸过各种牌子的烟,置办过"烟具"——烟斗、烟嘴、烟荷包(装新疆的马合烟用),也颇有兴味地喝了几年酒,喝醉过若干次。

穷极无聊。是的,那岁月的最大痛苦是穷极无聊,是死一样的活着与活着死去。死去你的心,创造之心,思考之心,报国之心;死去你的情,任何激情都是可疑的或者有罪的;死去你的回忆——过去的一切如黑洞、惨不忍睹;死去你的想象——任何想象似乎都只能带来危险和痛苦。然而还是活着,活着也总还有活着的快乐。比如学、说、读维吾尔语,比如自己养的母鸡下了蛋,有一次竟孵出了十只欢蹦乱跳的鸡雏。比如自制酸牛奶,质量不稳定,但总是可以喝到肚里;实在喝不下去了,就拿去发面,仍然物尽其用。比如,也比如饮酒。

饮酒,当知道某次聚会要饮酒的时候便已有了三分兴奋了。未饮三分醉,将饮已动情。我说的聚会是维吾尔农民的聚会。谁家做东,便把大家请到他家去,大家靠墙围坐在花毡子上,中间铺上一块布单,称为 dastirhan。维吾尔人大多不喜用家具,一切饮食、待客、休息、睡眠,全部在铺在矮炕上的毡子(讲究的则是地毯)上进行。毡子上铺上了干净的 dastirhan,就成了大饭桌了。然后大家吃馕(一种烤饼),喝奶茶。吃饱了再喝酒,这种喝法有利于保养肠胃。

维吾尔人的围坐喝酒总是与说笑话、唱歌与弹奏二弦琴(都塔尔)结合起来。他们特别喜欢你一言我一语地词带双关地笑谑。他们常常有各自的诨名,拿对方的诨名取笑便是最最自然的话题。每句笑谑都会引起一种爆发式的大笑,笑到一定时候,任何一句话都会引起起哄作乱式的大笑大闹。为大笑大闹开路,是饮酒的一大功能。这些谈话有时候带有相互挑战和比赛的性质,特别是遇到两三个善于词令的人坐在一起,立刻唇枪舌剑,你来我往,话带机锋地较量起来,常常是大战八十回合不分胜负。旁边的人随着说几句帮腔捧哏的话,就像在斗殴中"拉便宜手"一样,不冒风险,却也分享了战斗的豪情与胜利的荣耀。

玩笑之中也常常有"荤"话上场,最上乘的是似素实荤的话。如果讲得太露太黄,便会受到大家的皱眉、摇头、叹气与干脆制止,讲这种话的人是犯规和丢分的。另一种犯规和丢分的表现是因为招架不住旁人的笑谑而真的动起火来,表现出粗鲁不逊,这会被指责为qidamas——受不了,即心胸狭窄、女人气。对了,忘了说了,这种聚会都是清一色的男性。

参加这样的交谈能引起我极大的兴趣。因为自己无聊。因为交谈的内容很好笑,气氛很热烈,思路及方式颇具民俗学、文化学的价值。更因为这是我学习维吾尔语的好机会,我坚信参加一次这样的交谈比在大学维语系里上教授的三节课收获要大得多。

此后,当有人问我学习维吾尔语的经验的时候,我便开玩笑说:"要学习维吾尔语,就要和维吾尔人坐到一起,喝上它几顿白酒才成!"

是的,在一个百无聊赖的时期,在一个战战兢兢的时期,酒几乎成了唯一的能使人获得一点兴奋和轻松的源泉。非汉民族的饮酒聚会似乎提醒人们在疯狂的人造阶级斗争中,太平地、愉快地享受生活的经验仍然存在,并没有完全灭绝。食满足的是肠胃的需要,酒满足的是精神的需要、是放松一下兴奋一下闹腾一下的需要、是哪怕一刻间忘记那些人皆有之、于我尤烈的政治上的麻烦、压力的需要。在饮下两三杯酒以后,似乎人和人的关系变得轻松了乃至靠拢了。人变得想说话,话变得多了。这是多么好啊!

一些作家朋友最喜欢谈论的是饮酒的四个阶段:第一阶段饮者像猴子,变得活泼、殷勤、好动。第二阶段像孔雀,饮者得意洋洋,开始炫耀吹嘘。第三阶段像老虎,饮者怒吼长啸、气势磅礴。第四阶段像猪。据说这个说法来自非洲。真是惟妙惟肖!而在"文革"中像老鼠一样生活着的我们,多么希望有一刻成为猴子,成为孔雀,成为老虎,哪怕最后烂醉如泥,成为一头猪啊!

我也有过几次喝酒至醉的经验,虽然许多人在我喝酒与不喝酒的时候都频频夸奖我的自制能力与分寸感,不仅仅是对于喝酒。

真正喝醉了的境界是超阶段的,是不接受分期的。醉就是醉,不是猴子,不是孔雀,不是老虎,也不是猪。或者既是猴子也是孔雀,还是老虎与猪,更是喝醉了的自己,是一个瞬间麻痹了的生命。

有一次喝醉了以后,我仍然骑上自行车穿过闹市区回到家里。我当时清醒地意识到自己是醉(据说这就和一个精神病人能反省和审视自己的精神异常一样,说明没有大醉或大病)了,意识到酒后冬夜在闹市骑单车的危险。今天可一定不要出车祸呀!出了车祸一切就都完!一定要控制住自己的身体平衡!一定要躲避来往的车辆!看,对面的一辆汽车来了……一面骑车一面不断地提醒着自己,忘记了其他的一切。等回到家,我把车一扔,又是哭又是叫……

有一次小醉之后我骑着单车见到一株大树,便弃车扶树而俯身笑个不住。这个醉态该是美的吧?还有一次我小醉之后异想天开去打乒乓球。每球必输。终于意识到,喝醉了去打球,不是一个正确的选择。喝醉了便全不在乎输赢,这倒是醉的妙处了。

最妙的一次醉酒是七十年代初期在乌鲁木齐郊区上"五七干校"的时候。那时候我的家还丢在伊犁,我常常和几个伊犁出生的少数民族朋友一起谈论伊犁,表达一种思乡的情绪,也表达一种对自己所在单位前自治区文联与当时的乌拉泊干校"一连"的没完没了的政治学习与揭发批判的厌倦。一次和这几个朋友在除夕之夜一起痛饮。喝到已醉,朋友们安慰我说:"老王,咱们一起回伊犁吧!"据说我当时立即断然否定,并且用右手敲着桌子大喊:"不,我想的并不是回伊犁!"我的醉话使朋友们愕然,他们面面相觑,并且事后告诉我说,他们从我的话中体味到了一些别的含义。而我大睡一觉醒来,完全、彻底、干净地忘掉了这件事。当朋友们告诉我醉后说了什么的时候,我自己不但不能记忆,也不能理解,甚至不能相信。但是我看到了受伤的右手,又看到了被我敲坏了桌面的桌子。显然,头一个晚上是醉了,真的醉了。

好好的一个人,为什么要花钱买醉,一醉方休,追求一种不清醒不正常不自觉浑浑噩噩莫知所以的精神状态呢?这在本质上是不是与吸毒有共通之处呢?当然,吸毒犯法,理应受到严厉的打击。酗酒非礼,至多遭受一些物议。我不是从法学或者伦理学的观点来思考这个问题,而是从人类的自我与人类的处境的观点提出这个问题的。

面对一个喝得醉、醉得癫狂的人我常常感觉到自我的痛苦、生命的痛苦。对于自我的意识为人类带来多少痛苦!这是生命的灵性,也是生命的负担。这是人优于一块石头的地方,也是人苦于一块石头之处。人生与社会为人类带来多少痛苦!追求宗教也罢,追求(某些情况下)艺术也罢,追求学问也罢,追求美酒的一醉也罢,不都含有缓解一下自我的紧张与压迫的动机吗?不都表现了人们在一瞬间宁愿认同一只猴子、一只孔雀、一只虎或者一头猪的动机吗?当然,宗教艺术学问,还包含着更高更阔更繁复的动机,而且不是每一个人都做得到的。而饮酒则比较简单易行、大众化、立竿见影,虽有它的害处却不至于像吸毒一样可怕、像赌博一样令人倾家荡产,甚至也不像吸烟一样有害无益。酒是与人的某种情绪的失调或待调有关的。酒是人类的自慰的产物。动物是不喜欢喝酒的。酒是存在的痛苦的象征。酒又是生活的滋味、活着的滋味的体现。撒完酒疯以后,人会变得衰弱和踏实——"几日寂寥伤酒后,一番萧索禁烟中"。酒醉到极点就无知无觉，进入比猪更上一层楼的大荒山青埂峰无稽崖的石头境界了。是的，在猴、孔雀、虎、猪之后，我们应该加上饮酒的最高阶段——石头。

好了，不再做这种无病呻吟了。（其实，无病的呻吟更加彻骨，更加来自生命自身。）让我们回到维吾尔人的欢乐的饮酒聚会中来。

在维吾尔人的饮酒聚会中，弹唱乃至起舞十分精彩。伊犁地区有一位盲歌手名叫司马义，他的声音浑厚中略有嘶哑。他唱的歌既压抑又舒缓，既忧愁又开阔，既有调又自然流露。他最初的两句歌总是使我怆然泪下。"一声何满子，双泪落君前"，我猜想诗人是只有在微醺的状态下才能听一声《何满子》就落泪的。我最爱听的伊犁民歌是《羊羔一样的黑眼睛》，我是"一声黑眼睛，双泪落君前"。我现在在香港客居，写到这里，眼睛也湿润了。

和汉族同志一起饮酒没有这么热闹。那时酒的作用似乎在于诱发语言。把酒谈心，饮酒交心，以酒暖心，以心暖心，这是最珍贵的。

还有划拳，借机伸拳捋袖，乱喊乱叫一番。划拳的游戏中含有灌别人酒、看别人醉态洋相的取笑动机，不足为训。但在那个时候也情有可原，否则您看什么呢？除了政治野心家的"秀"，什么"秀"也没有了。可惜我划拳的姿势和我跳交际舞的姿势处于同一水准，丑煞人也。讲究的划拳要收拢食指，我却常常把食指伸到对手的鼻子尖上。说也怪，我其实是很注重勿以食指指人的交际礼貌的，只是划拳时控制不住食指。

"何以解忧，唯有杜康""古来圣贤皆寂寞，唯有饮者留其名""光阴须得酒消磨""明朝酒醒知何处"（后二句出自苏轼）……我们的酒神很少淋漓酣畅的亢奋与浪漫，倒多是"举杯浇愁愁更愁"的烦闷，不得意即徒然地浪费生命的痛苦。我们的酒是常常与某种颓废的情绪联系在一起的。然而颓废也罢，有酒可浇，有诗可写，有情可抒，这仍然是一种文人的趣味、文人的方式。多获得一种趣味和方式，总是使日子好过一些，也使我们的诗词里多一点既压抑又豁达自解的风流。酒的贡献仍然不能说是消极的。至于电影《红高粱》里的所谓对"酒神"的赞歌,虽然不失为很好看的故事与画面,却是不可以当真的。制作一种有效果——特别是视觉效果——的风俗画,是该片导演常用的一种艺术表现手法,而与中国人的酒文化未必相干。

近年来在国外旅行有过多次喝洋酒的机会,也不妨对中外的酒类做一些比较。许多洋酒在色泽与芳香上优于国酒,而国酒的醇厚别有一种深度。我第一次喝干雪梨(cherry·dry)酒的时候,颇兴奋于它与我们的绍兴花雕的接近,后来与内行们讨论过绍兴黄的出口前景(虽然我不做出口贸易)。我不能不叹息于绍兴黄的略嫌混浊,既然黄河都可以治理得清爽一些,绍兴黄又有什么难清的呢?我也不明白为什么中国的葡萄酒要搞得那么甜。通化葡萄酒的质量是上乘的,就是含糖量太高了。能不能也生产一种干红(黑)葡萄酒呢?

我对南中国一带就着菜喝"人头马""XO"的习惯觉得别扭。看来我其实是一个很保守的人。我总认为洋酒有洋的喝法。饭前、饭间、饭后应该有区分。怎么拿杯子,怎么旋转杯子,也都是"茶道"一般的"酒道"。喝酒而无道,未知其可也。

而我的喝酒,正在向着有道而少酒无酒的方向发展。医生已经明确建议我减少饮酒,我又一贯是最听医生的话、最听少年儿童报纸上刊载的卫生规则一类的话的人。就在我著文谈酒的时候,我丝毫没有感到"饮之"的愿望。我不那么爱喝酒了。"文化大革命"的日子毕竟是一去不复返了。

这又是一种什么境界呢?饮亦可,不沾唇亦可。饮亦一醉,不饮亦一醉。醉亦醒,不醉亦醒。醒亦可猴、可孔雀、可虎、可猪、可石头。醉亦可。可饮而不嗜。可嗜而不饮。可空谈饮酒,滔滔三日绕梁不绝而不见一滴。也可以从此戒酒,就像我自一九七八年四月起再也没有吸过一支烟一样。

1993年4月时居香港岭南学院<br>
发表于《新民晚报》1993年5月18日

# 猫　　话

作家养猫、写猫,"古"已有之,于今犹盛。

六十年代,丰子恺先生写过一篇谈猫的文字,说是养猫有一个好处,遇有客至而又一时不知道与客人说什么好,便说猫。

说猫,也是投石问路,试试彼此的心扉能够敞开到什么程度。

那么,我也给读者们说说猫吧。

猫的命运与它们的主人之间,是不是有什么关系呢?

夏衍与冰心都是以爱猫著称的。据说夏公"文革"前养过一只猫,后来夏公在"文革"中落难,被囚多年,此猫渐老,昏睡度日,乃至奄奄一息。终于,"文革"后期,夏公恢复了自由,回到家,见到了老猫。老猫仍然识主,兴奋亲热,起死回生,非猫语"喵喵"所能尽表。此后数日,老猫不饮不食,溘然归去。

或谓,猫是一直等着夏公的。只是在等到了以后,它才撒爪长逝。

闻之怆然。又生人不如猫之思。

冰心家里养着两只猫,都是白猫。一为土种,一为波斯种,长毛碧眼。按当今神州时尚,自是后者为尊为宠。偏偏冰心老人每次都要强调,她不喜欢碧眼波斯猫——像个外国人(?)似的。她强调碧眼波斯猫是她的女儿吴青的,土猫才属于她自己。她称她的褐眼土猫为"我们家的一等公民"。她把她与猫的合影送给我与妻,照片上一只大猫占了三分之二到四分之三的位置,老人叨陪末座。

刘心武也养猫,是一只硕大无朋的波斯猫,毛洗得雪白纯净,俨然贵族,望之令人惊喜,继而心旷神怡。唯该猫对待客人十分淡漠,它能引起你的兴趣,你却引不起它的兴趣。面对这样的优良品种贵族气质的大白猫,你似乎也略感失落。

刘家还另有一只土猫。刘心武曾经撰文维护万有的生存权利与猫猫生而平等的观念,说是他钟爱波斯猫而绝不轻慢土猫。不薄土猫宠波斯。这种轻重亲疏的摆法,又与冰心老人不同了。

我也喜欢养猫。"文革"当中我在新疆伊犁,养了一只黑斑白狸猫,取名"花儿",是我所在的巴彦岱红旗公社二大队的看瓜老汉送给我的。这只猫十分善解人意,我们常常与它一起玩乒乓球。我与妻各在一端,猫在中间。我们把球抛给猫,猫便用爪子打给另一方,十分伶俐。花儿特别洁身自好,决不偷嘴。我们买了羊肉、鱼等它爱吃的东西,它竟能做到非礼勿视、非礼勿行,远远知道我们买了东西,它避嫌,走路都绕道。这样谦谦君子式的猫我至今只遇到过这么一回。

这只猫时时跟随着我。我在农村劳动时,它跟着我下乡。遇到我去伊犁河畔的小庄子整日未归时,它就从农家的房顶一直跑到通往庄子的路口,远远地迎接我。有时我骑自行车,它远远听到了我的破旧的自行车的响声,便会跑出去相迎。遇到我回伊宁市家中,我也把它带到城市。最初,这种环境的变异使它惊恐迷惑,后来,它似乎明白了是怎么回事,习惯于双栖生活,不以为异了。

花儿的结局是很悲惨的。可能它过于"内外有别"了:它在家里的表现克己复礼,但据说常在外面偷食。毕竟是猫。花儿偷食了人家的小鸡,被人下了毒饵——真可怕,人是世界上最残忍的动物,鸡的主人在一块牛肉里放了许多针,我们的亲爱的花儿在生育一个月、哺乳期刚满之后中毒计死去。它的死是多么痛苦呀!

我现在也养着猫。与夏公、冰心、心武的猫相比,我的猫不修边幅,不仅邋遢,简直是肮脏。一些养猫的行家对我是嗤之以鼻。认为我根本不配加入宠猫者的行列。这里的关键问题是,他们这些宠猫者们养的猫都是阉割过的无"性"猫,是一些大太监二太监小太监之流(请二位前辈及心武老弟原谅我)。对于人来说,它们是太可爱太漂亮太尊贵了,但对于它们自身来说,它们能算是得宠了吗?能算是幸运的吗?以阉割作为取宠的代价,是不是失去得太多了呢?

我养的猫完全是率"性"而为。我们家有一个小院,四株树,猫爬树上房,房顶上是它的自由天地。叫春的时候,它引来一群"男友",有大黄狼猫、黄白花猫、黑白花猫、纯白猫,在房上你唱我和,你应我答,你哭我叫,煞是热闹。人不堪其吵闹,蒙也不改其乐。人需要 love,猫没有 love 行吗?蒙甚至纵容猫儿的"自由化"到这种程度:大黄狼猫竟敢大白天从树上蹿到我们的院子,捉我们养的小白猫当众做爱。世风日下,猫心不古,呜呼善哉!

王蒙是以猫本位的观点而不是以人本位的观点来养猫的。我养的猫又野又脏,参加选美是没有戏的。但我仍然为王蒙养的猫而庆幸。

当然,这又与计划生育的原则相违背。我的狸猫两年五窝,每次生崽三至五个,至今一批小崽推销不出去,早晚有猫满为患的那一天。这样养猫,贤明乎?大谬乎?您说呢?

发表于《南方周末》1993 年 5 月 28 日

# 感 谢 读 者

  我是一九三四甲戌年出生的,到一九九四年,第二个甲戌年,我叫做年已花甲,下一个甲戌将是二〇五四年,将是我一百二十岁的时候。我愿意预祝二〇五四年的《中国青年报》的读者身体健康,万事顺利。

  年前收到了一个从广东的一个工厂寄来的贺卡,贺卡上是这样写的:

> 流浪的蝴蝶,
> 没有接受过布礼,
> 明知相见时难,
> 相见时重拾起冬天的话题否?
> 海的梦远了,
> 春之声近了,
> 在深的湖边,
> 我又梦见了你。
> ——祝王蒙先生新年来劲

  当然,这是一个非常熟悉我的作品的读者写来的。它使我非常感动。

  回想前年我也收到过来自一个大学的学生宿舍的生日贺卡。贺卡是在市面上出售的贺卡的基础上,经过学生们的手精心加工制作的。手里拿着这充满了年轻人的热情稚气和真诚的贺卡,想象着他们的笑容,我长久地难以自已。

人生还求什么呢?

非常对不起,我没有与读者通信的习惯。我实在是,实在太是没有时间了。就连这么令我感动的贺卡,我也没复信感谢。我知道是我失礼了。我借此机会请读者原谅我。我只能拳打脚踢,争分夺秒,为了保证写作的时间不惜做出不近人情——冷酷无情的事,我不惜付出代价。甲戌的到来更会催促我要加紧做。我感谢我的读者们。我对不起我的读者们。我相信我拥有世界上最好的读者的一部分。为了你们我要努力写好,写得更好些。在我的新作里,你们会看到我对你们的感激和祝愿。在我的新作里,你们会看到我想对你们说的一切。我完全相信,你们将会生活得更好更好。我相信,你们当中的一些人也会拿起笔来。从某种意义上说,每一部作品都是对于此前的作品的回应,也是对我新的作品的召唤,这是一个漫长的应答对话,这种回应与呼唤本身就是非常美好非常动人的啊!

发表于《中国青年报》1994 年

## 贺《人物》十五岁[*]

近年来,由于给《人物》写稿子,或者被《人物》所写,便发现那么多朋友是《人物》的忠实读者。他们当中有教授、艺术家、领导干部、新潮作家、企业家等,比我们事先估计到的读者面要广得多。一些对同行们的作品十分挑剔,动不动就"拒绝阅读"的心高眼明的大家,却寄青睐于文字远不如创作刊物讲究的《人物》。

因为它真实。在真实供不应求的时候,《人物》更显得难能可贵。有了真实就有了一切。经验、教训、内幕、答案、教益、启迪、温暖、友谊,都只能从真实中来而不能从作伪中来。

因为它写人、写活人、活过的人。它有人的喜怒哀乐、酸甜苦辣、悲欢离合、沉浮聚散。人总是想多知道一些同样是人的事情。人们从《人物》里寻找着自己的老师、朋友、同路人。人们从《人物》中感受到了与他人的心灵的沟通与撞击。人们从他人的遭遇里学得更加聪明。《人物》在排遣着寂寞与孤独,增加着你、我、他的互相理解。

它也是历史,却不像正规的历史那样经受了太多的修理。

人们需要真实。人们关心着与借鉴着人。《人物》已经走过了成功的路,《人物》一定能越办越真实,越办越浓缩着洋溢着人生的真味。

发表于《人物》1994 年第 1 期

---

[*] 本文与方蕤合写。

# 在小绒线胡同

　　六十年代以前,我曾经住家在北京西城区的小绒线胡同。小绒线胡同确实是一条小胡同,倒不是说它有多么窄,比它窄的胡同——如养蜂夹道、百花深处……有的是。小绒线胡同作为一条东西向的胡同却只有西口而没有东口,他的东口是裤裆里放屁——两叉里走,一头伸入报子胡同,一头伸进帅府胡同。从东面西四北大街来看,是没有小绒线胡同的踪影的,只有西面的北沟沿才有小绒线胡同。

　　最初,只有土路,除了几个倒污水的渗沟眼以外,没有泄水系统。也好,夏天,雨大了,胡同里能积没膝的水,很增加大雨的气势,也增加蹚水的趣味。雨后,会招来许多老琉璃——蜻蜓。入夜,则是提灯行走的萤火虫。

　　后来修了柏油路,这些个都没有了。

　　去东口我一般都是走报子胡同,可能是因为报子胡同那边有一个电车站的缘故。小绒线胡同往东,改向北通报子胡同处,有几株大槐树。大槐树很美。五六月间有时候树上垂下来许多小幼虫,我们称为吊死鬼。甚至吊死鬼的恶名也不能减少我对于大槐树的喜爱。

　　报子胡同东口有一家日本式的房屋,可以想象,卢沟桥事变后、日本投降前,这里住过日方人员。抗战胜利不久,我才十一岁,有一次在话匣子里收听唐若青演的话剧《钗头凤》(顺便说一下,我们家的话匣子也是买的急于回国的日本人甩卖的便宜货)。听着听着没了电,可把我急坏了。我一口气跑到报子胡同东口,从那家日本房子的后窗,透出了《钗头凤》的对白。可惜的是,我刚刚听了几句,这位不知名的房主就把收音机给关上了。这样,至今我对这个话剧的印象也是不完全的。

胡同里常有叫着唱着卖东西的小贩走过。春天卖小金鱼的,夏天卖凉粉的,秋天卖老玉米的,冬天卖水萝卜的,都吆喝得有滋有味。夜里,算卦的瞎子吹着笛子走过,他们的笛声与踽踽独行的样子,使我从小就颇有些伤感。

报子胡同已经改称西四四条了,小绒线胡同大致如旧。日新月异的当今,谁知道这条小胡同还能保持多久的老样子呢?

发表于《中国作家》1994年第2期

# 湖

我喜爱湖。湖是大地的眼睛。湖是一种流动的深情。湖是生活中没有被剥夺的一点奇妙。早在幼年时候，一见到北海公园的太液池，我就眼睛一亮。在贫穷和危险的旧社会，太液池是一个意外的惊喜，是一个奇异的温柔，一种孩提时的敞露与清澈。

我常常认为，大地与人之间有一种奇妙的契合。山是沉重的责任与名节的矜持。海是渺茫的遐思与变易的丰富。沙漠是希望与失望交织的庄严的等待。河流是一种寻求，一种机智，一种被辖制的自由……

那时候我没有见过海，颐和园的昆明湖对于我来说已经是浩浩然荡荡然的大水了。我每去一次颐和园，都要欣赏昆明湖的碧波，惊叹于湖水的美丽与自身的渺小。

是的，湖是一种美丽，是一种情意。为了陆地不那么干枯，为了人的生活不那么疲劳，为了把凶恶的海控制起来把生硬的地面活泼起来，为了你的眼睛与天上的月亮——你不觉得看到地面上的一个湖泊就像看到天上的一个月亮一样令人欣喜么？为了短暂的焦渴的生命中不能或缺的滋润，于是有了湖。

北京的西山风景区是很美的，但是太缺少湖水了。这样，对香山静宜园"双清"的池水，对小小的儿童乐园式的眼镜湖，我自然是情有独钟。一见到这样的水波荡漾，脸上不由得出现衷心的笑容。

后来到了新疆，那就开了眼啦。在乌鲁木齐与伊犁之间的天山深处，著名的高山湖泊赛里木湖曾经怎样地令人眼界开阔呀！湖水是咸的，一望无际，湛蓝如玉。盘山公路傍湖而过，无数拉运木材、粮食、水泥、钢筋、百货的重型卡车从湖边走过。四周是长满枞树的高处终年积雪的山坡。时而有强劲的风自由地吹过。我在这里，感觉到一种庄严，一种粗犷，一种阔大。我不能不庆幸我终于离开了大城市，离开了那一个区一个胡同一处房子。我面对着的是一个严峻的、带几分神秘和野性的世界。这个世界里有一个巨大而晶莹的咸湖，它冷静而又尊严，凛然而又高耸地存在着。你觉得你其实只能向往它却很难有机会去亲近它。

在天山南麓的焉耆与库尔勒之间，有一个大湖——博斯腾湖，浩渺无际，芦苇丛生，坐着汽艇穿来穿去也见不到岸。据说有一个外国的总理看展览的时候看到博斯腾湖的照片甚感惊异，他说："新疆不是不靠海吗？"博斯腾湖宛如内陆的海，那是远古时代的海的遗留，那是对于远离大海的新疆的特殊的慰安。

在阿尔卑斯山的脚下，在芝加哥的北边，在布加勒斯特的市区，在高原墨西哥城近郊，我造访过许多湖泊。我流连忘返，我抱怨自己只能匆匆邂逅，匆匆离去，我太对不起上苍的得意创造与生活给予我的机缘。

而珠海斗门的白藤湖呢？它是一九九三年六月走入我的记忆的。这是又一种心绪，又一番风趣。它是那样亲切随意，那样为人所有为人所用。它是一种景观更是一种资源，它是一种大自然的慷慨，也是特有的风水——它象征着斗门人的、白藤湖人的无限发达的可能。度假村的修建已经开辟了新的历史。白藤湖是更加人化的湖，人化的自然。一九九三年我有幸在这里居住了若干天。居住在白藤湖，我觉得舒适而又平安。我觉得发展其实并不难，生活其实也不是那么难。只要好好地做，只要不把力量放在破坏上。只要我们变得更近人情一些，更简单一些。只要我们多一点美好的祝愿，少一点恶狠狠的狼眼。

发表于《散文》1994年第5期

# 诸 神 下 界

十几岁那年,我们终于有了自己的一个小院落。搬进去不久,就要过年了。

尽管在战争之中,由于有了属于自己的一块小天地,这个年还是过得分外有滋味。厨房里传出了炖猪肉的醉人的香气——那时候炖一次肉也算是重大事件了。院子里撒满了芝麻秸,人走在上面会发出啪啪的响声——叫做"踩碎(岁)"。为了包饺子而剁馅的声音惊心动魄,据说这叫"剁小人"——把寡廉鲜耻的宵小之徒剁在刀下,也算过瘾,更是不无幽默。而最隆重的是,外祖母把祖先的神主牌位擦拭摆好,除夕晚上,诸神(包括祖先们)会下界,会听到我们的诉说,会感知我们的心事,会体恤我们的痛苦。

我本来是一个体弱、嗜睡的孩子,但是这一个除夕为了迎接诸神的下界,我还是硬挺到了午夜。

午夜十二点的钟声响了,我的心情激动起来,跑到院子里。我抬起头,冷风吹得脸生疼,但是我很兴奋。我看到了小小的高高的天空,看到了瑟瑟发抖的星星,连同老槐树的落尽树叶的枝条,也似乎做着神秘的暗示。

看啊,诸神下界了! 恰恰就在这个时辰,天上有影影幢幢的众神飞翔。我听到了神祇的庄严的声音,那声音恰似对于一切亡灵的超度,不过更加低沉了,我猜想是世人的罪孽引起了众神的气愤。我更感到了一种悲怜,一种无可奈何、一种抚慰、一种永远的希望。面对下界的满目疮痍,神又能如何呢?

我知道了。我严肃了。我似乎已经与下界的诸神对过话了。

许多年过去了,我再也没有少年时候这种迎接诸神下界的经验了。忙忙就是茫茫,众神又在何处?在转眼就是花甲的年纪,在客居台北数日的间隙,面对着薄薄的日历,我想起这一段心事来。吃饺子,放爆竹,亲友相访,恭喜发财。但最重要的,超过这一切的,还是大年三十午夜面对诸神下界的那种敬畏,那种坦然,那种对自己和对这个世界的无奈而又有望的热爱。

一九九四年的除夕之夜呀,诸神还会来到我的心里吗?

发表于《联合报》1994 年 2 月 9 日

# 中餐的命运

海外的中餐也都有可吃之处。一九八〇年六月,我首次出访国外,在汉堡吃过一家扬州馆子,颇觉精彩,当然这也与那时国内实在膳食水平欠佳有关。饥饿者容易满足。

同年去美国衣阿华,那里唯一,不,唯二的中餐馆,一个叫做燕京餐厅,一个叫做筷子楼。燕京的菜不像西餐,但是我又老是觉得不像中餐,例如它的许多菜都做成一种酸不酸甜不甜的味道,比如它的牛肉里加那么多番茄酱,搞得那么红而其他调料又是那样少,许多肉菜的块都切得那么大,实在看不出刀功来⋯⋯

我与他们的来自韩国的华人裴老板交谈,他解释说,美国人喜欢的就是这种口味呀,不能照搬国内的菜系呀,你做得太标准了,人家就不来了呀云云。至于筷子楼的餐饮,那就离中餐更远。后来走的地方多了,便懂得了国外的所谓中餐,一种是基本正宗的中餐,例如在洛杉矶有一个号称小台北的区域,那儿的饭馆可真地道。一种是基本上已经欧化了的,从饭馆设备到服务方式到菜肴口味,在中餐的基础上全盘西化,全盘西化以后已经数典忘祖,而变成一种西式中餐。当然也还有处于中间状态的,与中餐又像又不像。例如中餐炒菜作料之复杂与千变万化是其一个显著的特点。但是在这一类中餐馆中,只具有屈指可数的几种"渐子"(sauce?),点菜的时候一不小心,就撞了车——几样菜虽然名目不同,但色泽与口味非常一致,就因为它们的"渐子"完全相同的缘故。

我本来是很喜欢吃西餐的，它的热菜的干净、烂熟、甜香、齐整、营养，都很可爱。在国外住久了仍然想吃中餐解馋——因为对于我们来说，中餐更刺激一些，有味道一些，也因为相对来说中餐要经济些。不知道这种中餐基因是遗传下来的还是从小童子功培育出来的。反正在胃口上全盘西化是一个假想的命题。乃至吃到这种西式中餐或半西式中餐就觉得很不过瘾，以至啧有烦言。但是外国人——更正确地说是人家本国的人吃得很有兴味。

有什么办法呢，西式中餐或半西式中餐也是餐食的一种，也确实是脱胎于地道的中餐，是对中餐的修正歪曲也是对餐食的丰富。非驴非马的结果是世上增加了一种叫做骡子的牲畜，你承认不承认它，它还会存在、发展下去。

有一次与一个洋朋友谈起这个话题来。他说，我也正要问你，怎么北京、上海的西餐是那种味道？那实在不是地道的西餐呀！包括那些请了法国厨子的饭店——我们在那儿吃饭的时候法国大厨还戴着雪白的高顶帽子前来与我们见面，但是他们做出来的餐食可绝对与他们在巴黎做出来的不一样呀！

我听了，觉得释然，也觉得有趣。这也算是世界真奇妙吧。

1994年3月

## 超级市场的食品

在哈佛大学所在地美国波士顿市坎布里奇——即剑桥区住家三个月,我的家位于法耶特街 14 号。房主是一位退休的女教授,曾任本地的妇女反对核武器大会主席的撒义耳女士。她大概应该算是左翼人士,她家里有她去前苏联访问会见戈尔巴乔夫的照片。

住的地方就算是相当理想,两间卧房,一间电脑工作室,一大间起居室兼客室,与厨房通着。这样客人来了,我们假设他或她坐在起居室的沙发上,主人给客人弄一点吃的或者喝的东西,仍然不停止彼此的交流。

把厨房与客室打通,这个办法我过去从来没有想过。我的思维定势是为了尊重客人,厨房离待客的地方愈远愈好,厨房的气味与混乱岂能不倒客人的胃口?

但是,此次赴美小住,到处发现了厨房与客室的无间隔连通。我想这可能与以下因素有关:美国一般是小家庭,家里人口本来就少,美国的劳动力昂贵,很少有家庭雇得起用人,如果来了客人主人要躲到厨房里去搞吃的喝的,不是把客人"晒"到一旁了么?其次,美国人一般不炒菜,不会搞得油烟熏天。他们的厨房抽风设备又好,又能做到随时整理,维护厨房的高度清洁整齐美观,就根本用不着把厨房隐蔽,用不着搞吃喝的时候回避客人,干脆百分之百的透明度,给你弄什么吃喝就让你看着,你如有意见可以及时提出。同时一面为客人搞一点小吃喝,一面与客人闲聊着天,显得更加亲切。

还有一个重要的原因，美国从超级市场买来的食品都是加工好了至少是经过相当程度的加工的，厨房劳动大大减轻，主人从不会因招待客人而搞得手忙脚乱，不会因为招待客人而搞得客人反而看不见主人——像我在国内做客时遗憾地经验过的似的。

生活方式确是多种多样的，把厨房与客室连起来，这个思路使我觉得有挑战性。

三个月的时间，常常要去超级市场买东西吃，这样也就对美国的食品工业有了印象——其实一九八〇年我在美国生活了四个月，但是那次是过的"光棍"生活，对如何在美国居家过日子还是缺少切身切肤的体验。这次就不同了，俨然哈佛剑桥一市民矣。

美国的食品生产是十分社会化的，一进超级市场，琳琅满目的东西都是大工厂成批生产出来的。每一种东西都分类很细，例如牛奶之中又分一般奶、脱脂奶、浓缩奶（兑咖啡用）、加钙与维生素 D 奶等等。奶油之中有不含脂肪的人造奶油，还有一种奶酪奶油——或称为酸奶油。面包的花样就更多，白的、褐黄的、黑的、软的、干的、带芝麻的、带果仁的、加其他香料的等等，同时还有各种东方式的烙饼——被称做阿拉伯面包的。

超级市场的食品一大部分是制成品，除上述面包与牛奶以外还有各种果汁，有各种烤片——其中主要是土豆片与玉米粉片，碎烤片与葡萄干、香蕉干片的混合，后一种是吃早餐用的，吃的时候拌上牛奶或者酸奶就可以了，是我极喜欢的一种食品。冰淇淋也是做好了的，买上一大桶，拿回家去，放到冰箱里，可以吃许多天。至于饼干、点心、蛋糕种种，不需赘述。

半成品就更不少了。种种汤料，拿回去加水煮开即可。做好的意大利饼，拿回去放入烤箱，加热片刻，齐啦。各种挂面、干面与速食面，直到中式的速冻饺子，也是不难买到的。

大量的成品半成品食品的供应大大减轻了主妇们的家务劳动，也改善了厨房的环境和观感，改变了对于家务劳动的观念。在美国做饭远远比在我国简单得多——当然这也是人,特别是妇女的一个解放。

但是,这种食品生产的社会化与高度加工化也有另一方面的效果——你觉得在美国你不管怎么想办法,其实就是那几样吃的,社会化生产还能有个性吗?这不成了高度划一高度一致了吗?本属于家庭与个人的事情,如今变成了社会的工厂的事情了,您还打算要什么呢?即使是看电视上的食品广告,看来看去也不过是那么几样。真令人失望呀!不知道这当中是否包含着工业文明的得失的大道理。

在美国呆了几个月,最后呆得怪馋的,好在离回国的时间近了,回来再好好吃一顿吧。

1994 年 3 月

## 贝拉吉奥的"形式主义"

去年八月,去意大利北部城市北面的风景区贝拉吉奥开一个研讨会。在那里的洛克菲勒会议与研究中心住了五天。按照中心的规定,每天晚上大家要更衣,穿上西装,打上领带,打扮停当,前往饭厅所在的别墅区,先搞半个小时的鸡尾酒会,再用餐。

与会的学者们都觉得有些好笑。但是入乡随俗,只得如此。第一次,大家都笑了。盖教授学人之属,都"自由散漫"惯了的,穿衣服也是随便惯了的,很少有那种人五人六的样子。突然看到了彼此的装模作样,不由得哑然失笑。台湾清华大学教授廖先生穿上西装了,但是仍然不肯打领带,经过提醒才装扮合格。

后来天天如此,天天一笑而已。

在外国对着装有要求的地方当然不止于此。例如美国的政府机关与一些企业就要求雇员特别是男雇员穿戴齐整。再如美国世界贸易中心,你如果不装扮停当是不可以入内的,据说一次我们的一个女作家就是因为穿了牛仔裤,被挡了驾。一些选美活动和电影节之类的活动,对服装的要求就更加严格。那里的男子仅仅打领带是不行的,要求的是打黑领花(结)。另外一些大的赌场对服装的要求也特别严格,在马来西亚云顶赌场入口处,设有专门的礼服出租业务。

我的解释是,政府与某些企业之着装要求是为了显示自己的工作的严肃性,强调在这里上班谈问题是绝对不可以拆烂污的。电影节与选美活动是美女如云的地方,男士服装必须严肃大雅,从心理上给以震慑，使这里没有发生轻薄狎佻言行的丝毫可能。赌场呢，更是绅士淑女才能进的地方，进来几个流氓，那怎生了得？

再回过头来说贝拉吉奥，几天过去，也就习惯了。形式主义就形式主义吧。有些事上，文化其实只是一种形式，例如吃饭，怎么不是吃？而其文野之别，与其说在于吃什么，不如说是在于怎么吃亦即吃的形式上。不是么？为了强化某种价值标准，适当的形式恐怕是不可少的吧。

发表于《南方周末》1994 年 4 月 15 日

## 美国人更胖了吗？

记得许多年前我自以为有了一个发现，我曾经不大严肃地说："初到一地，下机伊始，判断这里是资本主义国家还是社会主义国家的最便捷办法乃是看一下当地的妇女，胖子多的是社会主义，瘦子多的是资本主义。"罪过，罪过！

不过这次——第四次去美国就不灵了。这次去美国到处看到大胖子，真不逊于前苏联的老大嫂。对此我深感困惑。怎么了，美国？这也是那个该死的"趋同论"在作怪么？"趋同论"被批了个不亦乐乎，就不见效么？

于是请教当地人，听到下面的数种说法：

一、压根儿就这么胖啊，正因为这样胖才天天研究减肥呀！愈减肥愈胖，愈胖愈减肥呀！

（这么说我早先是上了他们的电影和广告的当了，还以为她们多么苗条呢！从此对资本主义国家的种种宣传，一定要抱更加警惕的态度啦！）

二、美国女人的一个习惯是，情绪压抑了就吃东西，愈压抑愈吃，愈吃愈胖，愈胖愈压抑。

（此说对我来说最具有信息量。大长了见识，大破了骄傲自满。世界真奇妙呀！美国女子真奇妙呀！我还以为一压抑就吃不下了呢。真是只知其一，不知其二呀！）

三、奶酪吃多了怎么能不胖呢？

（我国有谚，喝凉水也能长肉。这里边也有点东方主义了吧？）

四、风俗也是不断变化的，都太瘦了，我东土大唐的喜胖风俗就成了重放的鲜花啦！即使是从弗洛伊德的观点上看，一味瘦下去，小姐夫人都成了芦柴棍，又有何可取呢？

美国人本来架子就大，胖起来确是很壮观的庞然大物，她们的存在使我们的女同胞感到安慰：我们的胖人，与彼邦的相比，实在是小巫见大巫。天外有天，胖外有胖是也。

发表于《南方周末》1994年4月

## 科摩湖里游泳

贝拉吉奥四面环山，中间是一个狭长的湖——科摩湖。由于湖形狭长，我老是觉得它更像一条河，我郑重地向当地人请教，他们告诉我这确实是一个湖。于是我想起了我国北方牡丹江市的镜泊湖，那也是狭长如河流的。

一九九三年八月二十三日，一到那里，先是俄罗斯科学院的两位与会者立即下了湖，我也紧随着下去了。

我喜爱游泳，虽然游得并不好，体质也不好。我最得意的就是走到哪里游到哪里。渤海、黄海、南海、西沙、贵州花溪、天山脚下、镜泊湖以及大西洋与太平洋、策勒尼安海（在意大利西西里岛附近）、墨西哥的高原湖泊，都留下了我游泳的"雄姿"。这次傍湖而居，岂能放过机会。

研讨会开得很紧张，每天从上午九点到下午六点，除中午一小时用饭以外全都用来开会——可不如咱们的"九三学社"（指上午的会是九点至十二点，下午会是三点至六点）舒服。但是我还是不能放弃游泳。于是或起早八点半以前，或抓晚利用六点回房间换装的机会，下水扑腾可以显摆。

一天早上，我正在湖中，美国教授、发起言来滔滔不绝、视力很差的文森先生来了。其实我也看不出来者是谁，但是我大叫了一声："早晨好！"

后来文森将此称为他的一次奇遇。他对人说："今天我有一个奇异的经验。一大早,我去游泳,忽然听到一声叫喊,从湖中心冒出一个脑袋——原来那是王蒙!"

我听了觉得十分得意,似乎我是成功地搞了一次恶作剧。

1994年

## 祝愿和希望[*]

我很高兴能够获奖。不管多么潇洒和逍遥,长篇小说还是以生命谱写出来的篇章。

我的绝大多数(迄今已有四部)长篇小说都是在人民文学出版社出的。我们有着极良好的合作关系。我十分感谢出版社的同志们。但我也很担心,在当今竞争激烈、日新月异的出版事业当中,这个出版社的优势能不能保持下去?

为了人民的文学,我衷心祝愿人民文学出版社励精图治、改革创新,把文学出版事业,特别是当代长篇小说的创作和出版、发行事业搞得更好!

发表于《当代》1995年第1期

---

[*] 本文是作者在人民文学出版社第三届"人民文学奖"颁奖大会上的发言。

# 行板如歌

柴可夫斯基好像一直生活在我的心里。

当然与五十年代的唯苏俄是瞻有关系。但是对于苏俄的幻想易破——也不是那么易——对于柴可夫斯基的情感难消。他已经成为我的生命的一部分了。

他之容易接受,是由于他的流畅的旋律与洋溢的感情和才华。他的一些舞曲与小品是那样行云流水,清新自然,纯洁明丽而又如醉如痴,多彩多姿。比如《花的圆舞曲》,比如《天鹅湖》,比如钢琴套曲《四季》,比如小提琴曲《旋律》,脍炙人口,家喻户晓,浑如天成,了无痕迹,它们令人愉悦光明,热爱生命。他是一个赋予生命以优美的旋律与节奏的作曲家。没有他,人生将减少多少色彩与欢乐!

他的另一些更加令我倾倒的作品,则多了一层无奈的忧郁,美丽的痛苦,深邃的感叹。他的伤感,多情,潇洒,无与伦比。我总觉得他的沉重叹息之中有一种特别的妩媚与舒展,这种风格像是——我只找到了——苏东坡。他的乐曲——例如第六交响曲《悲怆》,开初使我想起李商隐,苍茫而又缠绵,缛丽而又幽深,温柔而又风流……再听下去,特别是第二乐章听下去,还是得回到苏轼那里去。他能自解。艺术就是永远的悲怆的解释,音乐就是无法摆脱的忧郁的摆脱。摆脱了也还忧郁,忧郁了也要摆脱。对于一个绝对的艺术家来说,悲怆是一种深沉,更是一种极深沉的美。而美是一种照耀着人生的苦难的光明。悲即美,而美即光明。悲怆成全着美,美宣泄着却也抚慰着悲。悲与美共生,悲与美冲撞,悲与美互补。忧郁与摆脱,心狱与大光明界,这就产生了一种摇曳,一种美的极致。

这也可以说是一种哲学。人生苦短,人生苦苦。然而有美,有无法人为地寻找和制造的永恒的艺术普照人间。于是软弱的人也感到了骄傲,至少是感到了安慰,感到了怡然。这就是柴可夫斯基的第六交响曲的哲学。

在他的第五交响曲与 D 大调小提琴协奏曲中,既有同样的美丽的痛苦,又有一种才华的赤诚与迷醉,我觉得缔造着这样的音乐世界,呼吸着这样的乐曲,他会是满脸泪痕而又得意洋洋,烂漫天真而又矜持饱满。他缔造的世界悲从中来而又圆满无缺。你好像刚刚迎接到了黎明,重新看到了罪恶而又清爽,漫无边际而又栩栩如生的人世。你好像看到了一个含泪又含笑的中年妇人,她无可奈何却又是依依难舍地面对着你我的生存境遇。

是的,摇曳,柴可夫斯基最最令人着迷的是他的音乐的摇曳感。有多少悲哀也罢,有多少压抑也罢。他潇洒地摇曳着表现了出来,只剩下美了。

这就是才华,我坚信才华本身就是一种美。它是一种酒,饮了它一切悲哀的体验都成了诗的花朵,成了美的云霞。它是上苍给人类的,首先是给这个俄罗斯人的最珍贵的礼物。是上苍给匆匆来去的男女的慰安。拥有了这样的礼物,人们理应更加感激和平安。柴可夫斯基教给人的是珍惜,珍惜生命,珍惜艺术,珍惜才华,珍惜美丽,珍惜光明。珍惜的人才没有白活一辈子。而这样的美谁也消灭不了,在火里不会燃烧,在水里也不会下沉。这后两句话是一首苏联革命歌曲中的句子。原谅那些毫无美感但知道整人的可怜虫吧,他们已经够苦的了。

在我的惹祸的《组织部来了个年轻人》中,我描写了林震与赵慧文一起听《意大利随想曲》。《意大利随想曲》最动人之处就在于它的潮汐般的、波浪般的摇曳感与阳光灿烂的光明感。人生太多不幸也罢,浮生短促也罢,还是有了那么迷人,那么秀丽,那么刻骨,那么哀伤,有时候却又是那么光明的柴可夫斯基的音乐。那是永久的青春的感觉与记忆。这能够说是浪漫么?据说行家们是把柴可夫斯基算做浪漫主义作曲家的。

一九八七年我在意大利的佛罗伦萨看到了柴可夫斯基的故居,在佛市郊区,在灌木丛下有一个白栅栏。可惜只是驱车而过罢了。缘止于此,有什么办法呢?

我宁愿说他是一个抒情作曲家。也许音乐都是抒情的。但是贝多芬的雍容华贵里包含着够多的理性和谐的光辉,莫扎特对于我来说则是青春的天籁,马勒在绝妙的神奇之中令我感到的是某种华美的陌生……只有柴可夫斯基,他抒的是我的情,他勾勒的是我的梦,他的酒使我如醍醐灌顶。他使我热爱生活热爱青春热爱文学,他使我不相信人类会总是像豺狼一样你吃掉我、我吃掉你。我相信美的强大,柴可夫斯基的强大。他是一个真正的催人泪下的作曲家。普希金、莱蒙托夫的抒情诗的传统和屠格涅夫、契诃夫的抒情小说的传统。我相信这与人类不可能完全灭绝的善良有关。这与冥冥中的上苍的意旨有关。

我喜欢——应该说是崇拜与沉醉于这种风格。特别是在我年轻的时候,只有在这种风格中,我才能体会到生活的滋味、爱情的滋味、痛苦的滋味、艺术的滋味。柴可夫斯基是一个浓缩了情感与滋味的作曲家,是一个极其投入极其多情的作曲家。

他的一些曲子很重视旋律,有些通俗一点的甚至人们可以跟着哼唱。其中最著名的应该算是第一弦乐四重奏第二乐章——如歌的行板了。循环往复,忧郁低沉,而又单纯如话,弥漫如深秋的夜雾。行板如歌云云虽然只是意大利语 Andante Cantabile 的译文,但其汉语语词也是优美的,符合柴可夫斯基的风格。我写过一个中篇小说,题目就叫《如歌的行板》,这首乐曲是我的主人公的命运的一部分,也就是我的生命的一部分了。冯骥才说本来他准备用"如歌的行板"为题写一篇小说的,结果被我"抢"到了头里。有什么可说的呢!大冯!你与柴可夫斯基没有咱们这种缘分。我不知道有没有读者从这篇小说中听出柴可夫斯基的音乐来。还有一些其他的青年时代的作品,我把柴可夫斯基看做自己的偶像与寄托。

真正的深情是无价的。虽然年华老去,虽然我们已经不再单纯,虽然我们不得不时时停下来舔一舔自己的伤口,虽然我们自己对自己感到愈来愈多的不满……又有什么办法!如果夜阑人静,你谛听了柴可夫斯基的《如歌的行板》,你也许能够再次落下你青年时代落过的泪水。只要还在人间,你就不会完全麻木。

于是你感谢柴可夫斯基。

发表于《爱乐》1995年第4期

## 焕然一新喜亦忧

我是八年前搬家到朝阳门这边来的。那时,买菜是到东四东面路南的朝内菜市场。菜市场很大,鲜菜干菜、水产肉类、油盐酱醋、干鲜果品,一应俱全。

可惜不久,菜市场就拆了,说是要翻盖。这样,这边就没有一个像样的菜市场了。有时候来客人只好远道去崇文、西单、东单、安定门的菜市场,觉得很不方便。

从此早也盼来晚也盼,只盼着翻盖早日完成,大家方便,自己方便。

一盼盼了七年半,总算看到了大楼的落成,看到了旷日持久的内装修,于是这一带的居民们奔走相告:好消息,新菜市场盖好了。人们也互相提醒,随着更高级的菜市场的建成,估计价儿也得高级得多了;那也合理,大家生活水平提高了,购买力也提高了,多花一点钱,吃好一点,不也是成绩吗?

去年八月份,从"菜市场"门口过,看到了协和公司的牌子,我告诉妻,恐怕要改成百货了。我们议论,百货也很好,我们这边也缺少高档的百货店。妻非常乐观,她认为,改成百货也会在地下层或什么层设自选市场,燕莎呀赛特呀隆福呀不都是这样的?言之有理,闻之心安。

九月三十日,协和百货的试营业开始了。真叫气派!一进门就是法国香水,法国首饰,皮尔·卡丹时装,还有各种皮包皮箱。一层层上去,都是开架售货,琳琅满目,形势一片大好。我真是为之提气!还记得十几年前我第一次到欧洲、美洲访问,看到人家的开架式货品,我只感觉眼花缭乱,赞叹不已!我那时还不敢想象什么时候我国也有这样的百货公司。

曾几何时,咱们北京的百货商场已经绝对无逊于他们的商店了。一位初次到北京来的台胞对我说:"北京的商品供应,绝对不比某些欧洲国家差!"真是迅猛发展,日新月异呀!

可是,与我们的期望相反,没有一层卖食品副食,连卖糖果点心烟酒的也没有。

民以食为天,怎么就不想想住在这一片的几十万人的嘴呢?

……好在现在还只是试营业,那里的售货员也对我说,许多顾客反映了意见,要求增加副食食品部分。那就再等一等,等着这一片也出现西单、东单——如果困难的话,至少是出现燕莎、赛特式的自选市场吧。

发表于《北京晚报》1995年1月4日

## 往 日 情 歌

今年二月十四日,是上元佳节,又是西俗所说的情人节。这天晚上,在北京音乐厅,由中央歌剧院演出《世界名歌 200 首》里的爱情歌曲。遥想六十年代,那本书里的歌曲风靡一代人,我们这种年龄的人去听这些歌儿,便具有一种怀旧的意味。

一上来真是感慨良多。朴挚而又亲切的《红河村》,光明而又热烈的《喀秋莎》,激越而又辉煌的《我的太阳》,天真而又多情的《山楂树》,沉醉而又亮丽的《乘着歌声的翅膀》,还有火辣辣的卡门的《爱情之歌》与依依难舍的《西波涅》……所有这些往日深深被我们喜爱的歌曲重新响彻在大厅里。不但亲切得如同接待了阔别多年的老友,而且愉快得如同回到了青年时代,我们还活着!我们的青春还活着!

原来世上有那么多美好的歌曲,原来生活是那样美好!麻烦的,多变与多难的生活啊,为什么我这些年没有像过去那样用最快乐最温馨最美丽的心情去感受你!我对不起你!我是能够歌唱你的呀!不论有过多少曲折和试炼,我们是永远的朋友!我从没有怀疑过生活的幸福!

我陶醉了。甚至于我感到了类似忏悔的情绪。

听多了以后又想,其实不可能永远这样爱情、鲜花、太阳和光明。虽然爱情、鲜花、太阳和光明是太好了,我们是太需要它了,我们也太有义务为人们提供爱情、鲜花、太阳和光明了。但是,如果只听这样的歌,也就和只吃糖球只吃冰激凌一样,我们的口味永远停留在九岁或者十一岁的时候,这怎么可能呢?这不是也会使人营养不良么?

生活是波澜壮阔的。惊涛骇浪,九曲连环,沉渣泛起,大江东去,有时候一泻千里,有时候辗转盘旋,有时候卷起千堆雪,有时候一平如镜……这才是生活!酸甜苦咸辣,这才是五味俱全的人生。生活不仅是纯洁温柔的往日情歌,生活更是千姿百态的未完成交响乐。

勿忘往日情歌,正谱崭新乐章。人的心情常常是自相矛盾的,却又是相反相成的。

感谢北京音乐厅的经理钱程,他是我们的老同学的儿子,他给我们提供了票子。新的一代又一代人,一定会演奏出更新更好的交响乐。

发表于《今晚报》1995 年 2 月 23 日

# 壮游的"阿甘"

有一年在青岛,我与作家同行们谈天,我说:"我是一不吸烟,二不大喝酒(过去喝的,近年害血压高,免了),三不搞什么花花事,什么桑拿浴、卡拉OK都与我无缘。那么这一辈子有什么享受?我的最最豪华的享受就是夏天找一个海滨疗养所住下来,上午写小说,下午游泳。"

我说的是真话。写小说的事人家都知道,这里,我只说一下游泳。夏天,万物蓬勃葱郁,人也可以少穿一点衣裳,多与阳光空气亲热亲热。再投入到大海里,飘飘悠悠,沉沉浮浮,击水万里,挥臂亿次。游过来,再游过去;叹碧海之无涯,哀人生之局促,惜华年之远去,乐今朝之犹健,笑吾身之区区,舒吾心之浩浩,忘世事之繁琐,喜游泳之自得。游泳真是一种难得的享受。

我学游泳始自一九五三年,学得很慢,而且开始时非常紧张,胆小,又笨,但还是要学,愈紧张愈要学。六十年代初期,我已经学游泳达八年了,才第一次与黄秋耘同志一起畅游昆明湖——从知春亭游到龙王庙,四百多米。只是我游得相当紧张,呼吸急迫,到了目的地已经喘不过气来。

不久秋耘去了广东我去了新疆,秋耘早就来信说是"壮游难再"了。

那是三十多年前的事。我呢,始终坚持着追求着壮游,一定要让它"再再",像是还一个愿似的。

早就会游了,但我仍然苦学换气,我无法接受那种把脑袋放到水面上的土办法,我坚信只有学好了换气,才能姿势正确,身体位置正确,最大限度地减少水的阻力,最大限度地发挥人的四肢摆动所产生的动力。也只有到那个时候,我才承认自己是会游泳了。

换气我又学了十几年,才差不多合格。当然,在新疆一年也难得有机会游几次泳。在新疆我更加惋惜夏日的短促。《夏天最后一朵玫瑰》,这首歌总是能让我体味到更多的忧伤。

我游蛙泳,也游老人式的仰泳。正规一点的仰泳则是最近几年才练习的。我虽然生性急躁,但是我在游泳中追求的是安详、沉着、节奏、舒展。

七十年代后期,我第一次去北戴河,呆了两个半月,可以游到防鲨网两个来回了,但仍然多少有点吃力。

只是在近年,我游泳才做到不慌不忙,不是闲庭信步,恰如闲庭信步。只要水不是过凉令人警惕抽筋这个游泳的死敌,理论上我似乎想游多远就能够游多远。这时我已经快到六十岁了。

我看到《东方时空》节目里介绍一个人的漂浮技术,我很惊奇,因为那对于我来说似是家常便饭。用家父的话来说,你可以仰卧在海面上,可以在海面上打个盹。

我不仅仅在北京或者在中国游,在美国在意大利在新加坡与马来西亚,在渤海黄海南海松花江镜泊湖伊犁河,在地中海与波士顿的德丽湖在澳大利亚冲浪天堂在赤道,我都下过水。我不仅在适宜于游泳的地方游,而且在不适合游的地方硬是坚持游。例如,在新疆的巴彦岱公社,我就与众顽童们一起在砖窑坑的充满黄泥的积水中游过泳。

最好的游泳当然是在大海里。在海里我喜欢往远处游,往深处游。这其实是有点犯傻,因为毕竟这要冒一定的风险。例如聂耳就是游泳中丧的生。一个人游到远处,赶上天气或者水情的一点异常,想起聂耳来,是有一点恐怖的。妻子多次建议我就在崖边"横向"多游几次算了,不是一样吗?在意大利的西西里岛的浴场上,没有一个当地居民往远处游,但我还是游了。为的是那种感觉,那种恐惧与对于恐惧的征服,或者再夸张一点说,是那种对于大海的恐惧与征服。那是在近岸处怎么长游也得不来的。

我游得太卖力气了,一下,又是一下,同样的还是一下,一次几百几千下,有时候我自己也觉得是在冒傻气。妻说:"你游起泳来有点像阿甘。"阿甘,说的是美国电影里那个弱智而又走运的人。

我是一个游泳的阿甘,我很满意这个诨名,这使我很快活。

我为什么这样游,癖于游,傻于游呢?

为了身体健康,当然。我不喜欢动脑子的业余活动,如下棋、桥牌、麻将之类案头呀室内呀。我们这些人是太可怜太孱弱了。我喜欢的是体力活动,是大自然,更是一望无际的海。当然游泳很好。更为了那种感觉,开阔,自在,渺茫。投身于天空与大海。既感到自己的渺小,又感到自己的活力,胳臂呀腿呀的还挺管用。我感到一种与大海与蓝天融为一体的快乐和那种面对永恒与无垠的无解的忧愁。

为了哪怕是暂时躲开一些无聊的人事。大海边是别一个世界。有时候与人事相比,还是浪花与海鸥可爱得多。

为了记住青年时代。毕竟游泳与我的青年时代有很多的联系。我的童年是不幸的,而我的青春是"万岁"的。游泳,也是解放后的青年人的生活的一项重要内容。毛主席就提倡游泳嘛。共产党领导人都爱游泳。

为了我的父亲王锦第先生。他一辈子酷爱游泳。他一辈子一事无成,最后,他的生活里唯一留存下来的让他爱好的东西便是游泳。从小,他就给我灌输了游泳乃人间第一乐事的认知。

为了躺在海上看天。有时候天特别亲切而又庄严,这时候的天是你的天,这个时候的你是天的你。你属于这个天和地,你在几十年的时间里尽你的努力,然后你归于这个永远覆盖着你的天空和大地。你理应躺在海面上好好地看看——思摸思摸这个有时候湛蓝,有时候灰蒙蒙,有时候飘着白云,有时候落雨的天。有一次在雷雨中我还往远处游,据说这很可怕。好吧,打雷的时候就老老实实地呆在房子里。

1995 年

## 多了一位朋友和助手

早在一九八九年秋冬之际,谌容回答我"最近忙什么"的问题的时候便告诉我:打麻将和玩电脑。接着她问我:"你干吗不买一个电脑玩玩?"

我当时竟然没有听懂她的话,我以为她说的玩电脑是指玩电子游艺机。我的业余爱好偏"武",包括游泳散步乒乓球之类,却没有文的,如下棋玩牌等等。当然也不会有志于打电子游艺机,因为我觉得我坐在那里"做生活"已经坐够了。但到了一九九〇年下半年,美丽的江南却流行起王某人投入电子游艺,技艺超凡入化已经精通了多少多少盘、正在学多少多少盘(谁知道叫盘呀还是什么的,反正到现在我也还没玩过也不想玩任何电子游艺)的消息。当朋友们高兴地向我转述他们得自南方的关于我的传闻的时候,听了我的辟谣,都显出了失望的表情。我也深为自己的状况与流传不符而觉得对不起朋友,似乎不够交情呢。

后来才知道谌作家当时已经开始用电脑输入汉字来写作了。她和一些别的同行陆续用起了电脑,并动员我也先进一下。我则顾虑重重,心想,电脑那玩意儿是科学,咱们弄的是艺术,以科学之逻辑干艺术之虚无缥缈,殆矣!又想,字好字坏钢笔那玩意儿咱用了几十年了,写字虽累但从来不动脑筋,万一搞上个电脑,写一个字以前先摸它的脾气找它的路子走它的门径,这不是自己跟自己过不去吗?这么干不是一下子就把灵感全轰走了吗?舍纯熟而取生疏,舍轻便而取笨重，舍廉价而取昂贵，我有病了还是怎么的？

一九九一年七月，张洁从美国回来了。她也用上电脑了。她也向我鼓吹起电脑来了。她给我讲了别人讲过的稿面整齐、便于修改、便于复制等等电脑优势以后，又给我讲了一个别人没有说过的道理。她说："你知道，写作最难的是头三行字。每天上午坐稳动笔以前，且得磨蹭呢，你是不是这样呢？"我连连说我也是这样。她说那就对了："弄个电脑的最大好处是它像个游艺机呀似的，吸引你老是惦记着要坐到它那里去。"

她的这个说法倒是很有说服力。我也是"懒驴上磨屎尿多"，写高兴了本来是极愉快的事情，就是"进入"这种写作状态难。伏案疾书并不是一件轻松的事情，特别是在我已经患有颈椎病、轻度白内障、轻度眼底动脉硬化之后。我常感叹，写作不仅是一种脑力劳动，而且是一种体力劳动。一部长篇小说二三十万字，您光抄一遍试试。我的心眼儿活动了。

到了一九九一年，忽听得一家伙李国文、叶楠、梁晓声全都电脑化了，我也就赶紧置办。说起来我在买东西方面的智力绝对比白痴强不了多少。"傻子过年看隔壁"（这句俗话还是从《艳阳天》上学来的），既然那么多人都买了，我也就买吧。

电脑刚买来时就跟家里多了一个妖精差不多。由于不熟练，机器老是出事故。有一次所有的字都没了，剩下了一些古古怪怪的符号；有时自以为打得很对，机器却老是出现"吱儿吱儿"的怪声；有时打着打着进入了死机状态，叫天天不应，叫地地不灵……走投无路之际，请来技师，却原来难者不会会者不难，稍稍一动一切也就得心应手。这回倒热闹了，写作的时候好像出来了一位朋友或者助手，帮你的忙或者跟你闹点别扭，颇不寂寞呢。

我用电脑没有经过任何培训过程，拿过来就胡打上了。一开头用汉语拼音方法输入，我自以为精通汉语拼音，不会有问题。实际上有些字自己读的音就不准，拼出来当然也不会正确。例如荨麻疹的荨字，我拼"xún"，怎么也找不到这个字，无法，去查字典，才知道它的正确读法是"qián"。赝品的"赝"字它的正确读音与拼法也是查过字典才闹明白的。拼音输入帮助我纠正了不正确的汉字读音。

慢慢也就习惯了。特别在掌握了双拼技巧以后，拼音也打得蛮快。我用拼音方法输入"写"了近五十万字的文稿，其中包括长篇小说《恋爱的季节》中的后三分之二、短篇小说《奥地利粥店》《成语新编》等。

但是谌容与她的儿子相声作家梁左坚持不懈地劝我改学五笔字型，五笔字型可以直接把字打出来，不需要像拼音那样打完了还要从"屏幕"上挑选同音字，这个方法确实理想得多。只是一看五笔字型的原理、程序、口诀……就令人头大如斗。我的女儿也跟着起哄，说什么某位小姐培训了三个月也没学会五笔字型，更使我怯起阵来。

结果太太充当了扫雷先锋，她买了几本讲五笔字型的书，在无人辅导的情况下自己初步掌握了五笔字型的基本要领。随后又经过年轻的朋友梁左的一次不容争论的恳切动员，我在一九九二年八月下旬下定了决心，抛掉已经驾轻就熟的拼音方法，改弦更张，从头学五笔字型。叫做精益求精，更上一层楼。

和这一辈子干别的事情一样，我习惯于在做中学、用中学。我压根儿就没有受过正规的高等教育，这当然造成了我的弱点，例如不知道"荨"字的正确读法；但也造就了我的在实践中摸索总结分析思考找规律想办法的本事。拿过五笔字型的表格来，头一上午就打出了十几个字，下午就用五笔字型输入方法给儿子写起信来了。（按谌容的说法，这也算奇迹了。）无非是找不出五笔字型的拼形码来就用拼音方法调出此字，好在拼音调出的字后也附有五笔字型拼码。每遇到这种情况，我就用心体会为何人家要这样拼，一回生两回熟，终于悟出了个中道理。这也叫"提高了觉悟"——想到什么字，立刻觉悟出它具有的符码，它也就乖乖地服从咱们的调遣了。现在，我用五笔字型方法输入汉字的速度已经超过了拼音时期的最佳状态。这个过程本身就具有莫大的吸引力,说实话,现在什么事也不如坐在电脑前头打字那么有魅力。当然,电脑的作用不仅是打字、修改、复制、存底、搜索……妙用无穷。过去寄稿子到外地最怕的就是把稿子丢了,现在再也不发这个愁了,我给天南地北寄稿子现在连挂号费都省下了。劳动的条件当然是过去无法比拟的,端端正正地一坐,眼睛距离"屏幕"一米多,花眼也不必戴花镜,十个手指头全用上了,不像写钢笔字那样,靠的是一只手上的三根手指头。据说两手十指同时操作还有利于大脑,老了不得偏瘫。

一次听到刘心武与人议论电脑会不会影响灵感呀、形象思维呀什么的,我颇有点怒从心来,便对刘老弟说:"您的这些议论,其实与清朝末年一些人反对铁路火车的性质一样。"批得他只剩下了咯咯的笑。后来又有一次听到一位作家好友说对电脑表示疑虑的话——其实这种疑虑我过去都是有过的,我便更"恶毒"地对他进行诛心批判道:"别财迷啦,你老!"

我成了用电脑的积极提倡者、宣传者、捍卫者了,而且很带一点不容异议的专制劲儿。

最新消息,心武也添置了功能良好的电脑了。

作家用了电脑,真是如虎添翼。我惊异地发现,那些抨击电脑的振振有词的道理,大致都是不用、不会用、不想学或者没有电脑甚至压根儿就没接触过电脑的先生女士们讲出来的——也就是臆造出来的。

发表于《青年博览》1996 年第 4 期

# 冬　季

## 一

我一步一步走向你。

我拒绝了飞行。我躲开了前呼后挤,我不要任何的轮子与我一起。在我们坦然相对的时候,只有我和你。

甚至,在接近你的时候我抛弃了名字和姓氏。

一切的争夺,一切的贪婪,一切的穷极无聊的阴谋诡计都来自于名姓。

而且,你就没有姓名。当你没有姓名的时候,我为什么要有呢?

多么愚蠢,一两个、两三个与你的生命没有任何关系的辅音和元音,赶不上鸟鸣,也赶不上马嘶乃至虫吟的收紧牙关和舌根的发音,和一两个、两三个这样那样的符号,人们绞尽了脑汁洋洋得意地幻想出来的本来毫无意义的圈圈画画,戕害了你一辈子。你为它而愤怒,你为它而弄脏了手,你为它而失去了你的丰姿,你为它而喋喋不休面红耳赤辗转反侧装腔作势花样翻新,你为你的符号而干脆失去了你自己。

幸福,幸福在哪里?在符号里还是生命里?取得里还是失却里?遐想里还是事实里?

而"你"不要符号。于是你的符号无穷无尽。粼粼的,叠叠的,鼓胀的,潦草的,舒展的,搏战的,紧张的以及悬殊的,变异的,最后是无形的,散失了的。

我一步一步地走近你。我听到了你的呼吸。我闻到了你的气味。我看到了你的边际。

当然,你也有你的边际,你的边际总是与同样苍茫的高天在一起。

在我走近你的时候,我看到了你的欢喜。

我的悲哀在于你的无所不在的微笑。由于我知道一些与我模样相似的人是多么粗鲁和卑鄙。他们到来的目的是为了污辱你与伤害你。他们渴望那种用乱石把一对相恋的少年男女活活砸死的古老风习,渴望品尝那种躲在人众后面的不受追究的尽情糟害他人的快意。他们害怕光明,害怕大度,渴望那种在享用以后把一切弄脏的成就感。

而你好像在说:"随——他——去。"

我为你伤心哭泣。

我倾听你的伟力,你的雷鸣,你的雪花,你的永不放弃。你本来完全可以扼住他们的喉咙,翻转他们的船只,把他们送到爪哇国去。而你宁愿闲置自己。

你照旧应许他们的索取,给他们以生命以营养以抚摸以洗涤以闪烁的光辉和清新的吐纳,你这要命的有求必许!

又能说什么呢?他们也是向着你来的,无论怎样的中伤也无法改变他们追求你的事实,他们无论如何害怕事实,也无法掩盖他们是靠着你和得益于你。他们无法损伤你的一点一滴。你注定了不会计较他们,正像他们自信不会放过你。一笑而已。

他们也奔向你。谁都可以奔向你。只此已经把一半罪恶赎去!

我又有什么权利要你拒绝?

不是吗,每个自己都要求拒绝旁人,每个旁人都要求拒绝自己。在我要求你拒绝的时候,在这一点上我与他们有什么相异?于是有了辩论,有了刺激,有了诽谤和花言巧语。而且旁人和自己是一样的真诚,一样的振振有词,一样的如诉如泣,一样的投入和动情——我要说有时候是相当感人地憎恶对方与爱恋自己。

请问,宇宙拒绝过什么呢?宇宙甚至没有拒绝过任何一双狼眼!

没有拒绝也就没有侵入。没有追求也就没有挫败。没有占有也就没有丢失。没有防御也就没有退却。没有处心积虑也就没有败坏气急。

要求拒绝也就是要求垄断,拒绝拒绝才是你的就里——你的恢宏,你的神秘,你的魅力。

## 二

我以为,你只属于夏季。我以为我已经离开了你。

那时在火热的蓝天与白云下面,我躺在你的心上。你的心托举着也戏弄着我,你的心跳令我谛听世界和爱情的最早的消息。随时都有沉没的威胁,随时都有容纳的慰藉,随时都有触摸的温柔,随时都有簇拥的忘我与富丽。

这时候,我会想,我是什么?我是谁?是一条鱼?一艘船?一朵浪花?一只海鸟?一簇转瞬即逝的泡沫?

我什么都不是,我只是那点迷迷蒙蒙,似有,如无,如烟雾,似闪烁,是一个愈远愈小直至于失去踪迹的小黑米粒。

我融合于一块木片,一只鸥鸟,一抹夕阳,一幢楼房的倒影,一只可怜的被儿童捉住的寄生蟹,一角失去了生命却仍然留存着生命的呜咽的海螺。

这时候我找寻风,风是你的臂膀,你是风的手掌。风是你的灵魂,你是风的流露。风是你的随意,你是风的深情。而我,我只是风里的一片树叶,你心里的一丝忧愁,白云下面的一粒灰尘。我过去不是今后也不是而且我讨厌是一面战旗一幅标语一头秃鹰一支火箭发射筒一枚曳光热核弹头;也不是一朵白玉兰一串雕花象牙项链一支天竺香一粒速效定魂丹一只不敲不响的木鱼。

我寻找雨,雨是你瞬间的麻面,雨是你布满的文身,雨是你无心的哭泣,雨是你一会儿就会过去的脾气。

我只是你怀里的一片小小的羽毛,一滴即将蒸发的水渍。

我会沉下去吗?沉下去有多惬意!

多么幸福的晕眩,旋转起伏,飘摇沉迷,轻如无物,飘洒如昨日星辰,如今日的陨石雨。

在你的心上——我不说身上——我得到的是多么危险的自由!为了自由必须脱离必须消受空虚!从小我就害怕自由,因为我害怕脱离,害怕空虚。而在你这里,我从容地前进、旋转、翻身、直立和匍匐,没入和离出,每个快乐都饱含着丢掉生命的危险,每一种快乐都像是你安排好了的陷阱,每一种自由都像是你的计谋,你已经决心把我吞噬下去。你每一刻都要成全我的自由和脱离,你随时准备赐予我饱满的空虚。这危险因为自由而变得甜美,这自由的解脱由于危险而变得更加诱惑,我快乐得也是恐惧得心慌意乱,气顺神怡。

你摆弄着我,你震荡着我,你好像忽然放弃,准备着把我投入深渊。我已经看到了那黑色的永恒,那冰冷的终结。我只能下沉再下沉,我甚至感到了一种激动,因为那是崭新的世界,又有谁到达过那永远的虚无?那是永远地归属于你。

"跟你逗着玩呢,玩着逗呢。"你说,一笑就把我高高地举起,使我如同在一个花腔高音里,被天才的激情和灵魂托举起来的音符。

我羞愧,因为我言行不一,我渴望沉下去,永远属于你,但是每到关键的时刻我就逃脱上来,离开了你,背弃了你——不如一条小鱼。

一、二、三、四、五、六、七、八……

一、一、一、一、一、一、一……

这就是我们的欢乐,这就是我们的行为,这就是我们的情感。一就是所有,一切都是一。永远一样的快乐,永远一样的危险,永远一样的短暂。一样的新鲜和一样的万古如旧。一样的平和与一样的气喘吁吁。一样的无限风光和永远的不十分满意。

我、不、愿、意、离、开、你!

这是危险的信号。你只有离开我才有你,你只有离开我才能再来,你只有离开我才能避免灾难,你只有离开我才不会留下永远的诅咒和恐惧。

而离开了你和没有遇到你的时候一样。我什么都没有长进,什么都没有学会。依然故我,乏善堪叙。仍然是一样的污浊,一样的沉重地下坠,一样的焦躁,一样地为无聊的名姓符号、为不值得理睬的人和事而陷入污泥,一样地向讨厌的人露出笑容,向愚蠢的人献出花束,向聋子侃侃而谈,向骗子举起茅台酒杯。

"祝您健康长寿!"

天呀,我说了"您"!

于是我也是骗子了。

于是,想起你来我觉得没有话说,于是我只想闭上嘴巴,于是我干脆不再想你。

季节已经过去,太阳已经完成,葱郁已经走到了底,便不再蓬勃,不再唤醒精力。早已没有了彩色,最近又落光了红、黄和绿。我们已经分手,已经把炎热的夏天忘记。你和我都瑟缩着颈项,浑身防了又防,有时候服一些白药片,然后咳嗽得像是吃了鸡毛。梦里你也不再惠顾。梦里也不见你。

我没有属于你,却属于云雾,属于电脑,属于关闭了的窗户,属于吃力的怀疑。

而在落下了第一次雪以后,我不再想起你。

三

其实你还在那里。

你没有怨忿。你有愤怒,你有警告,你有威严,你有毁灭的力量,你也确实毁灭过一些什么,然而你宁愿擦边而过,不留痕迹。

你也有叹息,快乐的和伤感的。咝……吁,哼……唷,飒……沥,如此而已,如此而已。

你也有万种风情,千般妩媚:鲜艳如桃花盛开,清丽如百合沐浴,变幻如白云苍狗,无奈如散场时落下的柔软的丝绒帷幕,激越如晴天霹雳。

然而我已经没有了你,在下一个夏日之前远离。你不再顾盼,不再与我低语。你从来不在乎谁知道你,谁不知道你,谁惦记你,谁忘记了你。

你什么都不在乎什么都不介意什么都不期盼什么都不留恋什么都不吝惜。

远隔千山,你还是你,远隔万壑,你还是你,远隔冰霜、阴风、蔽日的黄沙与老一套的无法鉴别的预报,你还是你。

而我们在没有想到的时候相见,在没有想到的地方重逢,在没有准备的场合碰到了一起。

是悲?

是喜?

是你?

是你!

别来无恙?

原来无异!

这一次你是明亮的,更白,更灰,更蓝,更淡也更强。你是一片光辉,鲜活而不刺目,纯净而不孤高,迫近而又遥远,散漫而不凌厉。你像一块丝绸,随意地展开和卷起。你像一支乐队,所有的提琴一起颤抖不已。你像一个梦境,愈是要清清楚楚地审视你,你就愈是晃动迷离。你不愿意人们看着你。为什么?你满眼都是泪迹,却不承认自己有任何的心曲。

我们重又亲近,你迷迷蒙蒙,我如醉如痴,你何时离开过我,我回到了上一个轮回、上一个世纪。那已经结束的缘分重又拾起。那重新拾起的缘分重将破碎满地。你本来悄悄寂寞？我本来长睡不已。

长睡片刻，突然又被唤起，睡眼惺忪间发现没有我世界仍然如故地光亮而又含蓄。你对我无需欢迎，也就没有斥拒，无需热情，也就没有陌生和别离，无所谓也无所忆。人生仍然荒谬而又甜蜜。生活仍然沉重而又难舍难离。只有你稍稍消瘦了一点点，他们不来了，以为你不那么红火了，也就删掉了那么多腥膻的多余。我赞美你夏季的汹涌，更赞美你冬天的清丽。冬天是减肥的好时光，没有冬天，万物会更加拥挤并且增加敌意。

而我在长睡后突然重新见到了你，我怎么能不哭泣。

你仍然无语。

你的迷人恰恰在于你的无语。

我爱你。

你无语。

我想你。

你无语。

想不到又见面了。

你仍然无语。

见了面也就要离开了。

你轻轻地叹息。

无语而又亲切谦和，默默地温柔，静静地倾听，微微地颔首，怅怅地回忆，轻轻地飘摇、拥抱、合而为一。淅沥，淅沥，嗒滴，嗒滴，刷拉，刷拉。不多也不少，不焦躁也不萎靡。

你只是一个巨大的存在，你只是一个巨大的慷慨，你是一个巨大的给予。你只是你自身，丝毫也不理会哪怕是沉迷爱恋的吟咏，哪怕是谬托知己的盟誓，哪怕是英勇豪迈的冲浪表演，哪怕是死而复生的荒唐与离奇……更不要说误解和抱怨，挑战和冲击，叽叽喳喳，喳喳叽叽。

你升腾也降落。你抚爱也冷漠。你呈现也隐藏。你微笑也冷淡。你抱住也放开,叫做撒手而去。

我又是你的了。经过了一段糊涂,经过了一段穷忙,经过了一段耽于耍戏。

我又成为你的一个转瞬即逝的旋涡,一道歪歪扭扭的纹路,一个天边的浪花,一个不会留下的、因而也就可以说是并没有过的记忆。

匆匆邂逅,匆匆别离,匆匆欢乐,匆匆青春的返照,匆匆的相约相违相避。然后是一片迷蒙,一片无垠的往事,一片永远的耐性,一片无所作为的愧疚,几行渐渐老去的文字:对于你的无言的存在的皈依,对于你的博大、沉着、静穆和随意的永远达不到的向往,也就是永远克服不了的距离。

发表于《大公报》1996 年 1 月 31 日

## 第六十二个春天

很快，就是我生命中的第六十二个春节了。

春节的到来首先引起了我的许多回忆。

小时候，春节给我印象最深的是冷，那时候的春节都是在严寒中度过的。莫非地球真的愈变愈暖了？那可是环保上的一大问题。当然，儿时的家中取暖条件不好也是一个原因，有时候，早上起来发现房间里的水都冻成了冰。那时候迎接新的一个旧历年头到来的时候，只觉得四处都是刺骨的寒气。

吃，也是儿时的春节最吸引人的事。我至今记得家里为过年而买了一斤肉所引起的激动情绪。现在，一斤肉又算得了什么呢？

还有祭祖与迎奉财神爷。我很虔诚地给祖先牌位、给财神爷磕过头。越是生活得艰难、贫困、毫无办法，就越是希望有一个冥冥中的主宰来怜惜我们。

青年时期的春节最可贵的是连续五天的休息。在每天上午、下午、晚上三个单元的忙碌中，你到哪里寻找那样多的休息天去？五十年代初期，团市委甚至会在大年初一那天召开会议。后来，大概是一九五三年或五四年吧，总算没有什么人专门在春节期间召开会议了，那一次我一口气休息了五天！五天中有三天听了唱片，包括苏联歌曲和柴可夫斯基的交响乐，包括花四宝的梅花大鼓，还有日本的轻音乐和意大利的拿波里民歌。那种悠闲，那种艺术享受，那种对人生对世界的亲和之感，没有春节是体会不到的。

后来呢,去了新疆。一九六六年"文革"开始,那一年春节没有放假,说是过一个革命化的春节。五十年代初期虽然也在春节期间开过会,正儿八经地说不放假这是我有史以来有生以来的第一次。思之黯然。

这样的革命化的春节毕竟长不了,第二年就又闹闹哄哄地过上春节了。新疆由于不同民族杂居,似乎春节更是过得热火朝天,互相拜年,各家喝酒,不停地烧菜,很有趣乃至很累人。在新疆,春节其实是民族团结节,又是家庭美食节。

不知道我的记忆是否有误,党的十一届三中全会以来,第一个给我以大的喜悦的春节是电视晚会上有李光羲演唱《饮酒歌》的那一次,一瓶啤酒(香槟?)向玻璃杯里倾倒,泡沫满溢出来,这样的镜头现在可以说是毫不足奇,当时可是有点震撼力:连这样倒酒的"资产阶级享乐主义"镜头都出现了,看起来,中国这块土地上的生活是要变样了。

我也曾为了除夕夜的爆竹烟花而激动万分。这份激动我曾在中篇小说《名医梁有志传奇》中描写过。

……在迎接第六十二个春节的时候,天再也不像儿时那样寒冷了。吃一斤肉与倒酒倒得泡沫溢出来也不再稀奇,爆竹烟花已经禁燃,一连休息五天云云也不必专门等到春节。甚至春节晚会也再难以引起特别的惊喜了。人就是这样,愈是生活得好就会愈挑剔愈觉得平淡了。

而对于一个饱经沧桑的作家,对于一个历尽坎坷的花甲初度者来说,也许比一切更宝贵的是一种宁静的充实。平安,团聚,亲情,友情,像雪花片片飞来一样的来自地球的各个角落的贺年片,以及口腹与耳目的愉悦,都使我感激。我会过得很幸福。我会珍惜这种幸福。但愿能让我再多多平平淡淡地过几年。我会自动地加班加点,继续写我的"季节系列"第三部。我愿意朋友们也过一个好年。祝你快乐!祝你平安!

发表于《中国艺术报》1996 年 2 月 16 日

## 梅花朵朵绕梁来

在我童年的时候,从家里的破"话匣子"中听到的最多的就是曲艺节目,特别是其中的梅花大鼓,给我留下了难以磨灭的印象。"这个林黛玉,隆哩格嘚格嘚",百转千回的曲调似乎已经渗入了我的细胞,带着伤感、带着无奈,又带着一代代传下来的痴情故事,与我的生命同存在同长大。

许多年过去了,梅花大鼓已经难以听到。革命歌曲、老解放区歌曲、苏联歌曲、亚非拉歌曲、语录歌曲、革命现代京剧、各种地方戏、美国乡村歌曲、东南西北风等等,一样调门又一样调门像潮水涌过来又涌过去了。而我与梅花大鼓阔别着,再无缘亲近一番了么?偶一思之,不免怅然。

五十年代我曾有过花四宝的梅花大鼓老唱片,唱片在"文革"中丢失了。前几年我曾托一位在广播电台工作的朋友帮我录梅花大鼓的段子,谁知她拿来的是京韵大鼓——当然,我也爱听京韵。

这样,上个月到天津出席中国北方曲艺学校建校十周年纪念晚会的时候,听到毕业生王哲演唱的梅花大鼓《黛玉葬花》《探晴雯》,宛如故友重逢,分外激动。半个多世纪前的往事,全都唤醒了。真正的中国人的情,叫做情义、情意、情分的,都在大鼓中传达出来了。歌曲云云,不免嫌新派了些。它更擅长反映学生、城里人尤其是文化人的情趣;戏曲云云,又太用力了,唱起来消愁则可,能心心相通者有限。只有曲艺,是咱们中国人的心声,老百姓的心声,它道尽了中国人的悠悠历史，阅尽沧桑，沉重艰难，重情重义，如怨如诉，百折不挠，有血有泪。尤其是梅花大鼓的曲折曲调，抒情性极强，它每每把你的心提起来，把你的魂勾出来，推过来揉过去，摩过来揉过去，抽成丝纺成线，织成锦缎梳成云霞。它生发出来的是柔情万种，泪眼迷离，微笑叹息，跌足击掌，依依恋恋，难分难舍。最后，让你升了一回天，入了一回地，哭了一场，笑了一场，憋闷了一回，又畅快了一回；再把你的心你的灵魂缓缓地平展回你的胸腔里。加上年轻的王哲演唱得声情并茂，唱做俱佳。她的声音处理在不离原味的同时也颇有创新。她的声带条件极好，听起来实令人感慨万端，唏嘘不已。她唱的林黛玉的葬花词令人肝肠寸断。古人形容听乐曰"余音绕梁，三日不绝"。我听王哲的鼓书，岂止三日，十几天过去了，一想起来，仍有那曲折婉转的梅花大鼓唱腔在我的心里盘旋，自己也每每哼哼唧唧，自思自叹，不能自已。王哲的演唱还使我相信，童年并不会永无痕迹，时光并不能冲掉一切，世上固有众多美好的事物一去便不复返，但也还有你珍重的一些记忆保存在那里，任凭年华老去，真情真曲真味是永存的，是可以传承的，永远永远。

收到同样效果的还有张楷演唱的河南坠子《宝玉探病》与《别紫鹃》。与梅花大鼓比较，坠子更通俗更质朴更袒露胸臆，抒情中似有几分幽默。张楷唱得也好，有情趣，有结构，有层次变化，错落有致。

四个段子的取材都来自于《红楼梦》，这也引人思索。《红楼梦》戏剧性不太强。所以入戏的故事远远不如《水浒》《三国演义》《西游记》多。但是红楼的抒情成分重，适合曲艺特别是梅花与坠子表演。爱红楼者爱抒情者能不爱曲艺乎？

最后，希望有更多的鼓书坠子演出，希望广播电台多播送一些这类节目，希望我们的民族情、人民情、民间情有所抒发，有所升华，有所丰富，也有所寄托——一个不珍重抒情的民族是可悲的。

并祝所有的青年曲艺演员前途远大，祝曲艺事业大弘扬大发展。

发表于《中国文化报》1996年11月1日

# 浪 漫 情 怀

十八九岁的时候是我阅读苏联小说的一个高潮。我读了《少年日记》,描写一个少年人的哥哥——一个红军战士的爱情故事。到现在,连作者的姓名也忘记了,但我仍然记得那小说中表现的人性的美,表现的苏联人的崇高、纯洁、诗意。读之如饮甜醇酒,一嘴一肚子的芬芳、甘美和陶醉。

后来读巴甫连科的《幸福》,歌颂斯大林,歌颂一位身患重病的红军指挥员与一位身材高大的女军医之间的爱情,歌颂苏联红军在卫国战争大反攻阶段解放东欧诸国的胜利情景,描写战后苏联人与美国人精神上的一次较量。书里还直接描写了斯大林的圣哲与伟岸。其语言之美丽、深邃、自信、雍容,场面之辉煌,感情之饱满,思想境界之高屋建瓴令我倾倒再倾倒。我努力在自己的生活中寻找与《幸福》相通的因子,我找到的很少,但也有一点。那是在一九五三年的新年除夕,我以区里的新民主主义青年团干部的身份去一些学校参加学生们的迎新活动,我骑着一辆破自行车在鼓楼大街上飞奔,听到了午夜的钟声……在飞速行进中度过了一年,我自我感动得要命,当然,那是幸福。文学的最高使命也许就是让人们感受自己的幸福吧?

可惜后来不太久,斯大林的神话漏了气,巴甫连科的神话也不灵了。在个人迷信时期,在斯大林搞肃反扩大化的时候,巴甫连科似乎干过一些不齿于人类的事情。一个有弱点的人也可以写得你神魂颠倒,不知道这说明了文学的力量还是文学的没有力量。

我曾经激赏《远离莫斯科的地方》。丹尼亚对书中的主人公(我已忘记了他的名字)说:"你就不注意一下我么?"这个苏联姑娘的大胆与热烈当时也叫我纳闷:咱们的生活里怎么没有这样的女孩子呢?

那时候我不懂小说与生活的区别,有些事是不能把小说的情节描写照搬到现实中来的。搬过来以后也许反而显得做作、过分、烦人。文学的魅力之一就在于它酷似生活又不似生活,酷似真实又难以较真,酷似可以指导你,却又难以认真操作。

在"反右"斗争中我反复地读《双城记》,我需要体会的是历史的严峻,政治的威严,个人的渺小,命运的无常。确实,狄更斯帮助我度过了那考验的日子。

读小说是一种享受。后来年纪渐渐大了,读的小说也杂了,自己又写了那么多。酸甜苦咸辣,涩鲜淡厚麻……舌头的品味要求已经不限于浪漫的甜酒了。也难得那样的感动那样的泪流满面了。甚至看那些名著的时候,我也常常发现那名气大得吓人的、让年轻同行五体投地的外国作家是怎样地作伪和取巧,怎样地回避和诡辩;更不要说装腔作势和无病呻吟啦。水至清则无鱼,人至察则无书。无书就更要寻觅好书,珍爱好书了。幸乎?悲乎?识者教之。

发表于《书缘》1997年第1期

## 澳门不陌生

一九九八年的最后一个月,我和妻子呆在路环岛的旅馆里,面对着无垠的大海和灿烂的阳光,享受澳门的宽广和美丽,也许还有一种迷茫:这是什么地方?我并不常常在这里造访。澳门是个小地方,谈起她的平方公里,你会心疼她,甚至想把玲珑的她放在口袋里,你生怕她被一阵大风暴刮得无影无踪。澳门又是个大地方,因为她与巨大的祖国相连,又与一望无际的南中国海以及太平洋相连。不论是在澳门半岛还是走上氹仔岛和路环岛,你不会觉得任何的局促。

旅馆的滨海路上有一个高尔夫球练习场,有几个人在那里不慌不忙地打着球。滨海的道路上花卉盛开。这里没有冬天。这里一切安详。

顺着路环的山路向上走,步行个把小时就会看到高高耸立的妈祖石雕。汉白玉的雕像雍容平和,她保佑着一方的海晏河清,风平浪静。东南沿海省份与地区的民间信仰和传统文化,澳门的设计,内地的材料与工艺,澳葡当局的"临别赠礼"(?),几种不同的思路至少在妈祖海神娘娘这里汇合在一起了,找到了契合点了。说来说去,人心是思定啊,就让妈祖保佑澳门人以及我们所有的中国人风平浪静地生活一段时间吧,近百年来,近一百五十年来,我们生活中的狂风暴雨是太多了。

最有趣的还是妈祖石雕的开光典礼,不但新华社的社长来了,澳葡当局的总督来了,各界头面人物来了,基督教的大主教与佛教的大法师也都来了。他们各以自己的方式庆贺妈祖雕像的开光,这对表现澳门文化的多元性是一个很好的场合。也许澳门的魅力正在于这种不同文化景观的和谐共存吧。还在一九九七年三月,我第一次访问澳门的时候,我就为之惊叹。在最早的妈祖庙——澳门的名称的由来就在于这座庙——近旁,是澳门最早的教堂的遗址:大三巴牌坊。大三巴牌坊这个名称,不可能使你想到它是一个洋教堂。教堂在火灾中烧毁了,只剩下了正面的一片"门脸",矗立在那里,恰如一扇牌坊。而大三巴云云,原来是圣保罗(一译圣保禄)的别一种具有澳门民间特色的音译。

氹仔的一座教堂也特别引起我的兴趣。澳门基金会的朋友们一再向我介绍,澳门的居民的婚礼,经常会在这里举行,上午,他们按西俗在这个教堂前由神甫主持婚礼,下午,他们再按本地的华人风俗大宴宾客,拜天地,进洞房。

在澳门工作过的朋友都乐于向人们称道澳门的文化传统。澳门,本来并不是中华文化荟粹的重要地点,它毋宁说是比较边缘乃至比较并不先进的一个地方,它保留下来的文化遗址,也主要是一些民俗文化。然而,在中国近一百余年的动荡之中,它又是相对稳定的一个避风港,该延续下来的东西,它都延续下来了,这里很少进行中、西、新、旧、左、右……文化之间的殊死搏斗,这里的各种文化是各得其所,各安其位,杂糅共处,源远流长。这实在是有趣,也给人以重大的启发,你会从而想到,文化是不能垄断,不能以命令以行政权力使之成型,不能人为地消灭也不能人为地揠苗助长的。而各种不同的文化形态之间除了有互相争斗互相排斥的现象以外,也可以是互相交流影响而又和谐共存的。澳门这个小地方,它的文化景观,不是相当可爱和令人愉快的吗?

而澳门的居民呢?他们是那样的纯朴、实在,那样热爱着自己的祖国。街道上不乏欧式建筑,少数餐馆里也卖着我以为是相当中国化了的葡萄牙餐,但是这里我极少碰到那种自以为已欧化成高等华人的傲气和意识形态的成见。我不知道澳门人对意识形态知道多少，但是他们至少从文化上从民族归属上完全认同自己的国家。我完全相信他们正在信心百倍地迎接着回归。人们开玩笑说，读《澳门日报》如读澳门的《人民日报》。当你接触到澳门的文化人的时候，你更忘记了你已经远离内地。你虽然是第一次第二次到澳门，你觉得到了澳门就是到了家，你觉得澳门从不陌生。

发表于《澳门文化》1999年第3期

# 雪 球 树

《雪球树》是我最喜爱的苏联歌曲之一。

与《喀秋莎》《我们明朝就要远航》等不同,《雪球树》这首歌不是人们自己唱的所谓群众歌曲,它是在俄罗斯民歌基础上改编的合唱,个人唱起来难以达到预期的效果,它是为大合唱队表演而作的。

标准的版本是红军亚历山德洛夫红旗歌舞团的演唱,一开始,有一段勾魂夺魄的男高音领唱,情深意热,宛转入云。接着,是像欢呼又像赞美的气势雄浑的合唱,这段合唱更像是问答应和的呼号。二者对比,效果神奇,听起来只觉得天、歌、人、树、俄罗斯合为一体,至善至诚至妙,你得到的是一种痴迷与融化的满足。后来,很快中苏交恶,很长时间没有机会,似乎是再没有机会听俄国人唱这首歌了。

想不到,去年在香港,我听到了它。

一九九八年十二月五日,我与妻去太古城商场,这次太古城商场给我留下的印象相当一般,可能是内地的好商场多了,也可能是由于目前香港同样面临一些经济问题。临走时,在最底一层听到乱哄哄的亲切的《雪球树》歌声。人声嘈杂,配乐嘈杂,它不是纯粹的《雪球树》,然而,毕竟主旋律没有变,《雪球树》别来无恙。我一耳朵就听出它的旋律来了,好像在人群中见到了失散多年的故人的身影。

我跑过去,一大群人围了一个大圈,其中多数是孩子,中间一个俄国人,扑克牌上的小丑或曰"大王""大鬼"打扮,花花绿绿,绒球帽子,全身绑了无数乐器;手里拉着一个小小手风琴,头顶上是一个铜钹，一点头就发出敲响的声音，背部是一个大鼓，不知怎么一摇摆，鼓声也大作起来，腰部也是一些甩动出声的稀里哗啦的东西。是他，是他在唱《雪球树》。他身边的吉他盒子，权且充作接受赏钱的地方。

同样的歌儿，味却变了。红旗不知何处去，雪球忽然响叮咚。

唱完《雪球树》，他又唱了中国人很熟悉的《草原啊草原》那首描写马车夫冻死在草原上的歌曲。五十年代我买过这个歌的唱片。他还唱了曾作为五十年代"五一夜天安门广场集体舞伴奏曲"的《俄罗斯舞曲》，他的小手风琴拉得极熟练。唱最后一个曲子，似乎是加上了魔术表演，他唱着唱着肚子膨胀起来，最后肚大如球，"叭"的一声，衣服下的大气球爆裂，吸引儿童们一笑。我几乎笑出了泪。

近年来，在维也纳和柏林街头都看到过原来苏联和东欧艺术家卖唱，我也不时地给他们一些零钱，我感慨得受不了。想不到他们来到了香港，来到咱们家门口啦。

"酸的馒头"（sentiment，意为伤感）的年代已经过去了，对于街头为人民服务的表演我倒也没有特别的偏见。我祝这些俄国流浪艺术家多挣些钱，日子过得好一些。我也无意就此讨论社会主义实践的经验、苏联解体的教训与改革路线的选择这些仍是其说不一的问题。我有时不能释然的只是，一个美好的、如此美好的纯洁的向往，难道就那么快地失落了吗？当年的《雪球树》啊，你现在在哪里？无常，无常，佛家讲的无常就是这样应验和无情么？青春，热情，愿望和梦，就这样被不经意打破了么？一些年前我与一个我国驻苏的高级外交官谈起苏联的情况，我回忆起中苏友好和人们向往苏联的年代，外交官说："那个时代已经一去不复返了。"一九八四年我去苏联，那时苏联并未解体，我听到的《喀秋莎》也已经是由摇滚乐队演唱的了，其风格可想而知。天地不仁，以青年的心为刍狗。我似是不太甘心，又为自己的不甘心的幼稚而黯然无语。

永别了，青春。

发表于《南方周末》1999年1月22日

## 万民同欢的夜晚

　　五十年代的国庆节对当时我们这些年轻人是非常激动人心的日子。解放前北平是一个黯淡和破败的城市，到处垃圾、时而停电、房倒屋斜，几辆公交车有气无力地爬行。等解放后，国庆之夜看到那么多欢乐的人群、那么多灯光、那么多焰火、那么多歌舞，真是太兴奋了。能代表我们的心情的正是那缤纷的焰火。我们的心一次次地随着焰火升上高空，绽放成绚丽的花朵，这就叫心花怒放。这种万民同乐的场面本身已经宣告，中国已经不是一盘散沙，中国已经前所未有地团结起来组织起来统一起来活跃起来了。在这样的万众一心的人民面前，世界上不应该有什么不能克服的困难。

　　我当时在首都一个城区做团的工作。我们承担着组织国庆游行与国庆晚会的任务，最初也许是由于中学的行政领导系统还不怎么健全，许多工作是由新民主主义青年团——后改名为共产主义青年团——来做的。我们胳臂上戴着工作袖标，意识到自己的工作的重要性，跑前跑后，传递信息，动员指挥学生，把嗓子也喊哑了，但心情非常好。

　　那时的国庆之夜，天安门广场上集中着几十万人，除了固定的圈子里表演节目和跳集体舞外，更有大量无组织的群众挤来挤去，如海如潮，但从未发生挤伤人之类的事故，这是由于那时人们的高度自觉性纪律性的缘故，也与我辈的辛劳工作有关。

　　后来到了一九五三年（也许是一九五二年），我没有参加区里的指挥组织工作，但我仍然兴奋地到天安门去了，并在那里挤来挤去。最惊人的是，在广场几十万人中，我找到了我想找的那些年轻的伙伴。这说起来很难其实也不太难，因为各界在广场的活动是划分了区域的，我找到他们所在的区域，再找到他们的单位的旗帜和横标，再找人，就容易了。

在国庆之夜的广场上会面的朋友们，与我一样沉浸在一种对新中国的自豪和对新生活的信心之中，灯光下他们在地上铺下了纵横错乱的影子，集体舞曲在高音喇叭里回荡，我们一面一起跳舞，一面大声叫喊着说话，其实听得清或听不清楚都没有关系，在那里聚会、在那里跳舞、在那里喊叫，这对于青春和友谊已经够有劲的了。

五十年代的国庆之夜留给我的是对群体力量的深刻印象，是我们对于国家的信赖和希望，是成为大时代的一员的幸福，是个人与集体的无间融合。此后，保留着这深刻的印象，我经受了新的试炼，走过了坎坷的道路，我不无留恋地叹息过这光辉的国庆之夜的不再。

后来我们终于进入了新的历史时期，一九八四年重新在国庆之夜在天安门广场举行群众的焰火晚会。我是在天安门城楼上观看这宏伟瑰丽的场面的，登高望远，尽收眼底，秋风送爽，一片辉煌。我更感到历史的伟大与个人的渺小，感到天安门广场上万民联欢的活动特别是那种情绪得来不易。保持与发展的过程也决非一帆风顺，我充满了对于国泰民安的祝愿，也没有忘记历史教训的沉重分量。那时距我个人上一次参加五十年代的国庆晚会已经过去三十多年了。国庆之夜在我的心中是美丽的、光明的、弥足珍贵的，也是沉甸甸的。

发表于《新民晚报》1999 年 10 月 1 日

## 从 头 学 起

似乎已经超过了做梦的年纪了,我也完全知道世纪的分别其实只是人为的纪年方法的一个标志。但是,毕竟一个人一生只可能一次碰到或一次也碰不到世纪交替这样的盛事,不免也想一想,应该做点什么吗?应该比以往的那几十年有一点长进,有一点不同吗?

一个是继续写下去,"季节"系列之后,该是"后季节"系列了,还有三部,与"季节"四部相衔接,但写法上要有较大改变,应该写得更好一点。

一个是读书学习,都到了这把年纪了,该把更多的时间放在读书和思考上。老而知不足,老而益发好学,老而从头学起——这当是自己最大的安慰了。

一个是做点减法,坚决谢绝一切可有可无的活动、应酬和文债,淡出文坛,一心务实。

当然,个人的梦意义有限,最大的梦还是国泰民安,百善俱举,在新的世纪我们更有理由为祖国而骄傲。

发表于《文汇报》2000 年 12 月 30 日

## 祝 福 新 疆

我离开新疆的日子已经超过了我在新疆度过的日子了。但我还是惦记着新疆,想念着新疆,神往着新疆。

新疆的美丽在于她的辽阔和富饶,在于她的地理结构、风光特色与生态环境的丰富多彩,帕米尔高原、艾丁湖洼地、天山雪松、博斯腾湖碧波、巩乃斯草原、塔克拉玛干沙漠、慕士塔格冰峰与各个绿洲的田野、鲜花与树林,组成了新疆的壮丽画卷,这是我走到哪里也不会忘怀的。

新疆的丰富性还在于她的人口构成与人文格局,她是我国最有民族特色的省区之一,那么多语言文字不同、文化特色不同、宗教信仰不同的民族世世代代和睦地相处在同一个地域。开会要翻译,露布分几种文字,服装外形各异,除了共同的节假日还有一些各民族的特殊的假日。在六十年代我来到新疆以后,听到我们自治区文联的女工是俄罗斯族,名叫娜塔莎,我兴奋得几乎跳起来,多么可爱,多么有趣!

与少数民族的接触来往是我在新疆获得的最珍贵的经验之一种,是沉重的年代的严峻的处境中的我的生活中的一个亮点。在伊犁巴彦岱,我生活在维吾尔农民家中,我几乎参加他们的生活的一切方面。一起抡砍土馒,一起住地窝子修湟渠,一起半夜起来乘风扬场,一起给高轮牛车装车卸车,一起饮酒唱歌一把鼻涕一把泪。而到了少数民族的斋月,我除了白天照吃不误以外,到了清晨,我也同样摸黑爬起来吃抓饭啃羊骨头。包括带有宗教色彩的各种生老病死离别相会的乃孜尔、托衣,我也都常常应邀参加,默默地坐在一边,用我的庄重的微笑表达我的衷心祝福。

在文联,在"五七干校",我也与各族作家、编辑建立了深厚友谊,与铁依甫江、霍加耶夫、帕塔尔江,还有健在的锡伯族的忠禄、哈萨克族的乌拉孜汗等相濡以沫,互助互慰、互学互教、互嘲互乐,在艰难的日子里其乐也陶陶,共同度过了压抑的却也是美好的岁月。

不同民族的友好相处,团结一心,这不仅是国家的统一、社会的安定的重要保证,也是一种心胸,一种智慧,一种活泼开放的学习与求进步的态度。没有比在与不同民族的同胞的来往中有所收获有所心得更令人快乐的了,八面来风,博采众长,兄弟情谊,解困济危,其乐也何如!而所有的狭隘,所有的分裂、恶意、挑拨离间,所有的对与自己不同的民族文化的拒斥和非善意,都是害己害人的倒行逆施;都不仅给整个国家带来危险,同样也给本民族带来夜郎自大、抱残守缺、封闭落后、愚昧无知、多方碰壁的厄运,直到自取灭亡。

离开新疆二十年了,新疆的一切都发生了巨大的变化,生活质量与我在的六十年代已经无法比较,我最大的祝愿就是新疆的民族团结,安定幸福,全面再进一大步。这是新疆的光明前途所系,也是新疆的命运的生死攸关,我祝愿着,我惦念着,我盼望着新疆传来的各种好消息。

发表于《法制纵横》2001年第1期

# 国庆正中秋

　　这是一年中最美好的两个日子,位于一年中最好的时辰,天清气爽,明月当头,神清智旺,各种灵感和记忆纷至沓来。这就是中秋和国庆。都知道中秋一般就在国庆前后,或你比我早几天,或我比你早几日;至少是建国以来,五十多年来两个节日正逢同一天的巧合不多。说是一九八二年有过一次,怎么我一点印象也没有呢? 莫非四十八岁的我远没有六十七岁的我对日期那样敏感? 恰恰在新世纪的第一年,这样的喜庆日子被我辈遭遇了。这是历法的偶然吗? 这是日期的定数吗? 反正奇巧的事情也可以成为一个欢乐的话题,无意之中的数码也可以成为有意为之的象征。可以设想,这样的好日子此生大概再也难遇了。
　　中秋是传统的,家庭的,私人的,越来越闲适的,月亮的节日。这个节日富有农村的生活气息,正是丰收时节嘛。英语称之为月亮节,维吾尔语称之为西瓜节——正是大吃西瓜的好时候吧。虽然有过八月十五杀什么什么的说法,可现代人过中秋节只知道吃水果吃月饼饮酒赏月,没有什么战斗气氛,倒是一片升平气象,过日子的景象。在我的童年时期,中秋佳节则还加上购买、摆放与供奉各种兔儿爷的趣味,使这个节日增加了儿童的天真,就是说,它也是充满童心的节日。又有了苏东坡的"明月几时有,把酒问青天"的词句和无数咏月的名诗,它也是诗歌的节日了吧。近年来则时兴节前互赠月饼,月饼大大地向港式发展,到处是莲蓉蛋黄,而看不到飞毛、提浆、自来红和自来白了。就算这是一种世俗化和物质化、公关化的生活方式吧,终归也算是初级阶段的小康,小康本来就不是一个摒弃俗世的口号。

　　国庆节当然不同,是政治的、崭新的、民族的与集体的,是英雄主义的五星与红旗的节日。解放初期,可能与苏联模式有关,十一这一天还要阅兵呀群众游行呀领导人检阅呀什么的,到处是鲜花和旗帜的海洋,是欢呼和口号的声浪,有时候还有夜晚的礼花,政治热情饱满得很,各项活动隆重得很,与旧中国的东亚病夫、一盘散沙的情景成为激动人心的对比,有极大的凝聚力和号召力。后来呢,很快就把节日渐渐假日化了,没有更多的大活动了,主要是放三天假,游游公园呀,做点好吃的呀,轻松轻松,休息休息。从这一件小事上倒也看出了我们的与时俱进和并不拘泥,更不咋唬。这其实更显示出了一种治大国如烹小鲜的从容。说句笑话,这也就为中秋国庆的合二为一创造了条件了。

　　什么叫中秋国庆合二为一呢?太平岁月,国泰民安,反过来说,人民生活安定国家也才能安稳。都是平安的节日,此其一也。国家要团圆,随着香港澳门的回归已经很团圆了一大步了,还要再团圆,就是说两岸的团圆,也是大势所趋。家庭也要团圆,也要老幼平安,全家和睦,时不时地聚一聚,即使有孩子有亲人远在海外在喷气飞机时代也不再有什么难以逾越的空间阻隔。都是团圆的节日,此其二也。国家各方面堪称丰收,农家也正是庆丰收的时刻,瓜果梨桃,七荤八素,越来越多的家庭已经可以做到了,当然还希望更多的家庭生活得好。品味一下小康的生活,便知道对中国来说,小康也是来之不易的。都是丰收的节日、小康的节日,此其三也。

　　乃为诗以赞之:

　　　　盛年多乐事,国庆正中秋。明月今夕有,红旗此日稠。
　　　　眉梢多快慰,脑后送烦忧。期以数十载,层层更上楼。

　　　　雨顺葡萄好,风调瓜果鲜。花红映少女,酒绿扶长髯。

老幼皆康健,吟歌亦自然。艰难困苦后,拭泪展容颜。

中华多祸患,悲愤自童年。抗日血如洗,超英汗似泉。
尝思捷径妙,尤叹大言玄。多少挫折后,兴邦信有年。

发表于《新民晚报》2001年10月1日

## 这是我的幸运

　　提起人民文学出版社，我不能不说到除《暗杀3322》外我的所有长篇小说包括《青春万岁》《活动变人形》《恋爱的季节》《失态的季节》《踌躇的季节》与《狂欢的季节》都是在这里出版的。我的短篇小说集《冬雨》与《球星奇遇记》，我的论文集《风格散记》也是从这里走向读者的。至少有这么几点这家出版社是很突出的，一个是校对极其仔细，不厌其烦；细得有时我都受不了啦。与之相比，有的出版社干脆可以说是没有校对。其次，他们的信用是很好的，信守合同，提供作品发行的真实情况，靠得住。再有，就更是奇迹了，他们是真正团结全体作家的，有些派别观念山头观念很突出的作家文艺家，他们是很难在一个时空出现并碰头的，但是你会发现他们的不同部分即彼此关系很不怎么样的两拨或几拨人同时快乐地出现在人民文学出版社的活动里。

　　无疑，我与人民文学出版社的密切合作关系与出版社的老社长韦君宜同志有关。她早在五十年代负责《文艺学习》的编辑时就因组织《组织部来了个年轻人》的讨论而与我打起交道来。她对我后来被错划为右派一直耿耿于怀。她的丈夫杨述同志时任北京市委副书记，他一直反对将我化为右派，后来又一直催促有关部门给我"摘帽子"。一九六二年，形势稍有松动，按照韦君宜同志的布置，人民文学出版社就给我发了约稿信。我当时还在郊区劳动，后来很快给我们这些"摘帽右派"分配了临时工作。我们的命运的这一变化与我收到约稿信有关，否则摘了帽子也可以让你照旧劳动不误。一九六二年，人文社还派遣了编辑张木兰大姐来拜访和约稿，这对于惊魂乍定、余悸犹深的我，当然也是一个安慰和鼓励。

到了七十年代后期，君宜一见形势有了变化，立即催促与指引我去办右派改正事宜，并立即抓旧稿《青春万岁》的出版工作。

后来，八十年代以后，人文社的老社长严文井同志也与我联系甚多，给我许多指点和帮助。

我与《当代》的关系也很密切，我的中篇小说《布礼》就发表在创刊不久的《当代》上。后来，四部"季节"中的三部发表在《当代》上。我有一个重要的中篇小说《郑重的故事》是五年半前发于《当代》的，因看似内容荒诞无稽，没有受到多少注意，但是与二〇〇〇年发生的事情一对照，就可以看出我的不幸而言中的方面了。

一九八七年后我十几年住在朝内北小街，与人文社相距不到一百米，这种地缘优势使我们的合作更加密切，他们的编辑李丹妮、杨柳、王晓与王小平，都是勤勤恳恳的文学事业的天使，我以为。我原来想说他们是老黄牛，是螺丝钉，但这些词都太黯淡了，我坚信他们是天使。人文社的许多老领导，也都对我充满爱护和帮助之情。

有一个讲文学讲质量讲信用的人民文学出版社，是中国文学事业的幸运，也是我个人的幸运，我祝福他们，永远永远。

原载《我与人民文学出版社》，2001年

# 祝 福 花 城

## ——花城出版社成立二十周年寄语

新时期以来,花城出版社在我们的文学生活中的作用是有目共睹的。她虽然远在广州,我们居住在北京的一批作家始终把她当做自己的出版社。《花城》杂志是全国有数的具有巨大的影响力的杂志之一。我的几篇带有探索性的作品《选择的历程》《蜘蛛》等都是发表在《花城》上的。一九八一年花城出版社还出版了我的《夜的眼及其他》,收了我的八十年代初的几篇稍稍有一点探索和新潮的作品《夜的眼》《春之声》《海的梦》《蝴蝶》与《布礼》及其评论、争论。与现在的新潮之作相比,我写的东西毋说是很规矩很保守的,但在中国的文艺领域,做一点探索创新,解放一点思想和观念谈何容易!这本书在花城的出版就算是很及时很有开创性的了。

我尤其赞美花城出版社与各地作家的友谊。我第一次去深圳、珠海都是随花城去的。苏晨、李士非、范若丁这些前任的花城领导人对作家的关心爱护帮助都是令人难忘的。许多外地的作家例如湖南的作家莫应丰、韩少功、谭谈、水运宪……乃至同在北京的作家,都是在花城组织的活动中与他们相识的。我的长篇小说系列的第一部《恋爱的季节》就是在花城的协助下定稿于从化温泉疗养院,随后发表在《花城》杂志上的。

花城的另一份有特点的杂志《随笔》也一直与我们过从甚密。它是全国最有影响力和锐气的杂志之一。与前述的花城出版社领导人，及现任的肖建国社长及田瑛、文能等编辑骨干一样，《随笔》的前主编黄伟经、现主编杜渐坤，也都是我们的朋友。

　　花城出版社是一个友好的、充满人情味的出版社，是一个有新锐气息的出版社，是一个密切联系着全国作家的出版社，我相信她一定能够越办越好，克服一切困难，创造更光辉的业绩。

发表于《花城》2001年

# 旧事旧诗偶记

一九八一年夏,我收到胡乔木同志一封信,说是他在病院中读了我的一批小说,非常高兴,乃赋诗以赠。这里说明一下,他读的是人民大学一个资料部门出版的"白皮书",书名是"王蒙创新资料"之类。书中收了一些我当时的似乎有点骇世嫉俗的所谓意识流小说,内含《夜的眼》《风筝飘带》《海的梦》《春之声》《布礼》《蝴蝶》和一些有关评论,多少有点争鸣的意思。当时某些人尚无或至少是宁无著作权观念,亦无有关法令,他们以教学资料的名义编选,仍然是卖人民币的,而且卖了不少,但对作者是连个招呼也不打。这就不完全是一个法律问题而是一个常识和文明礼貌问题了。

不尊重作者权益也罢,想不到它的出版构建了我与乔公交往的基石,对我的后来的遭际,有相当的影响。

我是个马大哈,后来就再也找不着乔公的赠诗了,这使我颇觉抱歉。谁想得到,事隔二十年后我去新疆,与一位老友谈起此事,他说我一九八一年秋去新疆时曾将此诗写给过他,他是个仔细人,果然一找便找了出来。诗是这样的:

  故国八千里,风云三十年。庆君自由日,逢此艳阳天。
  走笔生奇气,溯流得古源。甘辛飞七彩,歌哭跳繁弦。
  往事垂殷鉴,劳人待醴泉。大观园更大,试为写新篇。

这首诗应该算什么体,请方家有以教我,说是五律吧,多出来了四句。说是古体吧(当然不是那种胡诌的伪古体),它又比较精致而不是古朴,对仗、平仄都挺讲究。能不能算受乐府体的影响呢?

头两句是我自己的话,见于当时我的一篇谈创作的文章中,指我的写作题材。接着的"庆君自由日",有趣,倒像我是才从囹圄中放出来。其实,二十年来,比起很自由的人不如,比起不自由的人,我也就算够自由的了。特别是"文革"二十多年,我成了三不管的人,更是物极必反的辩证法的活证。自由与艳阳天联系在一起,这也不赖。而且"逢此艳阳天"云云使我想起他的领导身份,当然要强调艳阳的高照。"走笔"好懂,"得古源"实际是我的一点自我辩护,因为有人见了比较自由的笔体和什么内心独白就惊呼"现代派来了""食洋不化",还要"掌握政策界限"之类,装腔作势,借以吓人。我乃引用李商隐诗歌和《红楼梦》对贾宝玉的内心世界描写为例,努力证明心理描写的流动性古已有之,我虽写了,仍是爱国爱党的大好人。乔公称之为"得古源",也有为我正名之大义存焉。我当永远感谢他老人家。"七彩""繁弦"句是说那几篇小说的风格,还是够美丽的,过奖啦。"往事""劳人"一联,也很有居高临下的概括性与导向性,毕竟是登高望远与庸众不同。最后两句弱一点,但他后来当面告我,他的用意是你王某人也不见得篇篇写什么"八千里、三十年",那样写下去会自我重复的。他的这个意见确实是对的。

胡诗失而复得,令人快乐。回想旧事,亦有沧桑之感。乔木老对我确是呵护有加,祝他的在天之灵安息。

保存了此诗的是新疆文学评论家陈柏中,他是浙江人,进疆多年,为新疆的文学事业贡献不少,他担任过新疆文联的副主席。

发表于《万象》2002年第1期

# 武 昌 楼 记

　　人们营造高大的建筑表达自己对于无限空间与时间的向往。建筑的高耸标志着精神的攀升,登临视野的开阔体现着精神的壮伟。个体的生命是有限的与渺小的,但是人们并不甘于满足现状与得过且过,人们要与历史和未来连续,要与高山与大河一体,要与民族、国家、地域与世界同在。

　　凭吊古代遗迹是为了念天地之悠悠,感受久远,感受祖先。缅怀过去的目的又是展望未来,因为一切过去都是更加过去的未来,而一切未来都是更远未来的过去。今之视古恰如后之视今。我们就是未来的历史。遗物可能湮没损坏,遗迹也会逐渐消失。那么人们将通过自己的双手恢复旧观,一半是回忆,一半是想象;一半是纪念,一半是宣告;一半是怀旧,一半是图新——是对今天的一次郑重的定位。没有回忆就没有自身的性格和身份,没有性格和身份也就不会有尊严和原则,没有精神的力量和坚强。没有想象就没有价值和未来,没有价值和未来也就不会有热火朝天的现在。珍惜自己的历史才会珍惜众生,珍惜过往才会珍重地创造未来。把记忆和想象伸向远方才会大气恢宏、埋头苦干。珍惜大江大河大山大地,才会保持永远的爱、尊敬、献身精神,从而清楚自己的历史责任。

　　在二十世纪与二十一世纪之交,经过了中国近代特有的动荡与奋斗,刚刚进入安定和小康的湖北鄂州人,没有因为眼前的某些局促而忘记祖先的光荣和事业,没有忘记他们北临长江东接武汉的重要位置，没有忘记是他们这里最早地具有了武昌的美名和成为东吴的都城，没有忘记历史上多少英雄豪杰文人雅士在这块滚烫的土地上留下自己的印迹，创造了永远的生活和文明，没有忘记"天"已降大任于斯地，还必将降更大的大任于斯地斯城斯山斯水斯民。人们没有忽略新的盛世给他们带来的新机遇，没有放过重振雄风，树立悠远的历史感与再展宏图的使命感的一切可能性。

人们重建西山，修缮九曲亭与松风堂，使名如其实的秀园更加秀丽舒展，使菩萨泉的神水更加清洌，使试剑石与比剑石的故事永远激动人心，使蟠龙矶的观音阁奇峭绝伦，永垂风范，使灵山寺的门前游客云集，代代不绝。与此同时，他们大规模地重建了东吴古建筑群：读书堂、议政殿、避暑宫，使孙氏的功业再现今朝，使祖先的宏图后继有人。

其崛起之武昌楼，巍然屹立，朴直方正，稳妥和谐，雍容自若，远眺连天，近观拔地，依山而高，依水而秀，依云而雄，依城而壮。楼因山而得势，不必精疲力竭而将风物尽收眼底，傲然鸟瞰，小视群峰。楼因江而得意，无需高谈阔论而将浪涛全摄胸廓，伟哉东去，虹影横江。楼因城而得气，鄂州兴旺，黄冈奋起，城乡日新月异。楼因地而得景，绿树葱茏。绿草葳蕤，奇葩竞放，大地繁荣锦绣。楼因史而得威，上接西周，中兴三国，孙权建都，征伐战乱，胜败存亡，沧桑演进，至今仍向我辈诉说着说不完的故事。楼因名而得显，以武而昌，因地而盛，枕戈待旦，不畏敌强，热血沸腾，前仆后继。登斯楼而壮，而勇，而乐，而昂扬奋发，仰天长啸，击节浩歌，怆然泪下。盖战有胜负而河山永存，政有兴替而人民万岁，朝代沿革而中华长青，大江奔流而豪气充盈天地。建新楼而显创意，袭古风而寄绵长，焕今容而长抖擞，古老而青春，稳定而猛进，发展是硬道理，进步是大趋势，振兴是天心民意，新的中国、新的鄂州、新的武昌楼将永远再现和焕发悠久中华、古老东吴的历史风姿。

赞曰：

武昌有址,古而弥新。鄂州有山,秀而弥壮。
楼不在高,由山而耸。山不在大,倚江而伟。
城不在深,得势而险,因史而名,自强不息。
爱建斯楼,端庄方正,巨梁阔柱,雄浑轩昂。
慨叹登临,心潮涌漫:
前有古人,后有来者,大江东去,长空雁过。
天地昭昭,春秋炳炳,孰敢懈怠?岂能苟且?
未可轻薄,难忘坎坷!
珍重今朝,告慰先祖,建设家园,承传后世。
凭栏眺望,神驰广宇,嗟乎壮哉,武昌楼也!

发表于《解放日报》2002 年 11 月 15 日

# 我的讲话劣迹

一九七八年夏天,我接到《上海文学》的编辑、工人作家费礼文兄的约稿信。那时我已接到了中国青年出版社、《人民文学》和《作品》的信了,《上海文学》是第四个。这些约稿信标志着大形势与个人命运正在发生翻天覆地的变化。

费礼文发了我的短篇小说《光明》与《悠悠寸草心》,后者获得了一九七九年的全国短篇小说奖,国外也有译介。

一九八〇年我给《上海文学》写了《海的梦》,说是执行副主编李子云读了此稿流出了眼泪。我是直到一九七九年文代会上才第一次与子云同志见了面的,此前,她以《上海文学》评论员名义撰写的关于质疑"文艺为政治服务"的提法的文章已经在全国造成了很大的动静。那是一段不平凡的岁月。

后来我给这家刊物写小说,也写评论。有一篇评论还得了《上海文学》奖。一九八四年为领这个奖,更是为了助兴,尤其是由于子云同志力嘱,我访问苏联刚结束,立即赶到了上海,从上海又立即赶赴宁波,参加刊物组织的活动。在宁波当晚,睡到子夜二时,连忙上吉普车,赶到上海,应邀给《文学报》组织的一个报告会作文学讲座。昏头昏脑,语无伦次,给某些听众留下了恶劣印象,上海的陈村先生不止一次回忆我的这次讲话,好像别的朋友也不止一次转引过陈兄的回忆,证明王蒙说话的特点是不知所云。我的这一产生了严重后果的不良记录,算是我为了对《上海文学》和李子云友的友谊付出的一个代价吧。

当然,这样巧言也不足以挽回任何恶劣影响。

后来是周介人同志主持刊物工作,我最感动于他辛辛苦苦为每期刊物写的卷首语,他的各篇卷首语都是以"亲爱的读者"开始的。这个期间我在刊物上发表过小说《济南》和《棋乡逸闻》,后者还得了奖。我也在刊物上发表过有争议的评论文字《沪上思绪录》,得罪了!

《上海文学》我还有一位责任编辑(我的习惯用语是还有一位领导是姚育明同志,我很喜欢她的散文,为之写过序)。我觉得抱歉的是近年短东西写得少了,与刊物显得比过去生疏了,心里当然彼此不会忘记。

我祝《上海文学》五十大寿快乐。

发表于《上海文学》2003 年

## 今 天 的 延 安

　　这片休闲广场里的灯柱活像支支矗立着的大雪糕,柱子像木柄,雪白的群灯在每根手柄上排成长方形,像奶油香草冰块,白炽光照耀得草坪油绿。二十五层高的大酒店外墙屏幕上放映着闭路电视,是美国(怎么总是美国?)的男男女女且歌且舞。音乐摇滚不息。市民们坐在草坪边乘凉。天清气爽。近处是所余无多的河水。高处是悬浮在夜空中的被不同方位的聚光灯照亮了的,层次不同,内外不同光色也不同的神塔。更高处是后来修起的,被文物部门责令拆除,但当地人仍然保留至今的"摘星楼",楼名极言其高,近看这座差不多百分之百的洋灰建筑虽然涉嫌粗糙伪劣,色泽也不协调,在夜色中仰视仍然璀璨迷人,乃至有几分神奇。同样神秘的是浮在空中的新建仿古烽火台和对面凤凰岭上的道观。宗教也愈益火了一些,所以当年的鲁艺,说是有可能要恢复它的原址的天主教堂功能。

　　初夏天气,不冷不热,广场上的休闲者显得惬意舒展。

　　这是哪里?

　　这是延安。

　　这是延安?

　　延安是革命的圣地,当然。枣园、杨家岭等地的革命文物展示符合文博专业的标准,新建的革命博物馆阔大巍然。观众怀着虔敬的心情倾听穿着退役军服的解说员的熟练的专业化的介绍,字正腔圆,情深词切,人们被他或者她的解说带入到了七十来年以前的峥嵘岁月,带入到那个时候的毛主席、周总理、刘少奇、朱老总和任弼时住过的窑洞,人们观察毛泽东与安娜·路易斯·斯特朗谈话的石凳石桌,听着斯特朗为了满足老百姓看"洋人"的好奇心建议与主席换座位,面对围观者的故事,思想着著名的"美帝国主义与一切反动派都是纸老虎"的命题。人们思索新中国是如何从这里走向了全国,走向了世界。

然后走了那么多起起伏伏的路,从前天、昨天,到了今天。

也是旅游热点。如果你想购买纪念品,毛主席雕像,纪念章,红军的军帽肩章草鞋背包等各种物品齐备。如果你想留影,这里摆设了斯诺当年为毛泽东拍的那幅有名的红军八角帽巨幅照片,英姿飒爽,才华横溢,眉清目秀,风华正茂。你可以租借这里预备好了的灰色红军服装,在毛泽东的此幅照片前留影,每次五元。租衣自己照相,每次三十元,不限次数,但不可换穿。集体在这里举办入党宣誓,摄影每次五十元。而在杨家岭中央大礼堂里,那里召开过党的"七大",它的突出口号是"在毛泽东旗帜下前进",除了原有的布置以外,还特地把讲台桌从主席台上搬到了下边,为了给旅游者腾出活动留影的空间与方便,撤掉并且归拢挤放了许多排座椅。

旅游的周到服务与成功创收,使参观活动更有程序更完满也更有后劲,保管、展览、服务与扩展将更加全面也更加细致,叫做良性循环,叫做一条龙服务。你有一点没有想到。

我一九八三年来过一次延安,那时候延安大体旧貌依然,只有延河大桥是一九五九年修的。说是头一年周总理来到延安,从河滩涉水过河时汽车陷在淤泥里,延安的老百姓奋力抬着总理的车子过了河。这使总理感动得流泪。说是总理看到了当时延安的极不发达的状况没有什么改变,多有自责。后来总理回到了北京,特批了一些钱,修了钢筋水泥延河桥。而现在,与延河桥并列的还有更宽大的宝塔山大桥,车水马龙,不让任何与其规模相似的城市。

这也使我想起一九八〇年与艾青老师共游美国的时候他老在许

多场合讲起的毛泽东写给他的一个条子,是延安文艺座谈会正在召开之际,毛主席邀艾青一谈,提到连日降雨,延河水大,特派主席用的马匹去接。艾老背诵得下整个纸条的内容。看来那时的延河自然成滩,过河得蹚水。那时的革命领导人也与诗人们有更平易的接触。现在河床经过了整修,坡陡得多了,人们难以下到河滩,河里也缺水,说是即使洪水季节,河水也满涨不了。

延安的市容越来越漂亮,延安的市民穿着也不落人后,当地一位干部并对我说,延安的人穿衣比北京人洋气。登到宝塔山头,夜晚下看,一片彩灯霓虹,(与京沪)同样的口号,叫做让延安亮起来。从宝塔山下看着抢眼的还有很大的"家和超市"。延安人告我,肯德基、麦当劳,都落户革命圣地了。

还有安塞。延安改为地级市,管理着周边的六个县和延安市的几个区(这对增加延安的财政能力极有好处),包括以农民歌舞、绘画、剪纸著称的安塞。安塞的这些艺术传统,被联合国教科文组织确认为世界非物质性文化遗产。它的造型艺术令人想起当年解放区的革命版画、绘画,质朴而又强烈。它的大腰鼓,气势磅礴,不可阻挡,在影片《黄土地》中有非常夸张的表现,那是一种质朴乃至愚直的悲壮割舍,是一场扑不灭的大火。它的民歌,"泪蛋蛋落在黄土坡"与"是俺妹妹就招一招手",土得掉渣的旋律与词句,时时令人想起新中国初期的革命歌曲"解放区的天是明朗的天""太阳一出来,满山山红呀……"多数革命歌曲的旋律脱胎于北方农民的情歌。革命的力量正是在民间。革命的胜利包含着大西北黄土地的民间文化的胜利。革命博物馆的导游给大家解释歌曲《东方红》的由来,用吱吱呀呀的小曲唱腔唱"骑白马,跨洋枪,哥哥吃的是八路的粮……"就是《东方红》的调子。这使人回想起当年人们用大管弦乐队伴奏,由大合唱团四声部唱起的铙钹齐鸣,气贯长虹的毛泽东颂歌《东方红》,其旋律曾经回响在太空,由我国发射的第一颗人造卫星发出。其实,"骑白马……"也已经不是民歌的原汁原味,原歌应是情歌。

革命文艺依托了陕北风情,并非完全偶然,农民革命的主体性质,革命文艺的群众路线,人民性的旗帜,与群众特别是陕北农民群众的血肉相连,使人民革命化,民歌民舞也革命化,使革命文艺也亲密无间地民间化了。应该说,民间化是革命化的保证,而精英化的自恋,其结局多半令人长叹。

也许我在解放初期听到陕北旋律的时候还没有怎么熟悉那里的民歌,但是现在,在安塞听《赶牲灵》,听《兰花花》,听悲怆的《走西口》,却时时从中温习了青年时代充分感受的革命洪流、革命深情。我惊异于革命本身的质朴与苦情,忘我与决绝,大放悲声与望穿双眼的期待,生生死死的熊熊火焰……革命深情与农民的无望的从而更加热切的爱情追求的相通、同构,也许这正是革命赢得了人心从而赢得了胜利的秘密所在。

没有听过《信天游》的人,能理解中国吗?能理解中国人中国农民吗?能理解中国革命和革命以后付出的与得到的一切吗?

安塞的人民艺术家如今红遍中国和世界,他们到过十几个国家,巡展巡演,鲜花着锦,烈火烹油。

延安人得意于他们近十年来的迅猛发展。他们的 GDP 连续以两位数字增长,他们的市委书记王侠同志是全国不多见的女书记、省委常委、中央候补委员,玉树亭亭,决断进取,洒脱自如,外秀内坚,是延安的新一代,正在实现现代化的新人形象。人们骄傲地说,大片山岭的主色已经由黄变绿,绿化的成就开始显现。他们说那些到延安拍摄黄土地的人员,寻找大片黄山荒山十分艰难。他们说到延安地区的能源业,延长为中心的油田有着极好的效益。他们说许多旧貌已经换成了新颜,原来的扎在头上的"羊肚子手巾三道道蓝"已经不见,代之的是各色国内外名牌鲜艳毛巾头巾披巾;而扎在绥德汉子头上的露出两个小犄角的毛巾,除了舞台上你也再难见。还有,你在各种公众场合,愈来愈难听到原汁原味的陕北话,而是一派京腔京韵。

他们还说,延安到处是私家(小汽)车,好车多半是私人的,有"宝马"

也有"奔驰"。有"灵字"也有"桑塔纳"。幸亏延安宾馆的食堂还能提供些炸糕、荞麦饸饹、绿豆饭、糜子粥……地方小吃,如李季、贺敬之等人描写过的。

怎么办呢?如今,一九八三年以及更早以前的延安面貌正在离我们而远去。革命圣地的人民正在大步奔向小康。革命的足迹将永远被纪念,被景仰,被拜谒。革命博物馆的建设愈来愈好。南泥湾的稻田绿油油一片。革命的精神世代发扬。宝塔与延河桥,不但无恙,而且正在放射出新的夺目辉光。延安人民过上了梦里也没有想到过的富裕的生活,刚刚开始。

与此同时社会主义的市场经济正在改变着许多。这次刚到延安的时候我有点惊诧,原来的边远和苍凉,原来的贫穷和志气,原来的本色和粗拙,原来的一无所有的无产阶级山沟沟风貌哪里去了?一片高楼大厦,灯红草绿,那还叫延安吗?徐缓如果变成迅速,疏朗如果变成密集,匮乏如果变成殷实,土气如果变成全球化至少是全国化,那还能叫延安吗?直到二十年前,崔健等还在大呼小叫地唱着"一无所有,一无所有……"啊!

在延安宝塔山下的休闲广场,感受着小康的夜景,感受着人民的幸福,我忽然感动了,被"说服"了。辉煌的延安历史终于在今天结出了果实,再不是旧模样,初夏熏风今又是。天若有情天亦老,人间正道是沧桑。毛泽东死而有知,他也会快慰。他一直期待着换一换人间,现在是真的换啦!延安有辉煌的过往,有灿烂的现实,有崭新的肯定是更加福气的却也会包含着某些不确定和失落的未来。正道是这样地沧桑啊。"天"能够不恢复自己的青春吗?

当然,换新颜的同时也可以更多更好地保持一点有历史意义和文化内涵的旧貌,我期待着。

2004 年 7 月 7 日

# 又 到 杭 州

## 永忆江南到杭州

又到杭州了。

一到杭州就禁不住不停地默念:"江南忆,最忆是杭州……"就想着"春来江水绿如蓝"应是指富春江,想着"君亭枕上看潮头",真不知道钱塘观潮有了几千年的历史了。至于"山寺月中寻桂子",古代的注释已经说明是指在灵隐寺赏月,还说是灵隐的僧人说他们那里的大量桂树是直接从月宫走下来的。那么,令人有点隔膜的倒是"吴酒一杯春竹叶"了,莫非古代这边有饮用竹叶青的习俗?

"吴娃双舞醉芙蓉"呢?算了,不去考查了吧,干脆来它一个歪批:就是说白居易在《忆江南》三首中描写了当年在杭州举行的"艺术节"的盛况。我辈当然比白乐天更幸运些,在二〇〇四年以杭州为中心会场举行的第七届中国艺术节里,人们不但看到了吴娃,也看到全国的与国外的"娃",不但有双人舞,而且有独舞、群舞、大合唱、交响乐、水上社戏、书画展文物展……如果乐天诗翁在世,不知道又该怎么样写"忆江南"呢!

白居易毕竟是白居易,他的三首《忆江南》如歌如画,朗朗上口,千古丽句,堪称极致。而且他的忆江南是可以再现的,不像《长恨歌》与《琵琶行》是只能留在纸上了。现在的江南,现在的西湖,依然如白居易、苏东坡当年写的那样清纯秀美。

而在两年前我赴日访问的时候看望患病的大作家水上勉,水上勉衰弱地说:"真想再去一趟杭州啊,哪怕是用轮椅推,推上我围绕西湖转上一圈,就虽死无憾了。"

就在今年九月份,就在我在杭州作《汉语写作与中国文学》的讲演与顺路观看艺术节演出的时候,水上勉君不幸辞世了。

我把水上勉君对于杭州的思念告诉了浙江省与杭州市的领导同志,他们都很感动,他们都表示愿意邀请水上君来访,而这已经是无法实现的了。

## 今日又重游

白居易问:"何日更重游?"白居易自慰:"早晚复相逢。"

我们不用像水上勉一样地苦苦思恋杭州,不用像白居易一样地自问和自慰,二○○四年九月十四日,我们再次来到了杭州。

杭州是永远的,今日的杭州仍然是江水绿如蓝,秋(春)水碧于天,画船听雨眠,仍然是西湖歌舞(不必叹息它几时休,因为它越歌越动人,越舞越欢畅),仍然是晴方好,雨亦奇,淡妆浓抹总相宜。

杭州又时有新意,从苏堤往西,去年"非典"期间大动干戈,扩展了西湖的面积,增添了许多幽雅的新景。我们乘船穿过许多桥洞,经过许多野趣横生的水上植物群落,用各种视角享受西湖美景,看到了大湖面上看不到的另一种妩媚与雅静、清幽与阴凉,看到了另一个清婉的西湖,而与明镜般的大湖相补充相映衬。

倒塌多年的雷峰塔重建起来,修葺一新。你终于找到了一个高点,一个最佳位置,可以从那里鸟瞰整个西湖和周围的山色。叫做湖光山色尽收眼底,湖光山色永远贮存在你的心里。

而西湖四周的景点,也都免除了门票。旅游是更兴盛了,旅游发展的大效益可以抵除掉某些小的令游人不便的计较。市场经济与旅游经济的规则并没有受到怀疑,但是游人们却立时感到了西湖属于自己了。

杭州人的生活也是越来越好了。

当然,我面对杭州的高楼大厦也颇感困惑。我们的运气只是在登雷峰塔观湖的那一天赶上了山色空蒙的阴天,没有在塔上看到那些与西湖美景不怎么协调的现代建筑。

## 梦魂牵萦话杭州

感谢改革开放,我这二十多年去过了那么多地方。我算是真的知道了世界真奇妙了。然而没有一个地方像杭州这样令人动情,令人醉迷,令你销魂,令你不知道说什么才好。

好话说不清楚,就只能正话反说了。我说,杭州是个消磨斗志的地方。文友王旭烽则告诉我,有一位外地作家说,他是不能来西湖了,来了杭州就不再想写作,不再想读书,不再想苦干,只想游玩……

中国的古典诗词写过的地方多矣,泰山、洞庭、长江、黄河、边塞……但是写杭州写西湖的最深情、最美丽,最依依恋恋,难解难分。

因为西湖的水平如镜,涟漪如纱绉;因为西湖的柳丝太细太柔太下垂得紧;因为杭州的山峰太秀丽太碧绿,山的线条也如西湖的岸线一样舒缓,不见嶙峋,不见突兀;因为杭州的酒太温柔醇厚,杭州的茶太鲜嫩清淡(例如与我在新疆喝惯了的茯砖相比较);因为西湖的风景与杭州的地名太雅太温馨:柳浪闻莺燕子弄,三潭印月武陵源……因为围绕着西湖有太多的爱情故事:梁山伯与祝英台,许仙与白娘子,苏小小与谁谁谁;因为杭州的菜肴太细腻,连鸡、虾、蟹也是醉而后去满足人们的口腹之欲并且使食者醉去的,而杭州人确实是一个爱生活也会生活的人群……这当真是个舒服的地方,只不过是我们的命运,我们祖国的命运太严酷了,不仅南宋的时候不该享福,鸦片战争的时候,大革命的时候,抗日的号角吹响的时候,抗美援朝的时候,谁又能流连在湖光山色、历史胜迹、老酒与醉鸡醉蟹当中呢?

而这不是杭州的错,这只是幸福的推迟。杭州本应该是人生的幸福、神州的幸福的载体,却常常成为血腥战斗的见证。其实——杭州的文友告诉我,杭州也不乏刚烈之士,例如最近就新修复了于谦墓,就是那个宁可粉身碎骨也要"留得清白在人间"的铮铮铁骨,更不要说名扬万古的岳坟了。而从杭州走出去不远,就是绍兴,就是鲁迅的家乡了。

## 断裂与整合

当新鲜的人文博士(fresh Ph.D)讨论中国社会的断裂的时候,我在杭州倒是看到了一种也许会引起争议的整合。其实断裂也好,整合也好,前提是共同的,那就是承认多样性的存在。断裂的来由是一种存在认定另一种存在不应该存在,只好与之断裂。整合的来由甚至也包含着无奈,一种存在不认为自身有能力或足够天经地义的理由消灭异质的存在,只好整合在一块堆儿。

例如一位杭州人告诉我,新修起的雷峰塔是失败的,原因是:一、塔太胖,与六和塔靠了;二、为游人安装了滚动电梯,不古色古香了。

作家王旭烽告诉我,雷峰塔完全是按照文物资料上的原样修起来的,人们心目中的那个瘦塔其实是塔壁因火灾与战乱的破坏塌落后的塔心,而且不仅雷峰塔如此,包括目前俊俏地矗立在北山上的保俶塔,其瘦身形象也是根源于塔壁的剥落。至于滚动电梯,在建筑中相对比较隐蔽,至少对我与妻这样的年已古稀者,似不显多余。

雷峰塔现在的浮雕与壁画就更有趣,最高的六层,四周是木雕的佛陀释迦牟尼的故事,从出世到涅槃,包括菩提树下的悟道。当然,五层就是从塔上看下去的西湖诸景,画景与实景互证,似乎不太带意识形态色彩。再下一层是白娘子联合小青血战法海僧人的传奇壁画了。按理说,这段故事中不无对佛法的不敬,倒是应该感谢佛家普度众生的大度。再下一层是重新修建此塔的盛事,则包含着对当今与当局的颂扬。这有什么不协调吗？没有任何人有这种感觉。至少是协调在一个叫做旅游文化的概念里了。不错,旅游二字中含有铜臭的气息,把真正的文物交给旅游部门管理令人不寒而栗。这方面有过失败的与令人痛心的经验。但至少这一个新复建的雷峰塔,给我的印象是并没有污染西湖,倒是使西湖显得更完美,使游人与西湖更亲近。我们完全可以寄正面的希望于旅游,希望旅游文化带给我们的不仅有赝品与伪文化(那是文化的灾难),而且有真正的文化。

这次阔别数年以后来到西湖,还看到据说是参照上海"新天地"的经验修起来的湖东酒吧一条街,欧式风格,夹带韩式。从旁驶过,但见灯光暗淡,装饰华美一心逐洋……欲知成败如何,且听下回分解。

## 龙井茶与西湖白莲藕莼

想来是因了小时候家境不怎么样,也缺乏医药知识,我一有病大人就给我吃藕粉(还有挂面)。在高烧不退、食欲全无的情况下,喝点所谓藕粉也许不过是土豆粉或者秸秆粉的东西,起码撑不着,渐渐养成了病吃藕粉的真正小儿科习惯。"成家立业"之后,我的这一稚习,被妻子儿女嘲笑,他们说藕粉是我的"回生粉"。

这次到西湖,说起想喝藕粉,果然也使杭州友人觉得太幼稚了。他们想不到我要这种不登大雅之堂的东西。但是,九月十五日在湖畔居,王旭烽还是替我向主人要了藕粉。

现在的藕粉改名藕莼了,用一个生僻的字,也许是为了提高身价。质量也显著提高了,不需要和底子,用九十度的水冲一下,就会自动成为均匀的糊状。几年前也有直接冲开水的,但冲出来效果不理想,常有疙瘩混迹其间,现在,是浑如天成啦。藕粉也在进步呢。

当然到湖畔居更主要是为了饮茶,王旭烽是茶人,她的描写茶农生活的长篇小说《南方有嘉木》获得了茅盾文学奖。她与茶人们面子大,我们到了湖畔居，喝了各种可饮可观赏可品味的名茶。有一种我觉得应该命名为绿牡丹（也许人家起的就是这个名字）的茶，一小团茶，开水一泡，变成了绿色大朵牡丹，好不喜人。观湖光山色而品上等茶上等水，这样的快乐人生又能有几次？这天茶水喝多了，茶后兴奋中去看山西歌舞团演出的民族舞剧《西厢记》，更是乐事了。山西的艺术家演得很好，剧本突出了崔莺莺和张君瑞对于幸福的热烈追求，压缩了红娘的分量，把老夫人代表的封建势力处理成由男群舞演员表现的符号，使老戏有了新面貌，表现爱情的舞蹈非常高雅优美。

于是当晚大为失眠，茶与舞，都太撩人心绪喽。

## 钗 头 凤

如果我的记忆没有欺骗我自己，我记得我第一次听到《钗头凤》这首词是在一出话剧里。那个话剧就叫《钗头凤》，是一九四六年，由国民党的第十一战区司令部话剧团演出，女主角唐婉是由演员唐若青扮演的。

我并没有机会在剧场看戏，我是在家里的一个破旧的话匣子里听这出话剧的。而这个话匣子是"二战"中日本宣布投降后，住在北京的日本军人家属仓惶回国，廉价出手的。话剧是倒叙写法，一上来就是陆游吟哦着"红酥手，黄縢酒，满城春色宫墙柳"，十二岁的我立即感到了这首词的震撼力。我出神地聆听着忘记了一切。我还记得唐若青的嗓子有点沙哑，有一种特殊的磁性。顺便说一下，抗战过程中国民政府十一战区建立了话剧团，而这个话剧团的文艺工作者是很进步的。

就在听到最最动情处的时候，突然停电。我几乎发了疯。我忽然想起了我所居住的小胡同小绒线胡同的东口插入一个大胡同：报子胡同，而报子胡同的东口有一个人家，这个人家有一扇高高的后窗户向着街道方向开放，我常常在走过那里时，听到从后窗中放送出来的广播声，声音质量比我在家中听的话匣子好多了。我也坚信，我们的小胡同的停电,不意味着那边的大胡同也停电。

我飞一样地跑向报子胡同东口,我走到那扇我从中听到过曹宝禄的单弦、赵英颇的评书、孙敬修的故事的高高的后窗下面,我期待着话剧的广播。然而,杳然无声。至少对于我来说,从这次,这个给过我艺术的欢乐的后窗,不复存在了。

这是我平生未圆过的梦境之一,此外例如还有我曾梦到过自己演奏乐器、梦到过自己驾驶汽车……这些,都是我此生的遗憾。

至今,我没有看过听过一部完整的描写陆游与他的表妹的恋情的戏剧。

但是我去了两次绍兴的沈园。第一次是一九八九年,由绍兴市副市长李露儿同志陪同,阴雨绵绵,草木低首,如同为陆游唐婉的遭遇而哭泣。来到这里我感动得不得了,看了刻在照壁上的陆游与唐婉的词更加感动。当绍兴的同志告诉我当今的沈园修复得太粗糙的时候,我一再为沈园辩解:不粗,很好,很动人。

这一次,我仍然提出要去沈园,而绍兴的人说,现在的沈园比我当年看到的那一个又扩大了。

那次是上午,这次是黄昏。那次是阴雨,这次是晴天。沈园有一口双眼井,解放后在双眼井中修起了一面墙,墙的一端改成了人民公社的菜园。这个故事也很有趣。诗人陆游与他的爱情是神圣的。农民的种菜劳动也是神圣的。我相信经济发展得很好的绍兴人的蔬菜供应一定很好,不需要占用半个沈园栽辣椒苗了,那就把这一小块地面还给历史与文学吧。

这也算圆了我的半个多世纪以前想听完话剧《钗头凤》而不得的一点心愿吧。

## 祥 林 嫂

如同绍兴的市委书记王永昌同志所说,绍兴本身就是一个人文历史的博物馆。而这些脍炙人口的文物景点的修复修缮，都与发展旅游文化的思路有关。没有一个良性的循环，上哪里找钱去干这些事？

而且有扩大扩容和升级增量。绍兴县就修起了鲁镇。很大一片地方，邻近鉴湖，修成了鲁迅小说中的鲁镇模样，使鲁迅的小说虚构变成了实在的景观。阿Q一溜歪斜地走过来了，他受到旧警察的敲诈，他给不出钱来，便被带到了大堂，以"乱党"的罪名要了他的命，而他还在耿耿于画押时的圆圈没有画圆。

这是演出，这是对于鲁迅的纪念和重温。这令人感慨万千。您难以相信，几十年前，中国、中国人是这样的。

而更令我触动的是对面来的披头散发的妇人，她拄着拐杖，两眼发直，嘴里念叨着"我真傻，真的……阿毛……"念叨着"到底有没有来世……"。

当然，是祥林嫂。

我自己也没有想到，祥林嫂的形象给了我那么大的冲击，我立即热泪盈眶，不止盈眶，而且夺眶而出了。整整一个小时，我忘不了祥林嫂。

我从小就特别感动于祥林嫂这种被污辱与被损害的人物，对于这样的人的同情决定了我的一生。我看到她就像看到自己的亲人自己的长辈自己的姐妹。一九八〇年我第一次到美国，曾经在使馆帮助下在爱荷华放映夏衍改编的电影《祝福》，一位台湾背景的艺术家看完后对我说，他真的再不敢看这类片子了，这样的电影看多了非变成共产党不可的。

## 鲁迅故里与柯岩

而在绍兴市的鲁迅故居原址，修起了鲁迅故里。回想我许多年前参观鲁迅故居的情景，真是鸟枪换炮，昔非今比。二十年前，鲁迅故居破破烂烂，挤在居民房舍内，露不出头角来。而今，扩大了地界，把鲁家（其实是周家）早就卖出的旧屋也收回了，你甚至可以从中看到当年鲁迅幼时亦未看到过的周家最发达时的情景，俨然大户巨绅。整个一片地方，黑瓦白墙，乌木雕刻的门框窗框，像是北京由贝聿铭先生设计的香山饭店的缩小。

其实是贝先生汲取了江南民居风格设计了获奖的香山饭店。

卖各种纪念品，卖炸臭豆腐。故里也招商，故里的香臭十分扑鼻。这当然也是旅游文化，而旅游文化招徕顾客的正是非常革命的鲁迅文物与同样吸引人的吴越乡土的民俗文化。故里的门票据说价格不菲。我又想，正像西湖游的火爆终于使西湖边的"花港观鱼"与"曲院风荷"不再收门票一样，说不定以鲁迅的伟大名字命名的有关景点，有可能今后提供更与鲁氏身份相称的服务。在达到这一点以前，我完全理解人们对于"红色旅游资源"的开发，和这种开发反过来对于人文教育人文关切的正面意义。

也许在结束这篇挂一漏万的记述二〇〇四的杭州之行的小文之前提一下绍兴县的柯岩是必需的，两块高耸的岩石位于绍兴柯镇，故名柯岩。我从来没有看到过这样奇绝、这样英武、这样打破了人间的想象力的石头。这两块巨、高、奇、瘦之石，几乎使亨利·摩尔，还有罗丹，以及什么现代派后现代派的雕塑，在它面前黯然失色。而这两块石头的产生并非完全来自天然，它是历代艰苦卓绝的采石工人凿石取料的剩余，它是无心间造成的吗？我想起了罗丹的名言，石雕就是把不需要的东西统统打掉。我无法想象也无法理解。艺术啊，你在非艺术的、非刻意经营的大自然与人工劳动面前，你将怎么样自处呢？

2004 年 10 月

## 我希望推迟成为塑像

首先我感谢北京。正是北京知我爱我,时时鼓励着我。出生在北京,生活在北京,又有机会到各个地方,尤其是长期到过新疆,再回到北京。这都是我的福气,是时代赐给我的机遇。

我当然很高兴,谁不希望自己的写作受到重视,受到表扬鼓励呢。但是我确实也很惊异和悲哀,原来,我已经到了可以"结账"的时候了吗?我当初,我是说五十一年前动笔写《青春万岁》的时候,所期待于自己的,做到了几成呢?在伟大的历史进程中,我们留下了多少伟大的至少是够格的文章呢?我还有多少机会呢?是不是一点机会也没有了呢?说给我弄什么塑像,我觉得有点可怕,有点可乐,有点自惭形秽,诚惶诚恐而又乐不可支。

可是无论如何,我太感谢北京文学节的主办者与领导者了。我太感谢广大读者了。我有点对不起读者啊。我怎么着也还得再拼一下子呀,我希望我一定不要很快变成一座塑像,一张照片,哪怕是白金塑出来的雕像,或超大型二十四英寸的压膜彩照。我暂时还是一个不甘就此罢休的、老而挣扎不已的写作人。写作不已,再看看试试自己还能有多大道行,还能不能给读者一点新的惊喜呢?这就是我的回答。

2004 年 11 月

## 我老想去上海

　　我和大家一样,喜欢上海。

　　我差不多年年都要到上海,每到上海必然会与上海的作家们聚会切磋,获取精神上的也有菜肴上的营养,更陶醉于那种融洽欢愉的气氛。巴金主席和他的女儿李小林给我以高尚与亲切感。老一辈的王元化、李子云、费礼文、徐俊西、梅朵、谢春彦以及已故的吴强、茹志鹃……现在的作协主席王安忆与赵丽宏、赵长天、陈村、吴亮、程德培,年轻点的徐芳、郜元宝、姚育明……都是我的友人。而从事编辑工作的郏宗培、萧关鸿、严建平、周毅……也都知我爱我,惠我助我良多。我的许多文字在上海的报屁股上发表。我的许多书籍在上海出版。眼前,《红楼梦》评点本的修订增补本与大型文学图片集《王蒙与他的新疆》即将从上海文艺出版社出发。我既获得过不止一次"《上海文学》奖"与"上海中长篇小说奖",我还充任了后者的评委。我还是《萌芽》杂志主办的新概念作文比赛的评委主任。我到上海有许多事要做,有许多人要看。上海对于我永远是那么热情那么友谊那么支持。

　　最好的读者也在上海,二十年前我收到过一位姓陆的读者的信,他的信极感动我,我后来抽空按照信上的地址去看望了他一次,才知道他是住在棚户区的。我在上海文艺出版社的书吧里与读者见面,一位女士说她退休后一度心情很差,后来看了我的书改变了生活,上了夜大,学习了绘画与钢琴,现在充任着这方面的家庭教师。我在上海古籍出版社为我的旧体诗集签名售书的时候，一位女士向我哭诉，她上小学时做过什么对我们家无礼的事……以致电视人杨澜采访我的时候提出过一个问题，问是不是我最受中老年妇女的喜爱。而在上海图书馆讲演的时候，我忘不了听众的热烈与提问的高水准。

上海人有那么一种清晰，那么一种明智的力量，那么一种优选法与博弈论，我常常觉得上海人最适合生活在社会主义的市场经济里，最适合生活在开放改革的条件下，上海是二十世纪二十一世纪为了充当整个中国的发展进步的样板之一而创造出来的。"天"把大任降给上海了。他们当能最好地趋利避害，发展壮大，享受生活，贡献国家，利人并且利己。来到上海你将不至于那么较劲，那么钻牛角尖，那么小热昏，那么自恋自怨自艾，那么一脑门子的"阶级斗争"与自我膨胀。既然你精明我也精明，你通透我也通透，谁就把谁怎样不到哪里去。同样的作协，你与上海的徐中玉或者罗洛，徐俊西或者任仲伦讨论起问题来，别有一种透彻和欣喜。同样是出版社，你和上海文艺或者上海古籍或者上海教育合作起来也会满意于他们的效率与创意。甚至同样的难免的客气话或者套话，上海人说起来你也觉得比较自然得体，有较大的可能兑现。

我在购物时会优先考虑上海的产品。我在出差时会优先安排上海的节目。我在写完较短的稿子时会首先考虑往上海的哪个报刊发出。我打长途电话最多是打给上海的友人的。如果想外出吃一顿好饭，我也常常叹息，我所在的那个地方没有梅龙镇也没有小绍兴，没有红房子也没有城隍庙，没有衡山路也没有杏花楼，没有功德林也没有老正兴。

我祝贺上海作协成立五十周年，我从来没有把自己当过外人，我也算是你们的一员吧，我老想着去上海

发表于《上海文学》2004 年第 12 期

# 寻找女人与狗

据说在堤岸上出现了一个新人:一个带小狗的女人。

可能都有这么一个时期,你觉得契诃夫的小说是应该也极容易背诵下来的。温柔,忧郁,悄悄地清高一把,没完没了地眯着眼睛叹息。背诵这样的小说是一种享受。四十四岁就死了。但是甚至仅仅通过翻译,也赢得了那么多共鸣和神往,微笑和泪花。你好像看见过契诃夫,你好像听到过他的悲凉和文雅的声音。你无法想象,世界上,尤其是在革命前夜的俄罗斯,有一个这么样柔和,这么样善良,这么样羞怯,这么样天才和极端精致的男人、剧作家——小说家。戏剧与小说的排序,我是根据大美(不是大英)百科全书来写就的。

她是一个高身量的女人,生着两道黑眉毛,直率,尊严,庄重,按她对自己的说法,她是个有思想的女人。她读过很多书,在信上不写"ъ"这个硬音符号,不叫她的丈夫德米特利而叫吉米特利;他怕她,不喜欢待在家里。他早已开始背着她跟别的女人私通,而且不止一次了,大概就是因为这个缘故,他一讲起女人几乎总是说坏话。

契诃夫有点软弱,他害怕那种个子又高又自命为"有思想"的女人,可能还有男人。一个贩卖自己"有思想"的人,一个动不动给自己与自己的小圈子戴上"思想者"的桂冠的同类,让人觉得矫情,或者倔强,不知道这两种写法哪种更对。刘绍棠生前提起那些摆着思想家的架势写小说的人简直是深痛恶绝。虽不全面，事出有因。

已经有许多人写到过雅尔塔契诃夫的故居了。我在二〇〇六年十一月三日近午参观完马桑德腊酒窖后，来到这一个故居，感觉很有些不同。

马窖的酒可真香，有的还甜。喝法国葡萄酒主要是体验味觉的神奇，靠的是舌面，喝现在属于乌克兰的马桑德腊的酒靠的是鼻孔和舌尖。我早在一九五二年阅读巴甫连柯的《幸福》的时候，就对这一酒窖迷上了，他写得多么迷人。喝酒也要歌唱苏联，赞美俄罗斯，嘲笑美国人。可悲的是据说巴甫连柯的为人极糟，是一个害人者与告密者。品酒品得微醺，出访走得有点疲劳，天又下着忽大忽小的雨，阴沉沉，脚步也不轻松，毕竟是七十二岁的人，已经比契诃夫多活了二十八年。已经活了契诃夫的寿命的一点六三倍。然后想起契诃夫，带小狗的女人，青年时代，巴甫连柯，乌克兰，橙色革命，俄罗斯，苏维埃社会主义共和国联盟。下车，顺着地面一势下台阶，到了：一切都是第一次，一切都似曾相识，一切都如同在梦中回到了青年时代，一切都好像已经过去了很久很久，更淡漠了也是更留恋了。

后来他们商量了很久，讲到应该怎样做才能摆脱这种必须躲藏、欺骗、分居两地、很久不能见面的处境。应该怎样做才能从这种不堪忍受的桎梏中解放出来呢？

"应该怎样做？应该怎样做呢？"他问。抱住头。"应该怎样做呢？"

其实青年时代读这些的时候并没有这样的人生感受，没有阅读这种小说的基础。对于选择的困惑，种种的为难，负罪感与无奈感，尤其是这种有一个有思想的大高个妻子，有一群轻浮的女友，又有一个真正爱上了的陌生女人的生活，这怎么可能是王蒙所能理解通透的呢？但是那个时候我非常感动，怎样做呢，怎样做呢？这样的叹息让我无法忘怀。

如今尝尽"应该怎样做呢"的拷问,我反而觉得离带小狗的女人渐行渐远了。

契诃夫无论如何是太纤细太敏锐了。他生于一八六〇年,死于一九〇四年,在俄国一九〇五年革命的前一年。他当然没有经受过二月革命与孟什维克参加了的临时政府,没有经历过列宁的十月革命,没有经历过斯大林、卫国战争、两极争霸直到苏联解体。他在雅尔塔的别墅,也没有受到一九四五年二月三巨头雅尔塔会议的干扰。那个会,安排了战后世界的格局。

俄罗斯的经历是太严酷了,它本来不可能容得下契诃夫。它可以产生果戈理,它可以产生陀思妥耶夫斯基,它可以产生屠格涅夫、普希金,强烈的与理想的浪漫的,却不是淡淡的契诃夫。所以契诃夫就更宝贵。樱桃园和三姊妹就更宝贵,雅尔塔海堤上的带小狗的女人就更宝贵。即使是高大的思想者们,不也有时候需要一点契诃夫式的温存和忧伤吗?

一些文章很注意描写契诃夫在雅尔塔的故居是白色的。但那天给我印象更深的是绿色。这是一幢乡村别墅式的二层小房子,比较简朴,但是有高低不平的园林,大量的树木与花草,包括休闲椅子也是绿色的。绿丛中是清澈的小溪流淌,地势倾斜,水声悦耳,稀里哗啦,昼夜不停。它的说明书与解说词如梦如忆,如旧书如老友,如老照片。高尔基、列维坦、柴可夫斯基的身影都在这哗哗的水声中出现过。墙上挂着的照片里也有托尔斯泰。说是契诃夫早年是非常崇拜托尔斯泰的,后来他去过了萨哈林岛,对于托翁的勿以暴力抗恶的主张日益反感。另有一说是契诃夫讨厌托夫人的傲慢与装腔作势,不知道是不是《带小狗的女人》中男主人公祖罗夫的太太的那种类型。

契诃夫的房子不算大,但是间量很多。说他在一八九七年购买此地产时已经发现了肺结核,他策划了房屋的修建,给自己的家人包括母亲、妻子与妹妹等都安排了住房。这种顾家的精神很容易得到中国人的理解与认同。

马桑德腊酒窖也是一八九七年建造起来的。巧合也是一种美。重叠和同步也是一种动人的机缘。

也许更重要的是别墅的位置，这是雅尔塔呀。出院不远，就是黑海，就是防波堤，就是颜色深黛，波涛汹涌的一片汪洋，而他在"带狗"小说中描写过的海边的售货商亭，仍然无恙，仍然一如当初。

只有那种自由而满足的，不管到哪儿去或者不管聊什么都无所谓的人才会这样谈天。他们一面散步，一面谈到海面多么奇怪地放光，海水现出淡紫的颜色，那么柔和而温暖，在月光下，水面上荡漾着几条金黄色的长带。他们谈到炎热的白昼过去以后天气多么闷热……他从她口中知道她是在彼得堡长大的……她在雅尔塔还要住上一个月，至于她丈夫在什么地方工作，在省政府呢，还是在本省的地方自治局执行处，她却无论如何也说不清楚，连她自己也觉得好笑。古罗夫还打听清楚她名叫安娜·谢尔盖耶芙娜。

海水依然，日光月光、阴晴寒暑依然。雅尔塔依然。克里米亚依然。就像带狗的女人说不清丈夫的工作单位一样，我也没有记得太清楚，大约是故居属于雅尔塔，雅尔塔属于克里米亚自治共和国，此共和国属于乌克兰。只有契诃夫故居还是契诃夫故居，甚至二战中德军占领期间，它也没有受到过破坏。

说是岸边有一个铜像，是带小狗的女人安娜与她的男友祖罗夫。我好几次都错过了寻访铜像的机会，与铜像失之交臂。最后还是在政协秘书长郑万通先生的怂恿下，冒着雨，打着伞，溅了一身水滴，且行且找，找到了安娜、祖罗夫与小狗。可惜铜像的环境没有得到保护，照出照片来也没了契诃夫的气氛。

我曾经在旅馆房间的窗口处长时间外眺，我多么希望能够看到一个带小狗的女人啊。带狗的女人终于出现了。但不是小狗，是硕大凶猛之狗。女人也早失风情。在最最醉迷于契诃夫的年代，我的生活翻了一个个儿,再没有为契诃夫留下余地。我不知道这是幸运还是不幸。

　　总算回到了女人与小狗的身边。总算回溯了一下往事,重新读了一回《带小狗的女人》,一时间感动如初。然后说再见,上车,去距离不近的克里米亚首府辛菲托波尔机场,回国。

发表于《文学教育(上)》2007年第7期

# 一次大会发言

平常在电视屏幕上看国际体育比赛,尤其是二〇〇四年看雅典奥运会的大赛,对于我国的运动员的说话行事,有一点看法。但是觉得还不宜立马说出来。大家都沉浸在夺金狂潮与胜利的喜悦中,说一些不那么"中听"的话,人们能够接受吗?

我当时就想,最好等到二〇〇七年,政协开全体会议的时候,对此作一个发言,早了不行,不成熟,也容易忘。晚了,就来不及了。

到了二〇〇七年二月,春节还没有过完,发言稿就写出来了。我仍然有些不安,例如国际主义,已经尘封多年,我这次提出来了,为了站得住,我把国际主义与社会主义、共产主义、爱国主义放在一起提。

我指名道姓地提出要认真纠正对待日本运动员的不礼貌不友善的表现。大众能接受吗?能理性地对待与日本二字有关的话题吗?

我的对于"黑眼睛黑头发黄皮肤"之类的话要少讲不讲的意见能够被接受吗?已经唱得那么熟练,那么动情,那么冠冕堂皇了。在电台广播中我也听到过著名朗诵家的朗诵:"我看到了蓝眼珠、黄眼珠、绿眼珠、灰眼珠……"听众中传出了笑声,好像是听到了一种怪物,然后,朗诵者大声地骄傲地宣布,"我看到了黑眼珠!"掌声雷动了。

己所不欲,勿施于人,如果一个运动员强调自己的金发碧眼白皮肤,那成了什么人啦!

"同一个世界、同一个梦想"的口号的提出鼓舞了我,有门儿!

建立和谐世界的提出更加鼓舞了我,太棒了,是提出这些问题的时候了。

我的发言稿在政协有关部门与领导中始终得到了积极的评价,并在大会的秘书长会议上确定入选口头发言。这是我得到的第一波鼓励。

排在我前的邓亚萍的发言强调奥林匹克的精神是重在参与,不能把目标锁定到金牌数量上,太对了,这是对我的第二波鼓舞。我想起了当年的口号:"友谊第一,比赛第二",这个口号的贯彻上有矫情之处。但是把主办奥运会变成夺金大战,甚至吹什么体育是和平时期的战争,也够恐怖的。二〇〇八年奥运会。我们是东道主,全世界的运动员都是我们的客人,难道我们请客的目的就是从金牌数量上压倒众宾客、进行一场和平时期的战争吗?我多么希望我们在奥运会上得到两面金牌:第一面是比赛成绩的辉煌之金。一个是人民与国家的文明程度与文明胸怀的辉煌之金。我的话会不会被认为是替国人健儿们扬威不够呢?

三月十二日下午四时三十三分,我开始发言。一出场,就得到了掌声,我不能不感谢众委员与有关领导的厚爱。

我讲到"对一场比赛的输赢的政治意义不要作过分夸张的报道。如说'中国女排的胜利是中华民族的胜利',如此说成立,中国男足男排的失败将怎样自处呢?"传来了笑声和掌声。看来,人同此心,心同此理,有共鸣,好办了。

我讲到"我们不能老是用受气的小媳妇吐苦水的语气说话",第二次掌声大起,使我激动起来了。

讲到输得起也赢得起,第三次掌声。

讲到己欲立而立人,己欲达而达人。费孝通教授提出:各美其美,美人之美,美美与共……第四次掌声。

……一共鼓了七次掌。鼓不鼓掌并不重要,我的不太中听的意见能被接受,我太高兴了。

这里还有一个插曲。一家报纸早就约我的大会发言稿作为他们的时评了。按照会议规定，我在发言前不太久才把稿子给了他们。先是该报说此稿不宜用，半天后说是领导看了，觉得问题不大。两个多小时后，又传来信息，第二天见报。有一个过程，仍然是顺利的。

改革开放近三十年，思路确实是不一样了。

我还有一个思想准备，准备着在网上挨骂，结果情况也比我预想得好得多。

担任政协委员十五年来，这已经是我第四次作大会发言了，这次我最重视，我为自己知无不言言无不尽而快乐，为发言得到了相当的理解与共鸣而快乐，为以大会发言的形式履行参政议政的职能而快乐。今后回忆起来，聊可告慰推荐我信任我支持我参与政协的工作与活动的同行们、师长们与读者们。

2007年3月15日

## 恭贺《牡丹亭》青春版演出一百场

二〇〇三年在香港参加一个征文活动的时候,得知白先勇先生正致力于与苏州昆剧团合作,排演经过适当整理的《牡丹亭》,觉得是一个极有意义的事。当年冬季,应先勇兄的邀请,我与芳以及文化部有关司局的朋友们一起到苏州看了此剧的两个下午的彩排——全部演出要三个下午。

我们很高兴。我比较认真地与切近地欣赏观察,并且抱着审视与怀疑的态度看他们的表演,不知道现在的观众能否接受这一古老的剧种。结果是非常喜爱非常感动。我完全被征服了。

中国文化尤其是中国戏曲,是古老的幽雅的与含蓄的果实。同样是表达爱情,当代观众受美式辣妹、猛男的影响,其实是败坏了自己的审美口味。靠三围与大嘴,靠臀部与胸部的动作与张扬,靠狂吻、吸吮、抚摸与床上镜头来吸引观众,这其实是相当肤浅与粗野的相对比较动物化的表现。而在《牡丹亭》中,在昆曲中,通过身段,通过水袖,通过千姿百态的动作、亮相与呼应,通过身体语言的对话,通过优美的唱腔与文学性极强的唱词,不但表达了男女之间的吸引爱慕的生理的方面,更多地表现的是美的方面,欣赏与喜悦的方面,多彩多姿(而不是只限于身体的凶猛接触)、温柔体贴、缱绻缠绵、情深意长、如醉如仙的那一方面。也就是更加人性,更加文化,更加迷人,乃至更加通向神性的那一面。

白先生主持的这一台本的演出叫做青春版。这使我一度有点担心。我不知道他会怎样地创新这个青春版。后来才知道了,他的青春版主要在于演员年轻,名师指点,剧本经过整理,比较紧凑,表演略有调整。从总体上说,没有脱离中国戏曲重表演特别是虚拟表演的传统,带点纯美唯美的传统,它是地地道道的昆曲。我请教了戏曲专家胡芝风老师,她对于先勇兄的工作,是持高度肯定态度的。

昆曲是精致的,是纯美的与含蓄的。在社会急剧变动中,在浮躁的心态下,在各种欲望刚刚获得释放因而显得粗糙而且不无原始的疯狂的状态下,昆曲受到一点冷落是必然的。斗红了眼的人无法静下心来看昆曲。暴发户无法静下心来听昆曲。被股市或楼市套牢了的倒霉蛋无法好好欣赏昆曲。整天忙着搞文化大革命拉选票的人也与昆曲无缘。还好,社会正在往安定与全面小康方面发展,人心正在往平和与友善方面发展,中华文化正在愈来愈受到有识之士的重新认识重新定位。只要国家民族愈来愈好,只要做得好和平发展的文章,精美绝伦的昆曲绝对不会灭亡在我们这一代人手里。

我也赞美白先勇先生的勇气、执着克服千难万苦,付出大量精力时间财力,在大陆、台湾、香港、澳门以及美国都进行了极其成功极其轰动的演出,这也是一次弘扬与整合、推介中华文化的盛事,令人欢欣鼓舞,令人在中华文化的感召下靠拢在一起。现在即将在北京演出第一百场了,我向他与苏州昆剧团,向主要的表演与舞台工作人员,向赞助了这一文化盛事的两岸四地的有识之士,表达我的热烈祝贺与感谢。

2007 年 5 月 15 日

# 我当政协委员

## "嘴里出彩的,应该到政协"

一九九三年八届政协以来我担任政协委员,一九九四年以来是八、九、十届常委,二〇〇五年以来,是全国政协文史和学习委员会主任。

我的政治生活的经验告诉我,不要看不起程序、形式、摆设、花瓶之类。有程序,注意遵守程序,就比无法无天不知道前进了多少。有个合理的与适当的形式,即非虚伪非过度非纯然作秀的形式,也比赤膊上阵、粗鄙野蛮好得多。知道讲讲观瞻,讲讲摆设与调剂,也算有了文化礼仪,无愧周公孔子等先人,无愧进入二十一世纪的文明世界范畴。事实证明,多一点文明,多一点民主与法制的程序,多一点广开言路、进言纳言的形式,多一点民主生活的讲究,绝非不值得注意之事。只有那些一心拔发登天者才嘲笑王某的这种低调逻辑:有进步就是好,有进步就大有希望。

我写过一首旧体诗《少年》,表达了一种看法:

少年慷慨笑嫣然,挑战鲲鹏搏九寰。
审父应知观火易,捐身岂畏弄潮难。
隔靴议痒可益智,信口搬山容焕颜!
代有才人脱颖疾,千红万紫是春园。

审父成了隔岸观火，否定前辈的献身，连隔靴搔痒都谈不到而是隔靴"议"痒，据说愚公移山并不符合经济学与科学原则，但总不能以为说说大话就能移掉贫穷与落后两座大山吧？我的诗或有刻薄，但我仍然讲代有才人，脱颖而出，万紫千红，寄希望于未来上。

其实政协的事情比想象的要好得多，而且越来越好。

政协有它的不一样之处。让我们从一些小事说起。政协开常委会，也是依姓氏笔画排列座位。但是每次它都轮换，前一次是姓氏一画（政协有常委一诚法师）两画三画的委员前排就座，下一次就是四画五画姓氏的委员坐前排，底下的顺势往前挪，一至三画的排到最后。

我最最感动的是，不论是常委会还是全体会议，都由秘书长将各小组讨论情况向与会人员作一个综合汇报，原汁原味，不避锋芒，有的发人深省，有的令人惊诧，有的全新思路，有的语重心长，基本上带棱带角，绝不是泛泛之谈。

我们的各种会议相当一部分意见是靠在小组会上讲，大会人太多，不会有太多人即兴发言，而小组会的气氛是比较放得开的。问题在于，作为一名与会者，你很难知晓别的小组会上有些什么高论有些什么鸣响。但是参加政协的会议能行。我多次建议把秘书长的历次综合汇报出版，哪怕仅仅是内部出版，希望此事能做得成。

政协有大会发言，这也是政协特色，只此一家了。虽然由于行业太多，有时一方面的发言，引不起不同行业委员的兴趣，但毕竟给了普通委员一个在人民大会堂讲坛上参政议政、发出自己的洪亮的声音的可能。在这里，我听过委员们讲建筑业问题，讲行政成本问题，讲腐败问题，讲环境、人口、能耗、教育、文物保护、计划生育、老龄社会诸问题的发言，言之有物，尖锐泼辣，振聋发聩。我相信等到各个重要的代表大会、全体会议、委员会议上都有这种严肃认真、畅所欲言、启迪民智、强化参与的大会发言的时候，我国的民主生活将出现新高涨、新局面。

我前后在政协全体会议上作过四次发言。一九九七年我讲过建设文化大国刍议。二〇〇五年讲文化与和谐社会建设。二〇〇六年讲创新的关键在于人才。二〇〇七年讲同一个世界同一个梦想。我的发言频率如此之高,效果越来越趋于热烈:最近两年的发言,都是只用了六七分钟讲,同时获得了六七次打断讲话的掌声。对于实际工作的作用也越来越明显。"同一个世界同一个梦想"的发言,与其他两位体育界委员的有关发言一起,被中央领导批给了有关机构。网上也有热烈的反响。当然也有反对的,如说对运动员不应如何如何挑剔。其实只要稍稍用一点脑筋,多一点知识,人们就会知道王某的发言根本不是针对运动员。我说的很清楚,是讲宣传的,是讲文明的,讲我们决策人与掌舵人的理念的。

再明说吧,我讲的是爱国主义与国际主义的结合兼顾的问题,讲的是舆论导向的问题。我必须讲得稳稳当当,必须谨慎从事。我只能从具体赛事,从媒体对于运动明星们的报道说起。只有习惯于用脚后跟思考而不是用大脑思考的娃子才会认为王蒙要挑战令我们为之骄傲不已的宝贵已极、可爱已极的运动员:例如刘翔。

仅从大会发言一点上,也可以老老实实地承认自己的政治参与的积极性得到了相当充分的发挥,也从一个小侧面表现了至少是思想与言论的逐步开放。需要知道,我的发言并不都是无一句无来历无一字无出处的,我的发言有骨头也有肉,有针对性也有锋芒。而多年来,我们养成的文风会风领导作风,恰恰存在着上面说的两个"无无"与有肉无骨的问题。

在政协,说了当然不是白说。大量的事实证明,我国的政协事业大有可为,对于我国的发展进步,其潜力还大着呢!

尤其是政协的机构使一些并不处于社会政治生活中心位置的人士——如宗教神职人员、特殊界别的代表人物等——成为政协的重要角色。还有一些从领导岗位上退下来的人物,包括遭遇了一点小小曲折的同志,在政协都得到了足够的倾听和重视。有了政协,多少积极因素被调动起来了，多少消极因素转化成了积极因素。

至于政协的小组会上，言路之广，空间之大，气氛之和，态度之善，应属首屈一指。政协是一个政治文明走在前头的地方，希望这种文明有浸润熏染扩展的作用。

统一战线思想是中国共产党的一个重要的政治贡献，它具备着丰富的内涵及广泛的可能性：它承认阶级背景、阶层、界别的多样，思想认识、关注重点与具体利益的多样，承认人民内部矛盾，承认不同的观点意见出现的不可避免；更承认和坚持中国共产党的领导地位，承认和确信中华民族与中国人民的根本利益的一致性。它提倡民主协商，凝聚各界人士的力量，不搞封建的家长制，也不照搬西方的多党纷争与对决，而是实现中国共产党领导的多党合作以及与无党派人士的合作，统筹兼顾，各得其所，各得其利，万众一心，殊途同归。

在我国的政治生活中，人民政协把协商提升到了特别重要的地位。协商是个宝，我们要通过协商检验、补充、校正并丰富领导的意图与决策，使国家的大政方针与各方面的工作照顾得更加全面，实现应有的动态的平衡与稳定。通过协商，我们可以不在人民内部搞你胜我负、谁吃掉谁的模式，而代之以双赢和多赢的模式。我们拒绝在内部搞恶性政治争斗，同时我们警惕和防止滥用权力与一言堂，警惕像"文革"那种极端主义的事态。那就得重视协商，多多协商。

协商是我们党我们国家创造的一种政治文明，是文明执政的表现……协商是一种发扬民主，解决人民内部矛盾，自我调控的方法，是我国的政治生活的一个规则一个特色。

协商体现着广泛团结，重视人才，调动一切可以调动的积极性的原则,最大限度地包容了各级各界,五湖四海。承认差别,顾全大局,代表多数并且照顾少数,以求获得最大程度的凝聚力与向心力,这正是我们的民主理念。中国共产党的领导与全国各族各界人民的政治协商,有可能做到保证这样一个时时面临新的课题与挑战的国家的建立在社会主义民主与法制基础上的稳定与团结,统一与效能,生气勃勃与政治渠道的通畅……

人民政协把各行各业的代表人物、带头人直接吸引到这个机构里,建言献策,群策群力,化解矛盾,理顺关系。它不具备立法、行政、监察、司法的权力,不承担繁忙的日常管理任务,但又有极强的代表性与极高的威望,有重要的功能和自己的人才、智力、思想与言论方面的优势,并在我国政治生活中发挥着重大的作用……它宏大而不滞重,灵动超脱而与各方面的实际工作息息相关,集合了各方面的专家的智慧而又不影响他们坚守各自的专业岗位。这就与西方由职业政客为主体组织起来的代议制区别开来了。万物生于有,有生于无。有之以为利,无之以为用……政协的机制体现了中华文化的生命力和社会主义中国的政治想象力、创造力。

中国作为坚持走自己的道路的社会主义的发展中的古国大国,如何实现现代化与民主化法制化,如何处理好民主与法制、民主与集中、民主与稳定、民主与效率、民主与发展、民主与民族尊严与国家主权,特别是民主与加强并改善党的领导的关系,这是我们面临的一个意义极其重大的历史课题,又是一个复杂的必须坚决而又谨慎地因应工作的艰巨任务。

但至少我们可以说,在党的领导下发展与加强人民政协是一个好办法好答案,是政治体制改革的一个重要组成部分。在推进我国的民主建设方面,人民政协承担着巨大的责任,可以也应该大有作为。政协的存在与运作符合中国国情,有利于民主、团结、求实、鼓劲,有利于把改革的力度,群众的承受能力与国家的稳定发展的需要结合起来。

……我们希望今后政协的工作更加规范化和制度化,我们要更好地为经济建设这个中心,为物质文明、政治文明、精神文明的建设而贡献自己的力量。同时,我们希望政协在继续发扬敬老尊贤的传统的同时,补充新的血液,焕发新的活力,并摸索一套政协委员与本界别的群众加强联系沟通的办法;使我们的人民政协,与时俱进,拓宽思路,面向社会各界,在我国的政治生活与社会生活中,在各行各业的人民群众与各类精英、骨干、代表人物中,发挥更大的作用。

以上是我在纪念政协成立五十五周年座谈会上的讲话的一些段落。

确实,有一个政协与没有一个政协大不一样,政协是中国的民主政治的带有实验性的先导者。有一些文人、艺术家、各界人士,很乐意担任政协委员。

但是我的实际经验也说明了参政议政谈何容易。有一年政协的工作报告中,号召政协委员每年至少提一条提案,或反映一条社情民意。我听了觉得不是滋味,从理论上说,领导的这一条号召够苦口婆心的了。但我觉得不大好听,这等于承认:我们的政协委员,有不止一个人(如果只是个别人就根本不需要提这样的号召了)是一年不提一个意见,不反映一个情况的。这太对不起人民了!想想每年的两会,采取了多少措施保证会议的开好,提供了多少便利让委员们来开好会议,最后却原来有的委员是一年不做一件委员应做的事情的,这怎么向人民交代!

我参加过的九届政协好几次小组会谈委员面临官司即法律诉讼问题。诉讼当然都是个案,一幅画,吴冠中委员不承认是自己画的,却以自己的名义在那里拍卖了。这也绝了,我知道有关法律规定了不可以侵占创作者的知识产权包括署名权,却不知道应该怎么样解决硬替你署的名。我完全理解才华横溢的画家的愤慨与激动,他老人家甚至表示如果官司得不到满意的解决,他会上天安门自焚。但是,说实话,我不认为这是一个适宜于由政协过度介入的事情。最后这个官司果然得到了使吴老满意的判决。

另外的官司也是如此。北京有一家超市,非法对他们怀疑偷窃的两个女青年搜身,吴祖光老为此写了文章责备那家超市,被那家超市以侵犯名誉为名控告。而那家超市的负责人的母亲是一位领导干部。当然这里又有了悖论,政协应该关心委员帮助委员,无法说委员的官司与政协无关,那么究竟怎么样关心和帮助委员更好呢?委员与非委员在司法问题上,其权益怎么样能够得到平等的对待与保障呢?而当一位委员与一位领导干部的子女发生了司法纠葛以后,能不能认定就是该位领导干部的责任呢?

类似的意见的发表使我得罪了人,我们的习惯是既然是朋友是一个政协界别的伙伴,就应该同仇敌忾,一致对外。于是另一个资深"愤青"在外国广播中宣称,王某如果当权,也是会搞一场"反右"运动的。迹近哄闹了。

我们同时也要看到:我们的层次很高的"精英"们中间,也还没有足够的法制观念,起码的是非规范。更不要说那些言不及义、那些清谈忽悠、那些哗众取宠了。民主政治,自由言论,依法治国,大家——不仅是他或她也包括你我,不仅是旁人也还有自己,都还需要一个学习与实践的过程。我在主持小组讨论当中,没少干打补丁、捣糨糊、堵漏洞,在保护中防范,在论述中绕行的活儿。

我在一九五八年的少年宫建筑工地上学到过一些词儿、一些活儿:灌浆、腻缝、抹光、齐不齐一把泥⋯⋯在某些特定情况下,在政协小组会上当小组长需要这方面的训练,一九九七年会议上,在一位老哥大放厥词之后,我勉为其难地做了这方面的活计,并为此得到了"感谢"。

看来我被称为捣糨糊并非偶然。至于将此"捣"作什么样性质的解读,则全看你的心地、动机、效果、后果。我费了什么样的心,使了什么样的力,收到了什么样的结果,有目共睹,历历在目。化名骂一声王是混世者,对此作不堪的下流解读,则只能显示解读者的无赖、肮脏与鬼祟。

有一位善于总结的领导告诉我,手上使劲的人,应该去当劳模,心里有劲头的,可以去当领导,嘴里出彩的,应该到政协。当然这也只能算是一笑。

## 政协的文人与艺术家

在政协有机会领略了那么多文人艺术家的风采。丁聪从五十年代第二届就是委员,至八届,他当了四十多年委员,他厚道而且谨慎,善良而又自足。漫画家毕克官也算颇有道行,历次发言都很犀利沉痛,同时又是那样的与人为善、忠心耿耿。鼻烟壶内画专家,河北的王习三,同样地痛砭时弊,为民执言,同时心存忠厚,顾全大局。陈祖芬既是来开会的,又像是来采访"采风"的,言谈话语,一颦一笑,都成就了她的潇洒散文随笔。张贤亮爱发惊人之论,如说要"改造共产党",先吓你一跳,然后得意洋洋地拿出根据:毛主席在延安"讲话"中就讲过,小资产阶级要按小资产阶级的面貌改造党,无产阶级就要按无产阶级的面貌改造党。幸亏有一届李希凡也在我们组,他是时时不忘记住与强调自己的共产党员身份的,有他在,我们的小组会的发言不会偏于一面。

按惯例,冯骥才、张贤亮、傅庚辰、陈晓光等是常常在文艺联组讨论会上作有准备的发言的人。有一次组里安排的发言人没有张贤亮,但是他自己提出,没有他发言是不可以的。他就西部大开发问题讲了一些颇不外行的意见,受到了国务院领导同志的肯定,并说:"过去只知道贤亮同志成就在文学方面,原来他对经济问题也是有见解的……"这是贤亮议政的一个高峰,此后他再不要求在联组会上讲什么话了。

冯骥才的发言集中在保护民间文化遗产方面,他已经成为这方面的专家了。政协为他施展这方面的才能提供了平台与讲坛。

冯骥才、邓友梅,有时候也还加上我,我们得空便修理修理张贤亮,打一打他的威风与野性,而贤亮兄的一大可爱之处就是接受修理、欢迎修理,没有人修理反而会寂寞得闹腾。有一年是在二十一世纪饭店开会,他一报到就入了两个骗子做的局。二人先找他打听一个大单位的地址,然后佯装时间赶不及,一批旱獭皮只好廉价处理,而才高八斗的张贤亮居然把六七块所谓旱獭皮草买了下来。就在他像一个倒爷似的提着倒爷包儿进旅馆的时候碰到了我,问明情况,一看,我太熟悉了,这就是我的头一个孩子王山上幼儿园时穿过的兔皮小大衣的料子,他可真够天真可爱的。一个没有什么弱点的人绝对不如一个有着明显的拙笨与糊涂的人可爱。知道受骗上当以后,他仍然情绪良好,说是可以将它们送给他担任董事长的公司女职员们。相信这些女职员也不会错把董事长送给她们的礼物当成旱獭皮草吧?

个子不高的魏明伦也极热心,差不多所有的联组会议上他都要发言。他讲过缓称"盛世"的意见,讲过为我打抱不平的意见。还讲过"扫皇"——即如今的以皇帝为主角的电视剧目恶性膨胀,应该扫一扫——的意见。次年我在发言中也讲过这个话题,被媒体炒为魏某王某联手抨击皇帝剧。其实更早是张中行老师著文讲过这个问题,我记得他文章结束于:与其看皇帝戏,不如看《动物世界》。毕竟是经受过"五四"洗礼的一代知识人啊。

还有发言认真态度庄重的戴爱莲,她致力于提倡民族舞蹈,抵制西方大众文化的影响，可惜她的中文是后学的，口齿不易听懂。口若悬河的是李燕，他是画家李苦禅的儿子，滔滔不绝，情理（材）料俱茂。美协主席靳尚谊对城市建设上的缺乏民族特点痛心疾首。一九九八年九届政协第一次会议时我在美国三一学院讲学，故我不是小组召集人，也不是组长。一九九九年我回来了，召集人之一靳校长，在会议上临时发难，硬把他的组长角色转嫁给了我。傅庚辰的发言条理清晰，口齿清楚，正气浩然，有时还哼一下革命歌曲的旋律，给人留下了深刻印象。

韩美林是极其性情中人的，他有时在发言中对一些坏人坏事破口大骂。有时他得罪领导。他有数次在全体会议期间招待众文艺界委员到他家晚餐，他把宾馆的厨子请到自家，搞得规模巨大，气势磅礴，一个又一个的"部长"级领导讲话，为他的辛勤劳动与出色创造赞美不已。

一九九六年，我参加了政协的二十一世纪国际论坛的筹备工作与论坛。李光耀、舒尔茨、基辛格、竹下登还有许多各国政要出席了论坛。我也结识了俄罗斯的季塔连科，美国的傅高义，这些本国的权威中国研究专家。

二〇〇〇年与二〇〇一年，我参加了有关"不同文明间的对话"的准备活动与国际会议。

二〇〇三年初政协换届时，我与其他委员一起，就文艺界的政协委员进退事反映了一些具体意见，居然这些意见被上面百分之百地接受，我很高兴。

自二〇〇五年我担任政协文史和学习委员会主任以来，这方面的工作得到了政协领导的极大支持。这是一个现职也是实职，我自己也没有预料到会有这么多干头。委员学习研讨班最初一次与最后一次的开班式或结业式，都有贾庆林主席、王忠禹副主席、郑万通秘书长出席。我们对此提出的设想，得到了政协领导同志的肯定的批示。我们编辑的《政协委员一日》首发式，贾主席也来了。二〇〇五年,我随贾主席视察了湖南。次年,我又作为主要陪同人员之一参加了对于英国、乌克兰、立陶宛与爱沙尼亚的访问。我在政协的处境与工作状况与在作协的某些境遇成为了鲜明的对比。这也说明了生活、社会、人事关系以及组织机构运作的多样性吧。

## 我喜欢生活,喜欢日子

有一位小朋友叫路东之,住家离我很近。他喜古文、书法、诗词、金石、绘画与搜集古玩文物。他常常来找我交谈,给我刻了名章,又应我的要求刻印了"无为而治""逍遥""不设防"三枚闲章。他后来在传统文化传承与收藏古物特别是陶器方面成绩斐然。

小路给我刻了"大道无术""大德无名""大勇无功"三枚我的自撰格言。对于一个写作人、读书人来说,一定的语言与一定的生活方式是互不可少的,是相得益彰或者互相拯救的。无为无术当然与我的无视各类小动作小谎言小伎俩的经验有关。我总不能降低自己的身段,去搞一些针尖麦芒、妇姑勃谿、蝇营狗苟、拉团结伙的低俗事务,更不要说是阴谋诡计。与使计取胜相比,我宁愿不设防而一败涂地。所以我经常是嘻嘻哈哈,笑话连篇,心宽意广,一笑置之,一笑了之。

我在香港认识了一位画家姜丕中,他送我两枚印章,一个是"直钩去饵五十年",一个是"一笑了之"。福建书画家、文联主席丁仃先生给我写了他最拿手的大篆书法,辛弃疾——《清平乐·独宿博山王氏庵》:"……平生塞北江南,归来华发苍颜。布被秋宵梦觉,眼前万里江山。"塞北江南云云或有会心,华发苍颜,则尚未至,斯时我的头发仍然浓密与漆黑,我是世纪末头发才变得花白的。万里江山,如果说是漫游,不止万里了,现代人有飞机,与南宋时期不一样了。至于胸怀,达不到的。

与江山万里相比,我经常关注的不过是一个小小的院落。我自已花了钱,也在文化部有关工作人员支持下,修整了北小街四十六号的厨房饭厅卫生间,安装了瓷砖、护墙,搭了一个小小凉棚,还整修了门口边的一间三角形房屋。最得意的是我买了乒乓球案,先是放在院子里,用厚厚的塑料膜保护,不行,进了水,鼓起了包,我乃把东屋打通,迁入乒乓球案,还举行过若干次家庭赛事。

有一件事也还有趣,我从亲戚家移来了两株树,一是柿子,一是石榴。由于原有的大枣与香椿已经覆盖了全院,此二树的生长十分艰难,而且常有病虫害,幸亏东四街道办事处支援市民家里的绿化,及时派员前来打药,我也采取了一些措施,为新树争取阳光。最后两树都长得不错,我也吃到了自产的石榴与柿子。守护石榴,使我增加了对于李商隐诗"浪笑榴花不及春,先期零落更愁人"的诗句的理解。

而最好的柿子是高高在上,够也够不着的。这个令人心痒与痛惜的经验,我写到《尴尬风流》里了。

而《尴尬风流》的写作缘起是一九九八年在香港大学讲"通识"课时,阅读一些佛经故事的启发。一开始,我追求类佛学的玄思,写着写着,摆脱不了对于现实的尴尬感与风流感了。铁凝的评价是,王某对于什么都感兴趣,得算是个"高龄少男"。

我在小院写《雨在义山》一文,讨论李义山对于雨的描写时,恰逢此院淅淅沥沥地落着春雨。"红楼隔雨相望冷"的诗句令我泪下。"一春梦雨常飘瓦"的句子使我迷茫。一心阳光明朗的王某却又那么迷雨,赏雨,悲雨,从小就这样,什么问题呢?

而河南的评论家鲁枢元送我的则是请书法家写的"论万世"三个大字,并用小字写上王夫之的名言:"大丈夫行事,论是非,不论厉害。论顺逆,不论成败。论万世,不论一生。"境界高远开阔,非我所能达到。但万世的说法我仍觉得太过,谁论得了万世?谁知道得了万世?能考虑到三世四世就不简单了,就差不多算神仙了。当然,意在长远眼光,阔大胸怀,则是无疑问的。

记得八十年代第一次在法国大使馆的酒会上见到吴祖光老师,我说:"您看着精神很好。"他答道:"我们这些人,皮实嘛。"我后来有一次向他解释我对"皮实"二字的心得体会,什么叫皮实呢?就是旧京卖布头的人所说的"经拉又经拽,经洗又经晒,经铺又经盖,经蹬又经踹"。这时髦的"经"字读如"今"。

九十年代,吴老给我题写了"皮实"与"生正逢时"的条幅。

可感的是,不止一处书画机构,支持我多练写字,给我送来了碑帖、字典、大全之类书法书籍。还有朋友送来了文房四宝。不止一个朋友要我给他们写"大道无术"四字,可惜是没有一张写得好的。

还有陕西的、东北的一些书画家,其中有许多我素未谋面,也送来了他们的书画作品。

至于无名无谋无功,我终于体会出来了,真正的大德是不可以吹嘘乃至不可以公示的,大德是一时看不出来的,有时是与时尚、与集体无意识不相同的,有时是更容易被误解的。大勇大智是不做在表面上的,是深层次的。是常常遭到误解乃至遭到诬陷的。我既没有掌握大道,也没有大德,谈不上大智,更没有大勇,但是我只是微微地体会到了不可轻举妄动,不可朝思暮想,不可整天玩心眼,不可设局使计,不可气迷心,不可牢骚满腹,不可对人记仇怀恨的那点意思罢了。

不这个不那个不可这个不可那个,那么你去干些什么呢?读书,写作,学习,生活,自然其乐无穷。

总之,我喜欢生活,我喜欢日子。生活是无法剥夺的,夸张的与自恋的张牙舞爪,抵不住平常心的一行小诗,一杯清茶,一首小曲。

我自磨豆浆,每逢磨好煮沸,我与我的大孙子就大喊大叫"喝豆浆啦"!叫着所有的院落里的人一起喝,一边喝一边感觉到营养与精力正随着豆浆进入口腹,进入血脉,进入肌肉与骨骼。

我排队买炸油饼,并趁机与诸邻里寒暄。

我每天都要找机会在东四三条的自由市场来回走那么几次,购买蔬菜、鱼肉、山药与其他副食。拐到二条处有一家个体书店，名为"修齐治平"，我去了一下书店，立即被店主认出，多有交谈。

我喜欢自己去邮局和银行办事。我愿意排排队，听听交谈，看看邮局与银行的业务员们是怎样工作的，体会一下日常的生活。

一天早晨我购买炸油饼回来，碰到英若诚骑车经过，他是拿着小锅来买面茶的，那时他家住在朝内南小街。面茶是糜子面做的，加上芝麻胡椒盐与芝麻酱，美味至极。

我相信北京的小康生活是喝得上面茶与豆汁，吃得上驴打滚与艾窝窝的。

我每年都要找机会坐两次公共汽车，眼看着车子的质量与设备越来越好，车上的年轻人越来越时尚与大胆，票价越来越贵，觉得人生真是风光无限，前景无限。

九十年代中期，我们家安装了两台空调，有高消费之感。至于冰箱与洗衣机不但早就有了，而且更新过了。所以要更新，都不是机器的问题而是我们使用上的问题。济南产的什么小鸭牌洗衣机，根本没有坏，不知道自来水龙头被谁关上了，我乃自作主张换了新的，把旧机当废品卖了。而一台日立牌冰箱，由于我放置的地方冬季太冷夏季太热，不符合它的工作环境要求而报废。

我的家与此期间中国城市的许多家庭一样，进入了家用电器飞速发展时代。电视屏幕越来越大，音响质量越来越高，微波炉、电磁灶、电烤箱，各种影像产品一应俱全。等到有了这些以后，才想通了：这又算什么呢？这样普通，这样简单，这样方便，怎么会原来羡慕别人的家电用品呢？这就是所说的发展是硬道理呀。而那些侈谈精神的人，他们有什么权利轻视对于普通人的物质要求的关怀与满足？

我注重锻炼身体，每周至少游泳二次。有一阵天天起早去景山，可惜未能坚持长远。

至少有两年，我经常去首都剧场看文化部为离退休干部放映的电影新片，有两三部描写毛泽东的片子，我看得泪眼蒙眬。还有一批美国的警匪片,看得我走火入魔,我写了一篇文章,并提出了"虎头蛇尾是万事万物的规律"的命题。

忘了是从哪一年,我再也没有去看过一次给老干部放的电影了。

人生就是这样,有时闲适,有时忙累。

> 累累闲闲累,闲闲累累闲;累闲闲累累,闲累累闲闲。
> 忙人勿嚣嚣,疲累须节劳。忙人勿倨傲,事多难做好。
> 闲适不空虚,岂愁未扰扰?忙闲皆有味,舒卷自长啸。
> 敲字兼读书,三餐防过饱。爬山复戏水,四时赏琴箫。
> 朋友多交流,享受在思考。得失不屑言,优游弹古调。
> 寒暑重健身,浮沉成一笑。宵小或叵测,丈夫何心躁?
> 有酒唯半杯,有肉贵精少。有诗应背诵,有书供探讨。
> 如镜勤擦拭,如室勤打扫。心如秋水清,心如明月照。
> 乐在忙闲中,不知老吾老。

这里的第一个"老",不是"老(去声)吾老以及人之老"的意思,而是承认已老的意思。不知老吾老,就是未感觉到自己有多么老。

发表于《政协天地》2008年第4期

# 风中的五星红旗

五月十六日上午,我在首都机场的候机室等待登机去哈尔滨,这时接到电话通知,说是十八日有文化界的大型募捐活动。我决定,退机票,参加再次捐款。

十八日晚上救灾募捐,午夜才回来。第二天五点多起床,打开电视,正是天安门广场的升旗仪式,如往常,庄严郑重,国歌奏响,五星红旗冉冉升起,然而国旗升至了旗杆顶端并没有完,五星红旗悲哀至极、沉痛已极地徐徐降下,成为半旗了。

罕见的半旗,在晨风中摇曳。在风中颤动。

在国旗下降的一刹那,我战栗了,我几乎哭出声来。

然后是新华门前的五星红旗,上演了相同的一幕。

我们的五星红旗,是烈士的鲜血染成的红色,是国家的政体象征于一颗大星与四颗小星,如歌声中唱出的:"五星红旗,你是我的骄傲,五星红旗,我为你自豪!"

骄傲的五星红旗,崇高的五星红旗,你怎么能轻易言悲,你怎么能轻易垂下你的高贵的头颅?

我的第一个反应是:国旗哭了,人民哭了,我自己也哭了。

所以它降下来了一半,为了汶川的天塌地陷,为了离去的同胞父老亲人孩子,为了国家的基础——人民,为了生命的珍贵与尊严,为了中华民族的多灾多难!

这一天下午二时二十八分,人人肃立默哀,汽笛长鸣,半旗颤抖。

悲痛与决心使十三亿人凝聚成为一个共同的生命。

政治是重要的,因为它以人为本以民为本。国家是高于一切的,也因为它凝聚着保护着服务着人民。革命是伟大的,因为它的唯一追求是人民的千秋万代的幸福。国旗是我们的,因为它凝聚着全体中国人的感情,意志和信念,它与你我,与大家的祸福喜悲相关相连。

五星红旗为受灾死难的人民志哀。五星红旗为人民的苦难而流泪。人民,所以人民为五星红旗的荣誉与光辉不惜献出生命。

我们感受到了国殇的大哀,也感受到了五星红旗的大恸。哀兵必胜,民气可用,人心如虹,多难兴邦!让我们与五星红旗一起为我们遭受的痛苦与永久别离而热泪如注吧,它是我们的力量的积蓄,是新的跨越前的准备,也是对于生命、对于死难者的最大敬意和永远的怀念!

经历了这一切,回答了这一切,我们仍然挺起了胸膛,仍然是,必然是:

五星红旗迎风飘扬,胜利歌声多么响亮!

2008 年 6 月 3 日

# 我的两个"三十年"

一九四八年,少年的我加入了在北京尚处于地下状态的中国共产党。我的期待是旧中国的灭亡与新中国的诞生,是从此光明幸福,繁荣富强。革命胜利了,贫穷落后的中国充满了生机希望。但胜利后的历史任务更加艰巨,道路选择更加复杂。

三十年后,一九七八年,在新疆劳动锻炼的我欢呼粉碎"四人帮"与拨乱反正的开始,相信着也期待着历史的转机,期待着"文革"的结束,期待着生活与各种说法的正常化,期待能过上平安的也是向上的日子,期待着自己也能正常地与尊严地工作、写作,调动出自己的积极性。

十一届三中全会后立即通知我在北京参加一个集会,宣布给一大批被打入另册的作品恢复名誉。其中就有给我带来声名也带来厄运的《组织部来了个年轻人》。此后的发展完全超乎我个人的意料。邓小平领导了另一次革命。影响之广、发展之快、变动之大,我要说,当时没有几个人想得到。

二〇〇八,又是三十年了,伟大祖国已经面貌一新。

很难找到一个年头,像二〇〇八这样强烈地聚合了、展示了我们的成绩和困难,辉煌和麻烦,考验与力量,奇迹与灾难。

早春的冰雪提醒了我们供电、交通等基础建设上的任重道远。边疆某些地区的事件提醒我们要百倍地加强民族团结与祖国统一。汶川地震唱响了爱心与勇气的颂歌。北京奥运会,我们金牌第一，民气大振，欢呼入云。三鹿奶粉事件使我们痛心气愤，顿足长啸。面对国际金融海啸，我们冷静应对，步步为营，定能显示出我们的经济，我们的文化与经验，我们的有中国特色社会主义的一切力量与优势。

作为二〇〇八的总结当然是对于改革开放三十年的纪念，是对于十一届三中全会的纪念，是对于邓小平同志的缅怀。

中国在前进，世界在前进，曲折但并不缓慢，历史乐观主义是对的，历史悲观主义是没有道理的。在日本侵略军占领了大半个中国的时候，我们没有悲观；在蒋军攻占延安的时候，我们没有悲观，现在，更乐观一百倍了。同时，历史的前进都是有代价的，有遗留问题的。某种意义上说，建设与发展的问题比生死存亡的问题更复杂和易于产生歧异。遇到外敌入侵，面临亡国灭种，起来救亡吧。遇到饥馑灾荒，不得温饱，先解决生存的基本需要吧，这也无可置疑。

小康了呢？全面小康了呢？与全球化日益接轨了呢？初步现代化了呢？思想活跃了呢？见识拓展了呢？众声喧哗是必然的也是不无益处的。

不论成绩多么光辉盖世，永远不要期待一条直路平坦无忧。不论现代化是我们怎样的热烈期盼，永远不要期待现代化能够使得万事大吉。不论得到多少金牌，艰苦奋斗，陷阱风险还在我们的面前。不论外国的、古人的说法多么美妙明丽，都不是现成的灵丹妙药，中国的事还得靠我们自己挽起袖子，伸出双手，涤除污垢，咬紧牙关，杀出一条血路，承担一切误解、攻击、批评指责，也认真正视我们自身的不足与失误。我们急不得，恼不得，牛不得，冒失不得，也停滞僵化不得。

只要能正视这一个又一个的三十年，只要能正视三十年又一个三十年的生聚与教训，脚印与血迹，思考与感受。

下一个三十年必须更好，只能更好，也一定会更好！

2008 年 11 月 27 日

# 我与《人民日报》

如果我说《人民日报》的版面和言论直接关系到我们的命运，我想不会有人批评我的夸张。

如果我说十一届三中全会前后的《人民日报》曾经使我热泪盈眶，大概也不足为奇。

其实早在五十多年前，《人民日报》已经与我发生了密切的联系。一九五七年春天，关于我的一篇小说《组织部来了个年轻人》，是《人民日报》发表了林默涵根据毛主席的指示写作的评论文章，才算是解了围。后来又是《人民日报》全文发表了小说被编辑修改的情况，还有作家与编辑召开的座谈会的发言。

一九五七年我在《人民日报》的副刊上发表过一篇小评论：《关键在于质量》，用的笔名是思芳。

"文革"后的一九八〇年初，值得一提的是我的短篇小说《说客盈门》，是发表在《人民日报》上的，占了差不多一个版。后来周扬同志多次告诉我，说是吕正操同志读了而且非常赞扬此作。

我还写过一篇为英语的《香草集》所写的序言，香草指的是五六十年代曾得到"毒草"的恶谥的一些文学作品。我写的序言里提出了几个反思，而不是简单地今而非昨。

一九八八年我以阳雨的笔名写的两篇评论文章，发表在《人民日报》的文艺版，一篇是《文学：失却轰动效应以后》，另一篇是《自由与失重》，这两篇评论，都有相当的影响。

一九八八年《人民日报》发表过李一氓同志评论拙作长诗《西藏的遐思》的文字。一九八六年我还在《人民日报》上发表过我翻译的德国女诗人萨碧妮·梭模凯朴的俳句。

去年我翻译的印度驻华大使拉奥夫人的诗作,也发表在《人民日报》。

近日我很高兴的是,我担任了《人民日报》海外版的特约评论员,我为它的"望海楼"专栏多次撰写过时政评论,仅仅今年已经发表过三四篇了。

我一直订阅着《人民日报》,我是《人民日报》的踏实读者。

发表于《人民日报》2008 年

## 回忆三联书店诸友

三联书店,对于我来说,首先是一批好朋友,其次才是一个出版社。

我愿意回忆的是上世纪九十年代初期某种特殊情况下八面来风的美好故事。我想提到三联书店与《读书》杂志。由于这本杂志,我和我的一批友人在那个年代活得快活了许多。

早在一九八八年底,编辑吴彬(她是吴祖光、吴祖强的外甥女)就约我次年在该刊开辟一个专栏。我笑说:"承蒙不弃……"吴彬大笑,说:"我们不弃,我们不弃……"

于是前后数年,我写了近六十篇置于《欲读书结》栏目下的文字。这些文字的影响甚至一度超过了小说。不止一个朋友告诉我,你写的这些评论比小说还好呢。我只能一笑,当然了,小评论是最容易接受的。如果大情势再尖锐一点,那就不是小评论,而是尖厉的杂文。再发展一步,口号才受读者的欢迎。再换一种更不好的情况呢,那时连口号也不过瘾,人们欢呼的是一个站在十字街头大骂粗话的傻子。

那一个时期的《读书》及其主编沈昌文也是值得怀念的。沈的特点是博闻强记,多见广识,三教九流、五行八卦、天文地理、内政外交,什么都不陌生。他广交高级知识分子、各色领导干部,懂得追求学问珍重学问,但绝不搞学院派、死读书、教条主义、门户之见。因为他懂得红黑白黄,上下左右,我称他为江湖学术家。同时,他是编辑家、文化活动家、文化公共关系开拓者,还是各种不同组合的文化饭局的组织者、领导者与灵魂。

看看他为杂志写的篇篇后记《阁楼人语》吧,嬉笑怒骂,阴阳怪气,另一面却是循规蹈矩,知分量寸,言谈微中,点到为止。事隔多年,作家出版社的应红编辑为之辑录出版,仍然受到广大读者欢迎,亦出版界之奇景也。无怪乎我那位爱生气的兄长愤愤于这样的刊物:"怎么还没有查封?"

斯时《读书》上还有蓝英年的《寻墓者说》、葛剑雄的读史系列、吴敬琏等的经济学文字,辛丰年的《门外谈乐》、龚育之的《大书小识》(专谈毛主席著作)、赵一凡的《哈佛读书札记》、金克木的《无文探隐》《书城独白》吕叔湘的《未晚斋杂览》等专栏……本人也攀附骥尾,借光沾光。其间《读书》的销量以几何级数上升,洋洋大观,一番盛况,于今难觅。沈公拜拜了《读书》,当年的那么有趣有新意的《读书》也就拜拜了读者了。

更早的三联的老总范用的读书奇术使我震惊。他说他的读书法是今日书今日毕,好书读完不过夜,对不好的书的确认与搁置也不必过夜。千万不要把书放在一边待读,待下去就会愈来愈多,永无读日。

范用兄的特点同样是热心知识,广交天下贤士,以书会友。他家经常是高朋满座,往来无白丁。这既是他的出版家的风格,更是他个人魅力与光辉的表现。

董秀玉从《读书》创刊就跑过我的稿子。她精力充沛,有稿无类,一心启迪民智,推动进步,追求学术尖端。

三联人有一种为学人友,为学人竭诚服务的传统。他们如老子所讲,为天下溪,为天下谷,天下之牝,天下之交也。

当然我也不会忘记冯亦代、陈原等老师的风范。

这里有方针原则,更有人的因素。所以我担心,我也祝愿,这些老三联人渐渐退休以后,怎么样继承和发扬三联精神?弄一点酸溜溜的圈子派别，借出版以拔自身的份儿的矫揉纨绔子弟？弄几个唯市场是瞻的书商？毁了，一定会毁在他们手里的。

不，不会，事业不允许，三联的作者读者尤其是老领导老编者不允许，三联只能是愈来愈好。我们信心十足地祝福它吧。

2008年5月31日

## 什么困难也折腾不了大块头的中国

今年春节,我在北京,与孩子们一起过。没有什么特别的内容,主要是一起吃饺子、元宵、年糕。大年三十晚上看人家放鞭炮,看"春晚",另外,每到春节,由于容易吃得油腻,我都按新疆风习烧奶茶喝。春节假期间我可能去游泳、打保龄球。

我希望二〇〇九年会更平稳一些,少一点自然灾害。只要自己不折腾,什么困难也折腾不了这么大块头的中国。平安是福,健康最好。我祝福暂时有困难返乡的农民工能在下半年有一个好的工作与挣钱的机会。

对于新年,我有一些自己的计划。我已写了关于老子的书,我正在写有关庄子的书。我还要出新版的小说《尴尬风流》。下半年,也许我将动笔写写如今的农村。还有就是继续改善我的英语。能在去岁接受 CCTV9 的英语采访的基础上,再提高和巩固一步。二〇〇九年新疆的朋友们计划在疆召开我的作品的研讨会,我会十分高兴也感慨地去新疆旧地重游。

如果不能一厘米一厘米地前进,那我们就一毫米一毫米地前进。

2009 年 2 月

## 歌声涌动六十年

解放以后,各种革命歌曲,其中大量由民间曲调填上了新的政治鼓动内容的歌词,像浪涛、像春花、像倾盆大雨一样地到处汹涌澎湃。

有一首郭兰英首唱的《妇女自由歌》,给我以深刻的印象,歌者因为演唱此歌,在苏联主导的一次世界青年联欢节上,得了铜奖。

> 旧社会,好比那,黑咕隆咚枯井,万丈深,
> 井底下,压着咱们老百姓,妇女在最底层……

是山西民歌的调子,伴奏让我想起晋剧,悲伤、郁积,像控诉、像哭,闻之怆然。

——没有这样的彻骨的悲怆,就没有革命的搏击。

> 多少年,多少代,盼着那个铁树把花开,
> 共产党,毛泽东,它领导人民走向光明……

是突然释放的热情,是好不容易搬开了压在头顶上的石头,是成千上万的姐妹们由衷的笑脸,中国的女子有救了,历史从一九四九重新书写。

就像另一首歌里所唱的:

> 铁树开了花呀,开呀嘛开了花呀,
> 哑巴说了话呀,说呀嘛说了话呀……

谁也没有办法否认这样的事实,这样的历史,这样的民心。情是

这样的情，理是这样的理，激愤、期待，也充满信任。无怪乎据说一些老解放区的歌唱家聚会的时候，在酒过三巡以后，他们宣告：革命的胜利是从他们的唱歌儿的胜利上开始的。

我想起一九四九年至一九五〇年苏联协助拍摄的文献纪录影片《中国人民的胜利》与《解放了的中国》，后一部影片解说词执笔人中方是刘白羽，苏方是西蒙诺夫。

也许你可以追溯到蒋的一九二七年的"四一二"血洗，也许你可以追溯到秋瑾与黄花岗烈士的就义，也许你可以追溯到一八四〇年的鸦片战争。也许你可以追溯到窦娥冤、秦香莲、杜十娘直到黛玉、晴雯、鸳鸯、金钏……也许还应该提到《兰花花》与《森吉德玛》，应该提到遍布神州的节烈牌坊与牌坊下的冤魂厉鬼。风暴与渴望孕育了几十年、几百年、上千年，点点滴滴、零零星星、血血泪泪，终于汇聚成了改变中国也改变世界的狂风暴雨。只有不可救药的白痴，才在全面小康着的中国冷言冷语："有那个必要吗？""代价太大了啊。""如果没有这一切，一直搞建设多好！"

## 民歌的力量

旧中国城市里的流行歌曲，尽管也颇有可取，如《马路天使》《渔光曲》里的插曲，但同时也确实与旧社会一起透露出了土崩瓦解、鬼哭狼嚎、阴阳怪气的征候。例如一九四八年流行的《夫妻相骂》，女骂男："没有好的吃，没有好的穿，也没有金条，也没有金刚钻。"男骂女："这样的女人简直是原子弹。"邻居骂："这样的家庭简直是疯人院。"

而解放区唱的是"解放区的天是明朗的天""太阳出来了，满呀嘛满山红""东北风啊，刮呀，刮呀，刮晴了天啊，晴了天，庄稼人翻身啦……"

我始终认为这最后一首东北民歌，是土改歌曲，饱含着感情，也饱含着斗争的严酷。它使我一唱就想起周立波的获得斯大林奖金的作品《暴风骤雨》。当然,有的人读了周立波的小说会浑身寒战。正是暴风骤雨式的土地改革使千千万万赤贫的农民走上了革命到底的不归之路。正是农民、工人、知识分子的全面革命化,成为中国革命的特点,也成为中国革命必胜的保证。

"庄家人翻身啦"一句,离开了旋律调性,它是呼喊,是叫嚷,是霹雳电闪,它唤醒了阶级,带着拼却一身热血的决绝。

与旧的流行歌曲相比较,民歌风更刚健也更明快,更上口也更泼辣。五十年代的我们,认定是共产党带来了云南民歌《小河淌水》与蒙古长调,还有四川的《太阳出来喜洋洋》。早在解放前,是地下党接收了推广了并非共产党人的教授老志诚所整理的新疆民歌《阿拉木汗》《喀什噶尔姑娘》,使之成为平津学生大联欢的主唱歌曲。中华人民共和国的一大贡献是开掘了、辑录了也充分使用了如此丰赡的民歌民谣,开掘弘扬了我们的民族民间精神资源。

不知道这是不是意味着我的新疆缘分。在解放头两年的众多的欢庆解放的歌曲里,一首新疆歌儿令我如醉如痴:

> 哎,我们尽情跳跃在五星红旗下面,
> 我们快乐地迎接着美丽的春天,
> 太阳一出来赶走那寒冷和黑暗,
> 毛泽东给我们带来快乐和温暖⋯⋯

你觉得这歌声不是从喉咙,而是从心底的深处,含着泪又破涕为笑了才唱出来的。人民,只有人民,让我们永远记住人民的支持和信赖、期望和贡献。

这样的歌词与真情千金难换。

老式的唱片上,一面是此首歌,另一面是器乐合奏《十二木卡姆》的一个片段。十二木卡姆也是随着解放才兴旺发达起来的。

一九五一年,我从一张纸上学会了我此生的第一首维吾尔语歌

曲,这张纸抄写了用汉语记录的维吾尔语发音的歌词:

> 巴哈米兹能巴哈班尼达赫侬毛泽东
> (我们花园的园丁是伟大的毛泽东)
> 阿雅脱米兹能甲尼甲尼达赫侬毛泽东
> (我们生活的意志是伟大的毛泽东)

无论如何,这样的歌词是太可爱了,别具一格。次年,苏联艺术家访华演出,乌兹别克加盟共和国人民演员塔玛拉·哈侬演唱了它,最后一句歌词是一串笑声:啊哈哈哈……她笑得十分出彩。与她笑得一样好的是哈萨克斯坦的哈丽玛·纳赛罗娃唱《哈萨克圆舞曲》。

事实如此,在民歌与流行歌曲较量的过程中,民歌大获全胜。在革命战争中,歌曲属于革命者,属于人民。对立面的窘态之一是无歌可唱。自古中国政治斗争中的失败者的遭遇就叫做"四面楚歌"。

## 我们要和时间赛跑

五十年代初期,一首名为《我们要和时间赛跑》的歌曲打动了国人。一看这个题目,就充满了苏联味儿。古老的中国虽然有"与时俱化""与时俱进"的说法,却没有"与时间赛跑"的豪言。它的词曲作者是瞿希贤,老革命、老作曲家,我早就学会了唱她的"红旗飘哗啦啦地响,全中国人民喜洋洋"。胡乔木同志对她一直是念念不忘,他曾经约我在一个重要的时刻一起去看望瞿老师,因瞿老师不在北京,未能实现。

与此同时,我想起了一大批苏联歌曲。苏联的经济很不成功,政治也好不到哪里去,军事好一点,文学更好一点,歌曲相当成功,体育最成功。当然,这是带有戏言成分的随意之说。

瞿希贤的歌曲使我想起苏联的曾经相当发达的群众歌曲,例如《祖国进行曲》《莫斯科你好》,例如《五一检阅歌》,后者唱道:

>柔和晨光,
>在照耀着,
>克里姆林古城墙……

雍容、大气、坚强、乐观,你想着的是五十路纵队阔步前进。解放初期的中国。五一、十一也有这样的群众游行。瞿的歌曲同样反映了这样的气势。目前仍然被许多歌者喜爱的《莫斯科郊外的晚上》,却给我不同的感觉。这首歌的出现,已经是中苏关系逐渐恶化的时代了。这首歌曲也不像其他歌曲那样富有意识形态的悲壮与锐利。至少对于我个人来说,《莫斯科郊外的晚上》意味着的是某种衰退与淡化。还有《山楂树》,我始终觉得它俗。

其实我最最喜爱的《纺织姑娘》的"在那矮小屋里,灯火在闪着光",也没有什么斗争意蕴,但那毕竟是民歌,又是五十年代初期传进来的,它给我的感觉是质朴与纯洁。而"二战"时的苏联歌曲,例如《灯光》例如《遥远啊遥远》,更能穿透我的心,令我热泪盈眶。

## 李劫夫的歌儿及社会主义好

最受苏联群众歌曲影响的还是李劫夫。特别是至今有人演唱的:

>我们走在大路上,
>意气风发,斗志昂扬……

他的旋律有与《莫斯科你好》相衔接的地方。这是一个作曲家最先告诉我的。一九六五年我到达伊犁的巴彦岱公社,更学会了用维吾尔语唱这首歌:

>达格达姆哟鲁芒哎米兹

词与曲都很开阔雄强。一个作过这样的歌曲的人,"文革"中却卷入了他不应该卷进去的事情,他的晚年是并不愉快也不太光彩的,令人叹息。

他的"语录歌"应该说是勉为其难,自成一家,乐段仍然有它的优美与真情。虽然,看到天才的作曲家生产出来的竟然是这样的果实,令人不胜唏嘘。

让我们再看一下杰出的作曲家李焕之。他的作品最普及的除了《春节序曲》就是《社会主义好》。社会主义好,这当然好。他的歌词"右派分子想反也反不了""帝国主义夹着尾巴逃跑了",相对天真烂漫了一些。世界和中国,历史与现实,都比歌曲复杂。至于当今的搞笑段子"帝国主义夹着皮包回来了",则是另一种头脑简单与判断廉价,如果不说是弱智的话。同时,幽默奇谈的简单化,标志着的正是历史的太不简单,是救国建国的道路的艰难与复杂。多么不容易呀!

## 歌曲与口号

在一个特定的时期,歌词变得完全政治口号化了,这当然很不幸。然而,歌曲总算还有一个好处,它仅仅有了标语口号式的歌词是不算完的,它还得有曲子,它的曲调仍然来自生活、来自音乐传统、来自人民、来自世界也来自作曲家的灵感。即使政治口号中包含了虚夸与过度,感情仍然有可能引发共鸣,某种情结仍然有它的纪念意义与审美意义,而音乐,一首首歌儿的曲调,是相对最纯的艺术。

"公社是棵长青藤,社员都是藤上的瓜",这个歌儿民歌风味,非常阳光、非常诚挚,令人不忍忘却。我的妻子曾经抱着孩子面向阳光照过一张照片,一见这张照片,我就会唱起这首歌来。"革命人永远是年轻,它好比大松树冬夏长青",也很地道,理想简洁明丽。据说有一位移民香港的内地小兄弟,打工时偶然哼哼起这首歌,结果被老板解雇,倒也看出了某些歌曲的令人胆寒的事实。"毛主席来到咱们农庄",把人民的爱戴唱得多彩多姿。"共产党领导把山治,人民的力量大无边",这首歌唱"大跃进"歌唱"盘龙山"的电影插曲,令人想起那火热的年代。我们拼了命,我们发了热,我们是多么急于打造出一个强大富裕的新中国啊——欲速则不达。十年生聚,十年教训,到了新世纪,我们讲科学发展观啦!多少代价,多少曲折,仅仅有热情和决心而没有科学精神科学态度是绝对不行的啊。

《大海航行靠舵手》是一首成功的歌曲,泱泱大度,恢宏壮阔,乘风破浪,勇往直前,至今它的旋律仍然令人神往。至于它被利用到"文革"当中,或者说它的歌词中包含有宣扬个人迷信的政治上不正确的成分,责任只能由历史与时代担当。我希望,总有一天,能够荡涤掉某些歌曲上附加的累赘与尘垢,使我们的六十年歌吟行进的过程连贯起来整合起来,而完全不必要搞几次避讳与中断。

正像历史不会是直线发展、金光大道一样,断裂与自我作古,也多半是孩子气的幻想。

## 关于样板戏

有二十年无太多的歌可唱,除了少量好歌像影片《闪闪的红星》的插曲。样板戏的说法小儿科,样板戏的唱词不无庸劣,如李玉和唱完"雄心壮志冲云天",杨子荣接着唱"气冲霄汉","一号"人物都是跟天干起来没完。有些戏词比较好,如"垒起七星灶,铜炉煮三江""一路上多保重,山高水险""穷人的孩子早当家"等。唱腔则很有成绩,我特别喜爱江水英、柯湘、雷刚,还有《海港》里的唱段。

京剧是我们的文化财富,"文革"思潮扭曲了京剧包括现代戏已有的基础,民族戏曲与音乐传统又毕竟由于它的根深叶茂、源远流长与群众的喜闻乐见,而具有一种抵抗(急功近利、假大空与瞎指挥)病毒、平衡"文革"污染的能力。文艺说到底仍然是文艺,你再将它们往路线斗争上拉,它仍然成不了诬告信,不是黑材料,不是野心家起事宣言。六十年来的文艺经受了各种局面,经过了许多试炼,它存储了历史的鲜活,它留载了多样的喜怒哀乐,我们当然正视这一切过程与经验,我们却也不因为某些过程与经验的愚蠢与荒谬的方面就抛弃一切,更不可能回到一九四九以前——例如张爱玲与刘雪庵代表的大上海。

大声疾呼地催生今天的鲁迅也与催生今天的曹雪芹或者巴尔扎克一样地是十足的外行话。江山代有才人出,各领风骚若干年。

文艺的生活性、艺术性、感情性、创造性与个人的风格性是常青的,也是常变化的。我仍然喜欢唱渐行渐远的"家住安源……""听对岸,响数枪,声震芦荡……""面对着,公字闸,往事历历……"同时这丝毫也不妨碍我接受舒曼的《梦幻曲》(原名《童年》),虽然后者曾经在我们的一出极好的戏剧里遭到纯朴的却是缺乏音乐熏陶的革命人的嘲笑。

## 绕不开的《乡恋》

新的历史时期的歌曲并不像原来人们喜欢讲的那样大喊大叫。原来新生事物有的需要或必然大喊大叫,有的则只需要、只能够潜移默化。至今没有一首歌曲叫做"我们一定要改革开放",或者"改革开放就是好",或者"现代化进行曲"。当然,也有内容比较全面和正规的《走向新时代》,而在《祝酒歌》中有歌词:"为了实现四个现代化,甘洒热血和汗水。"

是的,进入了上个世纪的八十年代,我们的歌曲更丰富也宽敞,我们的节奏更从容也更正常,我们的生活更美好也更多样,我们的歌声更细腻也更微妙了。

李谷一的《乡恋》所以引起注意,在于她打破了那时邓丽君的独霸卡式录放机的局面,不是靠引进港台,而是我们自己的歌手,带来了久违了的温柔、依恋、沉醉与喜悦。已经习惯了厮杀与冲锋号的人们,对于柔情似水会一时听不惯,以至充满警惕。往后几年苏小明唱《军港之夜》大受争议,有同志提出:"水兵都睡着了,谁还来保卫祖国呢?"我乃戏言,文章作全就要唱:有的睡着了,有的值夜岗,吹响起床号,立马跑早操……

此后连续许多年常常听到对于歌星的责备与不忿儿。他们挣钱太多了?反正现时他们的收入是那时的几十倍,而现在责备的声浪远远比二三十年前小。甚至在第一届中国艺术节开幕式上,当听到用通俗唱法唱《十送红军》的时候,有一位同志不满地叫喊了起来。

不错,中国非常古老,同时中国非常年轻。中国有时候保守,中国又有时候求新逐异,一日千里。

## 歌曲创造了太阳岛

与《乡恋》差不多同时,郑绪岚的《太阳岛上》广泛流传。那种享受生活的情调那时颇为陌生,然而,生活的力量仍然是不可战胜的。直到八十年代中期,我去哈尔滨的时候所面对的太阳岛,仍然只不过是自然形成的几个松花江中的沙洲。到了新世纪,太阳岛公园、太阳岛展览馆已经仪态万方地又是神气活现地出现在松花江上,成为哈尔滨的著名景点了。是这首歌早在上世纪七十年代末期为公园工程立了项,是歌曲创造了生活。

乔羽作了许多优秀的歌词,他的《思念》却别具一格,"你从哪里来,我的朋友,好像一只蝴蝶飞进我的窗口……"有点抽象,有点忧伤,有点怀念,它什么都没有说,它又是什么都说了。

应该提到的歌儿太多太多。《在希望的田野上》《八十年代新一辈》,继承着过往的时政主题。而王立平的《红楼梦》电视剧插曲愁肠百结,情深意长。那年我来到黄山,看到作为片头用的实景,一块巨石,想起大荒山无稽崖青埂峰,为之肠断……

## 歌声连接着世界

　　我必须承认,至少在唱歌的范畴,我已经落伍,人们在议论八〇后、九〇后,而我是三〇后。在我的孩子们成长过程中,我深深体会到,一个时代有一个时代的歌,我无法让他们与我一样地为那些老歌而涕泪横流,即使我费了九牛二虎之力将他们教会。当然也有积累和传承,会有百唱不厌的歌正像有百读不厌的诗篇。一九八六至一九八八年,我参与了组织帕瓦罗蒂与多明戈的演唱会。我完全倾倒于世界级的男高音的辉煌音质。帕瓦罗蒂告别舞台以后不久就去世了,我相信,上苍降生他到这个世界就是为了歌唱。他为唱而生,离唱而去,他属于意大利也属于中国的听众。他们的到来丰富了中国人民的歌唱生活。

　　首次在北京亮相后十余年,世界三大男高音再来,已经是很昂贵的商业演出了。

　　我也看到了人们逐渐见怪不怪的通俗歌星的大行其道。我听到我的孙子在演唱粤语歌曲。我也一度热衷地看过"超女"的表演。我为刘若英的《后来》而感动:

　　　　后来,我总算学会如何去爱,
　　　　可是你早已远去,消失在人海……

　　在丰富的歌曲的海洋中我感到的是在在生机,处处迷雾。八十年代当中我努力学着用英语歌唱《回首往事》的插曲,影片描写五十年代的麦卡锡、塔虎脱时期美国文艺人中的左派人士的经历,由犹太歌星巴巴拉·史翠珊唱红了的这首歌曲,令人神往怀旧。影片结尾处是女主人公仍然在忙着征集和平签名,不由想起难忘的五十年代,同时歌曲达到了高潮。而到了二〇〇八年,我以七十四岁的高龄,总算用俄语唱下了卫国战争时期的苏联歌曲《遥远啊遥远》,本来是要在二〇〇七年访俄参加中国年的书展活动时学会的,王蒙老矣,一首歌学了三个月。而早在一九八〇年访问德国时,坐在莱茵河的游船上,萦绕在耳边的《罗瑞莱》,也是直到二十多年以后,我终于在王安忆的先生李章帮助下查出来它的歌词全文:

  谁知道很古老的时候,
  有雨点样多的故事……

  那么多美丽的歌曲,古今中外,招之即来,唱之牵动肺腑,思之如醉如痴,六十年的歌吟,六十年的合唱,六十年的情怀,自信人生二百年,会当击水八千里,我们举杯!

2009 年 8 月 26 日<br>发表于《刊授党校》2009 年第 11 期

# 新疆，我的第二故乡

自一九六三年至一九七九年，二十九岁至四十五岁，我在新疆生活了十六年。我与维吾尔等各族农民、与铁依甫江等各族知识分子，结下了深厚的友谊。我们同室而眠、同桌而餐、有酒同歌、有诗同吟。我们将心比心，相濡以沫，情如手足，感同一体。我学会了讲维吾尔语，我阅读了不少维吾尔文书籍。我始终将新疆看做我的第二故乡。一九七九年回到北京工作以后，我又九次再访新疆，与各族农民与知识分子老友重逢话旧。

今年六月下旬，中国作协与新疆维吾尔自治区党委宣传部联合组织"作家看新疆"活动与我的写新疆作品研讨会。我与家人再次来到了乌鲁木齐、纳拉提草原、唐布拉山谷、伊宁市、喀什市，看到新疆的快速发展与人民生活水准的提高，新疆城乡，面貌一新。而各族文人与读者对于我的鼓励与关切更使我惭愧感激、热泪盈眶。

七月一日，铁凝、舒婷、迟子建、刘醒龙、艾克拜尔·米吉提等来自全国各地的作家与我和家人来到我劳动过的伊犁巴彦岱庄子农民住宅区，一些与我相交甚笃的老农见到了我，热烈拥抱，抱头痛哭（维吾尔民俗，亲人多年未见，见面后会抱头大哭一场，以怀念此期间离世的故人，并感激上苍对自己的保佑），作家同行们无不为之动容。我用维吾尔语向乡亲们问好，回忆并且感谢在一个特殊的困难的时期所受到的各族父老乡亲的照拂与帮助。

更不必说新疆的风光、民俗、丰富多彩的文化了。在北疆的草原上，作家们叹为观止，赞为天堂。在伊宁市的马车上下，作家们与各族市民欢声笑语，歌舞蹁跹。在乌鲁木齐大巴札作家们参观购物，流连忘返。在喀什噶尔的文物古迹前，作家们感慨万千，服膺于伟大祖国的辽阔、包容、美丽、古久与正在追赶时代的脚步。

几十年来，我常常赞叹于伟大祖国的民族团结与国家统一所带来的发展、平安与友好情谊。我实际上早就尝到了民族团结的甜头。即使在"文革"那样的非正常年月，各族人民的挚爱亲情仍然留下了最美好感人的记忆。从维吾尔人的宗教、诗歌、歌舞、典籍、生活方式中，我获得了巨大的灵感与启发。我在诗歌《木卡姆》中写道：

我们活着我们有了世界的一切我们不会忘记生命和世界
因为有了木卡姆因为有了木卡姆——生命的永远木卡姆

只是在回到北京以后，才得知了七月五日发生的事。严重的事态固然令人忧虑，但是我不会相信民族团结与国家统一是可以破坏得了的，我不相信任何制造分裂与仇恨的势力能够得逞。难忘新疆，惦念新疆，也相信新疆会平复伤害，战胜邪恶，新疆一定会越发繁荣美丽、光明欢乐！

发表于《人民日报（海外版）》2009年8月11日

# 谢谢尼娜,谢谢老托

一九八四年六月我第一次在莫斯科与托洛普切夫见面,他与科学院远东所的萨罗金一起到俄罗斯饭店,主动来找参加塔什干电影节的我。经过了那么多变化和复杂形势,我们的见面似乎有点怪气。但毕竟有太多的互相了解与相互的兴趣,有太多的共同的经验,更有完全一致的话题:文学;想彼此如何如何之对立、警惕、敌视,也难,远远不如一起切磋文艺更自然。

我去过了他的家,认识了他的妻子尼娜、他的女儿喀秋莎,吃了他们做的大馅饼。从个人对个人来说,我们是同行,也是朋友,都是好人。他那么执着地研究中国文艺,就作品论作品谈的看法,他的见解是中肯的。

他不久就到中国来了,据说由于他接受中国国际电台的采访,几乎给他找了政治上的麻烦。而尼娜到上海见到了与我同行的《青春万岁》的导演黄蜀琴的父亲、老前辈黄佐临先生。尼娜一见到我就说她是如何地为黄老的风度所倾倒,太妙了。

……倏忽已是今日,四分之一个世纪过去了,中国已经不是当年的中国,俄国也尤其不是当年的苏联。有趣的是,我们的友谊却几乎没有变化。从一九八四年,被大量中国朋友们称为老托的这位学者,头发变白了,走路的样子也不完全像一九八四年了,他对于中国电影、中国文学、中国古典文学特别是李白的研究始终如一。他与中国文艺家、俄语专家们的亲密感情与密切来往始终没有变。他对我的关心、善意与兴趣,始终没有变。我经常在新年、在春节、在十一、在我自己的生日得到他的祝福。我几乎每次都会在他造访北京的时候与他见面交流。二〇〇四年,他组织出版了我的作品的新的俄语译本。二〇〇七年,他组织出版了包括铁凝、冯骥才与我的作品集、与我有关的评论文集。他的妻子尼娜也是一如既往地研究着中国教育。他供职的俄罗斯科学院远东研究所,为发展两国关系做出了许多贡献。二〇〇四年,在他与所长季塔连科的关心下,我还专门去了一趟莫斯科,接受远东所授给我的荣誉博士学位。二〇〇六年,当铁凝当选为中国作协主席的时候,他发短信表示热烈的祝贺。他似乎常常把中国的文艺生活看做自己的事情。

现在,他与尼娜的一批有关中国的研究成果将要结集出版了,多么令人高兴。几十年的成果,为我们提供了新的讨论中国的文艺教育生活的角度,对于中俄两国的读者,都是极有启发、极有趣味的事情。

老托与尼娜是好的学者、好的朋友,好人。在困难的情况下,复杂的情况下,顺利的情况下,他们充溢着对于中国、中国人、中国文艺与教育的强烈兴趣,数十年如一日地进行着科研工作。这样的人至少在我国并不多见。老托专门写的对于我的作品的评论也颇有可观。我要说的是:

谢谢尼娜,谢谢老托!

2009 年

# 飙　　歌

　　在涵洞里行车,感觉像是入了地道,刷刷刷地开着车,看不见头,说是亚洲最长的隧道,十八公里多。幸亏公路管理方面为了安慰旅客不断地用灯光预告,离洞口距离十二公里、十公里、八公里、五公里了,免得你误以为再走不到光天化日之下,叫做永无出头之日。甚至在涵洞里还预备了人造的树木花草、人造的蓝天光辉。够人性化的啦。

　　我问了半天,有的说是七十多个涵洞的,有的说是更多。

　　出了洞紧接着是桥,是深谷看不见底,这是我一九七五年来在几大洋几大洲走过的最惊险的高速公路。从西安通向安康市,一百九十五公里,走了两个多小时。过去由于地形复杂,坐车绕行到那儿,需要好几个小时。更早是靠火车绕来绕去,要走十几个小时。

　　安康一道同行的有诸位新文友和贾平凹、谢有顺。

　　安康位于陕、鄂、川、渝四省交界之处。这里有清洁丰沛的水资源汉江,南有大巴山北有秦岭、各种历史古迹,还有医疗保健效用神奇的富硒水富硒茶和别具特色的地域文化。这里的城市新貌也正在展现。这几年我到了那么多地方,各地都是面貌一新,变化发生在每一个远的与近的、大的与小的角落,令人赞叹感慨,太不容易了。真是没想到有这一天。

　　安康的人喜欢唱歌,他们的歌有一种接近四川的民歌风味。年轻的女作家王晓云,在上海过过类似打工的生活,并在江南写作成功,被安康的领导招聘回乡。她在路上就唱了一首安康情歌,给人印象最深的是将自己的情郎说成"那个挨刀子的短命的……"什么什么,心爱极了只能骂啦,歌词里还说是听了"那个挨刀的"的歌,姑娘手也软了脚也麻了,怎么能不恨死他呢。

我特别要记一下的是平凹。

这天我们一起午饭,王晓云等唱完了歌,平凹说是他要唱歌了。平凹唱歌,我没有听过,也没有想到,相对来说,他给我的印象是不太爱说话,比较内向,也比较腼腆羞怯的。他曾在农村生活,对这里感情很深。他唱起歌来忘掉了一切,嗓音不是最大,但十分动情投入,扶着椅背,脸上的表情充足得要溢出来,最动情时便弯下腰,摇着头,浑若不胜其情。他前后唱了三首,都是民歌。他写的长篇小说《秦腔》是那样精彩,我想听他吼一声秦腔唱段,他说不会。他唱的有一首里有"泪蛋蛋"字样,我给我的妻子解释,不叫泪珠,不叫泪滴,叫蛋蛋,倒也别具质朴的魅力。陕西人爱唱歌,所以解放区的歌声震天,有助于革命的动员与热气。

平凹还有一首加唱的歌,内容是与情人相好了半天,做了许多物质上的准备,但没有能成其好事,无限地忧伤遗憾失落。

歌唱的是遗憾与失落,唱歌人表现的却是快乐、豪兴与舒坦。平凹回答我的提问,解释说他最近几年忽然想唱歌了,想活得更开阔热火一些。为此专门请了人教。他唱的时候加上了许多情感方面的细致处理,使歌曲更加动人。他说起唱歌来时,丝毫不忸怩退缩,而是当仁不让,也决不估低自己在唱歌上的成绩。

我与平凹是在一九七九年的短篇小说颁奖会上认识的。我们很感慨地回顾,"文革"后的第一次小说评奖,许多"同科"已经不知去向。当时他是二十七岁,我是四十五岁。同时领奖的富有农民的机敏的贾大山不幸英年早逝。当然也有些同科老友比如韩少功等情况很好。

我也回报了一首俄语歌曲。被有顺夸奖,说是震了。后来陕西的网上出现了贾平凹与王某人飙歌的报道。想不到我老了老了还有这样的意气情怀与英勇记录。

我祝福平凹越唱越好、越痛快响亮,祝福安康百业发达,祝福每个有歌要唱有话要说的人都能阳光万丈,尽兴痛快,要不怎么能叫全面小康呢。

发表于《中山日报》2010 年 1 月 10 日

## 大约是我四岁的时候

大约是我四岁的时候,父亲那年担任北京的市立高级商业学校校长,我们租了位于大翔凤的一个二进院落居住。父亲做了装修,安装了当时极为罕见的上水下水、抽水马桶等卫生设备,迎接傅吾康叔叔的到来。

傅吾康(Wolfgang Frankle)是德国的一位汉学家,他与父亲过往甚多,在北海公园,他们似乎共同拥有一艘小木制游船。傅教授多次把我放在他的肩上,与父母姐姐一起,到达北海公园后门,先上船坞,取出船来,再泛舟太液池上,一享清爽,我们还有在五龙亭吃小窝头、豌豆黄的经验。那是先父一生中短暂的生活比较优裕的一个时期,也是我的父母关系相对稳定的一个短暂时期。这个时期,对于我,是与对于傅叔叔的记忆联系在一起的。

后来直至"文革"中,我听父亲说,傅教授曾在中国与联邦德国建交时随同德方的政府代表团重访过北京,他们也见过面。我当时在新疆,不知其详。

一九八〇年我首次访问联邦德国,有一站是汉堡,听说傅教授家住那里,我很兴奋,似乎有缘与童年的、后来中断了的记忆有所续接。果然,经汉堡大学协助安排,到达汉堡当天晚饭后,我到了傅先生家,可惜,傅先生不在,我只见到了傅夫人,华裔的胡隽吟女士。我在他家的客厅墙上看到了小时我家里常常看到的郑板桥的书法拓片:"难得糊涂"。我想,也许这是父亲当年送给傅先生的吧,如果不是傅先生另有来源的话。反正我们家里，后来再没有见过这个"难得糊涂"。

胡女士原在京有房产，改革开放后落实政策，她得到几处公寓房的补偿，他们一家，来中国、来北京越来越勤了。

一九八五年，我率团参加于西柏林举行的"地平线艺术节"时，又有缘与傅先生的女儿傅复生相识，我们成为了很好的朋友。

一九九三年，是时在吉隆坡大学作访问学者的傅先生帮助安排了马来西亚《星洲日报》的邀请，我与妻子首次访马。

逝者如斯，胡女士与傅先生先后作古，我也年逾古稀了。二〇〇八年访问德国时会见了复生，得知不仅是傅吾康先生，傅先生的父亲也是一位德国的著名汉学家，他们的治学历程，正是中国发生着巨大变化的历程；他们是汉学家，他们也是中国历史的见证者。

现在，由傅复生等翻译的两代德国汉学家的回忆录即将在上海辞书出版社出版了，我很高兴。历史并不仅仅是一个记载，而且是友谊、是情致、是见闻，也是命中注定的悲欢离合、喜怒哀乐，历史将刻骨铭心，并一代一代传下去。

历史多情，历史多思，读了两代德国汉学家的回忆录以后，我们将会有所感悟、有所慨叹。我们会尊敬与怀念在复杂得多、困难得多的条件下致力于不同文化的交流的前人，我们会在会意的笑容中泛起一层泪光。愿这个德国家族的前辈友人安息，愿中德文化人的情谊千秋万代地继续下去。

2010 年

## 我们来到了镜子里

那天已经飞了四个半小时,四个半小时的旅程使我从今天回到过去,从年近古稀回到刚刚而立。接着又误点了,我在机场假装吸烟。因为我已经熟知吸烟的害处,而又找不到比吸烟更好的对付误机的办法。我知道不论误多少点,最后每个人都会去他想去的地方。连比这个更烦人的事儿我也早就经过了,看透了。然而,它什么时候飞的问题仍然提醒着人之大患在有吾身的自责。

后来飞了,后来到了,在一个小小的机场。我感觉机场是建在林子里的,那是一个星星比灯光更亮的地方。我非常在意于自己的所在,然而又不想让任何人知道我到了一个比遥远还远的山脚下。车迎了上来,车走的方向不是越来越亮而是越来越黑。于是抬头,甚至在午夜天也蓝得宝石般发光。

一再叮嘱睡觉的时候要关上窗子。对于从盛夏来的我们这简直是不可思议的。这样,在我们睡熟之后,便挨了秋风的一刀,这一刀捅歪了我们的脖子。歪着脖子也罢,我们上了路。经过陨石,经过不知其何年何时的古墓群,经过茫茫大漠的沉默无语,经过了石头比水多的河道,经过了一会儿锁起来一会儿打开的正在修建的公路,经过了颠簸和一位老朋友的接连呕吐,经过了暴晒和凄风,经过了瞌睡入梦、头颅撞击、期待和怀疑。也许我本来应该永远不离开那温暖的箱子。

终于我们到了镜子里,早早见到了清辉和玉臂,非人间的清和玉,洁净和凉爽,流向北冰洋的河流。四面都是青蓝,都是透明的晶莹,都是天空和树木,都是芳香和绿草,都是春天、夏天、秋天和冬天,都是眼睛,都是白雪,都是泪水,都是彩虹,也都是月亮和会鸣叫的虫子。野花已经枯萎,枯萎的花朵仍然发散着美丽和快乐。

在我小的时候全家只有一个明亮的物件,那就是镜子。我最喜欢的就是拿着镜子玩反光,我只有在那个时候才感觉到灵活和自由,法术和力量。后来,就因为我拿着镜子与想象中的妖魔斗法,我把镜子摔了。后来的镜子再没有那种光明和力量了。把镜子摔了,这是我永远的遗憾。

然而我终于在年老以后又找到了我的镜子,完整而且巨大,青光熠熠——洗一洗,把我们每个人照得纤毫毕现,包藏着我从童年到如今的梦。它就是月亮,它就是湖泊,它就是草地,它就是家园,这就是我想和你们一起去的清凉世界——喀纳斯。

2010年

## 永忆新疆

我天天想着新疆。

六十年前,在庆祝中华人民共和国成立的歌咏高潮当中,是新疆的那首歌儿使我流下了热泪:

哎,我们尽情地跳跃在五星红旗下面,
我们快乐地迎接着美丽的春天,
太阳一出来,赶走那寒冷和黑暗……

不,这不仅仅是喉咙里发出的歌声,这还是心语的释放,灵魂的期盼,焦渴与忧郁的扫除,这是真诚的呼唤。几千年了,几百年了,远在新疆的维吾尔兄弟姐妹,等到了这一天,发出了毫无保留的信任与颂赞。

一年以后,在庆祝国庆一周年的晚会上,毛泽东和柳亚子的《浣溪沙》中,果然写道:万方乐奏有于阗……

如今回味起来,令人分外震动。

在我远远没有预见到我会与新疆难舍难分起来的五十年代初期,我已经学会了唱出用汉字标识的维吾尔文歌曲:巴哈米兹能巴哈班尼达赫依毛泽东(我们花园的园丁是伟大的毛泽东)。

在数以十百计算的歌唱毛主席的歌曲中,称毛为花园的园丁的歌,只此一首。能不神往吗?

后来我有机会在新疆生活了十六年,六年在伊犁巴彦岱乡劳动,两年在乌拉泊"五七干校",八年在自治区文联从事编辑翻译等打杂的工作。

尤其是在伊犁劳动六年,住家八年,我努力学习维吾尔族的语言文化,我朗诵维吾尔语《纪念白求恩》,甚至于使一位房东大嫂误以为是广播电台的标准广播。我与各族农民一起聚会饮酒闲谈,妙语连珠,谈笑风生。我从维吾尔文本阅读了鲁迅的《呐喊》,高尔基的《在人间》,以及《纳瓦依》《圣血》《布哈拉纪事》《骆驼羔样的眼睛》《我们时代的人们》《鲁拜集》等一大堆书籍与手抄本。我与维吾尔、哈萨克农牧民同席而眠,同桌而餐,有酒同歌,有诗同吟。我的并不识字的老房东与我研究,事情不可能老是像"文革"时期这个样子,他说,任何一个国家,三类人是不可缺少的,一是君王,二是大臣,三是诗人。君王说法虽然陈旧,他老人家对于诗人的情有独钟倒也令人欣慰,何况是在"文革"时期?

我帮助过少数民族农民上房顶,我与各族农民工住在同一个地窝子里修建大湟渠。我们的大队书记阿西穆表示愿为我定居巴彦岱提供一切支持。伊宁市的维吾尔朋友帮助我料理了姨母的丧事。少数民族的女孩帮我照顾过在伊犁出生的女儿,我的女儿在还没有学会站立的时候已经学会了随着娜依娜依的节拍用两臂做出舞蹈动作……死死生生,离不开民族的和谐与共济。

在"五七干校",我与各族文艺工作者一起住宿、劳动、闲话、交流,称兄道弟,天南海北,吟诗作文,尤其是推敲探讨维汉语文的相互翻译。包括那时的背诵语录,天天学,我也都是参加了维吾尔文一组,变教条主义与个人迷信为学习兄弟民族语文的大好机遇。即使在"文革"这种非正常的形势下,多民族的团结和情谊,仍然留下了最最美好与深情的记忆。

自一九七九年至今,我的工作岗位与住家离开新疆已经过去了三十年了,这期间,我重访新疆九次,重访巴彦岱六次,我不放过任何机会与新疆的兄弟民族同胞接触。在担任文化部长期间,我在一次联合举办的活动中主动要求给时任民委主任的司马义·艾买提同志充当维吾尔语翻译。在北京街头，即使碰到一位卖馕或烤肉串的新疆老乡，我也要与他们搭讪一番。我经常到北京的新疆餐厅用饭。我的"金婚"活动也是在新疆饭店举行的。

新疆留给我的有艰难，有曲折，有沉重，同时也有青春，有友谊，有新鲜的知识与多彩的生活经验，尤其是从不同的民族文化与风习中获得的灵感与启示。世界是多么广大！祖国是多么辉煌！文化是多么多彩！人心应该有多么包容！在新疆的记忆令我激动，令我回忆起人生最最珍贵的一切，超过个人遭际的是真情，是善良，是质朴，也是共同的命运与共同的心田。我永远感念祖祖辈辈生活在伟大祖国西陲的各族友人，是的，谁也离不开谁。

这不是，今年夏天，中国作协与新疆维吾尔自治区党委宣传部联合组织了作家看新疆、写新疆采风活动，并同时举行我写新疆作品研讨会。那么多白发苍苍、银须冉冉的各族作家学者辛辛苦苦地来参加研讨，并给了我那么多鼓励，我确实惭愧莫名，感激无地。新疆的各族兄弟啊，老王的一分劳作与亲情，得来的是十分百分的深情厚谊，老王还得加倍努力。

今年七月一日，来自各地的作家们到了我劳动过的伊犁巴彦岱。在乌孜别克族老友满素尔·艾山家中，一批原来一起抡过砍土镘、吃过奶茶也喝过伊力特的老农与我见面。他们一见我，就与我热烈拥抱，抱头痛哭。维吾尔人的习惯是见到许久未见的亲人时，互相抱头痛哭，以悼念在分离的日子辞世的亲属，也算是抒发长久分离所带来的思念之苦，并感激上苍对自己与对方的护佑。一行作家同行无不为之动容。

来自全国各地的作家无不对新疆赞不绝口。那拉提草原与唐布拉山谷，在作家们的心中留下的是天堂般的景色，是青草树木野花溪流雪峰与牛羊骏马的无限生机。伊宁市的观感，最难忘的是"马的"（出租马车）的铜铃叮当与各族市民的载歌载舞。喀什噶尔的大清真寺与香妃墓,以及古老的民居更令众作家感到神奇而又丰富华美。乌鲁木齐的大巴扎和米拉吉餐厅连锁店,不但可以购物旅游美食,更让你沉浸在多元文化的丰赡与喜悦之中。整个新疆在前进,在变得更加繁荣与幸福。

就在作家们一部分业已离去,另一部分即将离去的时刻,发生了令人震惊的"七·五"事件。严重的事态当然堪虑,邪恶的势力令人发指。但是,我仍然相信,各族人民的团结友谊是不可以被破坏的,祖国的恢弘与统一是不可以被削弱的,制造分裂与仇恨的图谋是不可以得逞的。我们想念着如此可爱的各族人民,我们惦记着新疆的安危哀乐,我们爱新疆,我们坚信博格达峰下的天空应该明朗,从额尔齐斯河到伊犁河、塔里木河、叶尔羌河直到尼雅河的土地应该充满欢乐与信心。

新疆是我的第二故乡,新疆是我的人生的纪念,新疆是我的快乐与坚毅的源泉。永忆新疆,何悲白发,宽宏天地,情满神州。新疆,请接受我永远的祝福!

2009 年 8 月 17 日<br>原载《你好,新疆》,2011 年

# 生 活 万 岁

多年前,我在新疆伊犁地区生活过一段时间。一九六五年冬天,我们分到了爱人所在单位新落成的教师家属房,平房,大约二十平方米。我是多么珍惜,有了自己的一个方方正正的窝,属于自己的避风港。我的岳母习惯说的一句俏皮话是:新盖的茅房三天香。新的总是好的。由于是新抹好的墙,而这墙是先将麦秸泥抹在砖上,抹得光滑锃亮,再刷上一层或多层石灰,取其白净。我们进家的时候四壁尚未干透。与北京不同,伊犁地区不是夏潮冬燥,而是夏干旱而冬季多雪潮湿。房间里一生火,温度一升高,新麦秸里混藏着的麦粒纷纷发芽,墙上满是绿苗。我对自巴彦岱来访的农民朋友开玩笑说,这是我种的试验田。

类似的故事是伊犁的电线杆子,新伐的木头,一头刷上沥青,栽进地里,过几天,电线杆子发芽了,长出鲜嫩的绿色枝条。可能多数情况下,这只是木头内部的生命汁液在起作用,这样的枝叶当然不会成长,只能凋落。但是我仍然愿意把它看成伊犁这个神妙的地方的土地与风水的活力的证明。噢,那是一个栽上电线杆子也能发芽的地方。

好也罢赖也罢,又是一番日子。

从伊犁返回乌鲁木齐市以后,有一段时间无须天天上班,我常常待在家里写作。我写伊犁的肥沃土地,写到维吾尔族女人的嗜茶,写到伊犁地区其实是受俄罗斯人的影响勤于为房屋粉刷,我写到秋收、麦场、牛车、水磨、夜半歌声、婚礼……当然，我也写到在伊犁看到过的电线杆子发芽的奇景。一经写到了生活，写到了人，写到了苜蓿地，写到了伊犁河，我总是如醉如痴、津津有味。

冬天有室内的炉灶与火墙，当然就在室内做饭。我们特意在炉灶上安装了电烤箱，我由于不需要按时上下班，便常在家里钻研烤箱里的炊事学问。我做得最好的是把南瓜擦成细丝，与百分之八十五的玉米面，百分之十五的白面混在一起，烤成大块烤饼。受当地人的影响，有时候也掺些洋葱和盐，烤出来香味扑鼻。我还想试着烤面包，买了鲜酵母，买了啤酒花，掺进了牛奶鸡蛋，始终没有成功，烤出来除了没有面包的气味以外，各种气味都有。

我曾在乌鲁木齐新华东路一巷五号住了两年，房东是一位老太太，阿依穆，住我们隔壁。众房客评论此老婆子太恶劣了，竟然将地板拆除卖钱。最惊人的是，我搬进来后才发现虽有电灯泡却没有电。一问阿依穆，她说是她把我们屋的电掐断了，原因是两套房合用一个电表，她的用电是半年才用一度，过去的房客却要求与她分摊，她太吃亏，干脆断电。这创造了我一个显示维吾尔语水平的机会，我乃用极文明礼貌的，带几分古老的上层风格的维吾尔语向她足足地卖弄了一回词令，说明我必须用电，我不考虑电费的分摊问题。缴电费时一切可由她定，我可以缴百分之六十，或七十，或八十，或九十，或九十一，或九十二、三、四、五、六、七、八、九，直到百分之九十九点九，只要不是百分之百，我情愿多承担一些电费，但是如果不让我用电，那是不可能的。

看，这就是语言的力量，词令（哪怕有些装腔作势）的力量，我的一番伟大古老的维吾尔雄辩语言，闹得阿依穆只有翻眼的份儿，只能称是。后来的实践证明，她在电费一事上，倒也不算太不讲道理。

由于常停电，我们也准备了相当正规的煤油灯，并常常擦拭玻璃灯罩。

读书，写作，学习，生活，其乐无穷。

生活,你永远那么具体、琐屑、普通,又那么难以须臾离开。

我喜欢生活,我喜欢日子。在我写《青春万岁》的同时,我也喜欢说"生活万岁"!

上个世纪九十年代中期,我们家安装了两台空调,有高消费之感。至于冰箱与洗衣机不但早就有了,而且更新过了。之所以要更新,都不是机器的问题,而是我们使用上的问题。济南产的什么小鸭牌洗衣机,根本没有坏,不知道自来水龙头被谁关上了,我乃自作主张换了新的,把旧机当废品卖了。而一台日本日立牌冰箱,由于我放置的地方冬季太冷夏季太热,不符合它的工作环境要求而报废。

我的家与此期间中国城市的许多家庭一样,进入了家用电器飞速发展时代。电视屏幕越来越大,音响质量越来越高,微波炉、电磁灶、电烤箱,各种影像产品一应俱全。等到有了这些以后,才想通了:这又算什么呢?这样普通……怎么会羡慕别人的家用电器呢?

一九九七年,我在北京市近郊购买了一处农家房屋的使用权。我有时候想,生活在别处是一种理想,一种想象力,一种追求和梦幻的能力,是一种生命的不安与躁动,是挑战也是自我折磨……也许没有生活在别处的固执与痛苦就没有文学。反过来说,没有文学与生活现实的适当距离,你就很难活下去。

乡下的小动物实在可爱。我们室门外有一盏电灯,突然拉线电门不灵了,最后查明是由于一只飞蛾往电门内部甩了子,而飞蛾卵是不良导体,割断了电路。村里发生过一次自来水停水事故,经查,是由于一条小蛇咬断了电源线,停电造成了水"叫"不上来。至于那里的虫声鸟声,尤其是虫声,绝对是盛大的交响乐。那是一个天籁乐队!鲁迅在《鸭的喜剧》中曾引用爱罗先珂的话说,缅甸那边的虫鸣如交响乐队,而北京是何等的寂寞!认为北京是沙漠一样的寂寞,我想主要原因是没有到郊区来。其实旧北京也时有蝈蝈与蛐蛐、黄鹂与乌鸦的鸣叫的,旧北京的虫鸟鸣叫比新北京是更加热闹的。

发表于《中国文化报》2012年2月21日

## 庆 贺 寄 语

　　上海文艺出版社六十岁了，差不多与我从创作《青春万岁》算起的"文龄"相当。我应该庆贺我的同龄者——上海文艺出版社！

　　因为出书、主编大系丛书之类，我与上海文艺出版社密切交往已有三十多年历史了。

　　一九七九年五月，一本《重放的鲜花》把我及与我有同样"被错划"命运的作家作品，在党的三中全会召开前夕汇编"重放"。这在文学界可算是拨乱反正的一个里程碑式的事件，是上海文艺出版社做的。

　　一九九〇年年末，我与一群来自祖国各地的长篇小说作家汇聚淀山湖畔，研讨创作，振奋精神，是上海文艺出版社做的。

　　二〇〇九年春，由我和元化先生担当总主编的《中国新文学大系》第五辑三十卷出版。此前我曾主编过第四辑的小说卷。在国庆六十周年前夕，汇编了差不多中国二十世纪新文学成果的皇皇百卷《中国新文学大系》一举推出，这也是上海文艺出版社做的。

　　这是个很有想法，也是敢做、能做成许多大书、好书的出版社。我喜欢与这样有精神的出版社打交道，喜欢与他们的老总和编辑员工交朋友，也确实交了不少朋友。

　　历史上有许许多多革命前的文化成果和经验，但是我们缺少的是革命后的文化成果和经验。当前，真正缺少的是什么？现代人有更多的选择性，但是我们有没有相对比较权威的评估，有没有一个强有力的评估体系或评估系统呢？在美国，如果你找穷极无聊的作品，多了；但美国仍然有它自己的权威，比如说《纽约时报》，它的书评、剧评、影评都非常厉害。

我们现在的困难在哪儿呢？不能简单地说没有好作品，有好作品也发现不了。那么多作品，你怎么看呢，谁知道哪个好哪个不好，我们现在没有人做沙里淘金的工作，甚至也没有人做检查我们精神产品里有没有三聚氰胺的工作。俗并不可怕，可怕的是只剩下俗。如果说一个国家的书没有了，只剩下微博了，以后我们上课也改成了微博体，每节课十五秒钟，这是不可思议的。

如何在当前这个文化泛漫、广大公众参与的环境中进行沙里淘金的工作，有一种权威的机构对它进行评估、选择，同样也能够对那些掺杂着假冒伪劣的精神产品汰劣择优呢？年届六十的上海文艺出版社能不能做些如此沙里淘金的工作呢？我热诚地期望着。

2012年6月11日

# 西哈努克为什么不一样

西哈努克亲王灵柩过长安街,天安门下半旗。西哈努克亲王对我们这代人来说,是一段什么样的记忆?上世纪六十年代,尤其是"文革"当中,那时候的新闻纪录片里,西哈努克的分量占得非常大,有的讲他去钓鱼、看鱼,好像还有一个专门的电影,讲西哈努克在中国南方的几个省参观访问。

我在文化部上班期间,春节前后,和卫生部长陈敏章、广播影视部长艾知生参加西哈努克举行的一个晚会。在这个舞会上都必须跳交际舞,而女方够达到像莫尼克这样水平的,我再没有见过——我的腿都已经"拌蒜",快要摔跤了,但是她该怎么跳还怎么跳。

比起跳舞,亲王更喜欢拿麦克风唱伴奏舞曲的歌。特别有意思的是,工作人员宣布舞会到此结束,这时西哈努克把他扒拉到一边,说现在底下还有三首曲子,我还要唱三首歌。

亲王脾气很好,总是笑眯眯的,我们永远不知道他不笑是什么模样。这样一个小国家的国王和世界上的大国打交道,不失尊严、身份,而且得到很多大国,不论西方还是中国的好感和重视,这很少见。

我曾经当过西哈努克正式来访时的陪同团长,所以我们谈话很多,有两个事令我印象深刻。一个是他说他在金边的时候,把家中的厨子、花匠、司机、清洁工,组织成一个篮球队,每天进行训练。他给各大使馆发邀请,要求大使馆与该篮球队进行友谊赛。他们胜的时候居多,因为大使馆的外交官大都是临时凑几个打篮球的,他们却是

"专业"队。另一个是他跟我说，以前他学的是法语，英语并不好。后来被朗诺·施里玛达推翻了，他必须经常和各国记者见面，他发现英语的使用范围比法语大得多，所以才学英语。在后来各种记者见面会上，西哈努克都直接用英语谈他的政治观点。

但其实西哈努克在政治上相当失意。后来的柬埔寨国民议会把他"废除"了。西哈努克当时正在苏联访问，苏联在他临上飞机的时候告诉他，你已经被推翻了。苏联的意思就是：我把你请走了，没有我的事了，但是我把消息告诉你了。我不能早告诉你，早说的话你又不走了，这事就麻烦了。

中国的态度就不一样，他得到中国领导人特别友善的对待。其中有一个情节，我印象非常深。如果没记错的话应该是"文革"前期，苏联和英美订立了核禁试条约。中国当时正在研制原子弹，所以坚决反对。

这个时候西哈努克表了一个态，大概意思是说，没有人认为柬埔寨有可能制造原子弹，我也不认为非得有原子弹才能把我们柬埔寨灭了，你来几个大炮，来个机关枪，对我个人的后果和一个原子弹是一样的——所以我不禁试。我上哪禁试去，禁试对我有什么意义。他的这个角度太特别了，让中国很高兴，因为无形中帮了中国。

西哈努克经常强调，中国人是我的朋友，别的词汇都不准确，就是朋友：毛泽东是我的朋友，支持我，邓小平支持我，周恩来支持我……我认为他说"朋友"这个词比较准确，因为中国跟他不是结盟关系。周总理曾说过，一个国家是不是受到人民的拥护，并不是取决于它是君主制还是共和制。这个西哈努克爱听，西哈努克当时还引用了。

当时的北京孩子，大多数都载歌载舞地欢迎过西哈努克亲王。说起西哈努克，就觉得他跟咱们不是外人。西哈努克去世跟任何一个国家的政要，或者大人物去世都不一样。他是我们的一个好朋友，是一个可尊敬的柬埔寨的国王。

发表于《新华每日电讯》2012年10月26日

# 谁知道自己的母亲有多么痛苦

许多年来有几次被约稿写自己的母亲，我没有写，因为我很难过，也很觉为难，我的母亲的一生过得太痛苦了。

她的名字最初是董玉兰，后来似乎改成了董毓兰，再后来改成了董敏。她出生在一九一二年，比"民国"小一岁。她个子不高，眼睛不大，眼珠灵活而且光芒四射。她是河北沧州市沧县人，曾在沧州市第二中学就学，后来在北京似乎还旁听过北京大学的预科，解放后她一直担任小学教员，她的受教育程度应该不低于高中毕业。她写起信来语言极其生动活泼，平常也算善于词令。

她生活在中国发生翻天覆地变化的年代。她接受了"五四"新文化运动的影响，喜欢一张口就讲谢冰心、黄庐隐、秋瑾、丁玲，乃至一直讲到宋氏姐妹。但是她很悲哀，因为小时候缠过足，是后来放开的，这样的女子的脚，被不无嘲笑地称之为"解放脚"。

她的最大悲哀是婚姻。我父亲是思想上的新派，议论上的激进派，行动上的无奈即无计可施一筹莫展派。至少从我的童年五六岁时开始，我的父亲就一直想摆脱这个婚姻，为此，母亲受到了致命的打击，她想尽了一切办法追求对于摆脱的摆脱，即想办法灭绝父亲的等同于她认为是杀人的离婚念头。

所有这一些悲哀的与令人发疯的经验，我都写到《活动变人形》里了，有了这部长篇小说以后，再写母亲的一生，我觉得太残酷、太艰难、太令我无地自容。

我的母亲的一生怀着对旧中国、旧社会的深仇大恨,怀着对我的父亲王锦第的愤懑与极度的被轻侮、被伤害、被欺骗的痛楚。她也做过不少伤害父亲而且于己无益、对不起他人、我要说是愚蠢的事。我不能再写下去了。

　　一九五〇年,在我的对新社会的完全信赖的高调宣传影响下,母亲同意与父亲离婚⋯⋯一九八三年,在再婚后没有得到任何快乐的父亲去世时,母亲的反应则是父亲的死亡是"为社会除了一害""我只有恨"。而母亲在活到八十岁以后,多次对我讲,她的一生的痛苦是知道了封建社会的不仁、不义、不好,却只能承担着旧社会放在她身上的一切不公平、不快乐⋯⋯她说不如没有五四运动,没有新文化新思想的"胡乱"启蒙,启蒙给她带来的只有撕肝裂肺的痛苦。

　　遇到她说这些话的时候我硬是没有一点办法,没有一点认真的回应,我的马列主义、人道主义、启蒙主义、现代与后现代主义完全用不上。我想劝她不要与谢呀宋呀的比,我找不着真正有道理的理由。我知道她与我们大家一样,她也只能生存一生,没有第二次。我没有能改善她的状态,没有能给她以真正的安慰,没有能与她做到真正的有深度的沟通。我没有办法再写下去。

　　于是我只能写一点零碎。大约我五岁的时候,有一次家里吃芝麻酱面条。给我的那一碗是母亲拌的,可能她多放了醋,我吃了一口,酸得我大哭起来,母亲的脸上现出了抱歉的表情,一面好言好语地哄慰着我,一面往面碗里放一些黄瓜条什么的"菜码"与芝麻酱,仍然不好吃,我仍然哭泣不止,我永远忘不了我的哭泣给母亲带来的不安与自责的表情。我太不懂事了。我后来一直后悔。

　　一九五一年要不就是一九五二年,我在北京市第三区做团的工作,是我帮助母亲找到了小学教师的工作。这是我母亲的一生中我为她做的一件较有意义的好事。数年后,有一天她晚上回家回得比较晚,我问她为什么这样晚,她兴奋地说:"我入党了。"其实她原来只是得到通知去听了一堂党课。不太久之后,我的"事情"出来了,她黯然失色，再没有上述的亢奋与喜悦了。上世纪五十年代后期，母亲与我的姊妹有一次小事情的口角，越说越急，她被说成"地主出身"，受到了致命一击，面红耳赤，痛不欲生。后来众子女都来为她"平反"，发布"公告"，匪夷所思地戏说她的阶级出身经查属于"小孩阶级"，意指她易喜易怒、幼稚可笑。她对此阶级定性十分满意，立马破涕为笑。

还有一次在家人处境极不愉快的情况下，她说自己睡眠良好，众孩子齐声称颂她的神经坚强如橡胶制成，她也大笑忘忧。但过了几个月后提起此话，她忽然愤怒起来，声明她不能接受神经的橡胶制造说，她声明她很痛苦、很不平，她的神经其实很脆弱，她需要的不是对坚强的歌颂，而是对她的痛苦的体贴。

还能说什么呢？我对不起自己的母亲。我的母亲有灵，她如果看到现在有人以为重新拾起《三字经》《弟子规》就会天下大治，她将会说些什么呢？

想起上一代人的经验，我不能不珍惜今天的一切。

2013年3月8日

## 希 望 的 日 子

提起《当代》杂志，我就想起一九七九年的希望的日子，想起人民文学出版社当时的主事人韦君宜、秦兆阳、孟伟哉等，也想起我刚刚从新疆回到北京，住在北池子那间小客房里的情景。在那里，我写下了我的第一部中篇小说《布礼》，发表于当年的《当代》上。这篇小说后来还翻译成了英语与法语，在美国与法国出版。

那是一个解放思想的年代，一个"文革"后拨乱反正、百废俱兴的年代，一个沉默了许久，作家们终于发出了出自肺腑的声音的年代，也是广大读者期待着关注着文学的声响的年代。

《当代》在那样一个时代应运而生，它一直坚持着刊物的当代性、现实性，关注着与实践着文学对于现实的责任。成为中国极富影响的大型文学期刊之一。

我也不会忘记我在《当代》发表的《湖光》等其他作品，尤其是《活动变人形》《狂欢的季节》等长篇小说或长篇小说选载。尤其是《狂欢的季节》还获得了《当代》的大奖。

转眼间三十五年过去了，《当代》在坚持。《当代》在发展，《当代》在面临新的困难与机遇，向《当代》问好，祝福《当代》，怀念《当代》的奋斗历史！

2014 年
发表于《当代》2015 年第 1 期

# 我目睹的中华民国

## 日伪时期

提起中华民国，对不起，我首先想到的是日伪的"中华民国"，原因是日伪政府仍然自称中华民国，仍然用"青天白日满地红"的国旗，"执政党"仍然名为国民党。不同之处是"国旗"上加一个小黄条，上书"和平反共救国"字样。"和平"，意味着汉奸路线，不准抗日；"反共"，以此标榜，耐人寻味。回想起一九四二年三月日伪当局在华北推行的穷凶极恶的"第四次治安强化运动"，第一条口号就是"我们要剿灭共匪，肃正思想"，当时我是小学三年级学生，学校紧紧张张地要求我们背诵，说背不下来就有可能被"带走"，可以看出日伪势力是如何地视中共为心腹大患，为头号敌人。有意思的是，正是这种敌伪口号为共产党在抗日战争中的重要作用做了铁证。

还有令人困惑的事。一九四五年八月十五日日本天皇裕仁下诏书宣布无条件投降后，原汪记的汉奸国民党党部立即在报纸上发表《告同胞书》，大张旗鼓、大言不惭地庆祝抗日战争胜利，并高喊"蒋总裁万岁"。原来说的是"汪主席""陈（公博）主席"如何如何，眼也不眨，立马换成了"蒋总裁"，让少年的我大惑不解。此后，未见到处理汪记国民党机构的任何后续消息。

## 民国时期的语汇与官衔

后来报上出现了关于国府"接收大员"的报道。国民党贪官污吏当了大员以后颐指气使,化公为私,什么"五子(房子、车子、票子、儿子、金条子)登科"啦,什么发国难财、接收财、娶接收夫人抗战夫人(把沦陷区的夫人抛弃娶新夫人)啦,不一而足,这些事情,在报纸上爆料,使人深感失望。

大员,这是民国时期对于官员的一种说法。那时说到高一点儿的官员,还有要员、要人一类名词,对他们绝对不叫领导也不叫首长,而叫上峰、长官、×座(如局长就叫局座,主任就叫主座),夸奖一个官员时说他"忠党爱国",说部级副职时不叫副部长,叫次长,说到"汇报",绝对只能叫"报告"。国民党的各级委员会叫党部,绝对不叫什么省、市、县委员会。而那些不学无术的国民党政工干部,被舆论称为"党棍子",国民党召开的动员会长官讲话会被称为"精神训话",某些会议开始时的默哀,日伪时期称作"默祷",国府时期称作"静默"。这些我已经记不太清楚了,但很多词儿如领导、任务、组织、首长、汇报、总结、经验、教训、坦白、从严、从宽、贯彻、摸情况……都是解放区的词儿,国府控制区绝少用这样的词儿。现今一些描写民国时期的电视剧,一听里边的对话我就几乎晕倒,因为只要说上三句话就露馅了,剧中我党的谍报人员等于不打自招,国民党方面的人员也似乎是刚刚受过解放区的"洗脑"的"新生"人员,国共双方谍报人员满嘴都是老解放区的名词。

此外,其时将公务人员与教育界供职者称为"公教人员",大体上是指工薪阶层的白领。民国时期称呼男人为先生、×公、公子、少爷、老爷、老板,称呼女人为小姐、太太、老板娘。小学时称老师为"老师",中学以后称"先生"(不分男女),称班主任为"级任老师"。称呼商家为"掌柜的",称呼服务员为"侍应生""跑堂的",称呼管家、幕府人员、秘书等为"师爷"，称呼会计、出纳为"账房先生"，说到妓女称为"窑姐"，说到小偷扒手称为"小将"，公安局叫"警察局"，派出所叫"段上"，女仆叫"老妈子"，男仆叫"听差"，家务劳动介绍机构叫"妈妈店"，机关学校的勤杂人员叫"管役"，这些用词与解放区、新中国的称谓完全不一样，差远了去啦。

一九四五年后国府有一项措施，我觉得很重要也很正确，他们招募一批语文教师去台湾推广国语，我最敬爱的小学老师华霞菱女士就是这样去的台湾。可以想象此举对于国家民族的意义。一九八七年华老师来北京探亲，一九九三年我去台湾开会，都与老师见了面，是新加坡友人傅春安先生（歌星包娜娜之夫）帮我在台湾找到的华老师。

## 民国报刊

当时北京有三家报纸我印象深刻：一是国民党党报《华北日报》，销路很差；二是民营报纸《平日明日报》，销路不错，副刊上看到过萧乾、焦菊隐的文章；三是日伪时留下的《实报》，小开张，人称"小实报"，八卦新闻多，主编管翼贤，解放后一九五〇年代以汉奸罪被处决。"小实报"的版面至少有三次给我留下了印象，一个是日本突袭珍珠港后，宣布开始了"大东亚战争"，《实报》上登载有什么人摇旗助威庆贺（后随着战况失利日方更名此战为"保卫东亚战争"）。二是详细报道了枪决汉奸、间谍金碧辉即川岛芳子的情况，说什么金被处决前要求换上一身素白衣裳，被国府执法人员拒绝。三是报道冬季慈善粥厂开张的消息。我那时还能见到在天津出版的《大公报》，一九四六年旧政协会议达成停战协议（没能执行），《大公报》用头版通栏刊登四个特号大黑字"停战令下"，非常醒目。

说起民国的期刊，日伪时期不能不提到《三六九画报》，即每月阳历三日、六日、九日、十三、十六、十九日、二十三、二十六、二十九日出版的娱乐小刊，封面多是名伶，即京剧坤角，如言慧珠等的黑白照片。该刊版面上我有兴趣的内容有郑证因的《鹰爪王》，叫做"技击小说"，没有叫武侠小说，还有白羽的武侠小说《十二金钱镖》。此画报社举办过短篇小说大赛征文，获冠军的小说题名《点绛唇》，是凄婉的爱情故事。

国府时期，有储安平办的《观察》杂志，主张第三条路线，我的印象是它的文字语言比较古雅与学院气，少年的我读起来比较吃力。另外在旧中国临近寿终正寝了，忽然出了一本《太平洋月刊》，主编姓耿，笔名"笑天"，创刊号第一篇文章叫《列宁的叛徒与国父的逆子》，破口大骂完了国民党再骂共产党，十分吸引眼球，一下子洛阳纸贵，但没出几期，严正宣布停办，未知其详。

一九四八年，一家赔本的小报突然别出心裁，发行了套红号外，声称"共军"的刘伯承等已被"国军"俘获。为此，国府有关部门宣布此报造谣传播失实消息，欺骗读者，罚他们停刊一周（或更多）。其实，他们正是因为报纸办不下去了才玩这一手"奇葩"，光这样一份号外，已经赚回了不少亏空，你不停它的业，它也早想洗手不干了。

我那时爱看报，许多消息是从报上得来的。一九四八年年初国民党召开国民大会，蒋介石当选为大总统，李宗仁当选为副总统，江南一家报纸说蒋中正当选为"小总统"，后来说是经查确系排版紧张所致，没有政治意图。"受害人"蒋介石也未提出诉讼，不立案。还有一事，中国国民党一个机关的牌子被示威学生换成了"中国刮民党"，于是一批人在报纸上表态，说是该党受到了严重污辱，令人哭笑不得。国民党暗杀闻一多、李公朴后报上登了许多对嫌犯的审讯消息，居然还大量刊登了他们对闻、李的咒骂，连"嫌犯"的捶胸顿足、情绪激动、流泪喊叫都有报道，似乎是在宣扬"杀之有理"。一九四六年美军皮尔逊强奸北大学生沈崇案发生后，各报纷纷连篇累牍地刊登对沈崇的妇科检查病历，乌七八糟，观感十分恶劣。一九四七年四川说发现一个女子杨妹不需要吃饭，国府组织了国家级专家去调查，后来报上登的调查结果是在她肛门上发现有食物残渣，说明她不是不吃饭。为此引起媒体冷嘲热讽，说国民政府主导的我国科学专家的最大科研成果竟是人类必须吃饭才能生存，真是滑天下之大稽。

关于郝鹏举的报道令人难忘。郝鹏举是个有名的变色龙，他在国共日伪之间来回反水。一九四六年年初，民国方面的媒体报道郝鹏举的日伪军部队要从"共军"处反正投靠蒋军了，可是没几天说是没有此事，并说是郝受到共军高级将领的看望宴请云云，个把月后又大张旗鼓地报道，说是郝司令当真投蒋了，数周后，却是郝司令被共军枪决了。

民国时期的报纸有一套专门语言，战事失利撤退，叫"转移阵地"，学生在游行示威中被打死，叫"自行失足"，其实"自行失足落水"的说法早就受到过鲁迅的声讨。那时的报纸还有一个说法，将大学生中致力于反蒋的学生称为"职业学生"，即他们不是学生，而是以学生的身份打掩护，专搞颠覆国民党政权的。根据我个人对旧中国共产党的地下工作的了解，"职业学生"实属罕见，相反，地下党的要求是进步学生首先必须学好功课，才能在同学当中树立威信。倒是有几个"职业教师"，例如华北局城市工作部学校工作委员会的负责人杨伯箴同志，解放前在北平的身份是某校童子军教员。杨后来担任过北京师范学院院长，外交学院院长等职。

## 物价奇闻

日本刚投降时，万民欢腾，日军家属侨民狼狈返日，他们变卖家产，物价狂跌，百姓充满希望。但是很快，国民党法币与关金（国民党在东北发行的货币）贬值，物价上涨，后来上涨到匪夷所思的地步，一两小时粮价变一次，晚上比早上不知翻多少倍。房租也只好以值多少袋面粉计算，因为钱币转眼变成废纸。老板雇工有时也用袋装面粉发工资。

前不久播出的电视剧《北平无战事》，其中用金圆券代替法币的事，那是一九四八年了，我记忆犹新。由国民政府限价，以某天为标准，一分不许涨。当时我已是高中学生，学校旁边有"老牛奶厂"门市部，家里给了我一点钱，我去喝点奶，虽然没涨价，但是越卖越掺水，奶也是越给越少，最后干脆永久打烊。

南沟沿往北就是北沟沿，现名赵登禹路，北沟沿与南沟沿（即今佟麟阁路，佟麟阁与赵登禹都是国军高级将领中的抗日烈士）交接处，被称为"小市"。随着物价飞涨，小市那边出现了一批穿着长衫，手里叮叮当当地撞击着两枚银圆的小贩，嘴里念叨着："买俩卖俩"，收购并兜售银圆，赚取差价与高价波动带来的利益。银圆多称"袁大头"，是袁世凯时代发行的金属货币，上有袁的浮雕半身像。还有一种银圆，浮雕是孙中山的全身像，被称作"站人儿"银圆，与"袁大头"相区别，后者行情一直高于前者。除了银圆贩子以外，在街边逡巡的就是些家有一点银圆的市民，多半是妇女和老人，也加入到此种生意中来。人越是穷，越要想尽一切办法给自己的财产保值，做着投机赚钱的白日梦。

## 百姓生活

那时失业人口极多，我们家住的西四小绒线胡同一带大多数人都没正经工作。有房的人家出租一两间，勉强维持生活。再有就是过往略有积蓄的人，靠卖上一辈的遗物维持生活。我不止一次听到这些邻居祈祷上苍，希望给自己以机会捡到一个装满大票子的皮夹。

那年月到处是垃圾堆，我在西四、西单、东单、北沟沿都见过大垃圾堆，苍蝇嗡嗡叫，恶臭扑鼻，小孩子在上面捡煤核，有时捡到残羹剩饭，就吃了。报上经常出现"由于误食垃圾鱼头一家人惨死"一类的消息。一九四六年年初我十一岁，参加了国府第十一战区政治部举行的中学生演讲比赛,我当时就说:"看看垃圾堆上拾煤核的小朋友们,国父(孙中山)提出的民生主义哪里去了?"我的演讲稿得到了当时在北平军事调处执行部任中共代表的叶剑英同志身边工作人员李新同志的指导。由于我的讲话的调门不符合主办者的要求,虽然我的演讲反响最热烈,连一个主持发奖仪式的军官都说"王蒙那个小孩讲话声如洪钟",可是仍然只给了我第三名。

  北平一解放,没过几天,解放军就用车拉走了所有市内的垃圾堆,真是说干就干,立竿见影,赢得了民心。

  当时一般人是进不起饭馆的。人们买了食品,如烧饼油条等,都小心极了,生怕被饥民从手里夺走,他们啐了唾沫,你抢回来也不想再吃了。我记得我所接触的多数人家都没有床,最好的是用条凳搭板当床。当时臭虫横行,经常在夜里打开灯进行捉臭虫大战,旅馆墙上也到处是臭虫血迹。绝大多数人家也没有洗澡设施,最多是弄一盆温水擦拭一下。当然,社会上有澡堂子,一两个月才去洗一次,热水撩到身上,用手指一搓,下来的都是泥股截。

  当时北京的大街是柏油路面,胡同里都是土路,俗话说"无风三尺土,有雨一街泥"。我解放后在钟敬文教授家中看到过一幅字,上面有一句说的是在北京的生活感受:"日日好春风里过,教人梅雨忆家乡",意为北京的风水劣过江南的梅雨。那时北京下水道问题严重,大雨后有些地方水可没膝。雨后到处是蜻蜓,入夜则是萤火虫到处飞舞。那时候萤火虫多除了生存条件与此后不同以外,主要是由于电力少,常常停电,供电时贫民也舍不得开灯,给了萤火虫光芒四射的机会。小汽车很少,公共交通靠有轨电车,车上挤得连门窗上都扒着人。这种场面我一九九九年去印度访问时又看到了。我们那时青少年普遍不买票,想买票也买不成。

  当时卖一种大眼儿窝头,非常大,用刀切下来称斤卖。高级点儿的卖大油饼,一二尺长,切条卖。更高级的有豆面丸子炸豆腐泡,带汤,撒上芫荽末、五香粉、盐、酱油。早点除了豆浆,喝杏仁茶很普遍。

家里有了病人,像我家的水平,一是煮挂面,一是冲藕粉,上医院都是有相当层次的。我的一个亲戚,孩子发烧到三十九度多,没钱看,眼瞅着死了。当时医院多是教会的,医务人员穿着像修女。河北高中组织过透视,医生护士说话用外语,别人都通过了,让我复查,吓得我出了一身冷汗。

记得那时当铺很多,我家不远就有"永存当",我牙疼,父亲带我看牙,他让我等会儿,说进去取点儿钱,从当铺出来他的礼帽没了,我问"你帽子你帽子……"他不回答。后来有一次,我指着这家当铺对母亲和其他朋友说:"我爸就在这儿领薪水。"母亲直掐我,我不知做错了什么。

民国街头,刺激人的还有乞丐的群相。我们居住的胡同里常有一个赤裸着上半身的女丐带着一个小女儿行乞,她的表现被认为是疯癫,有时小学生下学时看到她们,一些淘气的孩子就七嘴八舌地叫:"疯子,疯子!"这时女丐会惨叫一声吓得所有的路人疯跑。我不懂为什么那时候的孩子完全不懂得同情贫民与弱者。

有一种叫做"叫街"的乞丐,他们走的是骇人听闻的自我施暴苦肉强讨路线,见了他们估计有钱可给的乞讨对象,就用砖头砸破自己的脑袋,砸青自己的胸口,甚至用利刃划开自己的脸面,血流满面地跪下乞讨。令人不寒而栗。

还有一种乞丐,寒冬腊月,破衣烂衫,天色已晚,他睡到你家门口,吓得居民赶紧掏钱送食物,只求可怜人不要死在自家门前。

再有就是各种生理畸形或残疾的乞讨者,惨不忍睹。

这样的乞丐群相,我的感觉是历史通过他们在进行发动人民大革命的动员课,倾情发力,号召颠覆造反。一个国家,能够这样混下去吗?这里不发生,这时不发生一个天翻地覆的革命,难道能发生什么温柔美丽的沙龙派对吗?

现在重温那时的北平旧照片,萧疏、陈旧、破烂、贫穷、饥饿,摇摇欲坠,是彻骨的绝望感。当然也令人发思古之幽情,例如城墙、牌坊、灰瓦顶子、平房、四合院,还有那时不拥挤,全北平只有两百万人,而现在是两千多万人,等等。再说怀旧就是怀自己的少年时代啊,谁能毫无这种向后看的波动呢?王朔有言,如果你是在监狱里长大的,中老年以后,你也会对监狱有所怀念的。但当时的我们恨不得引爆旧世界,把旧北平彻底翻一个个儿,《国际歌》的词儿叫"旧世界打个落花流水"!终于等到到处是高楼大厦了,又会怀恋旧日的某些特色或遗憾于某些旧日图景的失落。文化就是这样的,生命就是这样的,时时在失去,时时在创造积累。当然,此情可待成追忆,只是当时已惘然!同时文化与生命时时在发展,时时带来希望,也带来新的挑战与不安。您不可能有多么踏实,您甭想着有多么舒坦……

## 学校经历

一九四五年我跳班上平民中学(今北京第四十一中学)初中,校长常蕴璞(字玉森)是国民党市党部委员,他工作非常负责,督导大家背"总理遗嘱",多次在大会上讲"管学生必须体罚,一定要造成不守纪律孩子的肉体痛苦"。有时上课,我忽然听到后边啪啪打耳光的声音,异常恐怖,我们都不敢回头看,那是校长从后门悄悄进来,大打出手,打那些他认为不守纪律的学生。

南沟沿有一个三民主义青年团的机构,一天级任老师通知我们班几个功课好的同学去那里座谈。我年龄小,一声没吭,听见几个大个儿学生提意见,说三青团员净是歪戴着帽子的纨绔子弟,和小流氓一样,给人印象不好。

我随后唾弃了三青团,去追求革命追求左翼思潮。我在国会街北大四院欣赏了大学生们演出的《黄河大合唱》,只觉得是惊天动地、气贯长虹,左翼意识形态尤其是文艺的气势压得国民党根本没有招架之力。

一九四六年,平民中学通知全体同学收听市社会局局长温崇信的讲话。他是公鸭嗓,南腔北调,全部腐朽透顶的国民党套话,没说一句明白话,用老百姓的话来说就是根本不会说"人话",连我父亲在家听了此人讲话也完全目瞪口呆,莫名其妙。我后来得出一个结论,一个政权要完蛋,首先表现在语言上的撑不起门面来,简单地说,就是说不成一句人话。

当时的平民中学给我印象深的是音乐教员乔书子(音),他一面教着我们课一面晚间演出着歌剧,人的样子也极帅气。他自己也作曲作词,如"第一次的春雨,只是几滴,像少女第一次的眼泪,我问你,什么是你第一次的悲哀呢?"据说,他也可以教授"国文"。平民中学的校歌词曲也是他作的,唱的是"你是智慧的海,你是真理的灯",追求高远。

教学楼前有几株大合欢树,一到放暑假的时候,红花盛开,着实难忘。

高中时我上了河北高中(简称"冀高")。这个学校有革命的传统,"一二·九"运动中,河北高中的许多学生参加了以大学生为主的游行。荣高棠、康世恩等都曾在这个学校就读。一九四八年四月十七日河北高中学生自治会成立,校内的中统特务和国民党警察局配合,大打出手,一次就逮捕三十多个学生自治会人员,使学校进步力量受到打击。为此,我的地下党单线领导人对于我与另一位进步学友双双考入河北高中,补充进去,深为满意。我们的考入,使冀高增加了一个地下党的平行支部。冀高原校址现在是地安门中学,该校至今以每年四月十七日为校庆日。

我在冀高时,用复写方法办了一个刊物《小周刊》,手抄的,抨击社会不公,被校长穆庚寅找去谈话,说是办这种周刊会造成事件,下令取缔。但冀高仍有大量党员与盟员(共产党外围组织民主青年联盟)在活动,有两个平行的党支部,以便于与国府周旋。学校也有中统组织,他们以"暮鼓社"名义张贴大字报和"肃清匪谍"一类标语,但谁也不知是谁干的,鬼鬼祟祟。

一九四八年寒假,河北省教育厅在冀高办冬令营,伙食糟糕,白水煮萝卜,没油,苦的;房间里温度在零下,有炉子没煤,冷到极点。年龄大的学生到教室偷桌椅,劈了当柴烧。当时我家也是这样,冬天洗脚水、尿都会结冰。

一九四八年冬,北平已被人民解放军四野和华北野战军包围,国府方面在学校招募"自救先锋队"成员,意图垂死挣扎,与解放军拼命。后来这些人不战而溃,受到了人民政府的惩处。

同时以傅作义为首的"华北剿匪总司令部"组织了包括军警宪三方面人士的执法队,打着执法队的旗子,开着卡车在大街上横冲直撞,声称遇到"通匪"的"匪谍",他们有权"就地正法"。

## 社会见闻

佟麟阁路上有一处警务机构,门口停着一些摩托车,配有穿军装的警卫,门内一处大影壁,上书"养天地之正气,法古今之完人",社会混乱、民不聊生与伟大口号形成明显对比,使我对古圣先贤的高论也不免疑惑起来。

当时还有一些类似的高调,动不动就喊"忠勇为爱国之本,孝顺为齐家之本",还有"不成功,便成仁","忠孝仁爱信义和平",童子军的军训是"智仁勇",并用食指、中指、无名指行童子军礼,我当时就认为,这纯粹是自欺欺人,屁用没有。

那时社会上有少量舞厅,一般人进不起,也不认为那是好地方,当时对舞女的看法就相当于妓女。报上刊登武汉军政要人妻女与美国人跳舞,突然停电,女性受到猥亵、凌辱、强暴。

说到停电,民意机关参议会开会的时候,参议员们吐槽最多的就是这一点。当时的说法是北平的电力来自冀北电力公司的供应,此公司据说位于唐山一带,总经理叫鲍国宝。参议员与平民都在召开参议会时大骂鲍先生。解放后突然传出鲍总是我党地下党员的消息，不知其详。但从一九四九年二月北平解放以来，停电的事渐渐没有了。

当时主要的娱乐就是看电影。日伪时期我看过周璇、陈云裳、李丽华、周曼华、梅熹、吕玉堃主演的电影，国府时期更看了《八千里路云和月》《一江春水向东流》《万家灯火》等反映现实的进步电影，并知道了白杨、张瑞芳、陶金、赵丹等明星。

黄宗英主演的第一部影片《追》，我是在一个大礼堂里看的，当时的师大女附中校长石砳磊竞选参议员，为此，招待一批批师生看电影，一面放电影，一面打幻灯，为石女士竞选造势。我因为年龄小，远不够投票标准。

日伪时大烟馆都是公开营业，报子胡同和受壁胡同（西四四条、五条）东口就有店，大字写着"土膏店"，我当时还不知这是什么东西。国府来了以后，这种店立即销声匿迹。但私卖毒品的据说仍然不少。有些小贩深夜叫卖，家里人告诉我，卖卤鸡与水萝卜是假，多半是卖大烟的。

日本投降后美军为了帮助"国军"受降，从天津塘沽港抢先登陆，那时在北平也能收到美军的电台广播。然后美国海军陆战队的一些士兵来了北京，为迎接美军，本来日伪时期规定人车全靠左行，突然改成了靠右行驶。

在华北局城市工作部领导下，北平的学生运动如火如荼。北大学生自治会办的孑民图书馆，位于祖家街的北大工学院学生自治会办的六二图书馆，都提供了大量进步书籍，其中有解放区出版的赵树理、康濯、马烽等人的作品。

## 流行歌曲与进步歌曲

当时流行歌曲很盛行。有一个歌是《三轮车上的小姐》，说的是美国兵双人吉普车上的女郎，这么说的："三轮车上的小姐真美丽，西服裤子短大衣……"其中有一句是"露出了白肚皮"。一九四八年年底,歌曲《夫妻相骂》流行全国,第一段是女的骂男的,"也没有金条也没有金刚钻,简直像殡仪馆";第二段是男的骂女的,"这样的女人简直是原子弹";第三段是房东骂夫妻,"你们搬了来,天天都不安,不是男的叫,就是女的喊,这样的家庭简直是疯人院"。对于少年的我来说,我觉得这个社会已经病入膏肓,这两个歌就是中华民国的挽歌、送葬曲。

另一首颇有民国特色的歌是"我的心里两大块,左推右推推不开","我在前面走,你在后面跟,要想回头看又怕难为情",唱完两段以后是打口哨,当时的感觉是小流氓唱的。至于周璇的歌,乃至于《夜来香》之类的歌,就算极好的了。

艺术歌曲也有,郎毓秀唱黄自作曲的《天伦》,还有赵元任词曲的《教我如何不想她》,也很受欢迎。

还有两首歌值得一提。《春天的花是多么香》,现在成了国际比赛香港队的出场歌,其歌词本来是小资型的,"春天的花是多么的香,秋天的月是多么的亮,少年的我是多么的快乐,美丽的她不知怎么样",现在变了雄壮堂皇的分列式进行曲了。一首歌的命运也如一个人一样,有它的不确定性,无厘头性。

解放前夕流行的歌曲中有"山南山北都是赵家庄,赵家庄有一位好姑娘",这是吴祖光作词,在香港最先唱出来的,被认为是迎接解放的歌。因为人们设想,山南山北,当然早已经被解放军占领了。还有一首在学生运动中相当流行的丹麦(一说芬兰)民歌,"在森林和原野是多么逍遥……",完全与政治无关,但最后唱道:"不远了,不远了,幸福的日子就要来到了",成为青年学生迎接解放、盼望革命胜利的心曲。我想起美国汉学家费正清的一个论断,国民党政府的统治只局限于若干城市,出城数公里后,就不是国民党的地盘了。

恰恰是中国,从历史上就把战争的胜负与歌曲联系起来,项羽兵败,叫做"四面楚歌"。无怪乎王昆大姐曾经跟我说,一次老区的革命歌唱家聚会，大家激动起来，认为革命战争的胜利与革命歌曲的红火关系极大。我就此话题与原籍河南、后长期在台湾生活的诗人痖弦交谈，痖弦颇为首肯。他说，在台湾上中学春游时的一个苦恼就是无歌可唱，说要唱一个歌，马上被警告词曲作者是共产党，禁唱，换另一个歌，仍然不行，因为这首歌的作者也已经接受了共产党的指挥。

在解放前不久，媒体上还发生了批评曲艺演唱靡靡之音的事情，别的曲艺艺人不怎么应声，好像是连阔如还有曹宝禄对此进行了强力反驳。把社会风气不好归咎于大鼓、单弦、坠子，似乎没什么道理。而想到我国社会风气不佳时人们的谴责"靡靡之音"的习惯。也颇具特色。

一九四八年春天，在华北局城市工作部领导下，平津两地学生组织了大联欢，一批王洛宾还有北师大老至诚教授作的边疆歌曲，《达坂城的姑娘》《喀什噶尔舞曲》《沙里蕻巴唉哎唉》《青春舞曲》等，就是在共产党组织的这个联欢中唱火了的。

我个人始终认为，当社会上广泛唱起《三轮车上的小姐》《夫妻相骂》的时候，当"赵家庄有一位好姑娘"与"在森林和原野是多么逍遥"的歌曲，当新疆维吾尔族民歌与"太阳落山明朝依旧爬上来"也为革命所用的时候，中华民国这个政权确实是"气数已尽，无力回天"了。

发表于《炎黄春秋》2015年第4期

# 新疆的"这边风景"永远在我心中

　　自一九六三年至一九七九年,我在新疆生活了十六年。我与维吾尔等各族农民、与铁衣甫江等各族知识分子,结下了深厚的友谊。我们同室而眠、同桌而餐、有酒同歌、有诗同吟。我们将心比心,相濡以沫,情如手足,感同一体。我学会了讲维吾尔语,我阅读了不少维吾尔文书籍。我始终将新疆看作我的第二故乡。一九七九年回到北京工作以后,我十次再访新疆,与各族农民与知识分子老友重逢话旧。

　　我与家人再次来到了乌鲁木齐、那拉提草原、唐布拉山谷、伊宁市、喀什市,看到新疆的快速发展与人民生活水准的提高,看到了新疆城乡面貌一新。各族文人与读者对于我的鼓励与关切,更使我惭愧感激、热泪盈眶。来到我劳动过的伊犁巴彦岱庄子农民住宅区,一些相交甚笃的老农见到我后热烈拥抱,抱头痛哭(维吾尔民俗,亲人多年未见,见面后会抱头大哭一场,以怀念此期间离世的故人,并感激上苍对自己的保佑)。作家同行们无不为之动容。我用维吾尔语向乡亲们问好,回忆并且感谢在特殊的困难时期所受到的各族父老乡亲的照拂与帮助。作家们感慨万千,服膺于伟大祖国的辽阔、包容、美丽、古老与正在追赶时代的脚步。

　　几十年来,我常常赞叹伟大祖国的民族团结与国家统一带来的发展、平安与友好情谊。我实际上早就尝到了民族团结的甜头。即使在"文革"那样的非正常年月,各族人民的挚爱亲情仍然留下了最美好感人的记忆。从维吾尔人的宗教、诗歌、歌舞、典籍、生活方式中，我获得了巨大的灵感与启发。我在诗歌《木卡姆》中写道：

"我们活着、我们有了世界的一切、我们不会忘记生命和世界，因为有了木卡姆、因为有了木卡姆——生命的永远木卡姆。"

我花了半年多的时间，就可以和当地维吾尔人简单交流了，能够一起聊天。熟练地掌握维吾尔语应该是在两年以后。除了劳动和家庭团聚，我其他时间就是学习维吾尔语言，读维吾尔文版的《毛泽东选集》，唱维吾尔语的颂歌。所有和维吾尔语文相关的书籍，当地农村家庭有的，苏联出的维吾尔文小说，我都读。鲁迅的《呐喊》《彷徨》，高尔基的《在人间》，都有维吾尔语版的。

在日常生活里，特别是和维吾尔朋友们一起喝酒，那是更好的学习场合。不管什么时候，抓住任何机会我都用维吾尔语。我也把汉族的许多故事用维吾尔语讲给维吾尔族群众听，从而赢得了他们的友谊和信任。很快，在生产队的会议上我也能够用维吾尔语表达了，当地群众非常欢迎，还要给我评"五好"队员。

《这边风景》写的是生活，写的是人，男男女女，爱怨情仇，高低贵贱，写了维吾尔族、汉族、满族、蒙古族，十几个民族，吃喝拉撒睡，柴米油盐酱醋茶；维吾尔族人怎么打馕、怎么结婚，什么都写。几个农妇，张家长李家短，一边喝茶掰馕吃一边说话，煮茶的人鼻涕流到茶里，擦擦鼻子给大家盛茶，喝茶人看到了：我肚子痛不能喝茶，只能喝白开水。这类细节，现在写不出来的。

二〇一五年是赛福鼎同志诞辰一百周年，我还参加了中央批准的赛福鼎同志的文献纪录片拍摄工作。赛福鼎同志当年给我印象最深的是，他最担心的就是新疆的少数民族变成一个落后的、边缘的民族，变成一个赶不上潮流、赶不上时代的民族。比如北京这边要培养一批女飞行员，他马上找中央，看能不能有维吾尔族的女孩可以参加培训。体育学校培养高水平的体育人才，他也非常关心。当我还在文化部上班的时候，他跟我多次说过，希望用十二木卡姆的旋律来做交响乐。为这个事,我也下了很大的功夫。前几年,有一次国家交响乐团与新疆一起举办了十二木卡姆交响音乐会,基本上用西洋乐器,小提琴、大提琴、单簧管来演奏,还有钢琴协奏。

所以我们完全有可能在现代化的大潮中,对维吾尔族、哈萨克族、锡伯族等十几个新疆世居民族的文化加以保护,对此我们应该充满信心。这个过程中一定还会碰到一些苦恼一些困难,这些都是可以克服和解决的。我也在我力所能及的范围之内到处呼吁。有件事我非常感动,二〇一〇年,我的好朋友维吾尔族著名诗人铁衣甫江诞辰八十周年时,新疆召开了纪念会议。自治区党委张春贤书记也参加了会议,而且决定自治区每年拿出一千万元创作基金来鼓励新疆各少数民族进行母语写作,帮助把这些作品翻译成汉语。这说明中央、自治区各个方面正在不断重视新疆各民族文化的保护与发展。

在我最困难的时候,我在新疆生活工作了十六年,在"文革"当中,我在新疆是最安全的,任何的人身迫害都没有遭受到。每每想起来,我都要说,我热爱新疆,我想念新疆,我感谢新疆各族人民。有一次,香港的电视台对我有一个关于新疆的采访,我说了一句话:新疆的各族人民对我恩重如山!我说完这句话,没想到,那个曾经在凤凰卫视工作过的杨锦麟先生及他带的一帮小丫头小小子,有抬机器的、打灯的、录音的,他们都流了眼泪。我认为新疆发生的我不希望看到的那些阴暗事件,是暂时的,是极少数。我爱新疆的各族人民,我相信新疆的各族人民一定能够赢得一个光明的美好的前途。我们一定要用光明来代替黑暗,一定要用智慧来代替愚蠢,一定要用开放来代替狭隘,一定要用现代化来代替无知、落后、贫困和那种自己把自己禁锢起来的生活。我如今已经八十岁了,但是我仍然相信新疆的未来、新疆的光明!

我不相信民族团结与国家统一是可以破坏得了的,我不相信任何制造分裂与仇恨的势力能够得逞。难忘新疆,惦念新疆,也相信新疆会平复伤痛、战胜邪恶,新疆一定会越发繁荣美丽、光明欢乐!

我还是四十年前的王蒙，在聚餐会上吃着马肠子面肺子就酒的王蒙，谁家盖房子我都去帮工的王蒙，学会了"踩馕渣儿的就要倒霉"的王蒙。我没有在形形色色的荣誉中迷失方向，我依然是一个普普通通的作家，我没有玷污我的笔和自尊，对生活，对人们，对未来都没有丧失我的爱。维吾尔人，我爱你们，向你们致谢！

　　我永远感谢新疆，我永远想念新疆。是她在最困难的时候给了我以快乐和安慰，在最匮乏的时候给了我以丰富和享受，在最软弱的时候给了我以粗犷和坚强，在最迷茫的时候给了我以永远的乐观和力量。

　　新疆是我的乐园，即使在苦难的岁月里也罢。新疆是我的亲人，即使人际关系受到了种种扭曲也罢。新疆是世界上最美好的胜境之一，即使还没有好好发展起来也罢。新疆是一首最美丽最深情的歌，新疆是一幅最绚烂最悠长的画卷，新疆是一个充满激情和等待、幻想和野性、天真和活力的地方。

发表于《中国民族》2015年第9期

# "三沙1号"

崭新的"三沙1号"在南中国海上雍容自信地行驶,隔着舷窗看到波光条条的海浪,曲折而又宽宏,温暖而又大方,深邃而又亲密。这样的航行是如此踏实。本来的日程是十二月三十一日起航,二〇一五年的新年在三沙市过。可那几天大风大浪,波涛汹涌,才把时间错后了五天。其实我也欢迎风浪加身的气势。我想走出舱室,我想走上七层高的阳光甲板,我想更多地享受南海的阳光和海风,还有许多同行朋友的欢声笑语,还有手机与相机的快门"咔咔"声。

这不是第一次。三十三年前我走过这同样的航程,只是那时的船没有这样的吨位,我搭乘的是海军部队补给淡水的运输船,同船的人不足这次的十分之一。那次我走了西沙所有的岛屿,跟其他人相比,我很好,在海上没有什么不适,不,我对南海的感觉是亲近极了,可爱极了,兴奋极了。航海如步,上岛如归,南海如家,西沙就是咱们家。那么蓝的深海,那么紫的柔软与光的绸缎,那么亮与近的太阳,那么纵情的浪花,还有同样白的海鸥与飞鱼,那么好听的海水的淅淅沙沙的响音,我想起高尔基的词儿:"海在笑着。"我想补充:"海在唱着。"这次与我同行的有海军的老战士、著名的作曲家吕远,他是三沙市的荣誉市民,他写过《西沙,我可爱的家乡》。

时隔三分之一个世纪,南海、三沙让我感动得落泪。

那一次与这一次,醉人的、带着醇厚的浪花咸香的海风使我不由得想起刘邦的诗:"大风起兮云飞扬,威加海内兮归故乡,安得猛士兮守四方！"

　　云飞扬，云飞扬，果然，抬起头来，遍天云蒸霞蔚，大画笔，大气象，大陈列，大涌动，大布局。我们的心就像云霞一样自由、奔放，任意变幻又似互相照应，各自奔驰又似互相簇拥。那个夜行的晚上，偏又是望月，众人招呼着欣喜着。这一切，都在为"三沙1号"交通补给船南海首航列阵助兴，都在为我们的"三沙1号"梦想之舟挥旗布局。旅客登船的时候有三沙市铜管乐队铿锵吹响，到达的时候不但有乐队而且有鞭炮噼啪闪光。

　　《大风歌》一直在耳边唱响。难道这辽阔慷慨的气魄不与两千二百多年前的汉高祖刘邦相似？

　　此行的目的地是三沙市政府所在地永兴岛。这里有中华民国三十五年由当时的"国军"树立的"光复纪念碑"，有解放军战士雕刻在悬崖峭壁上的"祖国万岁"字样，红色的字令人想起烈士的鲜血。有水警区树立的主权碑，有获得"天涯哨兵"称号的海军部队与各种军事设施。有市委、市政府、市人大的办公大楼。有医院、银行、邮局、超市、无土菜棚，有这几十年有效植造的绿化林带，其中不但有原有的防风桐、羊角树，而且有专门引进的椰林特别是将军林，许多将军与各方面的领导同志在那里种下了椰子树。这里还有二〇一四年度全国"双拥模范城市"的锦旗。有军用与民用码头。机场扩建动工仪式也于当日奠基。我参加了七位院士和专家受聘三沙市人民政府顾问的仪式，荣幸与惭愧地忝列其内。

　　这里有生活，有学习，有歌声阵阵。我在"天涯哨兵大学堂"讲的《学习与读书》，已经是学堂的第五十七讲了。这里有渔民渔船，有各种渔业的设施与器材。有军史展让人温故知新，有雷锋班随叫随到为军民服务。这里有一年到头的体育比赛、军民联欢，有水警区部队自己创作自己演唱自己录制的DVD，其中有赞美三沙的歌曲与央视的专题报道。这里有来自全国的、省里的、各部门的关怀帮助支援的物品及车辆，这里集中了中华儿女的慰问与敬意。这里有征文，有自己出的书,有电视,有流量给你我他的手机服务,有南海水生动植物展览,特别是惊人的红白金色珊瑚、玳瑁、海龟、大大小小的海螺。有文物的发掘与研究,有乐队,有合唱团也有民兵。这里应有尽有,暂时没有的也正在引进建设添置。这里的生活,这里的存在,正在气势磅礴地丰富着发展着充实着与明媚着。

三十三年过去,换了人间!我当然没有忘记当年守岛建岛的战士与人民的辛苦,没有忘记当年的纯朴与简陋,也没有忘记人在西沙是怎样地思念着北京,遥想着天安门,神游着祖国的土地、天空与海洋。而人在北京也会梦见南海的波涛,惦念牵挂时时祝福南海的战士与人民。那时战士们常常吃不到新鲜蔬菜,只能用酸菜罐头来作菜肴,那时个人的通信与娱乐也受到许多客观条件的限制,那时除了珊瑚沙堆与鸟粪,除了简朴的兵营很少看到建筑,渔民也多数时间是生活在船上。现在呢,生气勃勃的高楼正一幢幢地矗立起来,三沙的小康生活正由咱们自己创造。同样,三沙的钢铁哨位仍然由我们执守。

重访三沙人未老,可真幸运。吕远同志说希望与我合作,我与同去的三十名海南大学生座谈时说,吕远老师是不是先与刘邦合作一把?

上次来的时候,我说也许可以给刘邦的《大风歌》改几个字,可否是:大风起兮云飞扬,威加海内兮离故乡,自有猛士兮守四方!当然,那些战士都是为了守四方而远离故乡的猛士。此次来,是不是可以再加一段:大风起兮云飞扬,南海三沙兮日辉煌,神勇男儿兮乐海疆。

发表于《人民日报》2015年1月19日

## 我以我写荐轩辕

少年时代,革命与文学是我的至爱,是不可分离的整体。我知道了革命与共产党,知道了鲁郭茅巴老曹,知道了托尔斯泰与陀思妥耶夫斯基……它们比生活本身更加宏伟与高尚,它们怀着悲情一往无前。我十二岁时爱背诵的诗句是:"我以我血荐轩辕!"我早早地参加了斗争,一心想把缔造新中国的激情和理想,把快乐和自勉乃至自责,把胜利与建设的无限风光守护下来,于是有了十九岁动笔的《青春万岁》。我继续叩问生活,思索人生。原来写作不易,你要克服许多你自己的偏见和自恋、狭隘和怯懦、空洞和虚荣,还有永远不会没有的不理解。如果说革命成功以后还会面对更多的困难和挑战,那么好好地写出文学,写出时代,写出心灵,建立一个个文学的路标石,必须准备好付出一个又一个的代价。你需要成长,需要经风雨、见世面,沿着文学的曲径险径,摸爬滚打攀登再攀登。

生活不可能永远处于悲歌狂飙、红旗招展、呐喊震天的高潮之中,在相对稳定与和平的环境下,市场把文学艺术拉向娱乐消费,这倒也是很正经的产业,但我们毕竟没有忘记忧患,忘记深刻、忘记创造与沉雄的权利。难道我们走到今天就只剩下了娱乐至死、空心搞笑、低级趣味了吗?难道我们失去了醍醐灌顶、振聋发聩、清新俊逸、深挚热烈的初心啦?难道理想的火焰不能继续燃烧?纯朴的爱憎不能继续强烈?小说与诗歌,戏剧与文章不能再闪耀人性的新的辉煌了吗?

我曾经听人说,写小说好比娶媳妇,是年轻人的事。我早就听说过"青春作赋,皓首穷经"的古语,正好我也在写阅读老庄孔孟的心得。但是,"明年我将衰老",今年我仍兴致勃勃。我仍然注视着捕捉着生活的艰难与华彩,我急于告诉读者一个又一个感动过我并且希望继续感动大家的故事,我仍然怀念着可亲可泣的好人、如诗如画的场景、如火如荼的征程和那么多难解难分的纪念。我仍然不能忘情于文学,忘情于奋斗,忘情于大地,忘情于人民。我写革命的豪迈、成长的代价、沧桑的热泪、生活的芬芳、人心的不渝。年龄当然是越积越沉重,但是我还想写几篇结结实实的作品,对得起历史,对得起生活,对得起文学在历史上最珍贵的担当与爱。

发表于《人民日报》2016年12月2日

# 茶魂与茶韵

　　小时候不懂得喝茶,甚至以为喝茶是一种奢侈浪费,说明我那时的生活水准够惨的。

　　但我有一个家境较好的小学同学,我在他家喝过龙井,龙井的涩味尤令我受用,世上怎么有这样好的感觉?

　　应该是一九五四年以后吧,供给制改成了薪金制,我开始喝北京人爱喝的茉莉花茶,可喝可不喝,并未进入角色。

　　到了一九五八年了,下乡劳动,不准在供销社购买一切糕点食品,只开放两样,白糖与茶。那时的一级茉莉花茶,每一纸袋七角钱多一点。我乃极其珍贵地购买之饮用之,有时还放上白糖喝甜的,与欧洲和阿拉伯世界风习暗合。我体会到了香与味,体会到了一种慰安。与其说是一种兴奋作用,不如说是一种调理作用:处境恶劣也罢,食不果腹也罢,劳动繁重也罢,孤独想家也罢,喝一杯一级花茶,总算找到了一点舒适,一点清澈,一点遐想,一点并非完全糟透了的尚好的感觉。说得严重一点,似乎从微甜的或免糖的茶水中保留了自己的一点优越和尊严,我毕竟是一个买得起茶、品得出茶味也还保留着饮茶的自由自在与慧根的天之骄子。我没有理由沮丧悲观。

　　在五十年代末六十年代初的逆境中,我始终保留着一个难得的享受,休息日与妻到北海公园前门附近的茶座泡上一壶茶,要一点瓜子之类的小食品,且饮且聊,自我安慰,自我鼓舞,互相交流,互相劝勉。有此一乐,当能承担百苦。茶是我厄运中的天使,茶是我病痛灾难中的一点杨枝净水,茶是我半生多事中的一点平安、稀释与单纯。

在新疆,我学会了喝砖茶特别是奶茶。砖茶的品种也很多,不发酵的称为青茶,多出自江西。发过酵的称之为茯茶,维吾尔人称之为黑茶,出自湖南。还有一种香味比较刺激的叫米星茶,产地忘了。维吾尔人喜用的是茯茶,或稍稍一煮,喝清茶,发音是"森茶叶",与日语的清茶或青茶发音一致。奶茶则是在熬好的茯茶上加上奶皮与部分鲜奶,加盐。这些茶至今我仍然时有饮用,它含的单宁似较多,助消化作用明显。每年春节假日,鸡鸭鱼肉吃得较多时,我就大喝这种新疆风味的茶。我至今记得维吾尔农民向我提的问题,茶是哪里产的?答曰内地,主要是南方。内地怎么会有这么好的东西?茶怎么这么好喝?茶的存在感动了边疆兄弟民族,茶是中原的一个亮点。

"文革"后操旧业拿出了笔,我的特点是要利用一切时间写作,全天候写作。我的社会活动外事活动极多,但是我的主业是写作。全靠一茶。例如出差,两三个小时的飞行后到了目的地,我入住宾馆,至少两三个小时内谢绝来访,写。怎么个写法呢?先饮一杯浓茶,立即尘念全消,若有所思,悲从中来,味自茶起,此身若隐,进入了另一个文学的世界。摊开稿纸,拿出钢笔,刷刷刷,一行字已经落到了纸上。茶助文思,茶助神宁气定,茶撩心绪,茶也使你念之忆之咏之叹之,茶甚至于使你有那么点自我欣赏自我嗟叹自我作态,返求诸心了,写吧,写吧,再写吧。我是为了写与饮茶而来到这个世界上的。

一杯热茶,是我灵感的源泉,是现实的世界与文学的世界之间的桥梁,却也是一道"防火墙"。与一杯茶一本书几页稿纸相比,那些俗事,那些争斗,那些计较又算得了什么?茶是一个诱惑:有了这么好的茶,你该找到真正的文学感觉啦。

这里还有一个趣话。在我社会政治活动的高潮时期,常到中南海勤政殿开会,八十年代,规定与会者必须自费购买小包茶叶,才喝得上茶,没带钱便只能喝白开水。一次我喝白水,被广播影视部长艾知生看到,他哈哈大笑,给了我五角钱,才喝上了龙井。如今,艾部长已作古多年,自费购茶的规定也有了改变,逝者如斯夫,不舍昼夜!

我对各种茶的兴趣始终盎然。出国我喜欢喝红茶。疲劳的时候,"时差"倒不过来的时候我喜欢往红茶里加上鲜柠檬。吃多了喝新疆风味的茶。夏天喝龙井、碧螺春、崂山绿茶,河南、安徽的各种名牌绿茶。我还购买过堪称天价的君山银针、洞庭银毫;这类茶更适合观赏,因为泡好茶,它的所有茶梗都竖立在杯中水中,像一片小树林。宴请或被宴请时,喝铁观音、大红袍、乌龙茶。近年受风尚影响大喝起普洱来了。一年四季,也都喝一点茉莉花茶,以不忘记自己北方佬这个本。在云南,我喝过他们的三道茶。在台湾,我喝过阳明山的极讲究的、异香满口的洞顶乌龙。在西北地区或西北省份风味的餐馆里,我喝过回族式的八珍盖碗茶。在杭州,西湖边上的湖畔茶楼(?)令人有仙界不过如此的满足感。在宜兴,我有幸欣赏了他们的紫砂绝技。当然,日本的茶道也很好,它赋予饮茶以宗教式的庄重与虔诚。我在陕西扶风县法门寺的文物中看到了唐代的茶具,大体上与日本茶道用具无异。

得天下之佳茗而品之,其乐何如?夫复何求?你还想干什么?

我以为,对于人来说,粮是根,肉是力,酒是情、是热、是激扬生发,是熊熊燃烧。而茶是魂,是韵,是趣味,是机智,也是微笑与飘移,舞蹈与飞升。嗜茶者多半是好相处的人。祝友人茶运亨通,愿饮者平安永远。人生一世,中国人一世,喝茶的年头肯定比喝酒长远,比任职任教长远,比拼搏追逐长远。茶心淡淡,茶心久长,茶心弥漫,茶心终生相伴。

四川友人周啸天有诗曰《将进茶》,诗曰:

> 世事总无常,吾人须识趣。空持烦与恼,不如吃茶去……
> 佳境恰如初吻余,清香定在二开后……
> 诸公休恃无尽藏,珍重青山与绿水。

发表于《当代贵州》2017年第1期

# 维吾尔人

## 春天

  原来不知道中国有个维吾尔族，一九四九年以前，中国官方最多承认咱们是汉满蒙回藏五大民族。知道维吾尔是始自庆祝中华人民共和国诞生。那一回中国一下子出了五十六个民族。

  应该是一九五〇年建国周年的文艺晚会吧，来自新疆的维吾尔族艺术家表演了《迎春舞曲》，"哎，我们尽情地跳跃，在五星红旗下面，我们快乐地迎接着，美丽的春天"。这歌声的曲调像是抛出的绣球，夹带着泪水滚得遍地碧草如茵。"太阳一出来，赶走那寒冷和黑暗，毛泽东给我们，带来那快乐和温暖。"不，它不一样，许多云南的歌、东北的歌、蒙古族的歌、藏族的歌，它们都是倾吐，是诉说，是表达，是呐喊。而维吾尔的《迎春舞曲》是潮涌，是波浪，是滚滚滔滔，是一片汪洋，是从心的深处燃烧起火焰，是笑逐颜开也是泪流满面。尤其是在唱到赶走了"寒冷和黑暗"的时候，我听到了婴儿与妇女的哭声，包括"哆啦哆啦"与"梭梭梭梭梭梭哆"的过门，被后来北京的淘气鬼孩子们唱成"人人都说辣椒辣"的，也是那样激动心肺，化释块垒，按摩灵魂。

  后来知道这音乐的旋律取材于《十二木卡姆》舞曲。它给了我冲击，我怔在那里：什么歌舞体会得如此深沉，它表现得如此披心沥胆。应该就是此次晚会上吧，"火树银花不夜天，弟兄姐妹舞蹁跹"，柳亚子赋词；毛主席和之："一唱雄鸡天下白，万方奏乐有于阗（田）"，于田是和田地区的一个大县，古代还叫过于阗国呢，那里是百分之九十几的维吾尔族居民。那里的妇人，除了围白纱巾，还常常在纱巾上别住一个小小的如同玩具一般的小黑帽子，似有含意。别的县市，没见过这样打扮的。

更早接触的是王洛宾改编的新疆歌曲："温柔美丽的姑娘，我的都是你的，你不答应我的要求，我向喀什噶尔（河）跳下去。"一九六四年坐车快要到达喀什时经过喀什噶尔河，我为有幸亲眼看到寄托了爱情的决绝幽默的喀什噶尔河，而狂喜得几乎喊起来。还有最初听过"那天从你门前过，你端着一盆水往外泼"，"掀起你的盖头来，让我看一看你的脸"，"达坂城的石头硬又平啊，西瓜大又圆啊"……那是一九四八年平津学生大联欢时唱起来的歌曲，由中共中央华北局城市工作部领导的北平与天津地下党组织的。城工部的办公大楼在河北省泊头市，坚牢的高墙建筑，像一个碉堡。城工部部长是刘仁，副部长是武光。

一九五一年，我在区里做其时还叫做新民主主义青年团的工作，结识了一位自行从乌鲁木齐来到北京上中学，并且成为一个积极分子、团员、团干部的女生，从她那里学会了用汉字标注的维吾尔语发音唱《伟大的毛泽东》：

"巴哈米兹能巴哈班尼达赫侬毛泽东，阿亚特米兹能甲尼甲尼达赫侬毛泽东……"（我们花园的园丁是领袖毛泽东，我们生活的意志是伟大的毛泽东……）你能不为这样的歌词而感动吗？

一九五二年，庆祝中华人民共和国成立三周年，苏联派来阵容强大的艺术家演出团，来自乌兹别克斯坦的人民演员姑海丽·巴侬用汉语演唱了这首关于伟大园丁的歌曲，而且在原歌唱"万岁万岁万岁"的地方，用生动的笑声代替了吐字，以笑为唱，以唱为笑。维吾尔语中的小舌音与送气音，发音部位深入，歌声更给人以掏心窝子的感觉。维吾尔人表达痛苦的"啊赫"与表达疲累的"呜夫"绘声绘象，令人感同身受。我想起后来读到的维吾尔族乌兹别克诗人纳瓦依的名言:"忧郁是歌曲的灵魂。"一旦忧郁沉重,就会更期待忧郁的消释,就会以生命倾吐,以生命讴歌,以生命呼唤。忧郁的灵魂盼到了伟大的园丁与满园的春色,怎么能够不欢歌笑语如花儿盛开?那次演出中还有苏联人民演员、哈萨克斯坦的哈里玛·纳塞罗娃,她唱了《哈萨克圆舞曲》,同样带动了满地欢笑的翻滚。

这样,一九六三年,我在中国文联组织的读书会上与新疆文联的领导同志策划了去新疆的事宜,为此我给妻子瑞芳打电话,她立即回答:"新疆挺好的,新疆的歌舞挺好的。"

而对父亲说了我去新疆的前景的时候,父亲的第一反应是:"新疆的维吾尔人体形很好……"

如此这般,一九六三年底,经过中途换车五天四夜旅程,第五天黄昏时分到达乌鲁木齐火车南站。一开车门,还在月台上,立刻被车站扩音装置播送的维吾尔语歌声所陶醉,所惊叹,所新奇。抬头是博格达峰的皑皑雪山,然后是乌鲁木齐河引入了和平渠,还有街道的冰天雪地,是内地不常见的橙红色橘黄色洋铁顶楼房屋顶,是奇妙的维吾尔语与维吾尔文字与汉语汉字的相伴……

到新疆不久,见到了从北京去的大作家大诗人,他们刚刚从南疆回来,他们众口一声地赞美词是:"多么好的人民!"

你为什么这样高兴?莫非你以为自己是去旅游?好的,我引用过《红楼梦》里有的版本说是黛玉、有的说是宝钗的诗句"焦首朝朝还暮暮,煎心日日复年年",我知道那并不是一个快乐的年代。然而不正是那个不快乐的年代更需要光明、乐观、自信或者是叫做文化自信,需要尽自己的力量在学习上进行充实,需要创新,努力汲取新的生活经验,经营新的生活方式——我称之为生活创新吗?

在那个不快乐的年代,我开始了我的地理创新、知识创新、文化领域创新、交友创新、写作题材创新,或者可以说是命运创新、人生创新!我没有可能创新那时的政治气候,但是或许当真敢于创新自己。

## 麦盖提·洋达克

新疆,维吾尔,一个极有特色的地方。山重水复疑无路,柳暗花明又一村。天外有天,山外有山,城外有城。言外有言,曰维吾尔语:阿尔泰语系,主宾谓结构,黏着语,一个动词十来个词尾。诗外有诗,中国除了四言五言七言还有西域的"柔巴依"与"格则勒",而唐明皇早就制定了来自龟兹(今阿克苏)的词牌"苏幕遮",范仲淹吟咏了"碧云天,黄叶地,秋色连波,波上寒烟翠",成为最有名的"苏幕遮"形象代言人,他是北宋名臣,他词通新疆,神通新疆。

我在赴疆路途上写的诗句有:"日月推移时差多,寒温易貌越千河,似曾相识天山雪,几度寻她梦巍峨";"乌鞘岧峰走铁龙,黄河阔浪跨长虹,多情应笑天公老,自有男儿胜天公"……

一九六四年夏,我来到了喀什地区麦盖提县洋达克乡红旗人民公社。"洋达克"的原意是骆驼刺,就是说那里是一个长满沙漠野生骆驼刺的地方。骆驼刺是草外有草:远芳何必尽如茵?劲草星星亦动人!劳动旗红闹戈壁,骆驼刺里韶华新!由于工作成绩,那里被自治区领导王恩茂树立为全区"三多(粮多、棉多、油多)""五好(好水渠、好林带、好条田、好道路、好居民点)""一强(人强)"新农村榜样。

县文化馆派了工作人员阿不都米吉提·阿吾提做我的向导与半通不通的翻译,帮我深扎人民,深入生活。他是我较深结识的第一个维吾尔人。他戴着巴达木黑白花纹小帽,经常穿着条绒衣服,朴厚、谦逊、彬彬有礼、面带笑容,满头大汗冲刷着脸上的泥沙,带着浓重的南疆口音艰难地说着汉语,向我介绍各方面的情况,陪我采访了当地的库万大队书记、买合甫汗妇女队长等著名先进人物。我们每天晨兴夜寐,东跑西颠,辛苦得很,也感觉新鲜得很。那时候农村电话只有手摇式的,当听到库万(即库尔班)使劲摇着电话机,吃力地叫喊着"曼,库万书记(我是库万书记)",很有不同感。而买合甫汗说话时频频摊开双手的姿势也显得极其大气,甚至使我想起苏联表现二战后东欧风云的影片《阴谋》,片子的主角是一个女共产党人政治家,买合甫汗的风度紧跟此姐。

只是阿吾提的口音土得掉渣,特别是所有的 F 音他一律发成 P,房子叫成旁子,吃饭说成吃盼,叫人忍俊不禁。他常常显示着满脸满身的泥汗,不知道是不是与下述状况有关:饮用水也是从大渠里或者一种叫做涝坝的水塘里舀上来的,而渠水涝坝水都裹着泥沙。你喝一碗水,速度慢一点,快要喝完的时候会发现不少沉淀在碗底的泥沙。而喀什人最潇洒的午餐方式是带上一个苞谷馕,走到渠边,拿起一个馕,噌地向上游抛去,然后是馕被水流冲下来,然后再去捡拾馕饼。喀什噶尔人"逝者如斯夫"的要点不在于"不舍昼夜",而在于"润我馕饼"。润我馕兮,渠水长流,逝者如斯,无夜无昼。有斯大渠兮,无患无忧。他们会感激水与水渠、小麦、苞谷、菜籽、棉花与馕。如果孔圣人看到南疆维吾尔人的逝者如斯,他会不会有更接地气的不同感受呢?喀什人觉得吸了水的馕饼已经够湿软,就可以开口享受上苍的赐予了。而宗教徒的进食伴随对主上的感恩。如果还偏于干硬,再向上游抛 N 次捡拾 N 次,齐活。

新疆有一种说法,说是肉食为主的哈萨克人一年要吃一车动物的毛,吃菜多的汉族是一年吃一车草,而维吾尔人是一年吃一车土。倒不是仅仅指大渠水里的泥沙,尤其是指用陶土做的馕坑土炉,咸而香的新烤熟的馕背面,总会多多少少地沾上一点用盐水和泥烧就的馕坑壁上的土。那个土也好吃。本来咱们就认为人是女娲用泥捏出来的嘛。

米吉提带我去县里与他的朋友伊明相会,伊明穿着翻领土布衫,弹着都塔尔(双弦琴),循循善诱地教我唱影片《阿娜尔汗》的主题歌。而在县委招待所基建工地上,我听到了抬生土坯的女孩子边干活边唱"阿娜尔姑丽"(石榴花)的原版。原版唱道:"夜晚我睡不着觉啊，我的孩子，且先赶走聒噪不休的鸦鸟。"而影片版的唱词是："我的热瓦甫琴声是多么响亮，莫非装上了金子做的琴弦？"那种呐喊式、召唤式、不吐不快式的歌唱，给我的心里注入了一片光明、一片自由、一片活泼泼沉甸甸的强调。我还发现维吾尔人干起活来相当轻松，他们很少用肩挑运，他们两个人抬一个抬把子。抬把子是红柳条编的，面积不小，凹陷很浅，放上要运的材料，例如砖瓦土石，二人四手抬起来走，我的经验是抬的物件很少超二十公斤的，费力比肩挑小得多。

阿吾提此前结过一次婚，后来"另干了"（这是维吾尔人吸收的汉语口语对离婚的说法，生动精确）。我来时他刚刚再婚，他的新婚妻子是确确实实的美女。这个时机让这位哥们儿去洋达克村陪我"采风"，确实太扫兴而我未免缺德。所以他与我一道，对我来说即使有一千般好处，却有一条坏处：与我一起活动上三四天，就要找借口离开农村回县城找媳妇去。而他说的"明天回来"也是极其靠不住的，他的明天多半是明天的明天或者是明天的明天的明天……他的善良、友谊与好脾气里包含着一种稀松、拖拉、没有准头、跟你穷对付。真是好人啊，真是没有办法呀！

而后林花谢了春红，太匆匆！上世纪九十年代初，经过了一番大历史的风云变幻，已在北京定居的我再一次到喀什讲演，这位老友米吉提专诚从麦盖提赶了来，经过四分之一个世纪，在全新的情况下再次见面，很是感动。只是见面握手，分别握手，人头簇拥之中，一切的一切何其仓促！

此后进入新世纪，老友阿不都米吉提·阿吉提逝去，归于永恒。是担任多年喀什地区妇联主席的茹仙古丽与我取得了联系，她是米吉提的女儿。我们多次在北京见面，包括她的两个女儿都被请到家里吃大盘鸡与抓饭。她特别告诉我，她的父亲坚持孩子们必须上汉语学校，以扩展孩子们的发展空间。今年春节前还收到她寄来的喀什噶尔馕饼。我对喀什寄来的馕充满期待，然而，毕竟不是当年的味道了。这些事，后面分解。

## 巴彦岱

  一九六五年，我干脆去到了伊犁哈萨克自治州伊宁县巴彦岱镇红旗人民公社二大队劳动锻炼。我与维吾尔、哈萨克、汉、回、满、蒙古、乌孜别克、俄罗斯、柯尔克孜各族社员同吃同住同劳动了年复一年。我住到了阿不都热合曼·努尔与赫里其罕·乌斯曼老夫妇家里。应该是土改以后，没有结过婚的热合曼与丧偶的赫里其罕结为夫妇。热合曼那时一无所有，赫里其罕则有一套房子。他们在一九六〇年困难时期收养了来自兰州孤儿院的孩子郜周安，将其更名为阿不都克里穆。他们有一个小院子，三株大苹果树，一个葡萄架，靠近木门——应该叫"柴扉"——是玫瑰花。我住进克里穆原来住过的一间厢房，只有四五平方米，一个土炕，内墙上挂着一张未经鞣制的生牛皮，散发着腥味，还有一面细罗，与牛皮综合成一张现代派画面。小房间的木门有意留了门楣上的一个三角形空隙，提供了鸟儿飞进飞出的通道。而我住进去没几天，一对黑色的燕子飞来了，在门楣上方门梁上安家落户，开始了勤劳的筑巢安居工程。

  热合曼首先发表了感想，传出去了：老王是个善人，好几年没有燕子来了，他一到，燕子就在他眼前筑起窝来了。用燕子筑窝考察人品是不是可行，我不清楚，也无意向组织人事部门推荐这样的识别人品方法。但是至少说明我与飞鸟相亲。一只燕子、两只燕子，然后孵化出四只小燕子。我的小屋每天凌晨四时开始燕子的家庭联欢，小合唱与二重唱、三重唱、四重唱，也有对话、研讨会、辩论小品、语言类节目。它们的声音好听，它扰乱睡觉，它叽叽喳喳，它哓哓喋喋，它亲亲密密、黏黏糊糊，足以填补我来到村里头五个月只有孤家寡人时难免的一点点孤独。

  天色渐亮，我也渐渐醒转，我干脆从矮矮的土炕上站立起来，走到燕巢旁边，与燕子室友与家族成员互问早安。阴影里我看到了那么多双小小的黑中透亮的眼睛，然后是小脑袋，然后是翅膀上的羽毛。巨大的与不无茫然的我，与它们这个亲密的多话家庭结为一体。我不胜这种生命的差别与奇异、相通与相亲。此前，无论如何也想不到这样的脉脉含情与一片嘈杂的新的生活体验。

羡慕小燕子的热络，知道了燕子除了觅食、哺喂小崽、打盹儿，它们的生活内容便是交谈沟通，如陕北绥德民歌《三十里铺》中所唱的"说不完的话"。民歌说的是见到了"情哥哥"，燕子则是见到自身夫妻儿女一家子，至于它们怎样在门楣上分析切磋，就是我所不知的了。我决心也要在新的环境交谈，也要说话，也要了解维吾尔人、哈萨克人、新疆各族同胞。我要和人民交流如燕子呢喃的频密与多情，不论有多少莫名与难解。我相信人民，我相信生活，我相信辽阔的新疆，相信燕子飞入寻常百姓家，不介意你的民族归属与是否具有王谢大户背景，我更相信我们已经并且终将生活在永远的春天。我也相信这燕语的调性，相当靠近维吾尔语。头一年春天在南疆莎车，自治区党委书记林渤民同志特别鼓励我深入生活，学习维吾尔语。他说生活就是恋爱，通过翻译"搞"恋爱不是好办法。好挑毛病的人儿们，也许会质疑生活怎么还需要特别嘱咐去深入，但是我完全明白，如果一切是自我自由，我不会深入到那么深入的地方去。

而一家燕子，除了亲昵，除了温馨，除了涉嫌小资与琼瑶、邓丽君情调外，它们还告诉了我生命的威严与胜汰无情的铁律，以及小资的不中用。一只雏燕涉嫌疾病，它被抛到地上，温情燕道主义使我拾起落地的半死不活的雏燕放回燕窝，没有等我来得及转身，病燕立即再次被衔抛于地。我似乎看到了燕子父母的怒目而视，它们正在准备必要时把王蒙也叼起来，抛到我们常说的"历史的""社会的"垃圾堆里，而燕子们也许会说是"生命的垃圾"堆里去。

不成功，就成仁；不垃圾，您就努力深入生活、深入边疆、深入亲爱的各族人民吧。

## 好 汉 子

上世纪六十年代，八届十中全会以后，政治形势一天紧似一天，我难以再在自治区文联上班，下乡参加"四清"社教，也因政审不合格被退回。区党委与文联的领导想出了一个极好的方法，下放我到一个条件较好的伊犁州伊宁县巴彦岱镇红旗人民公社锻炼，兼任二大队副大队长。从此开始了我的村干部生涯。"文革"开始后不再提副大队长了，但我的大队干部身份已经树立起来了。

二大队大队长马穆提·乌守尔刚刚去大寨取经回来。他是大队干部中年纪最大的一个。他穿着一身黑条绒衣服，口里常含几粒用烟草制就的"那斯"，品味苦涩火辣，专治稀松懒散。他的雍容微笑，他的身高力大，他的端庄诚笃，他的腹腔共鸣男中音……我越琢磨越佩服，他本来足足地像一位族长、议长、军政委、副总统，至少也是董事长，但是他，真的，是文盲。

直到六月初，他还穿着这一身黑条绒。我才知道，他欠着生产队的账，在参观大寨支用了生产队的钱以后，他不可能再有购买替换冬装的衣衫的"普鲁"，普鲁就是现钱，在新疆，最最不懂民族兄弟的语言的汉族，也知道这个词儿。

怎么回事呢？他的"阿衣郎子"即妻子据说是花钱太快，或者说是收入的普鲁太少。我也见过这位大队长夫人，有点娇滴滴，白白软软细细，哼着哟着喂着呷着走路，有病呻吟与无病呻吟相结合。维吾尔语的主要感叹词是"喂呷"，相当于"唉哟"。更重要的是公社整天开会动员女性社员出工，但是此姐绝对不出工，据说自古他们的妇女是不下地的，她不能接受"男女都一样"的观念。就如自古打麦场上大牲畜是不戴笼嘴的，他们认为夏收季节是老天对万牲包括人类的恩惠。麦收期间人与马都可以放开肚皮。我见过多少次，上级领导前来检查麦场，他们临时给牛马戴上笼嘴，领导一走，立即解放牛马的嘴巴,搞得牛马消化不良,整吃整拉整粒整团。习惯的力量令人恐怖。

而上过学的维吾尔人也喜欢找我讨论,毛主席所讲"时代不同了,男女都一样"究竟是什么意思。译成维吾尔文以后,文本无论如何会令人解释为:"时代更替变化很大很明显完全不同啦,但男人女人分类则变化很小很少,时代已非原来的时代,男女则还是照样的男女。"我给他们解释这是指时代变化引起了社会观念的变化,过去认为男尊女卑,男强女弱,现在认为男男女女平等,同工同酬等等。他们死活接受不了我的诠解,他们在语法上如此呆板较劲,令我觉得绝望。我怀疑他们是不接受男女平等观念,他们有意无意地跟你抬杠,将意识形态的命题歪曲为语言学(非意识形态)死结。

还是年轻人可爱,他们动辄走在一起唱"打格打格哟路哒蒙唉米孜"(我们走在大路上)与"丁艾孜哒帕拉霍特塔衣内普蒙啊"(大海航行靠舵手),传达的是昂扬与清新。

马穆提大哥传出来的一个故事使我感动——有一位当地的老新疆汉族社员告诉我,有一次大队长一边在大渠边走路,一边自言自语,被这位汉族农民听到了,大队长一路与自己谈队里的工作事宜:这块地的深耕,那块地的轮作,还有优秀麦种"陕西134"与"乌克兰86"……

大队支部书记叫阿西穆·优素普,绰号是黄胡子。"黄胡子"一词在这里本来代表的是东北抗日联军旧部。一部分抗日联军人员在形势不利的情况下进入苏联,辗转来到新疆伊犁地区,他们作风彪悍,与当地居民开始时有些隔阂。而阿西穆的黄胡子,纯粹是生理细节特点,他的胡子不仅黄,而且稀疏,不如大队长的派头。

他也是文盲,他说话办事极有章法分寸,他讲的话无懈可击,他处理各种事务公正合理。有一次赶上了伊犁地区数十年不遇的大雨,新疆地区那时的特点是农家屋平平的泥顶子,靠厚厚的麦草泥吸收与散发雨水,冬天则是爬上房顶把积雪扫下,在这个冬多雪而夏少雨的地方，无须考虑房顶雨水的引流。一旦下了大雨，房泥吸水饱和，不但会滴答水，还会叭叭地从房顶往室内掉泥片泥块。夜间大雨，阿西穆把大队干部全叫了起来，我不忘大雨中阿西穆带着我到一些穷困、屋顶泥薄的农家检查漏雨落泥情况，接引老弱病残人民公社社员到大队部避雨的情景。农村干部是经常在火线上拼搏的。大雨中农村干部救援弱势农民的经验，我写到获奖长篇小说《这边风景》里，这就叫做"生活是创作的源泉"。

听过一次书记同志的长篇大论，是教训大队的会计与出纳，那是两个帅气的小伙子，两个人工作有了差错，书记结合忆苦思甜给两人上了一个多小时的阶级教育课，诚恳雄辩，高屋建瓴。

阿西穆翻修自己的房屋，我参与帮助他上过顶子，站在高处脚手架上搭手运送摆正梁、檩、椽、苇席……农村都是这样，盖房靠自家，上顶子时候乡亲邻友一拥而上。一直到数十年后，每逢回到巴彦岱，见到阿西穆兄，我都会问他房顶子的情况，以示对他的屋顶施工质量终身负责。

他九十多岁了，有点罗锅，还算健康，不久前我在巴彦岱见到了他。我表达了对他老的一点心意。

大队还有一位与我"级别"相当的副大队长塔里甫，"塔里甫"一词是伊斯兰神学研究生的意思，是阿富汗的"塔里班"一词的词根。我们的这位塔里甫显得带几分儒雅乃至文弱。他常常要黑夜骑马去各田地检查浇水情况。他有一个十岁左右的男孩，长得眉清目秀，却有佝偻病，背腰腿脚发育不良，站不起来也坐不起来。我去看望他们，给他讲了一大堆补钙呀补维D呀之类的话，他表示他全懂，也都做了，但是不管用。然后他说了一些我听不懂的名词与理论，表达的是无望。后来，这个病孩子去世了，令人难过。

本村有一对近亲结婚的极友善文明的夫妇，男方是中央民族学院的毕业生，不愿在喀什任教，回来当农民。他是乌孜别克族，而乌孜别克语与维吾尔语的差别小于北京话与天津话的差别。他有一个聪明伶俐的儿子，却渐渐显示出来了发育不良的疾病，也早早地夭折了。他的父母非常悲伤，为儿子举行了正式的乃兹尔葬礼祈祷。以至于村里有人提出质疑，认为做法有些夸大了。

大队有一个出纳，聪明麻利，善于言谈交际，他与一位地主的女儿恋爱，当时正是抓社会主义教育运动的高潮，对于地富后代的阶级斗争是很敏感的。我大队对他的这个可能被认为是中了阶级敌人糖衣炮弹的婚姻居然没有什么反应，"社教"工作队来了四五个月，然后走了，对此也没有什么说法。在某些条件下，马虎与厚道彼此不能分离。他与所谓地主的闺女正常地结了婚，他们的生活幸福。我听到过那位女孩子"哥哥"长"哥哥"短地叫他，那个女孩老实巴交而且甘甜，她的大眼睛流露出太多的请求与期待。

## 乱避于乡

这里毕竟是边远地区啊，老百姓的话："天高皇帝远，人少马牛多。""文革"开始以后，西大桥上仍然有一位俄罗斯族老汉练摊儿，他小本经营，出售未曾去核的杏干、葡萄干、莫合烟（苏联文学作品中称"马合烟"）。最奇怪的是还有一些女明星的小照片，上演了《海霞》，他那里就有了蔡明的肖像；上演了《同志，感谢你》，就有了刘晓庆。照片的黑白对比度反差特别强，别有风味。领导层管理层对这位俄罗斯族商贩没有任何干涉，倒是百姓们恶评如潮，都说他悭吝贪婪，对顾客一分一厘不让，而在这个边远的地方，来买你东西的都是乡里乡亲，怎么可以只讲价钱不讲面子呢？

"文革"开始一年多了，伊宁市武斗激烈，我们想找一个比较僻静的地方住，居然被介绍去看一个小院子的房屋，是准备出卖的，两千多元。由于我自己的政治敏感，觉得在"文革"高潮中置产成为房主，未免不识时务也不合逻辑，没有敢走这一步。

我还碰到过一个人物，开始我是在一生产队参加劳动，后来是六生产队。一九六五年密云欲雨的时刻,《人民文学》杂志十期,发表了林雨的小说《政治连长》,影响很大。于是,包括与北京时差一百二十分钟的我所在的巴彦岱,也要求各人民公社生产队设政治队长。我们六队的政治队长曾是中学教师,因为男女作风问题被处理,回乡务农。我姑且只称他的绰号"快嘴"吧,他说话的速度赛过了语言类节目明星。他的名言是"人们的设备没有大区别,送风鸣响可就差老鼻子了"。从他担任了政治队长,每天上工前给大家讲话五分钟,他的小嘴吧唧吧唧令全队鼓掌喝彩。这天他早上刚刚讲了阶级斗争,晚上却从一个地主婆的家里吃饭走了出来。我当时为什么走过那里,已经无由可想。他见了我似乎有点尴尬,还解释了几句,说是个什么"礼行"。维吾尔人的"礼行"很多,出生有类似满月的四十天礼,葬礼几天几天也有悼念活动,男孩子有割礼,婚姻有喜宴,出门患病丧事等有"乃孜尔"聚宴与祈祷……他当然能够自圆其说,大概其,难得糊涂,倒也是司空见惯。

面目清秀的大队会计多才多艺,一九七〇年春天,他画了"一打三反"漫画,说明本村本乡敌我斗争多么激烈。可那时的一打三反中恰恰揪出了他的一个什么舅舅,他一边画着连环画批他的舅舅,指名道姓说是舅舅参加了反革命集团,一边向舅舅照常侍候问安,并无不便不顺之尴尬。而过了几个月,说是周总理指出不可以滥划集团,随着上级"精神"的传达贯彻,雨后春笋一样冒出来的反革命集团一个个无疾而终,大风大雨了一阵子,天下太平。然后该吃、吃,该喝、喝,该割包皮割包皮,该娶媳妇娶媳妇。

我上小学时读过胡适的《差不多先生传》,讽刺国人的不认真不细致不严格。没想到来到新疆,在维吾尔人当中发现了的不仅是"差不多先生",而且是差不多大师、差不多教主、差不多老爷、差不多活祖宗。

差不多云云透露着懒散马虎不负责任,但也表现了某种坚持与耐性,甚至还表现了善良与无条件与人为善。当年在麦盖提就见过,一个远道而来的农民,为了找公社书记,在墙角蹲了十几个小时,他早晨七点到了,勤劳的书记已经坐上六根棍马车下村检查生产,他墙角一靠一躲,灌木一般坚持了十六个多小时。夜十一时半了,书记回来,他终于迎到了书记同志,说了自己要说的话,提了自己要提的申请。然后说不定他要走上六个小时回自己的"房子"。这是新疆,一个村落距离另一个村落可以是几百米,可以是几公里,可以是几十公里。维吾尔人的耐性无与伦比,他们像石头一样,磨砺得与他们打交道的人也必须创造耐性方面的世界纪录。马虎拖拉凑合是美德吗?不是。在"文革"条件下也许硬是变成了——是!

一个也是在新疆结识的读书人告诉我,说是明末清初戏曲家李渔小说中曾引用当时的谚语:"大乱避于乡,小乱避于城。"像"文革"这样的大乱避之于边远乡村,乃是上上之选。我不敢自吹一九六三年底赴新疆是我的避乱之策,但是我当时感觉到在北京一个大学教书不是办法,我无法理解与实行无产阶级专政下的继续革命学说,在大学里我比较碍眼,不若到新疆歌唱祖国统一与民族团结友爱以及我们新疆好地方,还要鼓励大学毕业生到农村去,到边疆去,到艰苦的地方去。如果说当时的内地还是前现代,那么新疆是前前现代,日子好过得多。

我经历过这样的事,我骑着一辆上海造"生产"牌自行车,前叉子断了再焊接上了,全车除了铃不响哪儿都响。就这样,我的车在伊宁市与巴彦岱也都成为维吾尔弟兄的抢手利器。所有的弟兄借车时都说是一小时、半小时、一刻钟乃至十分钟,说是去放下一张收条或者取回一块肥皂就回来。一般说,本日自行车回到我手,就算谢天谢地,弄不好三天后车才返回。当然,他们可能同时带回了一点北京不常见的无花果,或者是伊犁的男人也常常手执的红玫瑰。他们给我讲,玫瑰是天堂的消息,是真主的恩宠,是生命的享有,而且他们宣称准备帮我栽种成片的玫瑰园。或者,他们带来一枚柳叶,卷起来给我吹一个凄然的爱情歌曲,那样的歌曲里动辄声称自己的心已经焦灼为串烤,阿拉伯语叫做"卡瓦甫"的。

有关我的破自行车的更加美好的记忆是我骑着车,砰的一声,一个身材高大的维吾尔女孩儿坐到破车的破货架子上了,叫着"大队长",她要我带她到三公里以外的一个路口。到了地点,噌就蹦下去了,我甚至没有看清她的面孔。下车的时候回头,只看到青春万岁的背影。那时的新华书店里没有我十年前已经打出清样的《青春万岁》的踪影,我姐姐说她听到过一个孩子到书店里问"《青春万岁》出来了吗?"不,出不来了,我想代书店回答。我在离北京很远的地方,我的生活里则出现了另类的青春万岁。

还有一次我骑着自行车碰到对面骑车而来的大队出纳,他发现我的提包里有一瓶伊犁大曲,便将我拉到公路旁的玉米青纱帐里,拧下车铃,用上衣下摆将铃碗擦净,以此为伊犁酒樽,一樽二人,互祝各自萨拉买提(健康),一饮而尽。

至少是伊犁,人们纷纷不断地引用一个谚语:人生在世,除了死亡,其他都是游玩。也许不应该译成游玩,"塔玛霞",包括了轻松、享受、自娱、快活,也许还有自由。还有一句谚语:如果你有两个馕,你吃一个就可以了,另一个留着作手鼓,你可以敲起手鼓来跳舞。

果然发生过这样一件事,伊犁地区有旱田,即山坡地,略略有所修整,但不是内地的那种精雕细刻的梯田。这一年旱田丰收,上远山收割春麦的人原计划两天的活,干了三天仍然没有完结,可人们带的馕已经吃完。他们决定停一顿饭,收完麦子再下山回家用餐。按常理我们应该认为此种情况下收敛休息,减少能量消耗。但他们是怎样克服饥饿感的呢?难以置信,他们是通过跳了一回舞来克服难耐的饥饿感的。你对这种办法会怎样评价呢?

也许这证明这个地区的营养状态良好,肚子里已经积存了一些油水。伊犁人张嘴就会提到自己家乡的小麦、胡麻、蜂蜜、奶油、干酪、苹果与葡萄架。而且,我印象最深的是一九六五年夏天的两个月,伊宁市干脆取消了粮票使用,你背起一个口袋或者麻袋,你到馕铺子买热馕去吧,管够管饱。这个时间段,能做到不要粮票供应粮油制品的,中国境内还有别处吗?

维吾尔人还有一个谚语说伊宁(汉族则干脆将伊宁市、县直接称为"伊犁")人的特点:"伊宁的好汉子,吹牛皮的大王,虽然哆里哆嗦,冬天也要穿西装。"吹大炮,取笑他人,夸张其词,已经成为天经地义的生活方式,快乐源泉。谁受不了取笑,就被说成小心眼儿、伪娘、发育不良、不算伊犁男儿。农民也是一样,他们说什么年轻时碰到过一条巨蟒,吞掉了两把砍土馒,最后被他徒手撕成八截,血溅苜蓿地。一面吹得天花乱坠,一面听着众位中青年女社员的笑骂:"泡!泡!泡!(牛皮!大炮!胡吹!)"他仍然吹得遍体舒泰,姑娘媳妇们听得心花怒放,骂得更是痛快淋漓。这样的初心、乡愁,百世难忘!

"好汉子",这个汉语词已经直接被维吾尔语使用,读如"吼汉唙"。如果硬译加音译他们谈论对伊宁好汉的反应,则是"伊宁的呶者(好汉),同时是伊宁的泡者(吹大泡者)"。

他们有时候一面吹嘘自己的慷慨大方,一方面又显摆自己有好方法让一毛不拔的铁公鸡请客,加上付账时候的"躲付"妙计,小小地算计了某一个愚而奸诈的买买提或者赛买提,这也是伊犁维吾尔好汉的一大乐事也!说到这一类话,他们都是相声演员的坯子。伊犁维吾尔,牛啊!

我现在也常常反刍我的伊犁哥们儿们。什么是他们的大炮特色与放炮本质呢?乐观主义?爱乡情意?自我安慰?语言技巧?言说功力?驱逐烦闷?寻觅噱头?挖掘谈资?显摆吹嘘?与他人相处中小试锋芒?不容小觑?释放?发泄?趁机拉拢?趁机打压?略施小计?就酒的小菜一碟?帮助消化……反正人生苦短,不如意事常八九,你应该宁牛勿吹,宁吹勿泄,宁可吹大发了让女生们笑,不可动辄诉苦,满脸晦气,用窝囊废风貌博得廉价的眼泪。我现在相当讨厌电视节目对"泪点"的装腔作势人为营造,不管是多么成功的节目。中华民族绝对不能成为一个泪迹斑斑的民族。

## 获 奖

  此生中我还没见识过领教过比一九六六年图尔迪家中点燃发射的这一炮(泡)更威烈的大泡(炮)。

  我的房东大姐赫里倩姆有一个姐姐或堂姐,叫阿茜罕。维吾尔人的兄弟姐妹称呼有时我搞不明晰。第一,他们不讲辈分,只讲年龄,岁数大的,管爹也可以叫哥,叔叔伯伯更可以叫哥;妈妈、姨姨、姑姑都可以叫姐,同时侄儿女外甥儿女也都可以是你的兄姐。第二,即使在旧时代,他们结婚、离婚、再婚都比较正常,与这个人同父,与那个人同母,与另外一个人同父同母但并非同一家庭中长大,第四个人不同父不同母却是生活在一起成长在一起。所以一定是兄弟姊妹相称相亲。

  阿茜罕有两个似亲似故也可能非亲非故的孩子。儿子伊犁区(后来改作州)党校干部,名图尔迪·苏菲,据说由于某些"问题"从一九五九年就"挂"了起来,"挂"就是没有工作任务了,等待"结论"已经七年,不妨再等七年。而后"文革"爆发,更挂于一边了。但也没有受处分,没有划成"分子"。划为"分子",也是有维吾尔特色的说法,他们从不说到底是啥分子,如"地、富、反、坏、右"分子,"地方民族主义""贪污""蜕化变质"分子等等。而只说某某人已成分子,大家也就心照不宣了,听起来颇有大而化之的幽默,却也有可能是不无幸灾乐祸的窃喜。他人"分子"了,俺没有分子,能不雀跃乎?

  阿茜罕女儿叫什么什么克孜,名字忘了,天真可爱。她是本镇小学教师。她把照片送给了我,被我珍藏,后来丢了,对不起。

  一九六六年"文革"爆发,不久,我在假日应邀到图尔迪在伊宁市的住家去小坐。到后他嘱咐我说今天有重要客人光临。他的妻子是乌孜别克族,能干、漂亮,抚育着四五个孩子,本人是著名的食品店十门市部售货员,把一个不足二十平方米的家整理得头头是道。她的名字似乎是玛赫卜莱提琴。

我与图尔迪坐好,喝了一会儿奶茶。顺便说一下,第一,如果是以喀什噶尔为代表的南疆人,他应该先吃两口馕再喝茶;以伊犁为代表的北疆人,则是反其道而行之,先喝茶再掰碎馕泡到奶茶里喝。这一点我的记忆与描述可能与事实相反,可怜王副大队长已经年老昏聩,竟然说不清这样的生动情节了,评论家甚至于称赞王某的《这边风景》是维吾尔生活习俗的百科全书。惭愧呀!丢人呀!如果发微信,这里肯定要上一个号啕大哭的表情了。

第二,像王蒙这样,坚持掰碎了馕泡入奶茶再边吃边喝的路子到了二十一世纪,已经属于过时的老派了。老派维吾尔人,玩笑话叫做"老缠头","缠头",是更古老的习惯,维吾尔男子曾经用"赛来"巾缠头代替帽子,像如今印度的某个民族一样。汉族曾经不甚郑重地将缠头用作维吾尔人的绰号,但绝无恶意。维吾尔人也曾经根据俄语的发音将汉族人称作赫依达衣,即 kitay,本源也绝无恶意可言,只有愚昧无知的人才会在这样的说法上生事作乱。

果然,二十分钟后,进来一位中等身材的先生。他微驼着背,手抚前胸,问好致敬,同时左右张望,对不起,他的神态使我想起北方人称作"小绺",新疆人称作"贼娃子"的某类人物。

图尔迪介绍说:"他是反修医院的内科主任帕郎契(某某人)。"

医生坐下,悄悄从胸前上衣内兜里掏出一个药水瓶子,上写"药用酒精,不可入口"。他说:"今天咱们干掉它,力量大得很。"

我说:"不能喝。"

他说:"我喝了一年了。"

图尔迪体己地低声告诉我:"可以喝。我喝过。"

毋庸赘言,那个时期,美丽的、已经开始出产而后来成为中国名牌的"伊力特"、当时叫做"伊犁大曲"的名酒,常有供应短缺情况。"伊力特"成名出道以后,我曾应邀给他们题字:"一杯伊力特,双泪落君前!"

酒饮三巡。维吾尔人习惯,众人只用一个杯子,依次旋转轮流,规矩严格,每次饮酒都有一个公认的德高望重的"酒官"掌握节奏与顺序。我们只有三个人,从简,就约定俗成地按规矩喝将起来。

终于,内科主任站立起来,正式宣布,经他的查访与案卷科研,老王此人,不仅是一个作家,而且是苏联斯大林文学奖获得者!

一开头,图尔迪一怔,事出意外,晴天霹雳。他用了一秒加半秒的时间,略一眨眼,过程完成,立即心领神会,神清气爽。他被鼓动了起来,兴奋了起来,脸色泛红,笑容满面,显出了中年人的面部纹络,嘴唇使劲,鼓掌跺脚,接过了内科主任杀过来的好球,喝道:"当然!绝对!老王是斯大林文学奖金获得者!我们的老王我们不简单!"(维吾尔语说到定语用途的物主代词时,要在主词后面再重复一次同一代词的宾格,即"我们的老王我们")

我拦阻这两位老弟的激情神哨,他们却更加亢奋。他们大喊大叫:"老王,不要客气,不要胆小,不要怕!得了斯大林奖就是得——了,得了奖为什么不说是得——了奖?得了奖为什么一定要说是没有得——过?"

维吾尔人的语言逻辑构思逻辑与表演逻辑无与伦比,我必须承认,在他们麻利干脆情理并茂地斥责了我的胆小畏缩孱弱没有面对巨大光荣的勇气之后,我至少有五十分之一秒时间,不免疑惑,莫非我本来就硬是获得过斯大林——要不就是托尔斯泰、契诃夫,或高尔基,或西蒙诺夫,也许是伏罗希洛夫文学奖——了?我学会的第一个苏联歌是《喀秋莎》,第二个歌就是"联队最光荣,走呀走过草原……我们的将军,就是伏罗希洛夫,从前的工人,今天做委员!"到二十世纪中期,伏氏任苏联最高苏维埃主席。真的?天啊,我本来就是具有获得苏维埃社会主义共和国联盟文学大奖的质素的!我硬是被挫折得忘了自己惊喜如狂的获奖经历啦?一时泪花翻滚,心如刀绞,立刻自我提醒,总不至于瞬间失常吧?

二位维吾尔哥们儿的讲法太坚决、太清晰、板上钉钉、嘎嘣那个脆哟！他们又是蓦然出手，泰山压顶，煽情如火，论理严密，完美无缺。我、我、我，我也真想拍桌子立即接受这项国际文学奖啊！

我体验了一下瞬间得奖的满足感与疯狂感。于是我含笑降低分贝给他们解释：中国当代作家只有丁玲师的《太阳照在桑干河上》与周立波师的《暴风骤雨》得过斯大林奖。

他们反而更加火爆："丁？玲？周？立？啥？不认识。我们知道的就是老王获奖！"

不能再讨论，再讨论起来他们一定可以喊得整个区党校家属院沸沸扬扬，能够喊遍新疆维吾尔自治区与伊犁哈萨克自治州，一直到伊宁县巴彦岱红旗人民公社。这将成为一个事件，这个事件传到乌鲁木齐，乃至于传到北京，也许会传到莫斯科，甚至于会变成王某招摇撞骗冒充斯奖得主的惊人奇闻，那就成了真正的国际笑话或者国际罪行啦，您哪您。

平静了十来分钟，他们高谈阔论了鲁迅、巴金、纳瓦依（维吾尔／乌孜别克族诗人）、莪默·迦谟（波斯诗人），酒过三巡，内科主任二次两眼发直，大喊大叫，进入第二次高潮："老王进去过克里姆林宫，他受过斯大林大元帅接见！"图尔迪则喝道："同时接见王蒙同志的就有伏罗希洛夫！"我耳边响起了四部合唱与轮唱："从前的工人、工人、工人工人，今天、今天、今天做委员、委员、委员委员！"

他们的激情像洪水，已经决口，力能发电。我的拦阻像用一个小砍土镘挖起的一块土，根本不可能阻挡他们的气势与规模。他们一唱一和，声称他们都在莫斯科与阿拉木图的《真理报》上看到过我领奖与被接见的照片。医生说本来今天他找到了刊有王某人获奖与在克里姆林宫被斯元帅接见的苏联报纸，出门时被"头发长而见识短"的婆娘打搅，只顾赶紧离家会王大作家，却忘记了带上哈萨克加盟共和国阿拉木图版《真理报》。而图尔迪甚至为自己曾用那张报纸卷了莫合烟而悔恨无比。他哭了。他也要哭了。我则是一喜后的无比尴尬狼狈,如坐针毡,哭笑不得。时而感觉到入了重围,登天无路,入地无门。时而感觉到嘻嘻哈哈、轻松愉快而又稀奇古怪,白日做梦,边地游仙。甚至我也迷惘:这到底是怎么回事呢?我究竟想起了或是忘记了什么呢?我现在究竟是干什么说什么想着什么呢?我喝醉了?我也喝了五杯药用酒精啦!他们讲酒精过去多用俄语借词"алкоголь"(读阿勒阔高里),现在则干脆用汉语"jiujing"。第一次获奖高潮来源于酒力,第二次高潮肯定是来源于药力喽!

同时我很欣赏二位维吾尔知识分子老弟的政治正确,甚至是政治精到。他们的政治警觉性绝对不在王某人之下。毕竟是"反修"医院的大夫,毕竟是一直"挂"着,等候处理的党校老师。毕竟同处反修斗争第一线,这里离"修"不过七十几公里。

首先这里是伊犁,苏联的影响不能小觑,他们有意无意地想让我知道这一点。第二,几年前刚刚发生过边民外逃事件,中苏交恶,涉苏言语十分敏感。第三,涉及国际文学奖,他们俩包括我老王,除了苏联的奖别国的不怎么知道,知道个诺贝尔如果说出来无异于意欲叛国通敌。第四,苏共二十大后,赫鲁晓夫大骂斯大林,但是中共发出了不同声音。这里的二位老弟大喊斯大林的什么奖,没有修正主义的问题,没有里通外国(新疆叫做两个脑袋)的问题。相反,他们矢口不提苏联那边从一九五七年取代斯大林奖的、一九二五年其实就设立过的更老资格的列宁文学艺术奖。他们滴水不漏。他们喝着反修药酒,从心所欲,不逾矩。

我想起了来疆前在京参加学习的日子,一位德高望重的老教授向领导表示要控诉赫鲁晓夫,他认识到了一九五七年落马的中国知识分子,都是受了赫鲁晓夫的害……又怎么能不提约瑟夫·维萨里昂诺维奇·斯大林同志呢?

## 炮 与 泡

这段故事我一直贮存了四十五年，四十五年来一回想便觉得有几分离奇，有几分古怪，有几分难解。撒酒疯？他们二位激动得声泪俱下，郑重得指天画地，讲述得惊心动魄，完全超出了正常理智的底限。直到二十一世纪，我与在京工作的一位维吾尔高级别领导同志交流，他们听得也是忍俊不禁。他们告诉我，喝了掺凉水的药用酒精之后，"反修"医生已经就任了该年度斯大林文学奖评奖委员会主任，而"挂"起来的党校教员，至少是该委员会副主任。他们当时就是隆重庄严地将他们主管的"斯大林文学奖"授予你老王无疑了。

伊犁的炮手果然了得！维吾尔的炮手惊天动地！无怪乎最有名的维吾尔诗人铁衣甫江在诗里嘲讽"那些用舌头攻城略地的勇士"，可惜的是他的这句诗被作了"别有用心"解析，"文革"前夕文艺（假）整风时给他找了麻烦，被称作用雕虫小技猖狂进攻。在我的经验里，用舌头攻占碉堡，是维吾尔人生活方式生活趣味，是日常生活的必有，是维吾尔的常态，特别是喝了酒。他们可爱于斯、荒唐于斯、幻想于斯、聪敏于斯、匠心独运于斯、笑一笑十年少于斯、雕虫小技于斯……特定情况下谁知道是否别有用心于斯。注意，这是一个说话的民族，说话是他们的首爱，然后才是歌舞、打馕拉面、戴花帽、梳小辫、经营数公里长的葡萄架，与湖南茯砖茶水加奶皮子的女人竟日饮。

也许喝酒的魅力恰恰在于此，兴奋了，大叫了，无化为有，有化为无，心想事成，想到什么成什么，坚持什么就一定是什么。天可以翻，地可以覆，奖可以得，财可以发，舌头可以攻城略地！如若不然，喝那个酒干什么？

也许更简单一点说，他们第一要表达伊犁人的眼界、心胸、牛气与词令，表达伊犁人的想象力与表现力。第二要表达对老王的友善乃至喜爱、激情与想象力。他们爱上了你。他们要让你高兴,兴之所至,金石为开。

喝酒干什么?我早就注意到了汉族与维吾尔族喝酒的不同路数。汉族人慢慢地品,将酒斟在美丽酒器中,闻一闻,徐徐入口,咂摸滋味,滋润口舌,再徐徐细细咽下,是一种享受。而维吾尔人更喜欢的是一饮而尽的豪爽,直奔兴奋的迅捷。喝完后他们更愿意表演酒的热辣刺激带来的不堪忍受的痛苦,与对此种痛苦与折磨的享受。酒入口时他们表现出的是某种准迫害狂的辛辣与自我撕裂,苦就是楚,痛就是快。他们追求的是亢奋燃烧腾云驾雾翻江倒海的感觉。

从"老规矩"来说,一些老穆斯林是不喝酒的。但是新疆各族同胞的男性公民,大多嗜酒。波斯大诗人阿菲兹吟道:

来啊!拿美酒来!酒能消除世间的烦恼。
在这蓝天下——人们都应自由无羁;
我为这崇高理想奋斗——感到自豪。
告诉你什么?昨夜我在酒店里昏醉,
一位传令天使把虚幻世界的喜讯带到。

而我默·迦谟的"柔巴雅特"(一种诗歌体例,犹如汉族的绝句)是这样说的:

空闲时候多读快乐的书稿,
莫让心头生长忧郁的杂草。
何不饮酒呢一杯一杯一杯,
谁管死亡的踪影慢慢来到。

我将后一首诗译成五绝:"无事须寻欢,有生莫断肠。遣怀书共酒,何问寿与殇?"

宗教圣地麦加有泉水曰天方圣泉,原文叫啧咦啧咦水,而维吾尔的青年想喝酒的时候一般不提酒,将酒说成啧咦啧咦水。

有人问我:"你怎么那么快就学会了说维吾尔语?"

439

我回答:"我与维吾尔人共同喝了两吨白酒。"

当然喝酒也会喝出娄子。五生产队的一位维吾尔青年与四生产队的回族青年一起饮酒,醉后发生口角,然后是肢体冲突,然后是一人打死了另一个人,然后是审判与服刑。还有一次是几个生产队干部饮酒,醉后有人说红卫兵是"艾纠居母纠居"(小妖),被夺权而上的"造反派"队长掀翻了桌子,将胡说八道的人扭送公安机关,使有问题的人受到应有的惩处。

顺便说一下,这里提到的维吾尔农民,绝大多数是文盲,但是他们很精明,很有掂量,喝醉了,就更有主张,更有警觉,更要坚决立于不败之地。莪默·迦谟还有一首律诗,我也很喜欢:

我们一手拿着可兰经一手拿着酒壶,
有时候是清真有时候也会拆拆(读擦)烂污。
在同一个蓝宝石般晶莹的苍穹下面,
何必划分什么穆斯林与什么异教徒?

波斯大诗人莪默·迦谟的诗的乌兹别克文手抄本,我是上世纪七十年代后期,从自治区文联的评论家帕塔尔江那里得到的,我手抄了一部分,背诵了一部分。帕塔尔江与我讲过他的一些阅读经验,当实在找不着书读的时候,他读过电话簿。其后许多年,我在观看美国电影《雨人》时看到了"雨人"(自闭症患者)夜宿旅店背诵电话簿的情节,不禁想到帕塔尔江。可惜斯时他已离世,没有交谈的机会了。他的手抄本《柔巴雅特》,带给我许多知识与快乐,我想念他。

帕塔尔江的另一个故事是运动初期他在乌拉泊劳动,听到敲锣打鼓,当时叫做"小将"的人们来了,与他一起劳动的其他处境不妙的作家立即藏匿起来。但是他的视力与听力都有不足,听不懂别人的关照。结果他落到了"小将"们手里。批斗后他问旁人,"小将们"在他的衣服背面写了什么?作家们告诉他写的是"黑作家"。他打趣道:"周扬同志在二次文代会后的一次全国委员会议上,点名表扬了我,可是你们几个小子看不起我,不承认我是作家,现在你们知道了吧,你们不承认,人民承认!"

维吾尔人对酒的兴趣与他们对于玩(塔玛霞)的兴趣分不开,对于塔玛霞的兴趣又与他们对于很多非塔玛霞的事情闹不清、不知如何反应是好有关系,世事纷纷乱如麻,说来归其塔玛霞。你甚至可以说他们有点玩世不恭,但不是魏晋名士风度,而是伊宁好汉——冒泡大王的路子。他们如是说伊宁人,然后再说阿克苏人南(傻)瓜,说和田人顽固,卖东西收钱的时候承认一元人民币是一元,承认十个一角钱是一元,但是决不相信两张五角的票子是一元。至于喀什噶尔人呢,说他们"口臭",不是说口腔不洁,而是说说话太巧妙,语带挖苦。如果你在馆子里吃完饭没有结账就走人,店主追出来绝对不会喊:"钱呢?你们没有交钱啊!"而是温文尔雅地说:"先生,那么我该找您多少零儿呢?"

有一次与英国友人聊起说话的艺术,英国人赞美喀什噶尔的讨账说法,说这是地道的英国绅士风度。

## 语言通天

我在新疆的时候,多次听维吾尔农民讲过,语言可以通天,这句话,一直到离开了新疆四十七年后即二〇一五年才庶几弄明白了它的含意。

二〇〇四年,我在接受俄罗斯科学院远东研究所的荣誉博士学位后,回程中顺访哈萨克斯坦原首都阿拉木图市。设于阿拉木图图书馆的中国文化中心的主任、原驻华大使库阿尼什·苏丹诺夫招待我们晚宴,他的夫人表达对文学事业的尊敬的时候说:"我们认为,'语言可以通天'。"

二〇一五年,我读了土耳其诺奖得主帕穆克的长篇小说《我的名字叫红》,然后看了《读书》杂志上的评论,才了解了语言通天说的重大意义。伊斯兰教坚决否定偶像崇拜，认为能宣示真主圣谕与表达信徒的崇拜的只有能变成经文与祷词的言语文字。经文的语言极其宏伟精到讲究，它表达了一切，通神通天。至于绘画，表达的是真主眼睛里的世界，所以细密画要的是二维空间与散点透视。这样，土耳其小说上写到的画派问题，也就是一个牵扯到具象神学的极其严肃重大的信仰问题了。

你或许未能很好地体验贯通"叫红"所讲的神学文艺观，但是你无法不欣赏沉醉于伊斯兰世界的细密画。而欣赏细密画丝毫不影响你同样震服于文艺复兴时期的欧洲三维油画与源远流长的中国文人画。同时，你完全不明白，你震惊于"叫红"们提到的或有的对于文艺复兴画派的格格不入。

是不是有时候维吾尔人太陶醉于夸张于语言了呢？岂止是攻城，他们自觉是语言可以攻心夺魄。

物极必反，言极也必定成炮、成泡、成油滑，成为对言与言所表现的伟大、真诚与崇拜的亵渎。我们大队的几个民兵骨干加一个干部一个小学教师，一起喝酒进入了神哨阶段，一位青年说，他善写攻魂夺魄的情书，他的情书百发百中，所向无敌。众人不信，他当场写好春心荡漾的求爱信札，然后几个小子骑马出巡，星光中见到一个中年女子迎面走来，将信札抛给了她……关键在于次日写信的小子收到了回信，那位结过几次婚的女子接受他的求欢，要求立即月照柳梢头，人约黄昏后，成其好事，吓得小子落荒而逃。

回想起在新疆参加的各种聚会，差不多都专门邀请一个善于词令的人，他在整个喝茶吃饭饮酒过程中，滔滔不绝，妙语连珠，鼓掌欢笑，春色满园。而所有参加聚会的人，一要个个善于用最美好的语言歌颂友人，表达赞美，彰显自己的真诚热烈聪敏，好友遍天下，从而确立自己的声誉；另一方面又要时有幽默，略有揶揄，逗得大家捧腹，更显示出智巧光鲜，四海之内，至少是本席餐饮之周遭，皆为兄弟的团结友好深情无限。

对于语言文字的特殊尊重,发展成了对诗歌的尊重,人们像敬神一样地敬诗。一九八一年我与诗人铁衣甫江共游鄯善县,我们在一户农民家里做客,来了许多中青年农民,他们一个又一个地起立朗诵"老铁"的诗,然后是古典的维吾尔语诗篇,其盛况是在内地农村想也想不到的。而即使在他们遭遇政治运动,处境不妙的时期,只要一有机会,就仍然是语带机锋,欢声笑语,把说与听笑话、机敏话、微言大义的话作为人生极高的享受。

而铁兄最有趣的经验是,改革开放后不久,他到苏联的哈萨克斯坦探望母亲与弟弟,他到了阿拉木图的一个郊区,而那个郊区按照规定是不准外国人前去的。他受到苏联警察的追究,不得不亮出他一九四六年十六岁时在苏联哈萨克共和国阿拉木图出版的诗集,以求宽大通融。警察见诗起敬,乃允许他待一个晚上,同时要求他写一个检讨。

他告诉我,在祖国的历次运动中写了不知多少检讨,而后做客苏联一个多小时,开始写检讨。

我们俩笑出了眼泪。

而我报答铁衣甫江的隽语来自于我们同去鄯善县他下乡劳动时住过的一农家,我们临走时女主人给了诗人不少棵刚收获的大白菜。我赞道:"真是人民的诗人啊,吃到这么多人民的白菜!"他为之喷饭。直到他患不治之症,在北京住院一段时间,回乌鲁木齐之前出席赛福鼎同志安排的小型送别会时,他还提起这句话。

## 诗人与维吾尔知识分子

另一个维吾尔大诗人是克里木·霍加,熟朋友更喜欢称他为霍加也夫,正像他们称铁衣甫江是艾力尤夫一样。

而克兄是哈密人,他有极好的汉文底子,他是很好的翻译家,我参加过以他为核心之一的周总理诗作与《红楼梦》前四十回的汉译维研讨。他的知识与语言感觉不能不令人赞赏。一九六四年一月四日，新年节日气氛中我从《光明日报》副刊上读到他用汉语发表的《柔巴依》即前面讲到波斯诗人时说的"柔巴雅特"体歌颂党的诗篇。

一

> 任何一个人都很平凡，
> 他只是大海里的一滴。
> 当他心里扎下党的根子，
> 能用双臂拥抱整个世纪。

三

> 孩子们脸上没有眼泪和悲伤，
> 任何角落没有黑暗和悽怆，
> 颗颗谷粒上也闪耀着光芒，
> 因为有了你，亲爱的共产党。

那次他发表了十首，这里只引用了两首。他的文笔令人羡慕。"柔巴依"犹如内地的"七绝"，也许比七绝还"绝"，除了韵脚的讲究还有句首与句腰的说法，我未知其详，只知道他的诗令我佩服羡慕。紧接着看到的却是他在当时的城市"五反"运动中的一点点窘态。他不但诗写得好，形象也与诗很吻合，高个子，笑容可掬，头发有些自来的弯曲。即使某些窘态中，他永远含着微笑，他散发着中华谦逊与善良亲切，他宽容了一切，当然也包括他自己。

与他相比，铁衣甫江似乎更强壮、豪爽、机敏。他是边境地区霍城人氏，父亲是经师毛拉，自己上过经文学校。少年诗名远扬，解放后他参加过朝鲜战场对志愿军的慰问。他写的一批歌颂志愿军的诗结集《当我看见山》，气势宏伟。他的《献给祖国》等诗集脍炙人口。他写道：

多么自豪啊,我有幸成为
时代的一名乐师和歌手。
这红色的岁月充满了,
新世纪的光荣和骄傲。
再看他的柔巴依:
水滴汇聚成波澜壮阔的海洋,
没有大海生活之帆怎能远航?
倘若为了你那涓滴自吹自擂,
试试一滴水珠能走什么船舫!
我从情人眼里寻找温柔欢喜,
看不到渴望的笑靥只好叹气。
她说想看到笑脸其实也容易,
只需把枪弹射向人民的仇敌。
为之一震。厉害了,我的铁诗人!

铁衣甫江有幸与赛福鼎同志友谊深厚。但是"文革"中他也有一段时间被"双开",下乡劳动,在离乌鲁木齐不远的呼图壁县。据说由于他懂经文,受到尊重,日子过得不错。根据赛福鼎同志关于文联的人才不要散失的指示他又被"收回"。他家里挂着厚厚的壁毯。他的妻子赫里倩姆,在七一棉纺厂工作。党的十一届三中全会后,他当选中国作家协会副主席。

霍加也夫的妻子高华丽娅是塔塔尔人,金发美人,非常有性情。可能她花钱比较冲,造成了克诗人的某些尴尬。他们有三个女儿一个儿子。对她的回忆加深了我对全面小康的期待。我们总算渐渐与贫困拉开了距离。

二位诗人每天都在研究一些新名词,都有心得。"文革"中常常说某个文学作品"放毒",他们就研究这个毒字。毒,在维吾尔语中读音为"栽害尔",栽害尔变成了他们的口头禅,每天这个栽害尔那个栽害尔,批判不止。他们还不停地找我讨论汉语"活该"二字的维吾尔语译法,对这个汉语词陶醉不已。

他们两人,铁五十九岁,克六十岁,都因同样的肺癌而去世。我想这与他们吸莫合烟有关。莫合烟就是苏联小说里常常写到的马合烟。苏联诗人特瓦尔托夫斯基描写红军战士瓦西里·焦尔金的时候写道:

> 战士的马合烟卷,
> 正像战士的婆姨,
> 凶恶、呛辣、霸气,
> 却不可缺乏须臾!

可惜,他们没有能在好时光多写几年、多活几年。他们走得太快了。

加上前面提到的帕塔尔江,这三位彼时的维吾尔文学大家都随身带着匕首,都会宰羊。尤其奇妙的是他们都会打馕,维吾尔人当中,一般只是女人打馕,但这三位不同。另外还有一位专打窝窝馕的老编辑、评论家。经过长期研究,我认定美国人喜欢的称作"背钩"的以色列面包,就是新疆的窝窝馕。人类是命运的共同体,地域、宗教、民族的区分抹杀不了人类生活的共同性。

一九九〇年,二位诗人先过世了,我也从文化部的岗位上全身而退。我去看望高华丽娅与赫里倩姆,两位各自搂着我号啕痛哭。朋友们看到这种情况说,做人能做到这样,也就可以了。

到现在霍加也夫的孩子们还与我有联系有来往,我们是世交,通家之好。他的外孙女艾特丽巴嫁到德国,也与我有微信联系。

至于铁衣甫江,我一九七五年后获得实际上的创作假,全靠他的支持。他临终还与友人谈及与王某的交往呢。

还有许多维吾尔知识分子。特别是歌唱家迪里拜尔·尤努斯。她在中央音乐学院读研究生时获得了芬兰的声乐奖。在国际交流协会的成立会上与她相识。我找几位在京的新疆领导同志一道帮她解决了当时婚姻大事上的一些难题。后来一段时期她在欧洲开拓自己的事业,我在波恩正巧与上演歌剧《塞维利亚的理发室》的她碰头,我看到她拿着的歌谱,厚得更像博士论文的参考书。我还获得过机会在访问瑞典哥德堡时与妻瑞芳一道住在她与男友的住所。无论何时,她见到我都以爹爹相称。目前她或在北京,担任中国音乐学院的教授,带硕士生;或在新疆歌舞团主持一个以她的名字命名的工作室,整理新疆民间音乐宝库。她的奋斗精神、学习精神、工作精神,令世间许多庸人汗颜。她可以使用汉语、维吾尔语、英语、瑞典语、芬兰语。为了国际交流的方便,她保留了芬兰护照,同时她有在祖国长期居留的身份。

我也时而想起与我有同室之谊的诗人阿不都热衣木·哈斯木。他是个大帅哥,嗜酒、善词令,做人或有频频虚晃一枪处,他也是俺们伊犁人。传说他与妻子——新疆大学一位老师离了婚,而且到边界的另一边与那里的一个女子结了婚,显然那时中苏边界随随便便。因此他一直涉嫌有一个准克格勃的神秘媳妇,中苏交恶以后边界严峻了,此婚姻从人间蒸发。没有任何其他人见过他的媳妇,但一提起这件事都觉得神秘古怪,似乎此诗人又是艳福不浅。当时新疆有个词儿,叫做"两个脑袋",他是两个脑袋的吗?

在与之同室期间,有几次他回来得很晚,说是到他原妻那边去了。说是在商议复婚的事,始终未成功。因为原妻提出今后要处处听她的,"听她的没错"。英俊的诗人一直较劲,他问:"为什么她认为只要'听她的'就'没有错失'呢?"他像一个硬是答不上入学考题的孩子,悲哀无助。

他由于酗酒,患了胃癌,做过手术,切掉了大部分胃,后来又活了十余年,终于去世。他一生生活得不太正常,他本来可能过得更好、成就更多,他的生命力倒也算是相当坚强的了。

## 温　柔

　　写到这里我才越来越意识到我对新疆、对维吾尔人的记忆里的时间元素。不可思议,不可接受,不过如此。半个世纪以前的事了,人生能有几回五十年？孩子,不哭！回忆中的事件与人物都变得分外温柔。我已经告别了二十世纪,告别了巴彦岱,告别了那么多亲人、朋友,往事似烟非烟其实都没有什么大不了的。那时的友人,一个又一个地离我而去。连前面提到的在维吾尔父母照顾下成长的汉族孤儿郜周安——阿不都克里穆——也于二○一七年春季离世。叫做天人相隔,叫做一去不复返,叫做仍然活鲜。那时去一趟新疆,先从北京坐火车到西安,下车住店,第二天午后上另一趟车走四天三夜才到乌鲁木齐。前现代的旅行为什么反而富有凄楚与壮阔的情怀？记忆至少是刻下了那么深。而现在的四小时飞行,也许只剩下了时间带来的焦躁与期待,却失去了对于空间与道路距离的感受。那时候新疆没有啤酒,极偶然来一点啤酒,卖一块多钱一瓶,而在北京原价是三毛六。那时候烤全羊是一个神话中的概念。那时候人们将喀什说成哈什,现在,人们都读如喀秋莎的 kā 了。那时候伊宁市最高只有三层楼房,现在伊宁市最高的是沿伊犁河建筑的恒大雅苑与恒大绿州公寓,三十三层楼,不加屋顶设备间是九十八点一八米。那时候乌鲁木齐最繁华的地点是南门、大十字、小十字、百花村,而最雄伟的高层建筑是昆仑宾馆,俗称八楼。现在八层大楼算是什么呢？八楼的附加建筑其实已经是九层楼了。八楼生活在更高耸得多的楼群里。只有在刀郎的歌里八楼还略显神气。而我在的那时,二道桥建个小小的百货公司也要大肆报道。现在地名依旧,风物全新,车水马龙,宾客如云。但是我已经找不到当年的馕的味道,那时发面靠的是酵面,发酵到欲酸未酸之时,掌握好火候赶紧打馕,馕有一股西北地区叫做酵头子的朴厚生鲜的味儿。现在多用发酵(其实是膨化)粉,那股子微微的鲜酸头儿没有了。加上也可能是陶土馕坑变成了金属馕坑,甚至于是馕坑变成了电烤箱,你上哪里找真正的老馕去?所谓祖母的厨房,只活在,仍活在记忆里。包括最最受欢迎的摩登的阿不拉馕,也与记忆错了位。工具与材料进化无罪,老王的记忆正在过时,呜呼却未尽哀哉。

还有南疆到处栽种的白杨树,过去的新疆人根本没有见过。茅盾写过的名篇是《白杨礼赞》,现在已经被确实更美好更成材的白杨替代了。援疆的专家从自己的家乡找到了最适合新疆水土的内地树种。而过去的沙枣,又如何能与若羌的灰枣与和田的骏枣相比,后二者树苗来自内地,带来的是无与伦比的营养与美味、滋补与效益。若羌连续八年是西部十二省中农牧民人均收入最高的县份。骏枣大如梨,枣肉嚼起来如半干牛肉。新疆不但是灯火耀高楼,照明不用愁,而且有例如库尔勒的孔雀河上的游船,让人想起巴黎的塞纳河。

毕竟还有胡杨林,还有雪山,还有塔克拉玛干的沙漠,还有电影歌曲《花儿为什么这样红》的背景艾提尕清真大寺与巩乃斯草原,弃我去者昨日之日不可留,迷我眼者今日繁花迷行舟!你相信这里写的是新疆吗?

而且,人事早非当年。国家领导人已经改变了若干届。新疆的老领导,一个个离开了我们。在"文革"当中有过戏剧化经历,而且更早担任过我所向往的中共中央华北局城工部副部长的、一九一一年出生的武光同志,活了一百零四岁,于二〇一五年去世,之前我到北京医院看望了已经昏睡的他老人家。分管过文教工作的书记,"一二·九"运动中参加革命运动的林渤民同志,后在京任中国科协党组书记,我在医院与他碰过面。他在二〇一四年去世,享年九十九岁。是他从一开始就谆谆嘱咐我一定要学维吾尔语,并且策划了"文革"前夕对我的赴伊犁"锻炼"的最佳安排。他仪表堂堂,永远透露着几分高贵与文雅。

赛福鼎同志一家都与我友好亲近,我至今感到赛老的音容笑貌。

赛老最怕、最想避免的就是维吾尔民族落在发展与潮流的后面。赛老最期盼的就是以《十二木卡姆》为素材，做成大交响乐，举世演奏，响彻寰宇。而健在的司马义·艾买提、阿不来提·阿不都热西提等同志，与他们的交流，仍然时时唤起我的新疆乡愁与对维吾尔等各族同胞亲切的与特别的情思。

时间哪里去了？不，哪里也没有去，时间在我心里，你们在我心里，友情在我们心里，微笑与眼泪在我心里。我也在你们心里。

时间在天地间也在天地外，时间就是天命、天心、天意。我在梦里滔滔不绝地卖弄维吾尔语，我与你们一起扬麦子、掰玉米、浇夜水，说笑话（也许是语带双关）余音绕梁。我还被邀参加你们的许愿聚餐，叫做乃孜尔，你们颂祷，我安静地坐在一边祝福。

一切都是瞬息，一切都会过去，一切仍然刻骨铭心，一切仍然生动栩栩，形神俱全，欢声笑语。神龟虽寿，犹有竟时，感恩之心，永无止期。天长地久有时尽，此爱绵绵无绝期。也许本来应该与你们一道活得更好？也许并没有遗憾，只有满意，只有得意。试试为我做一个其他的设计，能不能在那样的岁月中活得这样有收获而且居然不乏欢愉！人可以老，友情不老；人事可以无常，人心有常；政治社会情势会有这样那样的变化沧桑，人民、国家、乡土的眷顾万古长青，百年如一日。对于永恒来说，千年如一瞬；对于虚无来说，瞬间永远，心动即是永恒，泪花即是永恒，一笑一颦皆是永恒，一诗一文更是永恒。我有过各种愚蠢与昏乱，所幸是从没有虚无，充满生命与趣味的新疆与维吾尔，填充丰富了我本来最可能最痛心的空虚。唉，阿不都热合曼哥，唉，赫里其罕姐，唉，铁衣甫江哥与霍加也夫哥，王蒙想念着你们，念叨着你们。道可道，非常道，乃大道。善良依旧。爱心依旧，俏皮依旧，记忆与怀念温柔了天山与塔里木河、枞树林与茫茫大漠、和田玉与胡杨林、《福乐智慧》与《木卡姆》、龙卷风与雪峰……塔玛霞的快乐精神永远护佑着中国维吾尔人，中国山山水水，民族五十六个！

一九六七年,伊宁市发生了两派小将间武斗。后来,一位维吾尔族教师问我:年轻人怎么这样激烈啊?我们这边,我们是一批手软的人,我们怎么能在政治辩论之中下狠手呢?

当时他说的是事实。请看人们描绘当时一些城市两派形成以后的情况,维吾尔族干部见面后,有时互相问候:"你是什么观点?"一位回答说:"我是造叛(反)。"另一个人则说:"曼(我)保杭(皇)。"然后笑嘻嘻再见。应该说他们是怀着塔玛霞的游戏精神来参加"文革"的。汉族干部就紧张多啦。瑞芳妻的教书同事祖尔东·萨比尔,后来是著名作家,当时在伊犁二中闹了一回"革命",过了个把月发现"革"得无趣,学校又停了课,干脆回了大湟渠——人民渠龙口附近团结公社老家,过了大半年,说是要复课闹革命了,他回来了,同时带上了一个俊俊的媳妇。

一九六七年我从北京接来了我的姨母董效帮助料理家务,姨母到后没有几天发作了脑溢血,不幸去世。那一天午夜,我发觉了姨母的病情严重,临时带去诊病,援我以手的就是这位认定维吾尔人出手绵软的老师。他半夜赶起了马车,送我们到了医院急诊。

许多年过去了,情况自然有各样的变化,但是我仍然乐观,维吾尔兄弟姊妹是笑眯眯的,是绵软的,是活泼与快乐的。他们说:"可以听阿訇的话,不能学阿訇的样儿。"他们喜欢商品交易,他们说:"如果一天没有做成交易,那就把左口袋里的商品码到右口袋里去吧。"伊犁的哈萨克人称维吾尔人是"萨尔特",萨尔特一语是小商人的意思。他们是具有中国新疆特色的人民,他们营造的是世俗生活,不是极端的神权狂热。他们永远不可能接受三种势力的疯狂与仇视。

他们有什么缺点吗?当然。我前边已经提到他们借自行车十分钟,闹不好是三天后才还给你。他们有的人会向你借钱,让你十分为难。我就多次碰到这种情况,包括一个很有分量的人物写一个小纸条来借钱的事儿。多数情况下他们会拖延还钱的时间。但是你一旦调动工作,要离开那边了,会有许多你忘记的"债户"来找你"还账"。债户实在凑不齐现款,也会提着奶油或者手工纺织的土布或者挑补花的窗帘来与你告别。他们有他们的底线。

在我最最不快乐的处境下面,我与维吾尔弟兄一起享受了生活的别开生面的和蔼与童趣,在一个不快乐的年代,我天真地度过了当时看来可以说是也算够快乐了的,更是大有获得的十六年。说起一九六三到一九七九,我越来越庆幸。有道是人生如球场,关键在后半场,即使前半场开局精彩,进了球却误判越位,然后一不做二不休连续被误判罚进了五个点球,以零比五败得惨不忍睹,架不住下半场天时地利人和技高志猛而且绝对不犯规、不呷兴奋剂,您与各族队友进了六个球!悲莫悲兮生别离,乐莫乐兮新相知,何所遇兮维吾尔,念伊犁兮长相思。至今,回忆你们的故事仍然使我充满了快乐与温暖,甚至是得意洋洋。我想念你们,我感恩你们,我祝福你们,我也惦记你们。今天还有事儿,明天好得多。今天还有莫名其妙的外来病毒妖风的影响,明天会雨过天晴,阳光灿烂,新疆是一个日照最充足的地方。老王与你们一起,内心充满阳光。

发表于《北京文学》2017 年第 11 期

## 深情回眸家国往事

二〇〇七年九月，在俄罗斯"中国年"的一项重要活动，即以中国为主宾国的第二十届莫斯科书市上，我邂逅了一位精神奕奕、美丽端庄、大气英气、志气焕发的女士，她担负着为出席书市活动的一批中国作家充当翻译的工作。与一般侧耳倾听、拼命捕捉语义的译员的吃力的举止与表情不同，她显得游刃有余，乐在其中，对于中俄的书籍交流、文学交流、人员交流，她非常享受，非常欣赏，她表现出的是胜任感、满意感、成就感，还有一种自若感。俄罗斯科学院远东研究所的汉学家、老友托罗普采夫马上告诉我说："她是李立三的女儿。"

我把有关信息告诉了同行的作家迟子建，迟子建也立即表达了她对李英男风度风采的赞美。

李立三不陌生，一九五〇年年底，我在中央团校二期就学时，听过李立三同志关于中国工人运动的报告，他的大名，他的朴素与认真的讲演，他的诚挚与沉思态度，他的对于事业与人民的信赖，都给我以及广大学员留下了深刻印象。党史的学习当然也绕不开李立三这个人。半个多世纪以后，在莫斯科，我又有机缘与他的这位杰出的大女儿李英男相遇，我还得知李英男教授的母亲是苏联人，是李莎同志。

后来我们有机会有更多的接触，我到过他们的家，英男也到过我与家人居住的地方。我喝过英男亲手做的红菜汤，他们也吃过中国作协北戴河创作之家的烤羊腿。我给他们唱过俄语的《遥远啊遥远》，英男的外甥立即判断我学过俄语，其实我没有学过几句。与英男的先生、莫斯科师范大学的俄罗斯文学教授阿格诺索夫，我们也有过很好的交流。

在二〇一九年，光明日报社与塔斯社联合举办的"中俄互评人文交流领域十大杰出人物"活动中，我与李英男都榜上有名，我很高兴，祝贺我们成为同榜"进士"。进士，就是促进友好交流的正能量人士吧。前不久，英男告诉我，她的《红莓花儿开：相簿里的家国情缘》一书正要出版。这本书以口述故事的形式，回顾了一个跨国家庭的日常生活、一个混血孩子的成长过程，描述了家庭范围内从文化碰撞走向文化融合的经历。两国之间的忽冷忽热、由反目转为和好的历史变迁直接影响到千千万万的人、千千万万个家庭，使我们懂得了和睦的价值、友谊的珍贵。她的故事独特而又生动，她的感慨深刻而又诚挚，读之动容，思之唏嘘不已。这样的故事帮助我们扩大视野，开阔心胸，大有助于人类命运共同体的愿景。我为一切有利于中俄友谊，有利于中俄文化交流、中外文化交流的经验而欢呼，我借此感谢俄罗斯友人对我的厚爱，借此表达对李英男教授与她的全家的敬意、怀念与祝福。

发表于《中国新闻出版广电报》2019年10月25日

## 我们的日子,美好丰盈

　　那是一九五三年十一月,天气已经变凉,落叶已经满地,我开始了此生第一部文学作品《青春万岁》的书写。当时我刚满十九岁,一上来就是长篇,不知道什么叫结构主线、人物典型、情节悬念、细节描绘,我的写作源头写作信心只有一个:那就是对新中国的欢呼,对新中国的珍爱,对新中国的期待,对新中国的梦。

　　我幸福,我不仅是新中国的盼望者,而且从少年时代就成为地下党的一员,就努力去尽到一个孩子的力量。我拥有对于革命凯歌行进、对于北平市全体地下党员在国会街北大四院礼堂集会唱《国际歌》、对于扭着秧歌高唱"明朗的天"、欢呼解放军入城式的盛大节日与历史高潮的记忆,尤其是我的年轻的心中,充溢着天安门上毛主席宣布中华人民共和国成立、礼炮声声、兵车隆隆带来的刻骨铭心的振奋与自豪。我有与新民主主义(后来是共产主义)青年团员们在一起捍卫新中国、清除反动势力、取缔"一贯道"、镇压恶霸黑社会的战斗篇页,我们还有引进大量解放区与苏联图书的春风化雨的体验。我们读《新民主主义论》《论联合政府》,我们读《钢铁是怎样炼成的》与《卓娅和舒拉的故事》,我们参与了抗美援朝、保家卫国的全民宣传,我们组织了街头活报剧演出。我们歌唱歌颂革命的《信天游》,歌唱"庄稼人翻身啦"的《东北风》,以及冼星海、光未然的《保卫黄河》。我们更会唱"雄赳赳,气昂昂"与"天空出彩霞啊,地上开红花"!天是明朗的天,地是欢腾的地,国家是新生的、健康的、大步前进的国家!

　　对了,我在六十六年前开始写作《青春万岁》的时候,依靠的是时代光辉,是度过的新中国阳光雨露的"所有的日子",是如沐浴着《白毛女》结尾所唱"太阳出来了"的温热。那是刘胡兰英魂得到告慰的胜利日子,是加班加点的拼搏奋斗日子,是人们万众一心的日子,是擦拭旧中国的耻辱与泪迹的深情日子,是眼看着北平街头垃圾迅速清理、已经崩盘成为废纸的"金圆券"变为稳定的高信用的人民币的高效日子,是交道口电影院、新街口电影院、什刹海游泳场与体育馆一座座建立起来的日子,是当时视为规模震撼的王府井百货大楼平地而起的日子,更是眼看着萎靡的、一盘散沙似的、走投无路与黯淡无光的中国人中国青年,变成信心百倍的社会主义劳动者、献身者、学习者、歌唱者与战斗者的日子……

　　所有的日子都来吧,我把你们写成了《青春万岁》。大半个世纪过去了,新中国的日子永远在激扬着我们,照耀着我们。在同一首序诗里我写道:"有一天,擦完了机器,擦完了枪,擦完了汗,我想念你们,招呼你们,并且怀着骄傲,注视你们。"这里的"有一天",说的是二十年后,也许三十年后,当时多半没有想到五十年后……而如今相隔七十年了,风风雨雨、奇迹发展、万紫千红,一切仍然是这样亲切与明亮,而我们的日子,美好丰盈不可同日而语,已经进入了新时代!

2019 年

# 永远的《读书》

开始说是要写"我与《读书》"。这个题目我怎么觉得写过好多次了？

写过一百次也还得写。我想起八十年代初出《读书》的情景，冯亦代先生要我写文章，然后能干的董秀玉出现了，然后吴彬啥的，带着嘹亮的笑声推动我的写作。《读书》创刊号上就有我的谈"少作"《组织部来了个年轻人》的文字。

紧接着我来了篇《论"费厄泼赖"应该实行》的文字，影响不小。尤其受到夏衍老的首肯，也被列入了什么"向鲁迅挑战"的行列。鲁迅说的是缓行啊，鲁迅哪里说过绝对不可实行啊，从一九二六年缓到了一九八〇年了，半封建半殖民地的中国缓到了社会主义的中国了，缓到了四个现代化时期了，还必须千年万载地缓下去？鲁迅有知，他能不痛心吗？再说，一开奥运会，尤其是二〇〇八年奥运会，咱们的央视屏幕上没完没了播放的大标语，就是英语原文的"费厄泼赖"哟！

然后又是咱关于"作家非学者化"的说法。无非是提高写作人的知识素养的意思，传成王某提倡作家学者化与学者作家化了。我明白了，思想与群众一结合，群众的口头传播，在成为伟大力量的同时，也可能不再理会思想的本意与初心的。在学术上也是不能忘初心的呀。

后来是《读书》编辑部约我做了"欲读书结"的专栏，比较有趣的是谈《红楼梦》,谈李商隐,谈日丹诺夫,谈影片《女人香》与《雨人》,还有谈语词,谈"稀粥"的事儿。着实快乐、光明、幽默。当然,说到这儿不能不提起了不起的沈昌文公。他是《读书》与三联的宝贝。还有范用,他是读书的天才。他教给我的"今日书、今日毕"的读书法,令我五体投地。夏衍出了个"范用用饭"的上联,我对的是"舒展展书",但展字不是平声,香港有朋友说我对得不工稳。不稳也罢,反正比我稳的,以及比我更不稳的,其他下联始终没有出来。

更有分量的也许是谈胡乔木与丁玲、周扬的文章。说到胡乔木的纪念文章不好写时,不能不想起是吴彬给了我文化自信,她毫不犹豫地说:"你能写!"

也许本篇文字的标题应该是"《读书》说:'你能写!'"这三个字黄钟大吕,给力多多。诸公,容我冷静了一下,吹大发了不祥,谦虚使人进步,不上税的话到此为止。

想不到与《读书》一道走了四十年又给它的封二闹起"后脑勺"文章来了,考虑到副刊文字叫做"报屁股",那么《读书》的封二呢,不妨称之为后脑勺儿啦。

想想《读书》刚刚创刊时我还一愣,它有股子久矣不见的书生气味。它够长命百岁的了,虽然也有过经验教训,风雨磕绊啥的。当初在版面上活跃的吕叔湘、黄裳、张中行、辛丰年、龚育之、蓝英年、李泽厚、刘再复,他们有的仙逝,有的也渐渐少见了。我还奉陪着,书写着,坚持着。从《读书》上不但得书之意趣,得思之妙悟,也得生之厚朴,得运之强健,得命之皮实,逢事化吉,遇惑呈祥,紧紧与时俱进,拥抱时代,拥抱书与读书的勃勃大好生机吧。

坚持读书,坚持读《读书》,办好永远的《读书》。《读书》是我们的好友,好伴儿。

发表于《读书》2020 年第 12 期

# 老来十年

二〇〇六年底,我的七十二岁"本命年"度过,写了一篇不无喑瑟的回顾文字。此后每年一篇,发表于《新民晚报》副刊。攒到今年,已经是十年的旧迹了。

我说过,写完三本回忆录后,七十岁一过就搁笔。近十年中我也不止一次决心淡出。结果呢,写作、讲课、出访、下乡,生离死别,咏地吟天,欢欢势势、风风火火就这么过去了珍贵充实的十年。

逝者如斯,光阴不再。虚枉岂无?火热依然。

　　盘点七千字,悲喜三千天。劳作未懈怠,气宇仍慨然。
　　略作修订后,回首泪渍渍。

## 二〇〇六:工作迎新

十二年前,当花甲之年的那个狗年到来的时候,似乎还有点感觉。至少朋友们和我一起聚了一下。

如今却无所谓了。逝者如斯夫,后浪前浪,生生不已。何必多言?

也顾不上感慨。迎接七十二岁本命年的是匆忙的工作。二〇〇五年,我出了《王蒙读书》《不成样子的怀念》《话说红楼梦》《忘却的魅力》《新世纪讲稿》《王蒙和他笔下的新疆》《王蒙评点红楼梦(增补版)》《尴尬风流》《杂色与冬之雾》《影响了我的五十六篇美文》等十本书,《青春万岁》《活动变人形》与《红楼启示录》《我的人生哲学》都有重版。在韩国还连续出了我的三本书《活动变人形》《我的人生哲学》与短篇小说集《枫叶》的韩语译本。

年关临近,我收到一封来自吉林省吉林市的读者来信。她说:"有一位年已六十岁的女性,前二十年喜欢笑,中间二十年喜欢沉思,后二十年喜欢落泪与感动。她在二〇〇五年圣诞节那一天读了《尴尬风流》,请了一批朋友到家,结果一下子,三种表情都集中出现了,又哭又笑又沉思,时而感动莫名,时而呆若木鸡⋯⋯"

我感谢这位读者,虽然她对在下未免过奖。能做一点就做一点吧,"工作着是美丽的",这好像是陈学昭一部小说的标题。我正在写一部大东西,我还到处讲课,去年在雅加达、南京、杭州、石家庄、芜湖、金华、宁波、上海都讲过,今年刚刚在北京与天津讲过。就用工作迎接新年,不管是狗猪鼠牛,也不管是本命他命,都应该是好年头,都应该是有一分热就发一分光。在读者的鼓励中高高兴兴地迎接每一个崭新的年头吧。

## 二〇〇七:自况

九命七羊敢自欺?浮槎四海宽天地。
风云哀乐万般言,说部诗文八管笔。
偶有闲情赏箭矢,岂无肝胆书心曲?
杜鹃已老声声啼,碧浪悠游千百里。

　　　　　　附记:此诗作于访斯洛伐克途中。

"九命""心曲"云云,说的是是年写作自传第三部《九命七羊》。

"宽天地"是指刚刚参加俄罗斯中国年活动与访问捷克、斯洛伐克归来,加上后两者我已访问了五十七个国家与地区,广交朋友,大开眼界,深悟闭目塞聪、狭隘猥琐之可怜。

"风云"句是说我已写作品千余万言。而西方有将饕餮者叫做

"七把叉"的,我乃戏称自身是"八管笔",也表示我一直追求拓宽风格空间,愿尝试多几套笔墨。杜鹃虽老,啼声未息,仍有读者厚爱,感甚感甚!

最近十几个夏天不断在海滨写作游泳,累计已游千百公里矣。今年在北戴河作协的创作之家,我恢复到每天游一千一百米。我的游泳公里数一直与写作字数成正比。一笑。

## 二〇〇八年盘点

十大乐儿:

一、在是年十二月,我恶补十天,完成了与 CCTV9 主持人田薇女士用英语对话的节目,这是此生第一回。此前我一直怀疑,是否搞得成,在朋友与田薇鼓励下,拿下来了。此次是英语台纪念党的十一届三中全会三十周年的特别节目,参加这个节目的嘉宾有吴建民、何振梁、龙永图、王蒙。更主要的是,这给我再次打了一针学习外语的强心剂。

二、是年年初,我迟了三个月学会了用俄语唱《遥远啊遥远》,本来计划是去年到俄罗斯参加中国年书展的时候唱会的,由于年老迟钝,又加上了三个多月的苦练,才唱全,终于成了我的保留节目。

三、写了两个爱情短篇。一个叫《太原》,已发《上海文学》七期,一个叫《岑寂的花园》,将发表于《收获》。有情可抒也。

出了三本大书,一个是《九命七羊》,自传第三卷。一个是《不奴隶,毋宁死?》谈《红楼梦》。最新的是《老子的帮助》。还有几本小书,《老王小故事》与《王蒙文学十讲》。

四、九月在德国汉堡参加"中国时间"活动,与女诗人萨碧妮·梭默凯朴,分别用汉语和德语朗诵她原作我翻译的俳句与短歌。到了柏林,我在中国文化中心讲演时,来了三位故人的子女,一位是去年谢世的汉学家傅吾康的女儿,一位是同年去世的原驻华大使魏克德的儿子,一位是伊犁时的老友周先生的外甥。人事有代谢,友谊传后人,悲从心来,暖从心来。

五、终于被友人拉动,在凤凰台作了三次《锵锵三人行》。在央视和河北、湖南、北京诸卫视也都受访了。

六、奥运会期间与前后,我为《人民日报》《人民日报·海外版》《新民晚报》《文汇报》《解放日报》《北京青年报》和新华社的《瞭望东方》周刊都撰写了评论与杂感文章。我欣喜地看到,我所致力提倡的友谊、文明、实事求是地看待牌牌、心胸开阔等已经成为舆论主体,狭隘小气的腔调基本消失。我并被《人民日报·海外版》聘为特约评论员。

七、过去虽有手机而经常不开,今年常开了,通过短信密切了与诸友的联系,收到不少有趣的信息。

八、由我与王元化学长担任总主编的《新文学大系》第五辑,进展良好。

九、我在远郊区的农家小院,柿子开始丰收,结果百余枚,酸梨结两枚,核桃与红果丰收。

十、我参加了纪念党的十一届三中全会三十年大会,我从心眼里拥护改革开放。

此外就多了,一些社会活动,许多两岸交流,近三十次的讲学,外孙升初中,孙子升高中……我必须说实话,我的二〇〇八年又充实又幸福。

几件事未免堵心:

一、自传中我说到自己有时受到两面夹击,我说我成了界碑。一说碑,似牛得可以,其实我指的就是在新疆公路上常常看到的界石或界标,只标志地段分界用。我应该用石或标代替碑的说法,以免引起突然牛性大发的误读。

二、我买了一个特大荧光屏幕的海信电视机,几个月后,看着看着嗅到一股烧胶皮的味儿,不亮了。好容易修好,过了几个月,又坏了。找服务站,回答是三千元,你们修不修? 不修,两万泡汤。修,加三千再泡汤? 这才叫两难呢。最后花了费用,总算能看了。现在我每天看电视时都用苏文茂相声里等第二声靴子响的心情,小心翼翼地等待它的再次冒烟。

三、我的几个亲属连续失窃,一位是连续两次丢钱包,连同身份证、工作证各种钥匙。一位是半夜有小偷撬开窗户进了家,手机钱包等全抄走了。即使有保安,当然还有公安,然而,仍是没有办法。

四、找我写序的题字的越来越多,为此得罪了不知多少人了。

五、一位年轻人对我进行电视采访,她问道:"你是否由于年老枯竭而恐惧?"我的回答是:"明年吧,也许明年该恐惧了。"这是我此次回答得最出彩之处,偏偏此家电视台把这一句删了。拜拜了,这个摄制组!

六、我听到一家著名电视台的评论员把游弋读成"游戈",把应该用众说纷纭的句子,用成人云亦云。请看这期节目广告吧:"……事情的发生原因有许多层面,不论是是非黑白,人云亦云,各有各的角度……观点虽然很多,事实只有一个……"(大意)您不觉得堵得慌吗?

七、打保龄球每况愈下,曾有最高纪录是一百九十八分,现在只能在一百分上下徘徊。

## 热闹的二〇〇九年

去年我曾在《新民晚报》的副刊上盘点二〇〇八年,转眼二〇〇九年又快要过去了,该怎么说说我个人的二〇〇九年?

是不是有点发热了呢? 一月出了《老子的帮助》,三月开始在北京卫视上开了讲座,十八讲。十月出了《老子十八讲》,年底又出了《庄子的享受》。我正在写作的是《与庄周共舞》,前者谈《庄子》的内篇,后者谈外篇,还应该有一本谈杂篇的。

二〇〇九年首期《收获》上刊登了我的小说《岑寂的花园》，为此得到了《中华文学选刊》的奖励。还有两篇与建国六十年有关的文字分别获得了文联、作协与《人民日报》文艺部的奖。

当然也有尴尬：茅盾文学奖被提名，终于落榜。呜呼哀哉。

一月去泰国在朱拉蓬大学孔子学院讲演，诗琳通公主去听，我与妻子并正逢自费在泰观光的女儿、女婿、外孙，得到了公主殿下的款待。三月初去台湾参加元智大学的校庆活动。回来不久，参加香港岭南大学等召开的文学讨论会。十月去法兰克福参加书展。十一月初去澳门接受荣誉文学博士头衔，月底去澳大利亚悉尼大学孔子学院讲演。至于全国各地，我讲"疯"了，共讲学六十多场，超过一百六十课时。

物极必反，乐极生悲。入冬后发生在我郊区住处的失窃事件，对于我是一个很好的黄牌警告，我乐于接受这样的教训。它教导我懂得什么叫身外之物。我见到被搞乱了的住处时，确实更明白了身外之理，有之不多，无之不少，适可而止，该悠着点儿了。我为此而感谢此次事件的发生。

还多次被网友批评，不是由于我的署名文字，而是由于媒体的不无强调某一面的报道，有啥辙呢？随他去吧。我想起了当年张光年老师的一句话，人生一世，连正经得罪个人都不曾，未免活得太窝囊啦。

我也想起了我的几次感动。初秋时到开封，在清明上河园里看他们的关于北宋盛世表演，全部展示配上宋词的朗诵与歌唱，"花千树……一夜鱼龙舞……"令人泪下。国庆节，我与闻其盛。我是参加过一九四九年开国大典的，现在这样的人所在并非那么多。入冬在无锡，看到他们的灵山佛景，堪称无与伦比。在西安通往安康的非桥即涵洞的高速蜀道上，我也赞叹感奋不已。多么好的二〇〇九，好人一生平安，但愿人长久，平平实实地迎接二〇一〇吧。

## 二〇一〇年盘点

二〇一〇年是我马不停蹄的一年,是果实累累的一年,也是接受考验与开始有所撤退的一年。

这一年我出版了中华书局版《庄子的快活》《王蒙的红楼梦评点本》,湖南文艺出版社版《王蒙的红楼梦讲说本》。

在山东教育台"名家论坛",我讲了《王蒙的红楼梦讲说》十四讲。在全国各地作讲座共一百二十多小时。

在《人民日报》上发表《呼唤经典》等文,有影响与后续效应。

写《尴尬风流》五组。

访问新加坡。后去了台湾。秋天参加了在哈佛大学举行的中美作家会见。我用英语发的言,不断被掌声与笑声打断。

最大的险情是亲人的病。我访美提前飞回,我为妻陪住在病院一条沙发上十余晚。我感动于亲情与友情。我知道我们总要经过生老病死的考验。我也体验到医疗资源紧缺的一切困难。我为此辞谢了多种邀请,我经受了冲击和试炼。我们还要继续奋斗下去,义无反顾,争取胜利。

我自己也老啦,当然。视力受白内障影响而减退,听力也明显下降。时有疲劳感。前列腺也在苦恼着自己。

二〇一一年,我必须、我必定转到以养老为主的轨道上来。我在这里先向厚爱的国内外友人致歉,我许多事情与活动上只能是敬谢了。

## 二〇一一年盘点

一、二〇一一年的特点首先是与病共舞。我是先患带状疱疹,并通过此疱疹体悟明白了汉语中"痛痒"一词的真切含义。痛可忍,而痒绝不可忍。所以至今人们要求领导人员要关心群众痛痒。其后，血压高与晕眩也给了我不小的打击。

二、陪亲人看病、治疗、住院也给了我许多体验、思考、教训与启迪，当然也有与悲哀共存的温暖。

三、听力减退、视力减退、记忆力减退。但也仍可做一点事情。书照出，话照讲，各地照去，泳也照游。

四、我去了绵阳文化艺术学院，他们在建以王某人命名的文学艺术馆。我去了新疆，接触了自治区领导与各族知识分子，他们在我劳动过的伊犁，开始修建"王蒙书屋"。知我爱我，一并谢过了。

五、在全国都重视文化事业的今天，我也发表了一些看法和意见。《人民日报》《人民日报·海外版》《人民政协报》上都有此类文字，抛砖引玉，聊供参考。

六、今年到过绵阳、济南、长沙、咸阳、青岛、天津、南京、无锡、深圳、武汉等地。还在青岛的中国海洋大学参加了第二届科学与人文论坛，讨论面向与关注海洋的话题，很有收获。我也特别感谢这些地方的作协、政协、高校的关爱有加。

七、在山东卫视"新杏坛"节目中录制了《与庄共舞》的讲座，已经开播了。

## 二〇一二年盘点

没有料到的是，二〇一二年与相识相爱六十年、结婚五十五年的芳永别。天亡我也！除人们已经知道的情况外，初夏，日中文化交流协会的佐藤淳子等二人专程来京赴昌平景仰园墓地祭奠。日本友人的情意，难以忘怀。

四月，赴伦敦参加以中国为主宾国的书籍博览会。与英国女作家玛格丽特·德拉布尔进行了英语对话。我这也是工作自救。

与此同时,孩子在整理旧物时发现了我一九七八年夏完成的七十万字长篇小说《这边风景》稿,是戴着镣铐的舞蹈,但是它的生活、它的人物、它的细节与它的色彩,仍然令我睹文百感,涕泪交加。我投入了它的保留原貌前提下的修订工作,在初秋完工。这部旧稿,这部凝聚着我们的四十年前的生活与热情的书稿,再次挽救了我。此书将于明年春季在花城出版社出版。

　　六月,我参加了国内在银川举行的书博会,并带去了新作《中国天机》。

　　夏天,我仍然是到中国作协北戴河创作之家"创作",受到工作人员的多方照顾与安慰。秋天到来的时候,我的身心状况好多了。

　　今年我发表了三篇小说:《悬疑的荒芜》《山中有历日》《小胡子爱情变奏曲》。

　　冬日去澳门任澳门大学驻校文艺家一个月,多次与澳门的大学师生与文教新闻专家交流座谈。并在澳门开始了我的文体完全不同的心理—印象小说写作。参加了澳门基金会与澳大举行的王蒙创作研讨会。

　　芳去了,蒙还活着、写着、想着与走着,谢谢知我爱我的诸友!

## 二〇一三年盘点

　　一月,《花城》杂志上刊登了我的小说《明年我将衰老》,它其实是我的长篇新作的结尾。大年初三,我还收到了一位女性领导人的电话,盛赞此作。

　　春季,杭州的浙江农林大学与工业大学,分别举行了王蒙创作六十年的研讨会。王安忆、王旭烽、徐坤、陈晓明等文友的参与,使我感激与铭记。

　　三月,《人民文学》杂志上刊登了我的作品《为什么是两只猫》,它其实是我的长篇小说新作《烦闷与激情》的第一章。我追求的是全然不同的手法与风格,我要写的是"向内转"的感觉与印象。它是小说,是"隐小说",它具有小说的细节与放大,它隐藏着许多故事与人物。它也是散文与诗,它是王蒙进入八十高龄时的一跃。

五月到新疆,接受了自治区人民政府聘请,担任文化顾问。出席了《这边风景》的发行仪式,又在伊宁市巴彦岱乡出席了"王蒙书屋"的开幕。它的一层楼展览了我在巴彦岱的一些图片与实物,例如在伊宁市的户口底案。二楼则是中国出版集团捐赠的书籍报刊。

六月,出席在海南举行的书博会,与花城出版社一道做了一些推广《这边风景》的事。在《文艺报》召开的该书讨论会上,此书也得到了比较强烈的反响。

七、八月,我仍然是在中国作协北戴河创作之家写新的长篇。我也还能尽兴游水。

十月号的《人民文学》与《中国作家》同时发表了我的新作的部分章节。它们同时是各自独立,自有一种结构的。

九月二十七日至十月二十七日,国家博物馆举行"青春万岁——王蒙文学生涯六十年"展览,承蒙厚爱,颇有可感处。

当然,二〇一三年重要的事情是我与单三娅女士的成婚。经过了天塌地陷的二〇一二,经过了与瑞芳的永别,感谢芳的在天之灵的护佑,我还要生活和写作,还有自己的家室与劳作,哪怕是明年即将衰老,今年仍然不能懈怠。感谢知我爱我的诸位师友!

## 二〇一四年盘点

一、与闻其盛,支持与看到库尔班江新作《我从新疆来》的出版。这本摄影与记述的书表明,只要各族同胞携手登上现代化的列车,共享社会主义现代化的利好,就一定能够实现边疆地区的全面小康与长治久安。

二、我的长篇小说新作《闷与狂》出版,得到了超乎我的预料的反响,尤其是引起了五〇后、六〇后、八〇后文友刘震云、麦家、盛可以、张悦然等与一些评论家的兴趣。

三、春天再次到了我的第二故乡新疆,出席《这边风景》的维吾尔语版发行与研讨活动。本书被评为二〇一三年的"中国好书",又获得了"五个一工程奖"。另外在温州领取了"林斤澜短篇小说奖"。

四、年中我发表了新作短篇小说《杏语》,年底更连续写起短篇小说来。天赐引擎,其乐何如?

五、应约完成了谈《论语》的书稿《天下归仁》,并作了多次有关传统文化的讲座。

六、借各地巡回讲座的机会,去绵阳四川文化艺术学院参与了王蒙艺术馆开馆活动,到如皋参观了冒辟疆当年修建的极有风味的"水绘园",看了呼和浩特的老绥远将军府、福建漳州的"林语堂纪念馆",贵阳的"孔学堂"……在天津剧院看了俄罗斯歌剧《战争与和平》,参与了中央文史研究馆在昆明的"中华文化万里行"活动,感慨系之地参观了云南"讲武堂",去青岛参加了中国海洋大学"第三次科学人文论坛"与"王蒙双长篇"研讨会。

七、十月十五日,参加了习近平同志与文艺工作者的座谈,写了有关文章在《人民日报》上发表。

八、在北京参加了马识途学长的百岁书法展,又去成都参加了马老哥与其兄的新书联袂出版活动。深敬马老的高风亮节。他撰的对联"人无媚骨何嫌瘦,家有诗书不算穷",他书写的左宗棠联"能耐天磨真铁汉,不遭人妒是庸才",令我神思俱旺,肝胆兼补。

九、人民文学出版社出版了《王蒙文集》四十五卷,一千七百万字。

……明年仍有做不完的事,明年要略缓节奏,降降温度了。

十、今年在国家博物馆举行了书法家书写王蒙文句的书法展。其中张海主席写的一首拙诗,我自己已经忘记了的:

耄耋初度欲何之,键雨文潮犹自持。

忧患春秋心浩渺，情思未减少年时。

## 二〇一五年盘点

　　二〇〇六年写了《工作迎新》，二〇〇七年是《自况》，二〇〇九年写的是《热闹的二〇〇九年》，此外二〇〇八年与二〇一〇年后至今都叫"盘点"。已经十年了，每年到了年底就想给《新民晚报》"夜光杯"副刊的读者报报账，也回顾一下自己。如斯夫，不舍昼夜！写到这里真想贴上一个大哭的表情。

　　二〇一五年一月份乘新下水的三沙一号客货运输船去了三沙市，并应聘为三沙市人民政府顾问。上一次南海之行是一九八二年冬，时隔三十三年。一切都是鸟枪换炮，令人感慨。祖国海疆，壮美无限。

　　从去年十月底开始，连续写了短篇小说《仉仉》《我愿乘风登上蓝色的月亮》，今年又在一月底前写下了中篇小说《奇葩奇葩处处哀》，此三篇同时于今年在《人民文学》《中国作家》《上海文学》四月号上发表。即使在年富力强时候也没有这么集中热闹过。其中"奇葩"在《小说选刊》《小说月报》《中华文学选刊》《中篇小说选刊》上选载，此三篇小说新作并与去年发表的小说《杏语》一道，结集由四川文艺出版社出版。王蒙老矣，尚能小说也。自嘲道，非耄耋乎？实冒泡欤？

　　年初出版了我谈《论语》的书《天下归仁》，并成为本年第一季度畅销书。

　　八月，二〇一三年出版的长篇小说《这边风景》获第九届茅盾文学奖。

　　九月，参加北非+西地中海邮轮游。游览了阿布扎比、迪拜、热那亚、米兰、庞贝、西西里、马耳他、巴塞罗那、马赛等地。

　　今年读了不少有兴趣的书：郭德宏、周国全编《王明年谱》《阎明复回忆录》,卜键著《国之大臣》,帕慕克著《我的名字叫红》《纯真博物馆》,尼克·巴科夫著《忧郁星期天》,迟子建著《群山之巅》,陈彦著《装台》以及《清代监察大案》《耳语者》等。

十一月,在文化部文化交流中心与新世界出版社等单位组织下,受命与库尔班江一道参加"讲述新疆"活动,赴埃及、土耳其,与两国各界并新疆在埃及的留学生见面,获得成功,受到欢迎。在一个多事之秋,敏感与乱象纷呈的地区,宣扬了清醒坚定、和平友善的中国精神,平安归来,其乐何如!

发表于《新民晚报》2015 年 12 月

# 二〇一六年盘点

一、今年是我的"女神年",我写了中篇小说《女神》,真真幻幻,真名实姓,如梦如忆,久远而又切近。我写的主人公是饶有资历而又与众不同的老革命、作家、书法家陈布文女士。载《人民文学》十一期。

二、九月十九日,我在《人民日报》理论版上发表《着眼民族复兴伟业,推进文化发展繁荣》一文。二十二日,在《光明日报》上发表《文化自信的历史与责任》讲话稿。

三、七月,我旅游瑞士。九月,我访美,在洛杉矶参加尼山论坛,在旧金山举行关于新疆经验的讲座。十一月,访问马来西亚并参加"马华文学奖"的颁奖活动并举行文学讲座。参访了马六甲,面貌一新,其海上清真寺建筑给人印象深刻。十一月底十二月初应邀参加俄罗斯圣彼得堡第五届文化论坛,发表了《我们要的是珍惜民族文化传统的现代化》讲话,并在普京与嘉宾会见会议上发言,谈中俄文化交流的历史意义。冬天的圣彼得堡,冰雪中如此璀璨。尤其是普希金读书的皇村木屋餐厅,令人一见钟情,一生神往。

四、上半年身体略感不适。夏天在中国作协北戴河创作之家改稿并游泳,情况大有好转。由于问责声中各单位对责任的强调,一处与我关系最为亲密友善的海浴场以我年逾八十为由阻止我的游泳,后来幸亏找了另一处很好的浴场。我很感谢两个海浴场与它们的领导机关。同时看到北戴河到处都有劝阻游泳,乃至禁止、严禁游泳的说法,再想起两年前与北戴河一所著名中学的学生会见,得知他们都由于学校的安全尽责而不敢游泳时,十分怀念毛主席当年号召人民到大风大浪里去锻炼的年代。此一时也,彼一时也,咱们这是咋了呀?

五、十月去了运城与大寨。运城是通过弘扬传统文化加强精神文明建设的一个试点,大寨的面貌也令人难忘。当年的光秃秃的石头山,陈永贵听了周总理的指示人工运土栽植,变成了林木葱茏的绿色山岭。当地村官介绍起昔阳大寨,牵扯到许多重大历史节点、历史事件与历史人物,他们都讲得客观、真实、健康、全面,恰到好处,令人感佩。也看到了大寨市场经济的发展。

六、十二月,收到百岁又二的老革命、老作家、老诗人与书法家马识途老师的诗集,期颐为诗,雷霆霹雳,力透纸背。马诗应使贪者耻、懦者立。内有他老《又见王蒙》七律一首,非常感动,乃凑韵回应三首。

七、今年完稿读解《孟子》的书。开始抠哧《列子》。

八、今年仍然去了许多地方,西安、兰州、济南、青岛、绵阳、重庆、上海、太仓、广州、深圳、南京、望城、娄底。并在中央党校国家机关分校、中央党校新疆班、行政干部学院、妇女干部学院、各类大学、各地省市政协、各地人文论坛、部队单位、公众图书馆作讲座与参加文化活动。

九、青岛中国海洋大学上半年举行了艺术活动,我请了一些戏剧家音乐评论家参加。下半年举办了《组织部来了个年轻人》发表六十周年座谈与李商隐与唐诗研讨会,我都聆听了。

十、读陈彦作的长篇小说《装台》,极有兴趣,参加了有关推荐活动。

十一、经向文化领导建议,得到支持,出版了《林默涵文论选》,参加了座谈会,将发言稿《珍重与汲取》发表在《中华读书报》上,并被《中国文化报》转载。

十二、明年我将衰老,今朝兴致勃勃,听力有些下降,精神喊哧咔喳。秋后参加了晒步数活动,是自己小心,才不敢走太多的。走啊走啊,不宜逞能,亦不可自废武功也。

发表于《新民晚报》2016 年 12 月

## 二〇一七年盘点

一、八月十五日,在《人民日报》上用一个版篇幅发表评论《旧邦维新的文化自信》。九月十五日,在《光明日报》上以一个版篇幅发表图书评论《书海掣鲸毛泽东》。

二、党的十九大前后,在人民出版社出版《王蒙谈文化自信》,在天地出版社出版《中华玄机:我要与你讲传统》。

三、春天,四川文艺出版社出版我与陈布文的合集《女神》,秋天出版《王蒙的诗》。

四、十一月,《北京文学》杂志发表我的大型散文《维吾尔人》。

五、十二月,人民出版社出版我与日本池田大作的对谈集:《赠给未来的人生哲学——凝视文学与人》。

六、五月参加绵阳四川文化艺术学院王蒙文学艺术馆的活动后,去广元讲课,然后参观古蜀道、剑门关、张飞柏等,非常震撼。

七、应邀去西安、长沙、衡阳、桐乡、上海、呼伦贝尔、呼和浩特等地讲文化自信、传统文化、文学等题目。并顺访了乌镇,及满洲里、额尔古纳等边境地区。

八、夏天,在北戴河中国作协创作之家照了两张秀肌肉的照片,被认为是PS了施瓦辛格上身,有朋友要求调查,后获得"耄耋肌肉男"称号。

九、戴上了小米手环,平均每天走步八千四百。

十、六月份去新疆,回巴彦岱,与当年的大队书记阿西木·玉素甫、民兵队长卡力·艾买提等人见面。到了库尔勒地区且末、若羌二地，还到了塔克拉玛干大沙漠的罗布人居住区。库尔勒面貌一新，在孔雀河泛舟，让人想起巴黎的塞纳河来。

十一、听力又有下降，我配制了助听器。现在助听器的制作也多有改进，好用，隐蔽。

十二、十一月应日本友好团体的邀请，访问了东京、京都、神户，多有交流切磋。在樱美林大学获博士学位。

十三、原计划九月与友人一起去以色列旅游，由于旅行社头头携款潜逃，没有去成。

十四、读了陈彦新作《主角》、莫言新作《天下太平》、方方新作《时于此间》，尤其是宗璞姐的以视力听力都不行的多病之躯写下的长篇小说系列的最后一部《北归记》的前五章，令人敬佩感奋。她的四部曲写了三十年。向宗璞致敬！

十五、一直在读有关《列子》的书籍，正在进行《列子的中国故事》（暂名）写作。

十六、网上读到关于老年人要四动："动手、动腿、动口，动脑"与多喝牛奶的主张，深得吾心！

发表于《新民晚报》2017年12月

# 二〇一八年盘点

乘邮轮地中海珠宝号,游览意大利与希腊,特别是希腊诸小岛,妙极。

夏天,写就了五万字的中篇小说《生死恋》,风风火火,笑笑哭哭,云集浪起,柳暗花明。写小说的感觉是无法替代的。王蒙老矣,尚能小说也。

还完成了《地中海幻想曲》两个小短篇。连同中篇它们都将在明年初与读者见面。

首次访问了古巴、巴西、智利。见识了拉丁民族的阳光社会主义,还有平地规划而起、建筑饶有新意的巴西利亚,以及聂鲁达的海边故居。与作家、学者、大学生们相互进行了极友好的交流。绕地球一圈回来了。

完成了阅读《列子》的转述与点悟一书。完成了"喜马拉雅"发行的读孔孟老庄的百讲音频。完成了"磨铁"《读孔孟老庄》的简本丛书。完成了新版陪读(评点)《红楼梦》。

乘邮轮地中海珠宝号,游览意大利与希腊,特别是希腊诸小岛,妙极。

阅读陈彦著《主角》,观赏罗怀臻编剧的淮剧《武训先生》,都很感动,参加了有关活动或写作了剧评。

到郑州、宁波、余姚、绵阳、青岛、博乐、上海、广州、深圳、河源等地讲课与参加有关文化活动。

参加《小说选刊》的改革开放四十年来四十篇优秀小说与《人民文学》改革开放四十年特殊贡献颁奖活动。获得有关奖项。

发表于《新民晚报》2018年12月

## 二〇一九年盘点

没有预料到,二〇一九年成了我的一个丰收、吉祥、涨潮的特别的一年。

一、一月,《人民文学》上刊登了我的中篇小说《生死恋》,《北京文学·中篇小说选刊》《小说月报》《小说选刊》转载,并获《小说选刊》年度奖。同期,《上海文学》上刊登拙作《地中海幻想曲(外一篇)》,《小说月报·大字版》与《读者》转载。三月号,《北京文学》上发表拙作中篇非虚构小说《邮事》,《小说选刊》《小说月报》《中华文学选刊》转载。

二、广西师范大学出版社,出版收了上述新作的单行本《生死恋》。

三、《人民文学》十二月号,刊登了拙作,大中篇或小长篇小说《笑的风》。

四、三月,长江文艺出版社,出版了我与睡眠专家郭兮恒医师对谈录《睡不着觉?》。

五、五月,人民出版社出版我与赵士林教授的对谈集《争鸣传统》,我们坦率地各抒己见,讨论争鸣了孔孟老庄禅审美等传统文化诸方面。

六、国庆前夕,荣获国家荣誉称号"人民艺术家",参加了一系列七十年大庆活动,接受了新华社、《人民日报》、中央电视台、《光明日报》等许多媒体的采访,我最谦逊与最当仁不让的一句牛话是:"我现在仍然是文艺一线的劳动力。"振奋与惭愧不已。

七、在全国各地讲课,并参加大量文化活动,包括衡阳王船山诞生四百周年纪念研讨会、青岛中国海洋大学科学人文论坛等。

八、北京联合出版社出版了拙作极简版谈孔孟老庄的四本书:《精进》《原则》《得到》《个性》,针对青少年学生,算得别开生面。

九、拙作《中华玄机》书目,被全国老龄委与老龄协会推荐阅读。

十、《这边风景》俄语版、韩语版(题名《伊犁河》),《中国天机》英语版在各有关国家出版。《这边风景》阿拉伯语版正在埃及出版中。

十一、健康状况有所下降,每天走路步数由平均八千六降到六千三左右,听力日益下降,牙齿再次断裂,偶有腰椎压迫症状出现。我也采取了一些保护措施。

发表于《新民晚报》2019年12月

# 二〇二〇的春天

## 病毒迎面而来

二〇二〇年一月十四日与几个老友聚会，听到了武汉可能出现流行病的消息，朋友说已有专家建议采取严格的隔离措施。我想，这得多大的代价？多大的影响？不免忧心忡忡，但愿不会闹大。

九天后，二十三日，春节假期前一天，得知了武汉前所未有地控制进出交通的决定，完全可以想象作出这个决定会有多么艰难，明白了严重性，预计将有一系列重大严肃的部署。又总是想着，即使是劫难，终将在有力的措施下平安度过，不能紧张，不能慌乱，天塌不下来。这一天本来晚上预订了餐馆与家人餐聚，去，不去？全家人参与意见来回变了六次，最后改为取饭回家与部分家庭成员享用，算是迎接春节。我自觉态度还算淡定，但仍觉此次疫病，像一辆邪恶列车，直对着庚子春节冲撞而来。

有道是："对于灾祸，第一是要承认，第二是不怕，第三是要战胜它。""承认"云云，曾觉得是废话，灾祸有什么承认不承认的呢？现在终于明白了：这确实是个问题。须要承认，须要面对，须要正视！准备最坏的，争取最好的。这就叫实事求是。时事多艰，不能不丢掉侥幸心理。

## 大疫情大部署

面对疫情，迎战开始了。我们的文化传统、革命传统里，从来就有的战斗精神，团结协作、众志成城、一呼百应，随之激发。毕竟我们是多灾多难的民族，中国共产党是苦难辉煌的党，中华人民共和国是在铁与火的战斗中建立起来的社会主义国家，我们走过的每一步，都不是轻易的。中央下了决心，做了部署，我们就会像革命战争中那样，调动起人民力量，进行总体战、阻击战、围歼战、遭遇战、肉搏战，而且是科学迎战、行业迎战，全国一盘棋迎战，集中优势兵力谋求绝对优势，咬紧牙关，排除万难，不怕付出代价，一定要达到共克时艰、转危为安的目标。

宅在家里的这段日子里，除天天看疫情报告，看电视新闻与各项决策以外，又正好认真看了一遍 CCTV4 播放的电视剧《解放》。我看到在解放战争时一些大战役大布局过程中，党中央领导层磋商乃至于不同意见的交换，看到了在某些战役前的顾虑与选择；而人民解放军最终总是棋高一招、抢先一步，等到冲锋号吹响，我们集中三四倍于敌的力量，压倒敌人而不是被敌人所压倒。我为之赞叹，也更理解了大变局中的大运筹、大部署。

## 人民战争是我们的看家本领

到湖北去，到武汉去。抗疫开始，首先是各路医护人员，他们以尖兵出击的献身精神，冲在了最前面。他们是真正的白衣战士，冒着被感染的危险，近距离面对面地展开分秒必争的营救，从死神魔掌下夺回一条条生命。他们穿的防护服装，让人想起防化兵的装备，这分明是人类与新型病毒展开的现代化战争。他们的勇敢令人肃然起敬。

当我们看到各地援鄂的医护人员回家时受到英雄般欢迎的时候,不能不想起抗疫拼搏中付出了生命与健康代价的医务工作者,想起了病殁同胞与他们的亲人。死生大矣,岂不痛哉!先天下之忧而忧,后天下之乐而乐。我们沉重地、小心翼翼地珍藏着对他们的纪念与哀思,思考着应尽的责任,顾念着仍在病榻上的重症患者们。

在白衣天使身后,是全中国人民。他们中有忙碌的志愿者,有穿梭的快递小哥,有较真儿的检疫人员,有交通要道上奔驰的司机,有严格的公安干警,有不厌其烦的社区工作人员,有每日运送大量医疗垃圾的保洁员,还有深入ICU采访的新闻工作者……尤其要向解放军致敬,子弟兵从来是我们的保护神。还要向那些医学专家道一声"辛苦",你们以专业精神和不倦的调研,发挥了专业建言、引领普及的领军作用。

这是一场人民战争!是上上下下团结一心互相支援互为后盾的人民战争!

我们这些别无选择的宅家的众生,心系武汉,心心相印,时时牵挂。我们为火神雷神的"显灵"而鼓舞,为每一个出院的病人高兴,为每一句温暖的话语而动情,为医患的共同奋斗而欣慰。我们在思考:我们的人民是多么可爱的人民,他们人性中的善良是多么真诚。对于医患关系、警民关系、干群关系,如何引导使之更加和谐;如何奖励褒扬以正祛邪;如何激发人们相互温暖、相互理解、相互支持的意愿;如何改变与消除戾气、化消极因素为积极因素;如何化解社会风气痼疾与多种纠纷;如何建立更加健康的人与人之间的关系;如何使全体人民更加团结起来,见贤思齐,向各行各业的专家学习,向勤奋的劳动者学习。

我们看到引领的力量、动员的力量、爱心的力量,我们看到了人性的可塑造可教化,看到人民坚毅负重、顾全大局。民为邦本、人心可用。我们也看到了科学的力量,医药学的力量,中医药学的力量,心理关怀的力量,各行各业的力量,舆论的力量。钟南山等专家频频出镜,防疫卫生知识空前普及、措施到位雷厉风行……这些,正是党的领导的力量,社会主义中国的力量。人民是中心,疫情是命令,防控是责任,我们经受住了考验,我们还必须迎接更多的考验。生于忧患,死于安乐,这是中华民族伟大复兴的应有之义。

## 以百姓之心为心

大家业、大发展、大格局、大事件,当然有各种声音。我们听到了万众响应的朗声呼喊,我们看到了严格防控的行动力量,我们收到了来自外界的各种赞扬,我们歌唱着各条战线先进人物的模范事迹。

同时也听到了多种多样的声音,需要我们了解与参考,警醒与注意。其中有困惑与犹疑,见解与角度,宏论与争议;还有诚恳的但不可能都是精当的出谋划策;也有信口开河,有磨磨唧唧。当然还有起哄与假新闻,有性急的吹嘘和居心叵测的谣言。

我们的初心,我们的根本在于为人民服务。发展迅速,成绩卓著,但显露一些短板,遇到各种考验,听到各种兴观群怨,实属必然。尤其在面临新的挑战的时候,我们需要更多的信心更多的担当,更多的包容更多的耐心,更有力的决断和更紧密的与群众的联系。毛主席有名言:只有代表群众,才能教育群众。

这个春天的抗疫,使我们看到了中国特色社会主义制度的优越性,也显现出我们治理体系和治理能力的短板。但是只要"以百姓之心为心",及时"反省""自省",短板可以补齐,教训可以汲取,困难可以克服,消极可以化解。经过抗疫的锤炼,我们的地方官员与行业官员,独当一面敢于担当的精神、处理突发事件与危机公关能力,应该得到提升;我们的医疗体系与预警体系,应该更加缜密完善;我们的信息传播、舆论引领,可以更加切近贴心、入理入情、亲和周密。"得民心者得天下",各行各业,东南西北,没有最好,只能更好。可以慰国人,可以安天下。

## 免疫力

　　通过这个春季的特殊生活方式,我迷上了,爱上了,深深钟情了一个词:"免疫力。"免疫力,是指人的自身识别和排除的机制,说得通俗一点儿,就是立于不败之地的能力。免疫力是需要自身锻炼的,也是可以通过外界的有效干预和补充而加强的。疫情中幸而未中招的大多数人,能指望的首先是免疫力三个字。

　　个人和社会都需要免疫力。抗疫是公共卫生领域的斗争,流行病来势凶猛而且牵涉面大,情况复杂而且万分紧急,在这种困难时期,共同面对才是硬道理,不能添堵,不能添晦气,更不可唱衰自衰。成见和偏见、咋呼与幻想都只能坏事。怎样面对人类共同的灾疫与意外,这是很好的人生功课,是三观功课也是心理功课。珍惜前人的付出,感恩前方的辛苦,充实自我,不敢萎靡消沉,不可轻浮失重,拒绝上当,不钻圈套,不落陷阱,我们应该追求正面与有定力的生活态度。

　　宅家的俩月很充实。我观看新闻,时时关心一线抗疫与国计民生,为每一步的艰难进展而欢欣鼓舞。我与武汉抗疫小朋友阿念互致问候,我发起了每天晚上在家庭群中的微信歌会,我完成了一部长篇小说新作,我继续着两年前开始的《荀子》研读笔记。我读书读刊读报,谨防新冠病毒与心理病毒的入侵。逆境中静下心来,清醒反思,降温降调,追求身心健康,以期国泰民安。

## 大考的启示

　　习近平总书记说,抗疫是"一次大考",说得太好了。我们处在新的复杂多变的时代,这次疫情是对领导力量的大考,也是对中国人民的大考;是先在中国举行的大考,继而是对万国万民的大考。病毒不仅瞄着我们的喉头与肺部,而且不无阻挡国家经济发展、阻挡共赢"一带一路"的势头,我们的答卷决定着我们的命运,也影响着人类共同体的命运。

这次疫情告诉我们,各种本土的境外的生物的精神的心理的文化的经济的病毒与疫情还可能会出现,战"疫"正未有穷期。前进的道路上还有一场又一场考试,大考不断,中考连连,小考时时刻刻。不能松懈,不能自吹自擂,更不能在风言风语中迷失。

人民是考官,实践是考官。自我考量与自我审视,对照考量与对照审视,从灾难中我们学到了比平时更多的东西,有经验也有教训,有自信也有反省。中国人早就知道"多难以固其国""君子以自强不息",这样的大考,只是前进道路上的八十一难之一。要立于不败之地,一是永不言败,二是不轻言胜,三是总结经验以利再战。

我们终于迎来了阶段性的胜利成果,湖北解封、武汉解封,桃红柳绿,我们交出了好的答卷。但全球疫情正呈蔓延之势,严峻复杂,给世界政治经济大变局又增添了变数。不能松懈,不能疲惫,不能忘乎所以。在抗疫的同时,我们还有远非轻易的脱贫攻坚任务、更加长远的经济社会发展任务,事比天大。

大考来了,大考还没有结束!我们学习了,我们还在学而时习之!二〇二〇之春的经验教训与启示,已经或正在成为财富。迎接新的大考,我们准备好了!

发表于《光明日报》2020年4月8日

# 二〇二〇年盘点

一、春节假期前一天,疫情消息吃紧,当晚已经交付订金的家人聚餐怎么办,我来回改来改去,变了六次,最后排队打包,拿到家里,缩小一半规模,相对冷清地吃了年夜饭。

二、大大减少了社会活动,将八万字的中篇小说《笑的风》扩充为十余万字的长篇,在作家出版社出版。

三、三月份,人民文学出版社出版了王蒙文集五十卷版。又出版了《王蒙讲孔孟老庄》的青少年版。

四、六月份录制《红楼梦》讲解视频八十集,每集三十分钟,每天录三集,二十七天一鼓作气录完。

五、与家人在微信群中每晚唱歌交流,增加无直接接触的相互鼓舞。

六、在《光明日报》上发表《二〇二〇年的春天》一文。

七、夏天在作协的北戴河创作之家写小说《夏天的奇遇》等。

八、十月二十三日广西大学出版社举办王蒙漓江之夜活动,我偏偏由于月初去过发生新疫情的青岛,不能参与,录了视频与前往桂林的文友交流,被戏称为后疫情时代的行为艺术。

九、基本完成了历时四年的有关荀子的写作。

十、与近七十年前为《青春万岁》画插图的老画家张文新先生见面,作诗四首,发表在《新民晚报》"夜光杯"上。并与人民文学出版社策划好出版《青春万岁》插图版事宜。

十一、出席十一月初老家南皮县的拙作插图展活动,为家乡的迅猛发展而感动,写下《古城新风记南皮》小文,发表在《人民日报》副刊上。

十二、二〇一九年,因感到体质转弱,将每天走步数标准自日八千步降到七千,又降到六千。经调养与减少其他活动后,又恢复提高到日行近万步的水平了。

十三、捐赠款项,在中华文学基金会建立了王蒙青年文学专项基金。

十四、视力听力显著下降,慢慢来吧。

发表于《新民晚报》2020 年 12 月 25 日

# 二〇二一年盘点

一、春节前后大写小说《猴儿与少年》，写得很兴奋。并为此到山区农村访问了当年一位少年朋友。感慨万千。

二、应国际儒学联合会与三联书店之约，写下了《激活儒学》一书。

三、在天安门城楼上参加了庆祝中国共产党成立一百周年大会，受到极大鼓舞教育。

四、七月二日，应援疆的江苏凤凰出版传媒集团与新疆伊犁州伊宁市之约，与一批作家重访我劳动过许多年的巴彦岱乡镇，仍然热烈如初。

五、参加了一系列以"中国共产党成立一百周年"为主题的论坛，尤其是瑞金论坛。老苏区的一切，令人激动。

六、旧作《活动变人形》由广州大剧院主导，改编成话剧，温方伊编剧，李伯男导演，在北京与广州上演后反响超过预期。

七、完成了阅读评点荀子的书稿。正在完成关于文化人生的综论书稿。

八、十二月被《羊城晚报》评选列入"花地文学榜"，成为本年度致敬作家。

发表于《新民晚报》2021 年 12 月

# 二〇二二年盘点

二〇二二年是不平凡的一年,我在此盘点一下。

二〇二二新年伊始,我找到了一九五六年写的中篇小说《初恋》旧稿,时隔六十六年,用电脑打出来,做了一些编辑和修正。

六十六年前,被编辑部退稿,我自己也觉得写得太实,不太像小说。如今逝水东流,旧作太像小说了。三月号发表在《人民文学》杂志上,从编前语上可以看出,现在的主编对它有多么爱护和欣赏。

问题是立马又投入到了新中篇小说的写作中,"五一"一过,写出来了《霞满天》,我怕的是自己太频繁的新作,冲了自己。我提出九月号以前不可发出。但《北京文学》九月号,是八月二十日刚过就热闹起来了。

三月份开始闹点消化系统的病,我可能吃药猛了一些,五月演变成外科功能性疾病,很受了些打击。一直到十月动了手术,成功了,康复了,谢天谢地感恩天地君亲师友。

经验是:不可自命体格好,不可轻忽大意,不可悲观失望。活着就要奋斗。

今年连续听到张洁、李国文去世的消息,此前刘绍棠、张贤亮、从维熙、邵燕祥也都走了。兔死狐悲,物伤其类。上世纪八十年代的所谓"北京作家群",而今安在?

几天前又得到了高占祥同志去世的消息。悲夫!

病中,工作学习倒是都没有停止,讲课、采访、录像、视频、开会、协助、发奖……都进行着。《霞满天》病中结的稿。

还在病中完成了综合谈中华传统文化的《天地人生》,是江苏人民出版社与凤凰出版社联合出版的,受到了重视与欢迎。

发表于《新民晚报》2022 年 12 月